Carol Shields
Das Tagebuch der Daisy Goodwill

Carol Shields

Das Tagebuch der Daisy Goodwill

Roman

Aus dem Amerikanischen von
Margarete Längsfeld

Piper
München Zürich

Die Originalausgabe erschien 1993 unter dem Titel
»The Stone Diaries« bei Random House in Toronto/Kanada.

ISBN 3-492-03802-6
2. Auflage, 7.–9. Tausend 1995
© Carol Shields 1993
Deutsche Ausgabe:
© R. Piper GmbH & Co. KG, München 1995
Gesetzt aus der Baskerville-Mediäval
Satz: Uhl + Massopust, Aalen
Druck und Bindung: Graphischer Großbetrieb Pößneck GmbH
Printed in Germany

MEINER SCHWESTER BABS GEWIDMET

Einige Freunde haben das Manuskript dieses Buches gelesen und Zuspruch und Anregungen gegeben. Ich danke Blanche Howard, Joan Clark, Jim Keller, Anne Giardini, Catherine, Meg und Sara Shields und ganz besonders Miss Louise Wyatt aus London, Ontario.

nichts was sie sagte
oder tat

war ganz
was sie meinte

dennoch war ihr Leben
ein Denkmal zu nennen

geformt als Streifen
verfügbaren Lichts

und gesetzt zur Bewegung
möglicher Musik

(aus »The Grandmother Cycle« – Der Groß-
mutterzyklus – von Judith Downing, *Converse
Quarterly*, Herbstausgabe)

Geburt, 1905

Der Name meiner Mutter war Mercy Stone Goodwill. Sie war erst dreißig Jahre alt, als sie an einem glühendheißen Tag erkrankte, während sie in ihrer nach hinten gelegenen Küche stand und für ihren Mann einen Malvernpudding zum Abendessen bereitete. Ein Kochbuch lag aufgeschlagen auf dem Tisch: »Man nehme einige Scheiben altbackenes Brot«, lautete das Rezept, »zwei Tassen Johannisbeeren, eine Tasse Himbeeren, 100 g Zucker, etwas Süßrahm, falls vorhanden.« Natürlich hat sie das Rezept halbiert, sind sie doch nur zu zweit, zumal Johannisbeeren knapp sind und Cuyler (mein Vater) ein schlechter Esser ist. Stocherpicker nennt sie ihn, den Mann, der imstande ist, zu essen oder es bleibenzulassen.

Es beschämt sie, wie wenig der Mann ißt, wie er mit seinem Löffel in dem Gericht herumstochert, vielleicht ein-, zweimal die Augen hebt, um ihr über den Tisch einen scheuen, anerkennenden Blick zuzuwerfen, aber sich nie eine zweite Portion nimmt, es ihr überläßt, alles aufzuessen – er fährt mit der Hand durch die Luft, eine verträumte Gebärde, mit der er sie nötigt. Und die ganze Zeit lächelt er, mit seiner einfältigen, zärtlichen Miene. Was bedeutete Essen für einen Arbeiter wie ihn? Eine Last, eine Störung, vielleicht gar eine Art Preis, der zu entrichten war, um sich aufrecht zu halten und weiter zu atmen.

Nun, bei ihr, meiner Mutter, war das eine andere Sache. Essen war dem Himmel so nahe, wie meine Mutter ihm

9

jemals gekommen ist. (Heutzutage haben wir einen Namen für eine Leidenschaft, die so krankhaft ist wie die ihre.)

Und fast so himmlisch wie das Essen war das Zubereiten – mit welcher Hingabe sie darin aufging! Ein jeder Mensch auf Erden hat seine eigene Vorstellung vom Paradies, und dies war ihre, in der mörderisch heißen Küche ihres Hauses stehen, zusammenrühren und -brauen, vornübergebeugt auf den schönen Druck des Kochbuchs hinabblinzeln, einen sauberen Holzlöffel in der Hand.

Es ist schon ein Anblick, wie sie sich konzentriert – ihr heißes, eifriges Gesicht –, wie es sie entzückt, das Gericht Gestalt annehmen zu sehen, wenn sie die gedünsteten Früchte in die kunstvolle Form gießt, das dick geschnittene Brot in den sickernden Saft drückt, fühlt, wie es aufweicht und sich nach und nach voll Himbeerrot saugt. Malvernpudding, sie liebt auch das Wort und läßt die Silben auf der Zunge zergehen wie eine süße Waffel, ja ihre Zunge selbst ist waffelartig und süß geworden. Wie eine Künstlerin – Jahre später ist mir diese Art Kunstfertigkeit vollkommen klar – rührt und schichtet sie und zieht grübelnd die Unterlippe ein. Das wird ein Gericht! Ein warmer Schwamm, der Farbe annimmt. (Mrs. Flett von nebenan hat ihr ein paar Johannisbeeren von ihrem Strauch überlassen; die Himbeeren hat sie selbst am Straßenrand im Süden des Dorfes gefunden, auch wenn es sie halb umbringt, eine Frau von ihrem Umfang, in der Hitze des Tages draußen herumzulaufen.)

Sie streut eine Extraportion Zucker darüber, einen Löffel voll, dann noch einen, dann nimmt sie den Löffel in den Mund, die groben Kristalle, die sie munter halten. Es ist drei Uhr – ein heißer Julinachmittag mitten in Manitoba, mitten im Dominion Kanada. Die Wohnzimmeruhr (gediegener Firnis, vergoldete Füße, ein Hochzeitsgeschenk von der Familie ihres Mannes, den Goodwills aus Stonewall) hat gerade die Stunde geschlagen. Cuyler wird um Punkt fünf aus dem Steinbruch nach Hause kommen; gut gelaunt wird er sich am Spülbecken gründlich waschen, und um halb sechs werden sie sich beide an den Tisch setzen – an ebendiesen Tisch, nur mit einem sauberen Tuch bedeckt, jeden zweiten Tag ein frisches Tuch – und ihr Abendessen einnehmen. Es wird zum größten Teil ein stummes Mahl sein; denn meine Eltern sind beide schüchtern von Natur, und beide wurden in dem Glauben erzogen, daß Reden und Essen verschiedene Tätigkeiten sind, die man zu getrennten Zeiten auszuüben hat. Heute abend werden sie kaltes Corned beef mit einem Löffel selbstgemachter Würzsoße zu sich nehmen, ein paar Kartoffeln in der Schale als Beilage, gesüßten Tee und danach diesen köstlichen Pudding. Er wird große Augen machen: Mein Vater, Cuyler Goodwill, achtundzwanzig Jahre alt, seit zwei Jahren verheiratet, hat in seinem Leben noch keinen Malvernpudding gekostet. (Hierfür bereitet sie alles vor – seine erstaunte, leicht verwirrte Miene, den zärtlichen, anmutigen Männermund, der überrascht aufklappt. Das ist das mindeste, was sie tun kann, ihn auf solche Weise überraschen.) Sie stellt vorsichtig einen Teller mit Blumenmuster auf den Pudding und beschwert ihn mit einem Stein.

An einen kühlen Ort, heißt es im Rezept: »Man stelle die Form an einen kühlen Ort.« (Es ist ein altes Buch, vor mehr als dreißig Jahren in England erschienen, die Seiten sind schlaff, der Ton der Verfasserin aber ist energisch und scharf.) Doch wo soll Mercy Goodwill an einem Tag wie heute einen kühlen Ort finden? Sogar der dunkle Steinverschlag unter der Kellertreppe, wo sie ihre Milch, ihre Butter und ihr Schmalz lagert, hat sich erwärmt und die letzten vierzehn Tage einen eigenartigen sauren Geruch verströmt. Die Familie Flett von nebenan hat vor kurzem einen Labrador-Eisschrank gekauft, mit Zink verblendet, und Mrs. Flett hat Mercy schüchtern von dieser Erwerbung erzählt, hat die Eigenschaften erwähnt, die Entlüftungsvorrichtung, die Vorratsroste aus glänzendem Blech und daß ein Eisblock zwei oder mehr warme Tage überdauern kann.

Ein jäher Gedanke – die Sorge, wie der Pudding kühl zu halten sei, oder vielleicht Neid auf den neuen Eisschrank der Fletts – löst bei meiner Mutter den ersten krampfhaften Schmerz aus. Sie gibt einen leisen Schrei von sich. Ihre Augenwinkel ziehen sich zusammen, als hätte jemand sie an den Haaren gepackt und hochgezerrt, so daß ihre Kopfhaut brennt. Ein Zeuge, wäre in der kleinen Küche ein Zeuge zugegen gewesen, hätte vielleicht eine nahende Ohnmacht befürchtet, obwohl meine Mutter nicht sehr zu Schwächeanfällen neigt. Was sie fühlt, ist mehr wie ein Umwälzen im unteren Brustkorb, zuerst ein Heben, dann ein abruptes Senken, ein Quetschen wie bei einer seitwärts gehaltenen Ziehharmonika.

Sie blickt nach unten und beobachtet verwundert, wie die blauen und weißen Streifen ihrer Kittelschürze zu bunten Flocken zerstieben. Ihre Hände flattern vorwärts in die Luft, ein Reflex, um den zermalmenden Druck aufzuhalten, und sie stützt sich, indem sie die Schultern strafft und die Hände flach auf den Tisch legt, beugt sich vor und stößt ein langes, leises Wimmern aus. Der Laut, der von ihren Lippen kommt, ist formlos, fahrig, eine wirre Wellenlinie. (Später werden sich diese Worte, mehr als alle anderen, mit meinem Bild von meiner Mutter verbinden: Fahrigkeit, Wirrnis.) Für eine gewichtige Frau schwitzt sie wenig, selbst im Hochsommer, und sie hegt heimlich einen scheuen Stolz auf ihre Körpertrockenheit – nur jetzt breitet sich unter ihrem Kittel, ihre Rückenfurche hinab, ein breiter feuchter Streifen aus. Sie atmet schnell, blinzelt, als der Schmerz sich in massiven Ringen um ihren Bauch legt. Da unten, in den überlappenden Falten ihres Fleisches vergraben, fühlt sie sich überschwemmt. Eine Flutwelle, eine Sintflut.

Den ganzen Frühling hatte sie Verdauungsbeschwerden. Oft ist sie am Morgen und dann noch einmal am Abend, wenn ihr junger Ehemann eingeschlafen war, aus dem Bett gestiegen und hat sich eine Dosis Bishop's Magnesiumzitrat verabreicht. Wenn sie gewöhnliche Milch oder gesüßten Tee oder süße Limonade trinkt, schluckt sie gierig, aber Bishop's kalten kreidigen Trank gießt sie in eine Porzellantasse und trinkt ihn langsam, in tiefer Konzentration, mit Würde. Sie weiß nicht, was sie denken soll. An einem Tag ist sie überzeugt, daß ihre Leber nicht in Ordnung ist, und am nächsten Tag sind es die Nieren – sie ist erst dreißig Jahre alt, aber Nierenleiden können früh im Leben auftreten, zumal bei einer Frau von dem außergewöhnlichen Umfang meiner Mutter. Oder vielleicht rühren die Beschwerden von Verstopfung her. Mrs. Flett nebenan hat auf diese Möglichkeit hingewiesen und Rhabarbertabletten empfohlen oder auch, im Vertrauen, ein Frauenleiden vermutet. Übermäßiger Blutverlust, erklärt sie Mercy, sei Ursache für die Klagen vieler junger Damen – hat Mercy mit Dr. Spears gesprochen? Dr. Spears ist bekannt für sein Feingefühl, wenn es um Frauenbeschwerden geht; er hat so eine Art, die Augen zusammenzukneifen, wenn er seine heiklen Fragen stellt, und nahezu poetisch von den Zyklen und Balancen der Natur zu sprechen, von den Gezeiten der Fruchtbarkeit oder den Tröstungen der Fruchtsalze.

Nein, Mercy hat sich nicht an Dr. Spears gewandt, sie würde niemals mit Dr. Spears über so etwas sprechen, sie würde mit niemandem sprechen, nicht einmal mit ihrem

Mann – schon gar nicht mit ihrem Mann. Ihre Monatsblutung ist nur zweimal in ihrem Leben aufgetreten, aus den weichen Fleischkissen ihres Unterleibs sprudelnd, ihre Unterwäsche mit abstoßendem Glanz befleckend und der kleinen Annehmlichkeiten und Pflichten spottend, aus denen ihr Leben besteht: ihre Handarbeiten, ihr Geschick mit dem Plätteisen, ihr Eingemachtes und Eingelegtes und frisches Leinen und die Lampenzylinder, die sie jeden Morgen aufs neue poliert.

Das Magnesiumzitrat hilft kaum. Fruchtsalze verschlimmern ihr Leiden nur. Ihre Magenwände haben sich weiterhin verkrampft und gehoben, den ganzen Frühling hindurch, und sie hat sich zeitweilig gefragt, ob ihre inneren Membranen unter dem Druck platzen könnten. Oft steigt ihr Galle in die Kehle. Ihre Haut juckt am ganzen Körper. Sie erleidet Anfälle von Blähungen, bei denen ihr siedend heiß wird, vor allem nachts, wenn sie neben meinem Vater liegt, der, aus Liebe, aus Zartgefühl, sich tief schlafend stellt – sie merkt es daran, wie er zusammengerollt respektvoll auf seiner Seite des Bettes bleibt.

Nur Brot scheint ihr Unwohlsein zu lindern, mit Butter bestrichenes Brot, enorme Schnitten, die sie die Leute in diesem Dorf Türstufen hat nennen hören. Sie ißt es frisch aus dem Ofen, Schnitte für Schnitte, müht sich manchmal nicht erst mit dem Messer, sondern reißt eine ganze Handvoll ab. Eines Tages, sie war allein in der Küche, hat sie zwischen Mittag und Abendbrot einen kompletten Laib vertilgt. (Ein Laib sei verbrannt, erklärte sie ihrem Mann, darauf bedacht, Rechenschaft abzulegen über das fehlende Brot – als ob ein Mann mit dem verträumten Wesen meines Vaters eine solche Kleinigkeit bemerken würde, als ob irgendein Mann dergleichen bemerken würde.) Oft streut sie Zucker auf das Butterbrot. Die Oberfläche blinkt und glänzt, die Kristalle, zwischen ihren Zähnen zermalmt, geben ihr Kraft. Sie stellt sich vor, wie die weiche Masse in ihren Magenspeicher eintritt und das bittere, geblähte Gefäß mit wattiger Wärme auskleidet, die die Gifte ihres Körpers absorbiert und neutralisiert.

Ihre Unfähigkeit, Liebe zu empfinden – heruntergeschluckt wie die Erniedrigung, die es bedeutet, Zucker, Hefe, Schmalz und Mehl so zugetan zu sein –, hat sie vergiftet, das weiß sie ganz sicher. Sie bemüht sich, sie täuscht Lust vor, wie es den Frauen nahegelegt wird, aber ihre Anstrengungen werden bestraft mit einem Hunger, der sie überfällt, wenn sie allein ist, so wie an diesem heißen Julitag, abgeschirmt in einem staubigen, von Feldern umgebenen Dorf in Manitoba (ein halbes Dutzend ungepflasterte Straßen, ein Laden, ein Hotel, eine Methodistenkirche, der Bahnhof der *Canadian Pacific Eisenbahn* und an der Ecke der Bishop Road ein Wohnheim für ledige Männer). Sie scheint immer darauf zu warten, daß sich etwas Neues ereignet, aber ihre Vorstellung von diesem »Etwas« ist getrübt von Unwissenheit und der Aufgedunsenheit ihres Körpergewebes. Am Abend rafft sie verlegen ihr Nachthemd um sich. Wenn sie die Lampe ausbläst, weiß sie nie, was sie erwarten oder wie sie die Schreie ihres Mannes deuten soll, die gottlob gedämpft werden durch die Wände des firmeneigenen Holzhauses, wo sie und mein Vater leben. Zwei Zimmer oben, zwei unten, ein Abtritt hinter dem Haus. Sie weiß nur, daß sie ohne jede Verbindung zur Vergangenheit steht, abgetrennt von den üblichen Tröstungen der Blutsbande und in den letzten beiden Jahren wieder und wieder eingedeckt von Cuyler Goodwills unermeßlicher, unergründlicher Glut. An den Niagara in seiner ganzen Gewalt muß sie denken, wenn Cuyler jeden Abend auf sie steigt, ein Donnerwetter, das gegen die gefalteten Innenwände ihres Körpers anstürmt.

Dann fühlt sie sich am tiefsten begraben, als sei sie,

Mercy Goodwill, nichts weiter als ein Pulsieren von Blut in der Gruft ihres Fleisches, dem breiten Gesicht, dem dikken, teigigen Hals, den großen, wabbeligen Brüsten und dem massigen Kloß von einem Bauch.

Meine Mutter steht in ihrer Küche, und ihre Schenkel reiben sich wie weiches weißes Fleisch (Kalb oder Huhn oder fettiges Schweinefleisch kommen einem in den Sinn) unter ihrer Baumwollunterhose aneinander – die Hose ist naß, merkt sie plötzlich, vollkommen durchnäßt. Doppelte und dreifache Rüschen aus Fett umringen ihre Fuß- und Handgelenke, und diese gefurchten Extremitäten sind glitschig von Schweiß. Ihre dicken, geschwollenen Finger drücken sich gegen die Bretter des Küchentisches, und in ihrer linken Hand – der Ehering ist im weichen Fleisch vergraben – verursacht das Gift einen pochenden Schmerz. Sie vermeint ein mattes grünes Licht zu sehen, das sich vor ihren Augen wie ein Fächer entfaltet. Diesmal ist es schlimmer, viel schlimmer als jemals zuvor. Sie fragt sich, ob ihr Körper bersten wird, die Knochen unter dem Fleisch herausgezogen werden, Blut auf Fußboden und Wände spritzt. Sie stellt sich ihr Blut eher gelb als rot vor: ein dicker honigfarbener Schleim, der sie hemmt und daran hindert, nach Mrs. Flett von nebenan zu rufen.

Mrs. Flett ist zufällig in Hörweite, nur gut zehn Meter entfernt hängt sie ihre groben Bettlaken und Kissenbezüge auf eine Wäscheleine. Sie würde herbeilaufen, wüßte sie nur von Mercy Goodwills Not; sie würde im Handumdrehen zur Stelle sein, würde die arme gute Seele ermahnen, ruhig zu bleiben, sie bitten, sich auf das Küchensofa zu legen, ihr das breite, feuchte, ausdruckslose Gesicht mit einem kühlen Lappen waschen, ihr die Kleider lösen, die enggeschnürten Schuhe und die dicken Strümpfe abstreifen. Sie liebt Mercy, liebt ihre Art, ihre gespannte Konzentration, wenngleich ihre Liebe im großen und ganzen (das muß eingestanden werden) von Faszination gespeist ist und auch von Mitleid – Mitleid mit dem massigen, weichen, schwerfälligen Körper, dem an den Seiten von Mercys jungem Gesicht ausufernden Fleisch und einer aufblitzenden Hübschheit, die sich bei bestimmtem Licht zeigt, in der Rundung ihrer Oberlippe oder in ihren haselnußbraunen Augen, die überquellen von leiser Panik. Wenn sie in Mercys Kalbsaugen blickt, denkt sie nicht: »kindlich«, sondern: »Kind«. Armes Ding, armes verlorenes Ding. Hat nie eine Mutter ihr eigen nennen können und jetzt, wie es aussieht – aber wer kann so etwas schon sagen, wer kann die Zukunft lesen? –, keine eigenen Kinderchen, um sie zu wiegen und ihnen vorzusingen.

Mrs. Flett – ihr Vorname lautet Clarentine – hat drei erwachsene Söhne – Simon, Andrew und Barker –, aber keine Tochter. Der älteste Sohn, Barker, ist nach Winnipeg gegangen, um am College zu studieren, die anderen beiden arbeiten im Steinbruch Seite an Seite mit Mrs. Fletts Mann Magnus, einem Steinmetzmeister – ein kalter, hagerer Mann von den Orkneyinseln, der als Neunzehnjähriger nach Kanada ausgewandert ist. Seine Orkneyart hat er behalten. Er liebt das Einfache. Ein schlicht möbliertes Haus. Einen sorgsam gehegten Garten. Bodenständiges Essen auf dem Tisch, zum Abendessen Haferschleim oder Räucherfisch oder auch einen Teller Butterbrote, mit Tee hinuntergespült. Der Anblick eines gestürzten und mit Rahm überzogenen Malvernpuddings auf einer Glasplatte würde ihn tief betrüben, insbesondere eines Puddings, aufgetischt an einem ganz gewöhnlichen Montagabend im Hochsommer des Jahres 1905 (dem Jahr meiner Geburt, am Tage meiner Geburt).

Mrs. Flett, Clarentine, eine propere Frau, deren Haut

die Farbe von Pilzen hat und deren Erinnerung an die Kindheit ihrer Söhne aus Enttäuschung verklärt ist, träumt davon, Mercys große, trockene Hände zu nehmen und zu sagen: »Das Leben einer Frau ist keinen Pfifferling wert, wenn sie nicht gefühlt hat, wie sich neues Leben unter ihrem Herzen regt. Einen kleinen Jungen stillen, ihn zum Mann heranwachsen sehen, das ist Liebe. Wir sagen, wir lieben unsere Männer, wir erheben uns in der Kirche und sagen, daß wir sie immer und ewig lieben werden, bis daß der Tod uns scheidet, aber unser eigenes Fleisch und Blut, das ist es, was wir wirklich lieben.«

Es bereitet ihr Freude, Mercy Geschenke zu machen. Erst im vergangenen Frühjahr ist sie beim Hausputz auf eine alte Aspikform aus Zinn gestoßen, und dies ist das Gefäß, das Mercy heute benutzt, um ihrem Malvernpudding Gestalt zu verleihen. Sie schenkt Mercy Blumen aus ihrem Garten, Wicken, Ziertabak, Nelken, Schleifenblumen, Löwenmäulchen. Auch Kopfsalat, wenn er schön knackig ist, junge Rettiche, Mohrrüben, Saubohnen. Auch Gläser mit Beerenmarmelade oder Rhabarberkompott. Einmal eine Garnitur Küchentücher mit bestickten Ecken, ein andermal einen applizierten Paradekissenbezug mit durchbrochenem Mittelteil. Ja, sie hat Mercy sogar das Kochbuch geschenkt, in das das Mädel so unendlich vernarrt ist, daß sie es vom vielen Gebrauch schon ganz abgenutzt hat. Zu Weihnachten hat sie ihr ein Stück Heliotropseife im Originaleinwickelpapier geschenkt und einmal, aus heiterem Himmel, ein Glas mit Haarnadeln, mit einem Band verziert. Diese Gegenstände scheinen, von ihren Händen in Mercys übergehend, kurzzeitig von Licht umkränzt, wenngleich die Sätze, mit denen sie ihre Gaben begleitet, dazu gedacht sind, ihre Großzügigkeit abzuschwächen. »Ich habe selbst überhaupt keine Verwendung dafür.« Oder: »Ich habe so viel davon, daß ich eine ganze Armee damit ernähren könnte.« oder: »Zu ausgefallen für uns, aber zu Ihnen paßt es.« oder: »Mr. Flett verträgt das süßriechende Zeug nicht, und mir ist es zuwider, etwas wegzuwerfen, das vollkommen heil und nützlich ist.«

Mercys sanfte Dankbarkeit, ihr langsam sich formendes Lächeln mit diesem Anflug von Verwirrung, ihr weltfremder Unschuldsblick, dies alles weckt in Mrs. Flett ein Verlangen, sie in die Arme zu schließen. Sie kann sich vorstellen, wie Mercys gedrungene Fülle sich an ihr adrettes Kleid schmiegt, wie sie vor Gefühl und Hingabe bebt. »Meine Liebe«, möchte sie in die bleiche Masse von Mercys Hals murmeln, in Mercys weiche Schultern und braunes Ringelhaar.

Der Augenblick liegt in der Zukunft, er wird kommen. Dies denkt sie, als sie in der sengenden Sonne steht und ihre saubere Wäsche an die Leine klammert – zuerst die Leintücher, dann ihre Kittel und Hemdblusen, dann die Sommerarbeitsanzüge der Männer. Es geht kaum ein Wind, so daß die Sachen steif und hart trocknen werden – in zwei Stunden werden sie trocken sein, so heiß ist es. Sie ist heute spät dran mit der Wäsche, und der Garten muß noch gejätet, Erbsen fürs Abendessen müssen gepflückt werden. Sie ist immer spät dran, und immer dudelt eine hämische Melodie in ihrem Kopf: jetzt den Herd polieren, jetzt die Flickarbeit, als nächstes die Gardinen stärken. Die scheltende Stimme ist ihre eigene, schroff und hurtig, aber zu machtlos, um sie anzutreiben. Die Männer, ihr Ehemann und ihre Söhne, gehen um Punkt sieben in den Steinbruch und kommen um fünf zurück. Was stellen sie sich vor, was sie den ganzen Tag tut? Es macht sie schaudern, wenn sie daran denkt, daß kein Augenpaar durch das Dach und die Mauern ihres Hauses blicken und zusehen kann, wie sie durch ihre traumhaften Tage wandelt, von Minute zu Minute feilschend mit der Trägheit, dieser Verführerin.

Gott sieht sie natürlich. Er muß sie sehen. Gott beobachtet sie, wie sie am Fenster unentwegt auf die Schatten der Erbensträucher starrt oder wie sie auf einem Küchenstuhl wie gelähmt über ihrem Nähkorb sitzt und eine Fliege beobachtet, die über den Tisch krabbelt. Die Minuten vergehen, werden eine Stunde, manchmal zwei. Diese Zeitabschnitte sind gelöst von jeder anderen Zeit, die sie kennt. Sie kommen immer häufiger, diese Stunden der Lähmung, beinahe jeden Tag, seit das Sommerwetter eingesetzt hat. Sie wacht ganz frisch auf, aber während die Zeiger der Uhr vorwärts schreiten, spürt sie eine winkende, lockende Kraft, die aufreizende Verführung der Bequemlichkeit und Heimlichkeit, und dann, mit dem nächsten Atemzug, hat sie den Kampf verloren.

Was immer es ist, das sie einkapselt, es besteht aus Zärtlichkeit. Es steigt rings um sie auf wie eine Duftwolke. Es hat weder Gesicht noch Stimme, ist nur ein sanfter, steter, durchdringender Wohlgeruch, eine Art Verzückungswelle, die in ihre Kehle eintritt, sich dann abwärts durch ihren Körper bewegt, ihren Geschlechtsteilen und den Muskeln ihrer weichen Schenkel Straffheit verleiht. Die Stille ist vollkommen und dennoch eine Qual, und immer zerrt ein kleiner, herber Gedanke an ihr – daß Gott ihre Fehltritte gleichgültig sind. Er hat in keiner Weise zu ihr gesprochen, hat ihr kein Zeichen gegeben, sich nicht einmal die Mühe gemacht, sich von ihr abzuwenden, obgleich sie ihn mit einem Fetzen bestickten Leinens an ihrer Küchenwand herausgefordert hat:

Christus ist der Herr des Hauses,
der unsichtbare Gast
bei jedem Mahl,

der stumme Zuhörer
bei jedem Gespräch.

Sie ist erschreckend und auch erheiternd, ihre Fähigkeit, die Menschen ringsum zu täuschen; dies ist etwas Neues, ihre vergeudeten Stunden, ihre lebhaften Träume und Sprachfetzen, als wären ihr zwei Leben gegeben statt eines, und das andere Leben wäre in Heimlichkeit gehüllt.

Oder täuscht sie sich selbst? Als sie Dr. Spears zufällig auf der Quarry Road begegnete, hat er doch ihre Hand genommen und auf höchst sonderbare, freimütige Weise zu ihr gesprochen. »Frauen brauchen die Gesellschaft anderer Frauen«, hatte er nach ein paar höflichen Worten über das Wetter geäußert. »Ein bißchen Lachen, ein bißchen harmloser Klatsch ist ein großer Trost. Die Handarbeitsgruppe oder der Mütterverein – und ich glaube, Mrs. Flett, daß Sie einmal Mitglied des Damenclubs für Rhythmus und Bewegung waren, daß Sie Freude an einem Nachmittag in fröhlicher Gesellschaft fanden. Meine Frau sagt mir, der Vortrag neulich über die Missionsarbeit in China sei ebenso zerstreuend wie erbaulich gewesen.«

»Ich habe zu Hause sehr viel zu tun«, sagte Clarentine Flett zu Dr. Spears.

»Natürlich, natürlich«, erwiderte er und nickte kurz. »Oder vielleicht fassen Sie einen mehrtägigen Aufenthalt in Winnipeg ins Auge. Ich glaube, Sie verbringen dort alljährlich einige Tage bei Ihrem Sohn Barker. Er ist noch dort, nicht wahr, zum Studium? Botanik, erinnere ich mich, ist sein Fach.«

»Ja«, erwiderte sie, »Blumen. Pflanzen.«

»Ich bin sicher, er macht Ihnen Ehre. Ein braver junger Mann. Wenn Sie sich erinnern, ich gehörte zu denen, die ihn für das Epworth-Stipendium vorgeschlagen haben.«

»Ich erinnere mich, aber ja, und...«

»Warum ihn dann nicht mit einem Besuch überraschen? Wir alle brauchen dann und wann einen Tapetenwechsel, insbesondere nach einem langen, harten Winter. Ich könnte Ihren Mann darauf ansprechen, wenn es Ihnen recht ist – indirekt natürlich. Ich könnte die heilsame Wohltat eines kleinen Urlaubs erwähnen.«

»Bitte«, hatte sie gesagt. Sie dachte an das Oval der Stille mit seinem glatten Perlenglanz, in das sie eintreten würde, sobald sie sich aus Dr. Spears' Nähe begäbe. »Das ist nicht nötig. Ich kann selbst mit ihm sprechen.«

Der Mütterverein. Ein paar Tage in Winnipeg. Noch vor wenigen Monaten wären derlei Ablenkungen verlockend gewesen. Sie hätte vielleicht tatsächlich mit Magnus, ihrem Mann, über eine Woche in der Stadt gesprochen. Die Worte wären herausgekommen, während sie mit einer gewöhnlichen Arbeit beschäftigt gewesen wäre, das Abendbrotgeschirr abgetrocknet oder die welken Blätter der Fuchsie abgezupft hätte, die am Fenster hing. Ihr Mann war kein Mensch von vielen Worten, aber sie hatten im Lauf der Jahre zu jener ehelichen Verständigung gefunden, die vonnöten ist, um drei Söhne großzuziehen, Bestellungen des täglichen Bedarfs aufzugeben, sich über das Wetter, über Krankheiten und darüber auszutauschen, welche Gemüsesorten im Garten gepflanzt werden sollten. Und sie vermutete – doch wie sollte sie so etwas wissen? Wer auf dieser Welt würde es ihr sagen? –, sie vermutete, daß ihr Mann in seiner Art nicht grobschlächtiger war als andere Ehemänner. »Wenn du bereit bist, Mutter«, sagt er im Dunkeln des nach hinten gelegenen Schlafzimmers, während er mit einer Hand ihr Nachthemd hochschiebt. Tausendmal, fünftausendmal – »Wenn du bereit bist, Mutter«. Die Worte haben eine Furche in ihr Bewußtsein gegraben, sie nimmt sie kaum noch wahr. Und hinterher Stille, als fiele sie in ein Loch, oder eine Art Grunzen, das sie als Zufriedenheit deutet.

»Dann sollen wir wohl heiraten?« Das waren die Worte seines Heiratsantrags vor fünfundzwanzig Jahren gewesen, und die Art und Weise, wie er den Satz hebend betonte, hatte sie entwaffnend gefunden. Damals war er noch kein Jahr in Kanada gewesen, seit acht Monaten arbeitete er in dem alten Granitsteinbruch am Lac du Bonnet nahe dem Hof, den ihr Vater bewirtschaftete; sein Orkneyakzent war ausgeprägt und äußerst schroff, aber sie vermeinte dahinter etwas Sanfteres zu vernehmen. Er hatte sie nach einer Gebetsversammlung in Milner's Crossing nach Hause begleitet. Es war ein warmer Aprilabend mit dichtbestirntem Himmel. Sie hatte das Gefühl, sie könnte die reine Luft verschlingen wie Nahrung. Dies war das dritte Mal, daß er sie nach Hause begleitete, und sie wußte – und er wußte –, daß er das Recht hatte, um einen Kuß zu bitten. Aus Neugierde willigte sie ein. Seine Oberlippe, die sich schnell bewegte, zu schnell, kratzte auf ihrem Mund und ihrer Wange. Und dann erklärte er sich: »Dann sollen wir wohl heiraten?«

Seine Vermessenheit hatte sie gerührt, sie war so kindlich. Sie verspürte den Drang zu lachen, ihn zu necken – damals verstand sie fröhlich zu sein –, aber sein Gesicht war zu nahe.

»Nun, was sagen Sie?« bedrängte er sie. Seine Gesichtszüge waren von der Dunkelheit verdeckt, aber sie fühlte seinen warmen Atem an ihrem Hals, und ihr wurde schrecklich schwach zumute. Sie machte sich auf zärtliche Worte gefaßt.

»Mein Lohn ist ausreichend«, sagte er, »und ich arbeite regelmäßig.«

Das stimmte. Sie konnte ihm nicht widersprechen. Sie lernte nie, ihm zu widersprechen. Er hatte eine bestimmte

Art, etwas darzulegen, die keinen Widerspruch duldete. Der neue Eisschrank zum Beispiel. Er hatte ihn schriftlich angefordert, hatte ihn heimlich beim Versandhaus Eaton bestellt, und jetzt stand er in einer Ecke in der Küche. Plötzlich war er da. Monate früher hatte ihr Mann sich aus Gründen der Sparsamkeit geweigert, Dr. Spears wegen eines Knotens hinter dem Ohr zu konsultieren, und dann mußte er hingehen und elf Dollar für einen Eisschrank verschwenden, elf Dollar plus Versandkosten. Auf dem schmucken Metallschild an der Eisschranktür stand zu lesen: »Der neue, verbesserte Labrador-Eisschrank.« Sie hatte nie um so ein Ding gebeten. Sie beobachtete ihren Mann am ersten Tag, wie er mit den Fingern über das glatte Holz und die glänzenden Scharniere fuhr, und sie dachte unwillkürlich: Dieselben Finger haben mich berührt, meinen nackten Körper.

Solche Gedanken überkommen sie mehr und mehr. Ihr Denken ist in den letzten Monaten außer Kontrolle geraten. Sie ist eine Frau, deren Begierden wartend am Grunde eines gesprungenen Kruges stehen.

Auch jetzt, beim Wäscheaufhängen, ist sie matt vor Sehnsucht, aber wonach? Umarmt mich, sagt sie zu den tropfenden Laken und Kissenbezügen, haltet mich. Aber sie sagt es teilnahmslos, ohne Hoffnung. Ihre Waschwanne ist jetzt leer, ein alter Holzbottich, der da auf einem herausragenden Stein steht. Der Himmel über ihr ist weiß und blau; ihr schwindelt, wenn sie hinaufsieht. Sie spürt ein Jucken in der Nase und greift in ihre Schürzentasche, nach ihrem Taschentuch. Der Geruch von Bleichsoda bringt sie zum Niesen. »Ich bin nicht bereit«, sagt sie zu sich. »Ich bin nicht mehr bereit.«

Es ist schon drei Uhr, schätzt sie. Sie wird heute darauf verzichten, den Garten zu jäten. Wenn jemand fragt, ihr Mann oder einer der Söhne, wird sie es auf die Hitze schieben. Warum in dieser heißen Sonne ihre Gesundheit gefährden? Sie wird lieber das kühle Vorderzimmer aufsuchen, den Polsterstuhl in der abgedunkelten Ecke, wie immer, wenn es ihr nicht mehr gelingen will, ihrem Kummer standzuhalten. Ihr Stern von Bethlehem, ihr ganzer Stolz, steht da in seinen Porzellantopf gepflanzt; sie liebt es, in seinen graugrünen Blättern nach Geheimnissen zu suchen. Auch die Tapete fesselt sie, mit ihren Blumenreihen, den sich abwechselnden und wiederholenden Braun- und Rosatönen. Der kleine facettierte Spiegel in seinem Eichenrahmen gibt ihr Bild wieder, ihre angeklatschten Haare und ihre Augen, wie heiße Steine in ihrem Kopf.

»Ich liebe dich«, hörte sie den jungen Cuyler Goodwill zu seiner kolossalen, aufgedunsenen Frau Mercy sagen, »oh, wie ich dich liebe, und von ganzem Herzen.«

Es war an einem frühen Abend gewesen, als sie diese Erklärung hörte, an einem Montag wie heute. Sie hatte neben der Küchentür der Goodwills gestanden, einen Korb mit frühem Flieder auf den Armen, eine nachbarliche Gabe. (In Wahrheit fällt es ihr schwer, sich fernzuhalten; die Häuser von Jungverheirateten, spürt sie, stehen unter einem Zauber, die Atmosphäre ist zärtlicher als in anderen Häusern, die Stimmen sind sanfter, die provisorischen Gardinen und billigen Teppiche strahlen tapfer in ihrer Vorläufigkeit.) Das Küchenfenster der Goodwills stand weit offen, um die frische Frühlingsbrise hereinzulassen. Sie saßen am Tisch (sie konnte sie ganz deutlich sehen) – Mercy auf der einen Seite und Cuyler auf der anderen, das weiße Tischtuch und das Abendbrotgeschirr waren noch nicht abgedeckt.

Von der Türöffnung fiel Licht auf das breite Gesicht meiner Mutter und verlieh ihm Glanz. Mein Vater beugte sich zu ihr hinüber, seine Hand lag auf der ihren. Die beiden, dachte Clarentine Flett, hätten Motiv eines Salonbildes sein können, eines Aquarells in sanften Blau- und Grautönen.

Meine Mutter war, wie ich bereits sagte, eine außerordentlich fettleibige Frau, und mit ihren schwabbeligen Zügen war sie leider ziemlich unansehnlich. Es ist wahr, daß ihre Nachbarin, Mrs. Flett, hinter ihren eingequetschten Augen und dem feisten Kinn eine gewisse Hübschheit erspäht, aber das einzige Foto, das ich besitze, ihr Hochzeitsporträt, sagt mir etwas anderes. Meine Mutter war von korpulenter Statur, fettfleischig. Mein Vater dagegen war von kleinem Wuchs, zartknochig und zierlich, und ein Ausdruck von leichter Verständnislosigkeit überzog sein Gesicht. Es läßt sich denken, daß unter den Männern der Gemeinde derbe Witze auf seine Kosten gemacht wurden.

Von ganzem Herzen, hörte Mrs. Flett ihn zu meiner Mutter sagen. Offenbar von der Äußerung erschöpft, lehnte er sich jetzt auf seinem Stuhl zurück. Von ganzem Herzen. Das war genau die Art Phrase, die sich Liebende in Büchern einfallen lassen. Liebesgerede, Verliebtengerede. Die Poesie der Verzückung. Gelegentlich hat Clarentine Flett Kitschromane gelesen – die sie vor ihrem Mann versteckte, der das für Zeitverschwendung gehalten hätte –, in denen die Menschen zärtlich miteinander sprechen, aber nie hatte sie vermutet, daß solche Äußerungen in den Häusern gewöhnlicher Steinbrucharbeiter getan wurden, in einem Dorf wie Tyndall, Manitoba. Auch hatte sie sich nicht vorgestellt, welchen Reichtum eine solche Äußerung Stimme oder Tonfall verleihen konnte. »Oh, wie ich dich liebe«, sagte Cuyler Goodwill zu seiner Frau Mercy, rief es ihr zu mit einem Flehen im Ton, das Clarentine Flett nicht aus ihrem Gedächtnis tilgen konnte. Es ist den ganzen Frühling mit ihr gewesen, es regnete herab auf das trockene Gespinst ihres täglichen Einerleis. Es ist jetzt mit ihr, als sie neben der Wäscheleine steht, niesend und blinzelnd im strahlenden Sonnenschein, und gegen die Versuchung ankämpft, sich für den Nachmittag zurückzuziehen.

Und dann hat sie eine Idee. Sie wird eine Kanne Tee kochen und Mercy einladen, herüberzukommen und ihn mit ihr zu trinken.

Ja, eine schöne Kanne Tee, beschließt Clarentine Flett. Und sie wird die besten rosa Teetassen hervorholen, Royal Albert, die ihrer Mutter gehörten, und wenn sie schon dabei ist, wird sie einen Teller mit Marmeladenbiskuits auftischen. Frauen brauchen Gesellschaft – genau das war es, weswegen Dr. Spears ihr so zugeredet hat. Vielleicht war all das, was sie so niedergeschlagen machte, nichts als Einsamkeit, nicht das Unglück des Lebens an sich, sondern nur ein jahreszeitlich bedingter Anfall von Einsamkeit. Und Mercy Goodwill, die arme liebe junge Seele, war ebenfalls einsam – Mrs. Flett weiß plötzlich, daß dies wahr ist. Sie erahnt es. Trotz Mercys Geheimvorrat an Zärtlichkeit und der leisen Worte, die ihr junger Ehemann ihr ins Ohr träufelt, trotz alledem. Sie und Mercy sind allein auf der Welt, zwei einsame Seelen, Seite an Seite in ihren getrennten Häusern, eingeschlossen in demselben Kreislauf bangen Sehnens. Warum hat sie das nicht schon früher erkannt? Das ist es, was Clarentine Flett in den letzten Wochen zu Hause gehalten hat, fern von Mütterverein und Handarbeitsgruppe, fern von der Möglichkeit, ein paar Tage in Winnipeg zu verbringen; sie kann es nicht ertragen, den Ring des Unvermögens zu verlassen, der sie beide umgibt, sie und Mercy Goodwill – zwei einzigartig verbundene Christenschwestern.

Etwas muß endlich getan werden, und sie wird es tun; sie wird auf der Stelle an Mercys Tür klopfen und sie herüberbitten. Sie wird den Tee mild und süß machen, wie Mercy ihn liebt. Und sie könnte – sie fühlt sich plötzlich ganz verwegen beim Gedanken an eine nachmittägliche Teegesellschaft, eine Teegesellschaft von der Art, wie sie Dr. Spears' Gattin vielleicht für Mrs. Hopspein gibt, die Frau des Steinbruchvorstehers –, sie könnte, nach ein, zwei Tassen, Mercy bitten, sie beim Vornamen zu nennen. »Sagen Sie doch Clarentine zu mir«, würde sie sagen. »Ich hätte überhaupt nichts dagegen, es wäre mir sogar sehr recht. Wir sind jetzt seit zwei Jahren Nachbarinnen. Sie sind mir wie eine Tochter, so empfinde ich es, und wenn Sie sich dazu durchringen könnten ...«

Doch in diesem Moment wird ihr Tagtraum unterbrochen. Sie hört eine Stimme, die hohe Fistelstimme eines Mannes, und als sie aufblickt, sieht sie den alten Juden durch den Garten auf sich zustolpern.

Es ist heutzutage schwierig, von dem alten Juden zu erzählen. Es ist eine heikle Angelegenheit. Der Verstand muß sich zurückspulen bis in jene Zeit, als die Worte »alter Jude« unverfänglich ausgesprochen werden konnten; alter Jude; da kommt der alte Jude.

Und da ist er mit seinen schmutzigen schwarzen Kleidern, die in der Hitze flattern, die Haare liegen ihm wirr und seltsam um den Kopf. Er trägt irgendeine Art Hut, zerfetzt und verdreckt, auf den Hinterkopf geschoben. Seine Wangen, hoch unter den Augen sitzend, sind braun und runzlig wie Walnüsse. Die länglichen Furchen in seinem Gesicht sind entweder von Schmutz gerändert, oder aber es ist die eigenartige fremdländische Färbung seiner Haut.

Sein Pferd, das arme Geschöpf, steht am Straßenrand, an die kleine gebeugte Zitterpappel seitlich von Mercy Goodwills Tür gebunden. Das sieht ihm ähnlich, es so sorglos anzubinden, wenn er ebensogut den Zaunpfosten hätte nehmen können. Und der Wagen: völlig lädiert und schäbig, so daß er die Bezeichnung Wagen kaum verdient; er rattert und quietscht, während er seinen Weg entlangzuckelt, daß sogar die Krähen auf den Feldern davonstieben.

Sein Kommen ist überall gefürchtet, denn fast unabdingbar bittet er um eine Erfrischung, sei es Kaffee oder ein Schluck kaltes Wasser, und anschließend müssen die Tassen und Gläser ausgekocht werden. Ist er im Winter unterwegs, in dem fernen Landstrich um Arborg, wo sich die Isländer angesiedelt haben, erdreistet er sich oft, um Obdach für die Nacht zu bitten. Bettzeug muß dann herbeigeschafft und am nächsten Tag gekocht, die Fenster müssen weit geöffnet werden zum Lüften. Er trägt den Geruch nach Knoblauch, Zwiebeln, Semmeln und ungewaschener Haut in die reinlichen, bescheidenen Haushalte. Die Knöpfe, Schnürsenkel und Nadeln, die er verkauft, sind, obwohl schwer zu bekommen, eine dürftige Entschädigung für die Gefahr, sich Wanzen und tückische namenlose Krankheiten einzuhandeln. Seine Zunge ist dick und übelriechend, sein Blick verwirrt. Er beschwatzt die Leute. Er spricht alle Frauen in der Gegend mit »Meesus«, ihre Männer mit »Meester« an. Den jungen Männern in den Wohnheimen verkauft er Schweinkram. Er mag vierzig Jahre alt sein oder auch sechzig. Er führt ein Sammelsurium an Pillen und Wässerchen mit sich, Taschenmessern und Spielsächelchen, Tabak und Bonbons, billigem Fusel. Er sieht keinem Menschen in die Augen. Es heißt, er stibitzt frische Eier aus den Hühnerställen, pflückt Tomaten in Gärten, schiebt Teelöffel unter seinen Mantel und läßt sie mitgehen. Er streckt seine schwarze Hand aus und tätschelt kleinen Kindern den Kopf, ergreift sie, ehe sie fortlaufen können, bringt ihre Mütter und Väter in Verlegenheit.

Man kann ihn auf Landstraßen seinem armen Klepper

die Peitsche geben sehen. Er schlurft zu Hauseingängen und klopft auf eine Weise an, die unterwürfig und doch fordernd ist. Man hört das Klopfen und weiß, wer es ist. Sein Gang ist gebrechlich, ein langsames, ungleichmäßiges Schlurfen, das Erinnerungen an Seuchen der Alten Welt wachruft. Aber hier ist er, an einem Julinachmittag, und läuft humpelnd zu Mrs. Clarentine Flett, die neben ihrer Wäscheleine steht – ihrem Banner aus Bettlaken und Handtüchern –, gleich einer in eine Holztafel eingebrannten Figur.

Er greift zuerst nach dem Ärmel ihres Kleides. Instinktiv fährt sie zurück, keuchend, protestierend, aber natürlich greift er abermals, packt sie diesmal unsanft am Handgelenk. Sein Gesicht ist zerknittert von Kummer, und er schluchzt, wimmert, »Meesus, Meesus«, sein Gesicht ist so nahe an ihrem, daß sie den scharfen Geruch seines Atems und seines Körpers wahrnehmen kann.

»Mitkommen, Meesus; Meesus, mitkommen.«

Die Stimme ist irre, ein angsterfülltes Quieken, zu hoch für eine Männerstimme, und die Worte sind nichts als Geschnatter. Er hat nicht mehr als drei Zähne im Mund – sie stellt es beinahe ergriffen fest. Eine Entzündung schwärzt seine Oberlippe. Clarentine Flett, die vor ihm zurückschreckt, die sich schwach fühlt vor Ekel, ist außerstande, den Blick von dem trockenen Schorf zu wenden, möchte unerklärlicherweise die Hand danach ausstrekken, ihn berühren.

Der Mann will nicht loslassen. »Mitkommen, Meesus.«

Seine rauhe Hand an ihrem Handgelenk bereitet ihr Unbehagen, doch der Anblick seines fadenscheinigen Rockärmels, aus dem sein bleicher Arm herausfährt, gibt ihr zu denken.

Es ist ein gewöhnlicher Männerarm, stellt Mrs. Flett fest, und nur ein klein wenig lächerlich, eigentlich kaum anders als der Arm ihres Mannes Magnus, wenn er sich samstags abends aus der Unterwäsche schält und in das schaumige Seifenwasser taucht – entblößt, zernarbt, knotig von Adern, straff von der Schufterei, dennoch überraschenderweise, rührenderweise frauenhaft.

Sie fragt sich – und all diese Phantasien strömen in einem Zeitraum von wenigen Sekunden zusammen –, fragt sich, ob der alte Jude möglicherweise irgendwo in der Nachbarschaft Verwandte hat, ein Dach, einen warmen Herd, ein eigenes Bett, um dorthin heimzukehren. Wenn ja, hätte er vielleicht auch einen Frauenkörper neben sich unter der Bettdecke und einen Sack aus schlaffem blauen Fleisch zwischen seinen Beinen wie jeder andere Mann. Diese Gedanken sind abstoßend, sie muß ihren Blick auf etwas lenken, was wohltuend und gesund ist. Und einen Namen, natürlich muß er einen Namen haben, man kann nicht hierherkommen und Bürger dieses Landes werden ohne einen Namen. Zwei oder drei Namen vielleicht. Unaussprechlich. Nicht zu buchstabieren. Jemand wird ihm diese Namen gegeben haben, aber wer?

Die Fragen stürmen auf sie ein, nehmen ihr die Luft. Gleichzeitig kommt ihr – die Gedanken wirbeln wie in einem Süßwasserstrudel – ihr abgedunkeltes Vorderzimmer in den Sinn, der Lehnstuhl mit seinem kühlen Filzsitzkissen, und wie der grüne Polsterstoff an einer Ecke abgewetzt ist, und wie sorgsam sie immer darauf bedacht ist, diese Ecke aus dem Blickfeld zu rücken.

Der alte Jude hält sie fest, und mit der anderen Hand gestikuliert er wild in die Richtung von Mercy Goodwills Küchentür. »Meesus krank«, bringt er hervor, »krank, krank«, und endlich versteht sie.

Der Boden zwischen den beiden Häusern ist uneben, durchsetzt mit Steinen, Wurzeln und Grasbüscheln. Sie laufen gemeinsam, unbeholfen, zu der offenen Tür, rempeln aneinander, und die Finger des alten Juden lassen das Handgelenk der Frau nicht ein einziges Mal los.

Es ist eine Verlockung, zu dem blutigen Bündel hinzueilen, das sich zwischen den Beinen meiner Mutter hervorschiebt, und meine Hand auf mein eigenes schlagendes Herz zu legen, meinen abgeflachten Kopf und die Babyärmchen inmitten der glänzenden breiigen Masse. Da liegt meine Mutter, Mercy Stone Goodwill, keuchend auf dem Küchensofa mit dem billigen, adretten geblümten Bezug; sie liegt auf der Seite, als hätte jemand sie umgekippt, die großen, weichen, stämmigen Knie hochgezogen und ihr Geschlecht entblößt. Wie Muscheln oder eine zermatschte Frucht.

Ihre blutbeschmierte Unterhose liegt, wo sie sie hingeworfen hat, vermutlich auf dem Fußboden, dem Blick entzogen.

Es ist nichts Häßliches an dieser Szene, was auch immer Sie denken mögen, das heißt nichts Unnatürliches, aber warum bin ich dann außerstande, sie in Ruhe zu betrachten? Weil es mich verlangt, Symmetrie in die verschiedenen unzusammenhängenden Elemente zu bringen, wenngleich ich, bevor ich damit anfange, schon weiß, daß meine Bemühungen den Anschein einer Art von Flehen haben werden. Blut und Unwissenheit, was kann sich aus Blut und Unwissenheit gestalten lassen? – und aus der pulsierenden, achtlosen, leckenden Gallerte, meinem soeben geschlüpften Fleisch, das ich mich genötigt fühle, in etwas Saubereres, Heiles zu verwandeln, mit einem Bibelvers darunter oder womöglich einem lateinischen Wahlspruch.

Und nun gilt es sich meinem Vater zuzuwenden, denn da kommt er die Quarry Road entlang, auf dem Weg nach Hause. Er pfeift, schlägt nach den Sandfliegen, wirbelt Staub auf mit seinen Arbeitsstiefeln. Er ist erschöpft. Wer wäre nicht erschöpft nach neun Stunden Einhacken auf die Felsplatte, für vierzehn Cents die Stunde, was weniger ist als der Preis für die Vestizzakorinthen, die seine Frau Mercy letzten Winter als Zutat für ihren Weihnachtspudding verwendet hat. Doch er pfeift eine lustige Melodie, »Little Cotton Dolly« vielleicht oder »Zizzy, Zum Zum«. An der Pike Road, die zum Friedhof führt, bleibt er stehen und entleert seine Blase.

Die Entfernung zwischen Garson und Tyndall beträgt zwei Meilen. Die anderen Steinbrucharbeiter fahren nach einem Tag in den Kalköfen oder der Arbeit mit ihren Spitzhacken an der Steinwand in den Firmenwagen heim nach Tyndall und lassen ihre Stiefel seitwärts herunterbaumeln. Robuste Pferdegespanne – jene schönen, muskulösen, der Arche Noah würdigen Tiere, die man heute kaum noch sieht – ziehen sie heimwärts. Aber nicht meinen Vater. Er geht lieber zu Fuß. Ein Eigenbrötler ist er, sagt man von ihm in dieser Gegend. Ein Einzelgänger. Trottelhaft sieht er aus. Geht seiner eigenen Wege. Eine halbe Portion. Aber ein flinker Arbeiter, ohne Fehl und Tadel. Geschickt mit Maschinen. Hat ein Gefühl dafür. Still, nüchtern, kommt aus der Gemeinde Stonewall, er und auch seine Frau. Was seine Frau angeht (dies wird mit einem Zwinkern, einem Stoß mit dem Ellenbogen geäußert), da ist genug Weib dran, um zwei, drei Kerle die ganze Nacht auf Trab zu halten.

Er vertritt sich gern die Beine, nachdem er sich einen Tag lang über die Kalksteinwand gebückt oder in das Innere der unwilligen alten dampfbetriebenen Furchmaschine gespäht hat. Der Steinbruch ist erst wenige Jahre alt, 1896 wurde er von einem Bauern beim Graben eines Brunnens hinter seinem Haus entdeckt und vier Jahre später (ein Diebstahl, ein ausgemachter Betrug, sagen manche) an einen gewissen William Garson, Haus- und Grundbesitzer, verkauft. 100000 Tonnen Gestein sind bereits gebrochen und abtransportiert, und schon ist die Landschaft dergestalt verändert, daß die Erde abgestuft ist wie die Ränge einer Freiluftarena; die Höhe der einzelnen Stufen beträgt gut 12 bis 36 Zoll. Es herrscht Uneinigkeit, wieviel Gestein tatsächlich unter der Erde liegt. Die einen sagen, wenn es so weitergeht, wird das Vorkommen in fünf bis zehn Jahren abgebaut sein; andere, die optimistischer sind und mehr davon verstehen, schätzen, daß die Nutzschicht eine halbe Meile breit ist und bis nach Winnipeg und darüber hinaus verläuft.

Das Gestein selbst, ein Dolomitkalkstein, ist schöner und leichter zu bearbeiten als das, was mein Vater kannte, als er in Stonewall, Manitoba, heranwuchs. Natürliche chemische Veränderungen verleihen ihm sein einzigartiges durchbrochenes Aussehen. Es kommt in zwei Farben vor, einem hellen Braun, mit Dunkelbraun vermischt, und (meine Lieblingsfarbe) einem hellen Grau mit dunkleren grauen Sprenkeln. Manche Leute nennen es Tapisseriegestein, und sie schätzen insbesondere seine gelegentlich vorkommenden Fossilien: Gastropoden, Brachiopoden, Trilobiten und Korallen. Als das Fleisch dieser einstmals lebendigen Geschöpfe verweste, füllte ein kalkartiger Schlamm die Gehäuse und erhärtete zu Stein. Mein Vater hat nur eine beschränkte Schulbildung gehabt, aber er ist mit der Neugierde eines Naturforschers gesegnet, und vor kurzem hat er einige von den interessanteren Fossilienstücken herausgebrochen und mit nach Hause genommen, um sie seiner Frau Mercy zu zeigen. (Der Stein, mit dem sie ihren Malvernpudding am Tag meiner Geburt beschwerte, enthielt drei eingeschlossene Fossilien einer äußerst seltenen Art, so selten, daß sie bis zum heutigen Tag nicht eindeutig klassifiziert worden sind.)

Was ist es, das Cuyler Goodwill am Tagesende, wenn die Sonne noch heiß und gelb ist, zu Fuß nach Hause gehen läßt, was läßt ihn derart pfeifen? Ich sagte schon, er vertritt sich die Beine mit den verkrampften Muskeln nach der stundenlangen Plackerei, und ich male mir aus – dies ist meine ureigene Phantasievorstellung –, daß er es mag, all seine Gliedmaßen zu dehnen, sich größer, gewichtiger, stärker werden zu fühlen, während er sich seinem Heim nähert, sich dem Mann nähert, der er gleich sein wird. Ein Ehemann. Ein Liebhaber. Er wird erwartet. Dies ist ein unverhofftes Glücksgeschenk – erwartet werden. Er hat ein Dach über dem Kopf (gemietet, sicher, aber nichtsdestoweniger ein Dach) und einen Abendbrottisch, schon gedeckt, und eine Frau, die er anbetet. Mit Leib und Seele betet er sie an.

Nichts in seinem Leben hat ihn auf die Liebe vorbereitet. Eine frühe Schädigung – ein Vater mit Säufervisage, eine schlampige Bohnenstange von einer Mutter, keine Geschwister – hat ihm die Überzeugung eingegeben, er würde sein Leben lang ein Kind bleiben, mit einem verkümmerten Kinderappetit.

Seine Familie, die Goodwills, war anscheinend im Sog des strengen, alten, ungeordneten Jahrhunderts verblieben, das sie empfangen hatte, und sie verströmten alle drei – Vater, Mutter, Kind – einen Geruch nach Unvermögen, dürrem Geist und schwächlichem Körper. Das Haus, das sie bewohnten, lag genau gegenüber den Kalköfen von Stonewall. Es stand am Ende einer schmutzigen Straße, seine Veranda hing schief. Die Fenster, fleckig von der gelben Asche aus den Öfen, gingen ungeputzt von einem Jahr ins nächste, und das Dach über der Küche leckte; es hatte immer geleckt. Bei Regenwetter qualmte der Kamin. Das in diesem Haus gebackene Brot war schwer, ungleichmäßig, knapp. Der Lohn, der für Reparaturen oder bescheidene Luxusgegenstände hätte verwendet werden können, wurde in einem alten Marmeladenglas verwahrt, worin sich die Dollarscheine häuften wie zerknitterte Blätter, mit Schmutz behaftet, mit Geruch. Im Sommer versammelten sich die Männer der Stadt wohl an der Ecke Jackson und Maria Road zu einer Partie Hufeisenwerfen, aber die Goodwills, Vater und Sohn, wurden selten zum Mitspielen aufgefordert. Die Gründe für ihren Ausschluß sind nicht klar. Vielleicht nahm man an, daß Zerstreuungen ihnen gleichgültig waren oder daß es ihnen an dem notwendigen Geschick mangelte oder daß sie die anderen womöglich mit ihrer eigenartigen Freudlosigkeit anstecken würden. Die scharfsichtige Mrs. Goodwill hingegen setzte sich, aus einer abgenutzten christlichen Überzeugung heraus, jeden Sonntag einen Filzhut auf den Kopf, befestigte ihn mit einer Nadel und besuchte den Gottesdienst in der presbyterianischen Kirche, aber niemand kam auf die Idee, Cuyler mitzunehmen.

Tatsächlich wurde er niemals auf seine geistige oder körperliche Gesundheit untersucht. Zu keinem Thema wurde er nach seiner Meinung gefragt. Sein zunehmendes Geschick als Steinbrucharbeiter wurde selten erwähnt. Bis zum Tage seiner Heirat war kein Mensch auf den Gedanken gekommen, ein Foto von ihm zu machen. Nie wurde sein Geburtstag (26. November) beachtet – es gab keine Geschenke, keinen Kuchen, keine festliche Geschäftigkeit; nur als er vierzehn wurde, sah sein Vater von einem Teller mit Schweinebraten und Kartoffeln auf und murmelte, daß die Zeit gekommen sei, von der Schule abzugehen und mit der Arbeit bei Stonewall Quarries zu beginnen, wo er selbst beschäftigt war. Von da an kam auch Cuylers Lohn in das Marmeladenglas. So ging das zwölf Jahre.

Es ist mir nie leichtgefallen, die zerstörerische Wirkung der Zeit zu verstehen, wie es andere anscheinend können, das Auf und Ab der Jahreszeiten hinzunehmen oder mich bewußt damit abzufinden, daß ein Jahr zu Ende gegangen ist und ein anderes begonnen hat. Etwas hierbei kündet von unserer fundamentalen Hilflosigkeit, davon, daß der größere Teil unseres Lebens mit Verschwendung und Verständnislosigkeit einhergeht. Sogar die Satzteile bemächtigen sich der Zunge, so daß die Aussage »Zwölf Jahre sind vergangen« die biographische Logik in Abrede stellt. Wie kann so viel Zeit so wenig enthalten, wie kann sie uns genommen werden? Monate, Wochen, Tage, Stunden vertan – und auch die kostbarste Zeit unseres Lebens, wenn unser Körper am kräftigsten ist und offen, wie er es nie wieder sein wird, für den Ansturm von Empfindungen. Zwölf Jahre, von seinem vierzehnten bis zu seinem sechsundzwanzigsten Lebensjahr, stand mein Vater, der junge Cuyler Goodwill, früh auf, aß eine Schüssel Haferschleim, ging über die Straße zum Steinbruch, wo er arbeitete – einen Neuneinhalbstundentag lang –, kehrte dann in sein kaltes, karges Elternhaus zurück und legte sich zeitig schlafen.

Der Bericht eines Lebens ist natürlich Betrug, das gebe ich zu; selbst unsere eigene Geschichte ist obszön verzerrt; es ist ein wahres Wunder, daß wir den Glauben an unsere schlichte Existenz bewahren. Es ist wahrscheinlich, daß die Morgengrütze meines Vaters in diesen zwölf Jahren manchmal dünn und manchmal dick war. Es ist auch wahrscheinlich, daß er mit den näheren Einzelheiten der Leidenschaft in Berührung kam, durch die Zwänge der Pubertät oder aufgeschnappt bei mit angehörten Gesprächen seiner Arbeitskollegen oder auch zwischen den Texten vielgesungener Lieder oder bei dem seltenen Konsum harter Getränke. Wohl nahm er an dem alljährlichen Junggesellenball teil, wohl gab er Lord Stanley die Hand, als der alte Herr 1899 mit der Eisenbahn durchdampfte.

Mein Vater war nicht blind, ungeachtet der Passivität seiner jungen Jahre, und er war nicht dumm. Er muß sich von Zeit zu Zeit umgesehen und bemerkt haben, daß sogar in seinem herzlosen Elternhaus geringfügige Stimmungsschwankungen und unterschiedlich nuancierte Gefühle existierten. Wie dem auch sei, zwölf arbeitsreiche Jahre vergingen von dem Tag, als er die Schule verließ, bis zu dem Tag, als er Mercy Stone kennen- und liebenlernte und sein Leben von Grund auf verändert sah. Wundersam verändert.

Stonewall war in jenen Tagen eine Gemeinde von nur zweitausend Seelen, aber eine Laune der Geschichte oder des Wahrnehmungsvermögens hatte die beiden voneinander getrennt gehalten, und er hatte Mercy nie, als Kind nicht und später nicht als Mann, in der Stadt erblickt, hatte nie ihren Namen nennen hören. Sie wuchs, zurückgezogen wie eine Nonne, im Waisenhaus von Stonewall auf, einer strengen, wenn auch keineswegs herzlosen Anstalt am östlichen Stadtrand. In diesem Heim wurden, aus Ordnungssinn vielleicht oder der Demokratisierung halber, alle Schutzbefohlenen, die keinen eigenen Familiennamen hatten, also jene, die als Säuglinge von ihren ledigen Müttern in die Obhut des Heimes gegeben wurden, Stone genannt – so verzeichnete das Register Namen wie Bertha Stone, Caroline Stone, Gareth Stone, Hyram Stone, Lamartine Stone und so weiter, bis hin zu meiner Mutter, Mercy, deren Herkunft wie die der anderen gänzlich unbekannt war, wenngleich ihr Teint, ihr feines Haar und die haselnußbraunen Augen eine ukrainische oder vielleicht isländische Abstammung vermuten ließen. Sie wurde, als sie erst wenige Tage alt war, in eine Flanelldecke gewickelt – die Juninächte konnten kalt sein – in dem alten Mehlfaß ausgesetzt, das gleich am Hintereingang der Anstalt aufgestellt war. Diese Mehlfaßbabys, wie man sie alsbald nannte, wurden von der Gemeinde unterhalten, sie bekamen Volksschulbildung, erlernten ein Handwerk und wurden mit vierzehn oder fünfzehn in Stellung geschickt – mit Ausnahme meiner Mutter, die auf Grund ihrer Tüchtigkeit in der Haushaltsführung zu wertvoll war, um sich von ihr zu trennen. Mit sechzehn ging sie der Wirtschafterin regelmäßig zur Hand; vier Jahre später, als die alte Wirtschafterin starb, übernahm sie vollends das Regiment.

Ihr Körper spiegelte die Kost aus Brot und Grütze wider, doch trotz ihres Umfangs – mit zehn Jahren war sie »stark«, mit zwanzig war sie ein Koloß –, trotz alledem fand sie Gefallen daran, sich auf Hände und Knie niederzulassen und einen Fußboden zu wienern, bis er glänzte. Manchmal, wenn sie sich vorbeugte, um ein Blech mit Törtchen aus dem warmen Ofen zu nehmen, wurde ihr schwindlig vor Stolz – die goldene Farbe des knusprigen Teigs, das Blubbern der süßen Früchte, die Vollkommenheit von Farbe und Konsistenz. Sie zeigte nur ein flüchtiges Interesse für die etwa ein Dutzend Jungen und Mädchen, die in dem Heim lebten – »Mercy Stone ist kugelrund, wiegt bestimmt zweihundert Pfund«, sangen die Findelmädchen beim Seilspringen –, dafür liebte sie es, einen Tisch zu decken, eine Soße anzudicken, einen Ärmel einzusetzen, einen Stapel saubere Laken zu stärken, zu plätten und zu falten. Sie war begabt. Und ihre Begabungen wurden genutzt. Man könnte sich ein schlimmeres Leben vorstellen. Wenn sie einen Raum betrat, den Mädchenschlafsaal zum Beispiel, ließ sie den Blick in die Runde schweifen, um zu erfassen, was unordentlich oder zerbrochen war oder gründlich aufgeschüttelt gehörte, und dann krempelte sie die Ärmel hoch und machte sich unverzüglich ans Werk.

An einem Frühlingstag in ihrem achtundzwanzigsten Lebensjahr, einem Tag mit strahlendem Sonnenschein und kaltem Wind, fiel ihr auf, daß die Türschwelle am Haupteingang des Heimes sich gehoben hatte, zweifellos verzogen durch den strengen Frost, so daß die Tür sich nur schwer öffnen ließ und dabei erbärmlich knarzte. Ein Steinmetz wurde gerufen, um den Stein zu richten. Es ergab sich, daß es mein Vater war, Cuyler Goodwill.

Er war sofort eingenommen von der Sanftheit meiner Mutter, einer gewissen Anmut in ihrem Gesicht und von der Art, wie sie die Hände fahrig bewegte, die eine in der anderen kreisen ließ, als sie neben ihm stand, angetrieben vielleicht von einer unklaren Vorstellung von gesellschaftlicher Verpflichtung – aber er war über die Maßen gerührt von ihrer schieren Körperlichkeit. Als sie auf die Unebenheit an der Türschwelle deutete, bewegten ihn ihre fleischliche Üppigkeit und die mehlige Reinheit ihrer Arme zutiefst, ebenso ihr plustriger kleiner Haarknoten, ihr Plustergesicht, ihr plustriger Hals und die plustrigen Schultern – aus alledem sprach eine Unschuld, die nach Schutz zu schreien schien. Er sehnte sich danach, seinen Mund an ihre schattige Armbeuge zu legen oder mit seinen Fingerspitzen die seidige Haut der feingewölbten Halbkugeln unter ihren Augen zu berühren.

Während er arbeitete, stand sie dabei, leistete ihm Gesellschaft, sprach auf ihre stockende Art von dem harten Winter, dem schlimmsten seit Jahren, den bitterkalten Winden, starken Frösten, und nun scheine es auf den Feldern südlich von Tyndall eine Überschwemmung zu geben.

Ja, erwiderte mein Vater und betrachtete, zu ihr hochsehend, ihren ernsten Mund, er habe von der Überschwemmung gehört, die Lage sei sehr ernst, aber schließlich – er hob die schmalen Schultern – gebe es alle Jahre um diese Zeit Überschwemmungen.

Er bemerkte, daß die Korpulenz meiner Mutter viel von

ihrem Gesicht verschlungen, aber ihre klaren, sanft umschatteten Augen ausgespart hatte.

Er wollte sich nicht für die Arbeit bezahlen lassen, sagte, er habe weniger als eine Stunde gebraucht, um den Stein zu richten, die Arbeit sei ihm ein Vergnügen gewesen, eine Abwechslung von der Eintönigkeit im Steinbruch, und überdies – er nickte unbestimmt in Richtung Tür, Dach, Fassade des Heimes, des Schwarmes lärmender Kinder, die bei der Straße spielten –, sagte er, fühle er sich bewogen zu geben, was er könne. Sie beharrte dann darauf, daß er in die große warme Küche komme, wo sie ihm Kaffee und eine ihrer braunen Zuckerschnitten, frisch aus dem Ofen, servierte. Diese Schnitten waren ein Wunder an Süße, an Knusprigkeit, die Teigschicht akkurat und hübsch, die Füllung reichlich sättigend.

Er hielt Tasse und Untertasse auf seinem Knie. Später erinnerte er sich, daß er auf seine Daumennägel hinabgeblickt hatte und auf den dunklen Schmutzrand, der sie umgab. Seine Hände zitterten, aber es gelang ihm zu sagen: »Darf ich wiederkommen?«

Sie starrte angestrengt vor sich hin, während sie sich seinen knochigen Brustkasten unter seinem Hemd vorstellte, dann rückte sie von ihm weg und machte sich ans Abräumen des Geschirrs. Aus diesem bittenden Mann wurde sie nicht schlau. Worte entflogen seinem Mund und verschmolzen mit der warmen Küchenluft. Sie mochte ihn jedoch eher wegen seiner zitternden Hände und des schwachen Zwiebelgeruchs seines Schweißes. Unwillkürlich drehte sie sich um und bedachte ihn mit einem gezwungenen Lächeln.

»Wir könnten spazierengehen?« schlug er vor.

»Ich bin nicht«, sagte sie hilflos, indem sie sich ihm mit einer matten Geste zuwandte, »sehr fürs Spazierengehen.«

»Bitte«, sagte er, und er staunte über seinen eigenen Mut. »Wir könnten sitzen und uns unterhalten, wenn Sie mögen.«

Sie warf ihm einen ernsten, schüchternen Blick zu, den er als eine Art Zustimmung deutete.

Vor sich sah er, aufgeblättert wie die Seiten eines dicken Buches, die Schwierigkeit all dessen, was er würde lernen müssen, das Werben, die Heirat mit ihren Riten, eine neue Redeweise. Der Gedanke an soviel Mühe brachte ihn an den Rand der Entmutigung, dennoch fühlte er sich getrieben weiterzumachen, zu lernen, was er wissen mußte, und seine Kraft auf die Probe zu stellen. Binnen eines Monats hatte er ihr ein Versprechen abgenommen. Sie würde seine Frau werden. Sie wollten in das dreißig Meilen entfernte Dorf Tyndall ziehen, wo man ihm Arbeit in dem neuen Steinbruch angeboten hatte. Er erklärte Mutter und Vater – die vor Staunen sprachlos waren – seine Absichten, und ein Hochzeitsdatum wurde festgesetzt.

Die Leute lächelten, wenn sie sie zusammen sahen, diesen schüchternen, vernarrten jungen Mann mit dem Knabenkörper, der sich aufmerksam der kolossalen Frau zuneigte, ihre breite, schwere Hand auf seinen Schoß legte und zärtlich streichelte. Man bemerkte, daß er ein, zwei Zoll kleiner war als sie. Wenn er, um gute Nacht zu sagen, in der Tür des Heimes stand, legte er seine Finger auf ihre breite Wange und strich über ihre gerundete, makellose, rosa Haut.

Er wußte von Anfang an, daß Mercy Stones Inbrunst weniger heftig war als die seine, ja, daß sie von gänzlich anderer Art war, und dies schien ihm natürlich, rechtmäßig. Der Macht und Wohligkeit der erotischen Liebe, die ihn so plötzlich in seinem sechsundzwanzigsten Lebensjahr überfiel, begegnete Mercy mit milder Verwirrung. Sie war nicht kalt zu ihm, beileibe nicht, aber sie erwiderte seine ersten scheuen, begierigen Umarmungen mit ergebenem Seufzen. Ihr zukünftiges gemeinsames Leben schien sie nicht zu interessieren, ihr beinahe gleichgültig zu sein, lediglich die Tatsache, daß die Firma ihnen ein bescheidenes Haus vermieten würde, löste eine Reaktion aus – ihr eigenes Heim, das sie in Ordnung halten und einrichten und führen konnte, wie es ihr beliebte. Das würde ihr gefallen, sagte sie scheu zu Cuyler. Daß sie so etwas einmal haben würde, damit hatte sie nicht gerechnet. Sie war, so könnte man sagen, eine Frau, die den Wert des Spatzen in der Hand erkannte.

Als er Mercy Stone im Jahre 1903 heiratete, wußte mein Vater nichts von Frauen, den Hügeln und Tälern ihrer Körper oder den Windungen ihres Geistes, und er hatte absolut keine Ahnung, wie man einen Haushalt organisierte, wo es anzufangen, womit es zu rechnen galt. Ganz sicher konnte er sich an seinen einsilbigen Eltern kein Beispiel nehmen, wenngleich diese sich so weit aufrafften, an der schlichten Trauungszeremonie teilzunehmen und ein Hochzeitsgeschenk zu machen, die gediegene Uhr, die ihn jedesmal, wenn sie die Stunde schlug, an sein Glück erinnerte, das ihn sein altes trostloses Leben abstreifen ließ, es vertauschen ließ mit neuen Freuden; all die öden Kammern seines Daseins waren neu geordnet und strahlend hell.

Er war verwandelt. Die Gezeitenbewegung sexuellen Verlangens füllte ihn bis zum Rand, so daß die ureigene Substanz seines Körpers verändert schien. Ihm war, als trage er eine uralte zarte Erinnerung in seinem Kopf, ein leuchtendes Bild von Wagnis und Wägbarkeit, von Küste und Kontinent erlangten Glücks. Er besaß keine Bildung, verstand wenig von Geschichte oder Literatur, man hatte ihm nie erzählt, daß Menschen im Mittelalter mit einer Krankheit namens Liebeskummer zu Bett geschickt wur-

43

den, die nichts weiter war als ein metaphysischer Angriff, zu fremdartig und mächtig, um von schlichtem Fleisch abgefangen zu werden.

Den ganzen Tag, wenn er im Steinbruch arbeitet und Wolken von Mineralstaub einatmet, denkt mein Vater an seine Mercy, die Falten und Geheimnisse ihres Körpers, ihre fleischigen Rundungen und Ritzen, ihre Haare, ihren Geruch, die Art, wie sie sich ihm zuwendet, sich hingibt – erst verschämt ist und dann zu einer ungezwungeneren Bewegung findet. Sie seufzt, wenn ihre Körper sich vereinigen – das ist wahr, er kann es nicht leugnen –, aber er liebt sogar ihr Seufzen, wie es sich erschöpft, sich ergibt. Wenn sie beisammen in ihrem niedrigen Bett liegen, machen die Aufmerksamkeiten seiner Hände sie verlegen, dabei haben ihre eigenen Finger ein-, zweimal zufällig sein Geschlecht gestreift, die feuchten Haare um sein Glied berührt und ihn so über die Natur des Himmels belehrt. Er ist nicht abgestoßen von der bebenden Fülle ihrer Arme, Schenkel und Brüste, ganz und gar nicht; er möchte sich in ihrem erregenden Überfluß vergraben, als ob er, dem Fleisch zeit seines Lebens versagt war, jetzt nie genug bekäme. Er weiß, daß er ohne die Tröstungen von Mercy Stones üppigem Körper nie gelernt hätte, die Realität der Welt zu erkennen oder die Eigenarten der Sinne und Reflexe zu verstehen, die andere als ihr gutes Recht betrachten.

Er wagt nicht, sich mit der Zukunft zu befassen, aus Angst, die Gegenwart zu stören – aber zuweilen kommt ihm der Gedanke an eine Befriedigung, noch voller als jene, die er kennt – ein geräumigeres Haus, abends von helleren Lampen erleuchtet, und vielleicht – warum nicht? – Kinder, die in den oberen Zimmern schlafen. In den frühen Tagen seiner Ehe war Cuyler Goodwill dem Weinen nahe, wenn er die Anordnung der Küchenborde seiner Frau sah, die gestapelten Teller und das sortierte Besteck, die akkurat verwahrten Lebensmittel – Reis, Mehl, Zucker –, die ihre rührende, tapfere Vorsorge für die Zukunft verkörpern, doch ihn verlangt es nur nach der Gegenwart.

Es ist schon ein Wunder, daß die Liebe für ihn faßbar ist, daß er es laut sagen kann, daß er, so schüchtern, so langsam, so benachteiligt durch die Armseligkeit seiner Herkunft, imstande ist, die Glut seines Herzens in Worte zu kleiden, die Koseworte zu äußern, die eine Frau hören muß. Das Wissen hat ihn anfangs erschüttert, wie Sprache aus ihm strömte gleich einem Fluß bei Hochwasser, aber wenn die Worte erst einmal aus ihm herausbrachen, war es, als hätte er seine wahre Zunge gefunden. Er kann sich, wenn er zurückdenkt, nicht vorstellen, warum er sich zu einer leidenschaftlichen Ausdrucksweise außerstande geglaubt hatte.

Hieran denkt er, als er vom Steinbruch nach Hause geht; wie er in nur zwei Jahren in eine neu erschaffene Welt versetzt worden ist. (Mit der Stiefelspitze tritt er einen Stein vor sich her, ganz so wie ein Schuljunge es wohl tut, und er zieht den trockenen Geruch von Staub, der über den Feldern hängt, in seine Lungen. Nichts wird ihm jemals so schön erscheinen wie die Luft der Quarry Road im Juli des Jahres 1905.) Sein Körper ist am Ende des Nachmittags angenehm müde, aber jeder kleine Schmerz in Knochen und Muskeln ist ihm lieb, weiß er doch, daß sein Tag, selbst ein gewöhnlicher Montag wie heute, von Verzückung abgerundet sein wird. Er wird sich gründlich waschen, wenn er nach Hause kommt, ein gutes Abendessen verzehren, es mit Tee hinunterspülen und umgehend, ehe die Sonne ins Unsichtbare versunken ist, in jene andere Realität eintreten, weiter und köstlicher, als es sich von einem bloßen Bett erwarten läßt: das Zusammentreffen von Zärtlichkeit, brausendem Blut, einem dunklen, abwärts gelenkten Strudel der Ekstase, und dann – dies ist ihm besonders kostbar – die wundersame Belohnung gemeinsamen Schlafes, seine Liebste neben ihm, ihr Atem mit seinem verschmelzend. Ein Haarkringel von ihr wird sich auf dem gemeinsamen Kissen gelöst haben, und ohne sie aufzuwecken, wird er die Spitzen dieser Haare küssen.

Welch eine Entfernung hat er zurückgelegt! Wenn er jetzt anderen Männern ins Gesicht blickt, sogar seinem stumpfsinnigen Vater, denkt er: Das also ist es, was die Welt uns als Entgelt für unsere Mühen bietet – dieser kostbare Freudenfunken!

Eine leichte Brise kommt auf. Mein Vater geht jetzt schneller. Die Quarry Road führt ihn über flache, tiefliegende Felder, stellenweise sumpfig, unfruchtbar, gestrüppreich; der Horizont, erstickend niedrig, lastet auf den Dächern primitiver Scheunen und Häuser. Eine Anzahl galizischer Familien hat sich neuerdings in diesem Gebiet angesiedelt; sie bauen geduckte, fensterlose Hütten, die die Frauen mit einer Mischung aus Schlamm und Stroh bewerfen. Vor einiger Zeit würde er sich beim Anblick solcher Häuser nichts als Elend darin vorgestellt haben. Jetzt weiß er es besser. Jetzt hat er einen Blick ins Paradies getan und sieht es überall.

Das Leben ist eine endlose Suche nach Zeugen. Es scheint, wir brauchen es, beobachtet zu werden, sei es in unserer Zügellosigkeit oder in unserer Scham, wir brauchen Beachtung. Unsere eigene Erinnerung ist insgesamt zu liebevoll, was das Freundlichste ist, was ich darüber sagen kann. Andere Darstellungen sind notwendig, andere Perspektiven, doch auch dann werden unsere wichtigsten Zeremonien – Geburt, Liebe und Tod – festgehalten von den Menschen, den Medien, die zufällig dabei sind. Was für eine Zufälligkeit, was für eine Launenhaftigkeit!

Bei meiner Geburt ist Clarentine Flett zugegen, eine Frau, halb wahnsinnig durch Wechseljahre und Einsamkeit und in Trauer um ihr ungelebtes Leben; zwei Monate später wird sie den Zug nach Winnipeg besteigen und ihren Mann für immer verlassen, nicht weil er sie geschlagen oder betrogen hätte, sondern weil er ihr das Geld (zwei Dollar und fünfzig Cent) verweigert hat, das sie erbat, um Dr. Spears wegen eines vereiterten Zahns zu konsultieren.

Ein weiterer Zeuge, einer, der fürchterlich die Hände ringt und laut lamentiert, ist Abram Gozhdë Skutari, vierunddreißig Jahre alt, hierorts bekannt als der alte Jude, ein Hausierer, der mit Kinkerlitzchen handelt, geboren in dem albanischen Dorf Prizren, Sohn eines sephardischen Herstellers und Verkäufers von Nägeln, der der Sohn eines gewerblichen Schreibers war, der der Sohn eines Rabbis war, der – die Geschichte (aufgezeichnet von Skutaris kanadischem Enkelsohn und später, 1969, von der McGill University Press herausgegeben) geht bis ins fünfzehnte Jahrhundert zurück – geboren wurde von einer Frau, die in ihrer Gegend dafür berühmt war, achtundzwanzig Kinder zur Welt gebracht zu haben, die allesamt ein hohes Alter erreichten und ihr zum Zeitpunkt ihres Todes die letzte Ehre erwiesen, um sich anschließend ungehörig um ihre Bettwäsche und Töpfe zu streiten.

Außerdem ist Dr. Horton Spears bei meiner Geburt zugegen, fünfundfünfzig Jahre alt, der, hurtig von dem alten Juden herbeigeholt, unterbrochen wurde, als er eine Tasse Kaffee trank – ein nachmittäglicher Genuß –, zusammen mit seiner Frau Rosamund, die federnden Schrittes aus dem Wald nördlich des Dorfes mit einem neuen Schmetterlingsexemplar für ihre Sammlung zurückgekehrt war und die soeben, während ihr die Brille die lange, schmale, unschöne Nase hinabrutschte und ihre Bücher auf dem Eßzimmertisch ausgebreitet waren, versuchte, den Namen und die korrekte Klassifikation des Schmetterlings zu ergründen. Dr. Spears ist ein Mensch mit scharfem Verstand, der über Takt, über ein ausgeprägtes, diskretes, nahezu feminines Feingefühl verfügt.

Und da ist auch mein Vater, Cuyler Goodwill, jung, unerschrocken, strotzend von Gesundheit und voll Dankbarkeit für das, was das Leben ihm so unerwartet geschenkt hat, hungrig auf das Abendessen, das schon fertig ist, begierig auf alles, was der Abend an Zärtlichkeiten bringen wird. Sein sehniger Körper, sein schmales dunkles Gesicht – er stürmt durch die Hintertür; die Melodie, die er gepfiffen hat, erstirbt ihm auf den Lippen, als er auf diese chaotische Szene stößt, sein Haus mit der unvorhergesehenen, unerträglichen Menschenansammlung, einem fremden, scharfen Geruch, der ihm in die Nase steigt, einem hellen rhythmischen Klagegeschrei – woher kommt es, woher? –, diesen erschreckenden Vokalen, iiiyyeeee, die sich aufwärts winden und vereinen mit dem Durcheinander von Leinen und Luft, in dessen Mitte seine Frau liegt – auf dem blutgetränkten Küchensofa, dem zerknitterten Cretonneüberzug –, meine Mutter, ihr gewaltiger Körper reglos, ihre Augen geschlossen. »Eklampsie«, sagt Dr. Spears ernst, während er ein Laken – nein, kein Laken, eine Tischdecke – über ihr Gesicht zieht und meinen Vater scharf ansieht. »Mit ziemlicher Sicherheit Eklampsie.«

Schatten fallen von der offenen Tür auf den Fußboden. Und da liege ich auf dem Küchentisch, naß aus meiner fetalen Welt gezerrt, winzig, gewickelt, blind, mein Herzschlag bedingt durch eine Reihe Gefäßklappen, die so zart sind wie Blütenblätter und noch nicht ganz entfaltet. Wo, fragen Sie, ist der Malvernpudding, der mit dem uralten Stein beschwerte? Man hat ihn beiseite geräumt, ebenso das Kochbuch meiner Mutter. Man wird beides in dieser Geschichte nicht wiedersehen. Ich bin gewindelt in – was? – ein Küchenhandtuch. Oder vielleicht in etwas, was rasch von Clarentine Fletts Wäscheleine gerissen wurde, einen in der Manitobasonne steif und starr getrockneten Kissenbezug. Mein Mund ist offen, ein runzliger schmaler Ring, schon suchend, fordernd, und vielleicht ist mir auf einer unterbewußten Ebene bereits klargeworden, daß jene fadendünne Substanz, derer wir bei der Geburt habhaft zu werden trachten, für mich unerreichbar sein wird.

Alle Anwesenden in der winzigen, vollen, heißen und übelriechenden Küche – Mrs. Flett, der alte Jude, Dr. Spears, Cuyler Goodwill – sind eingeladen, an einem historischen Augenblick teilzuhaben.

Historisch, wahrhaftig! Als ob dieser armselige Zeitabschnitt diese Bezeichnung verdiente. Der Zufall, nicht die Geschichte, hat uns zusammengerufen, und was sind wir für ein Häuflein. So eine Konfusion, so ein Wehgeschrei aus Unzulänglichkeit und Verhängnis. Trauernden ist die Macht gegeben, die Luft mit Schuldvorwürfen aufzuladen, aber dies sind noch keine Trauernden. Ein Delirium aus Hilflosigkeit vereint sie oder hält sie vielmehr auseinander.

Die Standuhr schlägt sechs, und beim letzten Schlag drehen die Zeugen sich um, sehen sich an, sehen dann auf mich, den ungebetenen Gast. Die Mysterien, Geheimnisse und Lügen ihrer jeweiligen Existenz tanzen wie Atome durch ein Magnetfeld, so daß der Raum, diese schlichte, niedrige, ländliche Küche, mit derselben Schwingung geladen ist, die einem Wirbelsturm vorausgeht. Ich bin fast sicher, daß der Raum den Anwesenden keinen Vorschlag eingibt, was als nächstes zu geschehen hat, welche Worte zu sprechen sind, welche Tröstungen zu Gebote stehen, Tee, Whisky oder vereint gestammelte fromme Phrasen. Diese guten Seelen, denn das sind sie, stehen fest verankert auf einer alten, weißlich schimmernden Kalksteinplatte, die sich wenige Zoll unter den Fußbodendielen befindet, doch in diesem Moment fühlen sich alle haltlos, als klapperten sie losgerissen in der Welt zwischen dem Einschlag des Todes und der zappelnden Torheit der Geburt.

Verlegen oder vielleicht beschämt, werfen sie einen letzten Blick auf die große, weißbedeckte Gestalt Mercy Stone Goodwills, die vor ihnen liegt, reglos und ruhig wie ein Schiff, zeit ihres Lebens eine Fremde in der Welt, und ihren letzten Atemzug ihrem Kind geschenkt hat.

Dieser Flügelschlag des Atems ist es, wonach ich greife. Selbst jetzt beanspruche ich ihn absolut. Ich verlange nach seiner buchstäblichen Dichte und Dampfigkeit, denn so sehr ich mich auch bemühe, nichts auf der Welt ist mir sicher außer ihrem letzten Atemzug, von dem eine geringe Spur im Raum verweilt wie Schnee oder Sonnenlicht, brennend, frostig auf meinen versiegelten Augenlidern, und sagt: Öffnet euch, öffnet euch.

Kindheit, 1916

Mit dreiunddreißig Jahren ist Barker Flett ein Mann mit gebeugten Schultern und trauriger Miene, aber die Frauen, die ihn ansehen, denken: Dies ist ein Mann, der möglicherweise leicht glücklich zu machen ist.

Sie trachten danach, ein Plätteisen auf das billige Kammgarnsakko zu drücken, das er trägt, wenn er vor seinen Studentinnen Vorlesungen über den Lebenszyklus der Alpenveilchen oder der Präriekrokusse hält. Auch seine Hemden könnten frischer sein, und die Kragen ordentlich aufgeknöpft, seine abgelaufenen Halbschuhe schreien geradezu nach Schuhwichse und so weiter und so fort. Alles, was Professor Flett braucht, ist ein bißchen weibliche Zuwendung. Und zwar herzliche Zuwendung. Lacht ihn nicht aus; bemitleidet ihn, liebt ihn.

Zerstreut langt er beim College an, kommt fünf, manchmal zehn Minuten zu spät zu seinen Vorlesungen; mit verwirrtem Staunen in den Augen blickt er auf die erwartungsvollen Gesichter, während er in seiner Mappe nach seinen Vorlesungsnotizen kramt. Da, er hat sie gefunden. Er ordnet sie auf dem Lesepult, umständlich, stirnrunzelnd. Seine Brille, er hat seine Brille vergessen. Nein, da ist sie, zusammengelegt in seiner Brusttasche. Er zieht sie heraus, hakt die Drahtbügel um seine hübsch geformten Ohren, zuerst den linken, dann den rechten – dann, den Mittelfinger fest auf der Nasenwurzel, rückt er sie gerade. Er blinzelt zweimal. Räuspert sich. Und beginnt.

Er hat eine schöne Stimme. Weich wie feingesponnene Wolle. Hätte sie eine Farbe, wäre es ein warmes Kastanienbraun. In Klang, Fluß, Resonanz ist sie genau, wie eine Männerstimme sein soll; die winzige Andeutung eines schottischen Schnarrens, dünner als die Firnisschicht auf dem Lesepult des Professors, verleiht ihr die nötige Härte.

Und so richten sie ihr Augenmerk auf ihn, insbesondere auf seinen wohlgeformten, gramvollen Gelehrtenmund, und beugen die Köpfe nur, wenn es ihnen geboten erscheint, die Wörterliste zu notieren, die er vor ihnen abspult, die Teile einer bestimmten Blume: Stempel, Narbe, Griffel, Fruchtknoten, Staubblatt, Staubbeutel, Staubfaden, Blütenblatt, Kelchblatt, Blütenboden. Oft benutzt er die Tafel, aber heute skizziert er, weil er seine Kreiden vergessen hat, die Formen in der Luft. Seine langen Finger öffnen und schließen sich um diese Luftgestalten. Ein Jammer, daß die Manschetten seines Hemdes in so einem Zustand sind, und es sieht so aus, als ob – ja, wirklich – da, an seinem linken Ärmel fehlt ein Knopf, aber er achtet nicht darauf, und genau dies finden seine Studentinnen so unwiderstehlich an Professor Barker T. Flett: seine ungemein männliche Gabe der Selbstvergessenheit.

Es ist Herbst 1916, und zwölf der vierzehn für die Einführung in die Botanik Immatrikulierten sind junge Frauen. Die Männer des Wesley College, allesamt bis auf Edward Wood, einen Epileptiker, und den winzigen verwachsenen Clarence Redfield – achtundvierzig Zoll groß, mit einem seitwärts gebogenen Fuß – haben sich die Uniform des Dominions übergestreift und sind in den Krieg gezogen. Warum nur kämpft Professor Flett nicht an der Front?

Gerüchte gibt es im Überfluß. Man munkelt, er ist vielleicht Pazifist, jedoch einer, der sich erst bekennen muß.

Oder daß er ein schwaches Herz hat, wie seine beinahe durchsichtige Haut vermuten läßt. Oder sein schlechtes Sehvermögen macht ihn untauglich; von einem Brillenträger kann man kaum erwarten, daß er dem Kaiser entgegentritt, und dann ist da der Spazierstock aus Diamantweide, den er bei sich trägt – entweder Zierat oder Notwendigkeit. Oder vielleicht wurde seine laufende Arbeit über neue Weizenarten als entscheidend für die Kriegsanstrengungen beurteilt. (Damals, 1905, als er studierte, um seinen Magister in Naturwissenschaften zu machen, hatte Barker Flett an der Vervollkommnung der jüngst veredelten Kreuzung »Marquis« mitgewirkt, eines kräftigen roten Frühjahrsweizens, den er nun mit der außergewöhnlichen Sorte »Garnet« zu kreuzen versucht, die ganze zehn Tage früher geerntet werden kann, so daß sich Schäden durch frühen Frost vermeiden lassen.) Oder vielleicht ist er für ungeeignet für den Militärdienst befunden worden, weil er die einzige Stütze seiner ältlichen Mutter und einer jungen Nichte ist, eines Mädchens von elf Jahren. (Diese letzte Erklärung ist die bevorzugte, und sie ist darüber hinaus wahr oder beinahe wahr.)

Wie kommt es, daß seine Studentinnen von der ältlichen Mutter und der jungen Nichte wissen; denn gewiß wird er ihre Existenz nie erwähnen? Weil eine seiner Studentinnen, die lebhafte blonde Bessie Perfect, in einer Pension an der Downing Street logiert, nur zwei Straßen entfernt von der Simcoe Street, wo die drei Mitglieder der Familie Flett wohnen. Eine andere Studentin, Jessie Saltmeyer, gehört der Ersten Methodistenkirche an, wo die Familie Flett jeden Sonntagmorgen betet. Und dann ist da die Studentin Miss Lena Ballentyne; Lena Ballentynes Vater, ein Zahnarzt, ist mit der alten Mrs. Flett bekannt und hat ihr tatsächlich zweimal falsche Zähne eingepaßt. Und wer noch? Ach ja, einmal war der winzige Clarence Redfield auf einem Wochenendbummel den drei Angehörigen der Familie Flett begegnet, die am Ufer des Red River entlangspazierten. Sie trugen einen Picknickkorb und ein zusammengelegtes Stück Teppich, um es auf dem Boden auszubreiten. Die Armseligkeit kleiner Familien! Aber ihre Selbstgenügsamkeit macht das wieder wett.

Auf den Gängen des Wesley College werden diese Informationsschnipsel gesammelt und gehütet. Miss Saltmeyer weist fast nebenbei darauf hin, daß Professor Fletts Mutter keineswegs so ältlich ist und daß sie in der Frühlings- und Sommersaison auf dem freien Stück Land neben dem Haus auf der Simcoe Street eine beachtliche Ernte an Blumen erzielt, die sie an die diversen Blumenhändler verkauft, die überall in der Stadt Geschäfte eröffnet haben. Eine andere steuert die Information bei, daß die »Nichte« keine echte Blutsverwandte ist, sondern nur die Tochter eines Bekannten der Familie, dessen Frau im Kindbett gestorben ist. All diese Kunde fasziniert die Studentinnen der Botanik, aber die größte Faszination geht von der Tatsache aus, daß Barker Flett ein unverheirateter Mann ist. Diese kuriose, wundervolle Anomalie macht ihnen Hoffnung für ihr eigenes Leben: ein stattlicher Mann von dreiunddreißig Jahren, der seine Lebensgefährtin erst noch finden muß.

Sie können nicht umhin, sich zu fragen, ob es in seiner Vergangenheit ein tragisches, zerbrochenes Verlöbnis gegeben haben mag – diese Möglichkeit ist von aufeinanderfolgenden Wellen von Studentinnen so oft diskutiert worden, daß sie mittlerweile den Glanz der Glaubwürdigkeit angenommen hat. Sie existiert in mehreren Versionen: eine Liebste, die von einer Sommergrippe dahingerafft wurde, eine Verlobte, die als unpassend verurteilt wurde, sei es wegen ihrer Neigung zur Hochkirche, wegen eines fehlerhaften Charakters, wegen Wahnsinns in der Familie, sei es, weil das Gehalt eines Professors am Wesley College niemals ausreichen würde, um ihren materiellen Bedürfnissen zu entsprechen.

In Wirklichkeit gibt es kein zerbrochenes Verlöbnis in Barker Fletts Vergangenheit, keine aufgelöste Verbindung von Geist und Körper. Professor Flett, der sich der Legenden, die um ihn gewoben werden, vollkommen bewußt ist, lächelt bei diesem Gedanken. Sein Lächeln ist schön wie seine Stimme, aber es ist ein Lächeln, das sich aus einer enttäuschenden Askese entwickelt hat und aus dem Verdacht, daß Liebe nichts anderes ist als eine Verkleinerungsform von Selbstverletzung. Seine eigene Gesellschaft ist ihm die liebste. Ein ruhiges Zimmer im Winter, ein Sessel, ein aufgeschlagenes Buch unter dem Lichtkreis einer Lampe, behagliche Strenge. Oder aber eine einsame Wanderung über eine Sommerwiese, den lieben langen Tag botanisieren, mit nichts bei sich außer seinem Taschenmesser, seiner Botanisiertrommel und ein, zwei Butterbroten. Sicher, dreimal in seinem Erwachsenenleben hat er die Zimmer von Prostituierten in der Higgens Avenue aufgesucht, aber dies betrachtet er als lehrreiche Episoden, die nichts in ihm berührt haben, was authentisch zu nennen wäre. Mag sein, daß er zu jenen Männern gehört, die für Frauen ebenso tiefe Zart- wie Haßgefühle hegen. Er ist auf keinen Fall in Trauer um eine verlorene Liebe, wie seine Studentinnen gerne glauben möchten; er betrauert nur das einfache Leben, das ihm einst beschieden war und das nun verloren ist.

Nie hatte er das Glück fester im Griff gehabt als im Sommer 1905, seinem zweiundzwanzigsten Lebensjahr, als er allein zwei Hinterzimmer im Obergeschoß eines Fremdenheims in der Simcoe Street bewohnte und, über sein kleines Studierpult gebeugt, seine Doktorarbeit über den Frauenschuh, Gattung *Cypripedium*, vollendete.

Er liebte diese Blume. (Die »Frau« war natürlich Venus.) Er hätte ihre sinnliche Gestalt sogar im Traum zeichnen können. Rückenständiges Kelchblatt, Griffelsäule, seitliches Kelchblatt, Blatthülle, Tragblatt, Knospe, Wurzel. Eine gewöhnliche Pflanze, ja, aber sie gehörte der exotischen Familie der Orchideen an. Diese zarte, verdrillte Blüte, sie war sein. Er hatte monatelang über sie gearbeitet, und jetzt besaß er sie ganz, ihre gefalteten seidigen Teile und die reine, klassische Regenerationsmechanik, die sie aus dem bescheidenen mittelkontinentalen Lehm emporhob und dem Menschenauge – und seinem Auge im besonderen – (dies glaubte er ohne Eitelkeit) ihre volle Schönheit offenbarte.

Das intensive Betrachten dieses einzelnen Lebewesens hatte in ihm andere, vielschichtige Sehnsüchte geweckt. Er hatte sich von neuem nach Erlösung von seinem Körper gesehnt – den Damen der Higgens Avenue – und nach Auslöschung all dessen, was er bislang in seinem Leben grausam gefunden hatte, angefangen bei dem stummen, dumpfen Zorn seiner Eltern und Brüder, einer Familie, der die Unterstützung durch Bildung, Kultur und sogar Sprache versagt geblieben war. Er sehnte sich danach, sich abzusondern von den armseligen ungepflasterten Straßen von Tyndall, Manitoba, wo er seine Kindheit verbracht hatte, und von dem plumpen Grapschen nach Erlösung und Sex, das er überall ringsum wahrnahm. Die Seligkeit lag in der Beschaffenheit dieser schlichten Blume, die er sich auf einem Blatt weißen Hadernpapiers zu vergegenwärtigen versuchte: ein blütenblättriger Organismus, in sich vollkommen, ausschließlich seinen eigenen Rhythmen und Gesetzen gehorchend. Im Rückblick, Jahre später, erinnert sich Barker Flett, wie zärtlich er den Aquarellpinsel in der Hand hielt, wie die Sonne, die durch die Fensterscheibe fiel, die Oberseite seines Handgelenks und den Rand des Wasserglases streifte, und wie sein ganzes Dasein sich dadurch erhellte.

Seine Euphorie sollte von kurzer Dauer sein. MacIntosh, der Rektor des Colleges, bat ihn, seine Forschungen auf die Entwicklung widerstandsfähiger Getreide umzustellen, und erinnerte ihn daran, daß Methodismus eine soziale wie auch spirituelle Religion und daher mit der Qualität des menschlichen Lebens befaßt sei – hier betonte der alte Herr seine Worte mit Inbrunst –, des menschlichen Lebens auf dieser Erde. Zur Erleuchtung des jungen, empfänglichen Barker Flett zitierte er die Worte Jonathan Swifts: »Wer es dahin brächte, zwei Ähren Korn ... auf einer Stelle wachsen zu lassen, wo zuvor nur eine gewachsen ist, der machte sich mehr um die Menschheit verdient und leistete seinem Vaterland einen wesentlicheren Dienst als die ganze Gilde der Politiker zusammengenommen.«

Der junge Flett sah sich gezwungen, seine Frauenschuh-Liebhaberei aufzugeben und sich Getreidekreuzungen zu widmen. Und als wäre dies nicht Opfer genug, wurden ihm obendrein die Einführungsvorlesungen in Chemie und Physik sowie Botanik aufgebürdet und ein Jahr später, nach der Entlassung des armen Blaser (da bei ihm »Gebrauch von Alkohol« festgestellt wurde) auch noch der Grundkurs in Zoologie. Über Nacht, so schien es, war die Einzigartigkeit seiner Konzentration zerstört.

Schlimmer noch, eines Abends Ende September kehrte er in seine Behausung an der Simcoe Street zurück und fand dort seine Mutter vor. Auf dem Schoß hatte sie einen winzigen Säugling, der mit den Armen ruderte, mit den Beinen strampelte und, mit schmerzendem Bauch und entzündeter Lunge, gegen die Ungerechtigkeit der Welt anschrie.

Habe ich gesagt, daß Clarentine Flett ihren Mann Magnus im Jahre 1905 verließ? Habe ich erwähnt, daß sie den Säugling mitnahm, der sich in ihrer Obhut befand, das kleine Kind von Mercy Goodwill, ihrer Nachbarin, die bei der Geburt gestorben war?

Als Mrs. Flett abreiste, war es September; eine Reihe Nachtfröste hatte die Luft abgekühlt, und der Säugling – ein kleines Mädchen von friedlicher Veranlagung – war in ein strammes baumwollenes Steckkissen gestopft, darüber hatte man ihm ein schlichtes flanellenes Trägerkleidchen gezogen, darüber eine geknöpfte Weste aus feiner weißer Wolle, und diese vielen Schichten waren in einen großen, mit Sicherheitsnadeln befestigten Strickschal gewickelt.

Es war an einem strahlenden Morgen um neun Uhr sieben, als Mrs. Flett am Bahnhof von Tyndall den Zug der *Imperial Limited Eisenbahngesellschaft* bestieg; überzeugt, daß ihr Leben ruiniert war, gelang es ihr dennoch durch Willensanstrengung, sich aufrecht zu halten und eine Miene konzentrierter Lebhaftigkeit aufzusetzen. Denjenigen, die sie ihre Fahrkarte nach Winnipeg lösen sahen – mit einer Dollarnote, die sie abends zuvor aus der Kragenschachtel ihres Ehemannes entwendet hatte –, war es vollkommen entgangen, daß sie nur für eine Strecke bezahlte. Diese Zeugen mögen, wenn sie nahebei standen, an ihrer Person einen scharfen, aber nicht unangenehmen Geruch wahrgenommen haben, der dem Wattebausch entströmte, den sie mit Nelkenöl getränkt und auf ihren schmerzenden Backenzahn gepreßt hatte. Ihr Hut war keines zweiten Blickes wert, mit seinem Besatz aus gewöhnlichem Baumwollsatin und japanischer Litze, aber sie hatte ihn nichtsdestoweniger in kleidsamer Schräge an ihrem kleinen, strengen Kopf befestigt, was ihr das beschwingte Aussehen einer viel jüngeren Frau verlieh; tatsächlich war sie fünfundvierzig. Der große Armvoll

Herbstblumen, die sie bei sich trug, wäre Beobachtern als bloße weibliche Schrulle erschienen, und hätte jemand einen Blick in ihre kleine Reisetasche geworfen, so hätte er nur einen zusammengelegten Wollmantel für sie selbst, ein Dutzend feine Moltonwindeln für den Säugling und eine Nuckelflasche mit drei schwarzen Gummisaugern gefunden. Eine beschwerliche Last, gewiß – Beutel, Bukett und Baby –, aber sie nahm ihren Fensterplatz mit zuversichtlicher Miene ein.

Es war eine kurze Fahrt, nur dreiundfünfzig Minuten über flache Stoppelfelder und durch eine Reihe sonnenbeschienener Dörfer – Garson, East Selkirk, Gonor, Birds Hill, Whittier Junction –, und in dieser Zeit, den schlafenden Säugling an ihrer Brust, begann Clarentine Flett Pläne für ihr Überleben zu schmieden. Ihr Haferschleimfrühstück lag ihr schwer im Magen, aber ihre Phantasie schwebte leicht dahin. Sie sah ihr altes Leben hinter sich, sauber abgeschnitten, als hätte sie es mit einem Messer gekappt (der Zettel für ihren Mann, den sie unter ihren Taschentuchbeschwerer gesteckt hatte, ein einziges hingekritzeltes Wort: Lebewohl). Vor ihr warteten Chancen und Gelegenheiten, die sie sich selbst schuf. Sie würde aus dem Zug auf die geschäftige Straße vor dem Canadian-Pacific-Bahnhof in Winnipeg treten und Passanten ihre Blumen feilbieten; Stadtmenschen hatten eine Schwäche für frische Blumen, selbst so gewöhnliche Blumen wie diese, die wild auf jedem unbebauten Stück Land der Gegend wuchsen, wenn man nur wußte, wo man sie suchen mußte; sie wollte vier einzelne Sträuße daraus machen – diese dunkelblauen Astern oder Herbstastern, wie sie häufig genannt wurden –, dazu ein paar dünne ledrige Blätter, hübsch gebunden mit dem Band, das sie mitgebracht hatte, und jedes Sträußchen für zehn Cent verkaufen, was ihr genug Geld einbringen würde, um sich eine

Droschke zu nehmen, die sie und das Kind zu dem Fremdenheim an der Simcoe Street brächte, wo ihr Sohn Barker wohnte. Dort angekommen, würde sie das halbe Dutzend Stufen hinaufsteigen, an seine Tür klopfen und Einlaß finden. Danach würde sie warten, wachsam, bereit, und sehen, was ihres Weges käme.

»Mein lieber Mr. Goodwill«, schrieb Clarentine Flett in ihrer großen, schnörkeligen, ungeübten Handschrift, »haben Sie Dank für Ihre Nachricht; ich schreibe Ihnen sofort, um Ihnen zu versichern, daß für Daisy, wie ich sie nunmehr nenne, gut gesorgt wird und daß sie bei ausgezeichneter Gesundheit ist. Es freut mich, daß Sie mir zustimmen, daß ein so kleines Kind in weiblicher Obhut leichter gedeihen wird, zumindest vorerst, und ich bedaure nur, daß meine Zerstreutheit letzten Dienstag morgen mich davon abhielt, Ihnen ein Wort der Erklärung zu hinterlassen. Sie brauchen sich um Ihr liebes Kind keine Sorgen zu machen, da wir im Haushalt meines Sohnes auf das behaglichste und reinlichste untergebracht sind. Ihr gegenwärtiger schmerzlicher Verlust bewegt mich zutiefst; denn, wie Sie wissen, habe ich Ihre gute Mercy von ganzem Herzen geliebt. Ich lege diesem Brief eine Haarlocke des Kindes bei, die Ihnen, dessen bin ich sicher, einen gewissen Trost spenden wird. Es ist leider eine sehr kleine Locke, gerade mal ein halbes Dutzend Haare, denn sie hat erst so wenige zu erübrigen.«

Barker Flett, der große, hagere, schlechtgekleidete Botanikforscher, saß zusammengekrümmt an seinem unordentlichen Schreibtisch; die Neigung seines Kopfes signalisierte Trübsal. Seufzend vor Verdruß, griff er nach einem Federhalter, tauchte die Stahlspitze der Feder ins Tintenfaß und schrieb: »Mein lieber Vater, hab Dank für

Deinen Brief, obwohl mich Deine Abneigung schmerzt, direkt an meine Mutter zu schreiben, da ich nicht umhin kann zu glauben, daß eine Bitte Deinerseits, ernsthaft geäußert und in sanfte Worte gekleidet, sie anregen könnte, über ihre Lage nachzudenken und am Ende nach Hause zurückzukehren.« (Hier hielt er einen Moment inne und starrte hinaus in den Regen, der gegen das Fenster prasselte.) »In der Zwischenzeit bitte ich Dich, Deinem Herzen einen Stoß zu geben und ihr eine kleine Unterstützung zukommen zu lassen, vielleicht ein, zwei Dollar die Woche. Wie Du weißt, mußte ich ein weiteres Zimmer mieten, um sie und das Kind unterzubringen, und mein Forschergehalt am College deckt diese neuen, gänzlich unvorhergesehenen Ausgaben kaum. Zudem ist eine Anzahl Arztrechnungen angefallen, da Mutter infolge des Ziehens ihrer Zähne an einer schweren Entzündung litt und das Kind Tag und Nacht mit einer beengten Brust, wie Dr. Sterling das nennt, zu schaffen hatte. Vielleicht ist Dir bekannt, daß Dein Nachbar, Mr. Goodwill, sich bereit erklärt hat, den Betrag von acht Dollar monatlich für den Unterhalt des Kindes beizusteuern. So großzügig dies ist, es reicht kaum aus. Ich sende Dir und meinen lieben Brüdern herzliche Grüße. Barker Flett.«

Mein lieber Mr. Goodwill,
Ihr monatlicher Brief ist stets willkommen, und ich danke Ihnen auf das herzlichste für Ihre Expreßzahlungsanweisung, die ich sehr zu schätzen weiß. Es freut mich, Ihnen mitteilen zu können, daß Daisy weiterhin drall und fröhlich ist und ihre Beinchen ausgesprochen kräftig sind. Mein Sohn und ich sind der Meinung, daß sie laufen wird, ehe der Monat um ist. Ich lege die Photographie bei, um die Sie gebeten haben. (Und ich danke nochmals für die

Sendung des erforderlichen Geldes.) Sie werden selbst sehen können, daß der Photograph die außergewöhnliche Kräuselung ihrer Haare eingefangen hat, die von einer sehr hübschen Farbe sind, die ich »Erdbeerrot« nennen hörte. Es ist mir ein Anliegen, Ihnen zu versichern, daß die Luft in Winnipeg, entgegen dem, was Sie gehört haben mögen, frisch und gesund ist. Überdies haben wir das Glück, neben unserem Haus einen hübschen großen Garten zu haben, wo Klein-Daisy herumlaufen kann, wenn das sommerliche Wetter eintritt.

Mit besten Grüßen
Clarentine Flett

Mein lieber Vater,

ich habe mit Mutter gesprochen, wie Du mich gebeten hast, aber leider bleibt sie strikt bei Ihrer Weigerung, nach Tyndall zurückzukehren, trotz Deines großzügigen Angebotes, sie wieder im Haus aufzunehmen und sogar davon abzusehen, ihren plötzlichen Fortgang und ihre lange Abwesenheit von daheim zu erwähnen.

Was Deine andere Frage angeht, bedaure ich, sie abschlägig beantworten zu müssen, denn ich denke, es wird nur Mutters Nerven strapazieren, Dich hier zu empfangen. Ihre geistige Verfassung ist im Augenblick verhältnismäßig ausgeglichen, und sie ist sehr beschäftigt mit dem Garten und der Beaufsichtigung der kleinen Daisy. Wir dürfen jedoch die Hoffnung auf eine Versöhnung in der Zukunft nicht aufgeben.

Ich bedaure ferner Deine Entscheidung in der Geldangelegenheit, die für mich zu einer nicht versiegenden Quelle der Sorge geworden ist.

Dein Sohn
Barker

Mein lieber Mr. Goodwill,

Sie werden es kaum glauben, daß Daisy in nur zehn Tagen in die erste Klasse eingeschult wird. Sie kann schon das Abc auswendig, ebenso das Vaterunser, den 23. Psalm und eine Anzahl einfacher Kirchenlieder. Sie ist darüber hinaus in der Lage, die allgemein gebräuchlichen Namen aller Blumenarten in unserem Garten aufzusagen, um die fünfundzwanzig an der Zahl. Es freut mich zu sagen, daß sich ihr Brustleiden in diesen zwei Monaten, in denen das Wetter schön war, gebessert hat, wozu auch die regelmäßige Anwendung eines Umschlags aus Königskerzenblättern zur Schlafenszeit beigetragen hat. Was mich selbst betrifft, so ist mein Befinden sehr gut.

Ihre ergebene
Clarentine Flett

Lieber Mr. Goodwill,

haben Sie Dank für Ihren Brief vom 28., und seien Sie versichert, daß Daisy bei ausgezeichneter Gesundheit ist. In der Schule hat sie »Eines Seemanns Klage« mit viel Gefühl und Begeisterung vorgetragen.

Wir haben in der *Tribune* von voriger Woche mit größtem Interesse von Ihnen und Ihrem berühmten Turm gelesen. Als mein Sohn, Professor Flett, die ziemlich unscharfe Abbildung betrachtete, ist er sehr neugierig geworden, den Turm in natura zu besichtigen, aber, wie Sie wissen, fährt er nicht mehr nach Tyndall, seit seine Brüder in den Westen gezogen sind.

Ihre sehr ergebene
Clarentine Flett

Mein lieber Vater,

es ist mir überaus peinlich, daß ich Dich abermals um Geld ersuchen muß. Ich flehe Dich an, mit Dir ins Gewissen zu gehen und Deine Gedanken den vielen Jahren zuzuwenden, in denen Du und Mutter ein harmonisches Leben führtet, während welcher Zeit sie ohne jeglichen Gedanken an Vergütung höchst pflichtgetreu und liebevoll diente. Unsere alltägliche Lage hier ist augenblicklich äußerst unsicher, und ich fürchte nun, daß mein Entschluß, das Haus an der Simcoe Street mitsamt dem angrenzenden Land zu erwerben, voreilig war, zumal die Stadt sich nach Süden ausdehnt und jetzt von Krieg die Rede ist. Mein Handeln, das versichere ich Dir, war von dem Wunsch getragen, Daisy, die zu einem lieben jungen Mädchen heranwächst, ein rechtschaffenes, respektables Heim zu bieten, dessen sie sich niemals schämen muß. Es ist wahr, daß meine Mutter durch den Verkauf von Pflanzen und Kräutern ein gewisses Einkommen erzielt, aber die Kosten für die Errichtung eines Gewächshauses waren beträchtlich.

Es ist ebenfalls wahr, wie Du schreibst, daß meine Einkünfte sich durch die Lizensierung der Weizenkreuzung »Marquis« gesteigert haben, aber drei Viertel dieser Einkünfte bleiben Eigentum des Colleges. Ich sehe Deiner gewogenen Antwort voll Hoffnung entgegen.

Es dürfte Dich interessieren, daß in diesen Tagen viel die Rede ist von dem »Goodwill-Tower«, als welcher der Turm in der Stadt bekannt ist, und man sagt mir, daß er Besucher aus der gesamten Region, ja sogar aus den Vereinigten Staaten anzieht.

Dein Sohn
Barker

Lieber Mr. Goodwill,

dieser kurze Brief wird Ihnen, so hoffe ich, Gewißheit bringen, daß Daisy nunmehr vollkommen von den Masern genesen ist. Es war eine überaus betrübliche Zeit und sehr verdrießlich für Daisy, sich so viele Wochen in einem verdunkelten Zimmer aufzuhalten, zumal sie von Natur ein lebhaftes, gesundes Kind ist. Es hat sie jedoch sehr aufgeheitert, im *Family Herald* von voriger Woche eine Photographie von Ihnen zu entdecken, auf der Sie vor Ihrem Turm stehen. »Ist das wirklich mein Vater?« fragte sie mich, und ich versicherte ihr, daß dem allerdings so sei. Woraufhin sie sehr erpicht war, Sie zu besuchen, und tagelang von nichts anderem gesprochen hat, doch wir, Professor Flett ebenso wie ich, glauben, daß ein derartiger Besuch bei einer eben erst von einer schweren Krankheit Genesenen eine zu große Erregung erzeugen würde.

Wir sind nach wie vor dankbar für Ihren monatlichen Beitrag zu unserem Haushalt. Wir wirtschaften so gut, wie wir es mit einem bescheidenen Budget vermögen, und glücklicherweise beginnt mein kleines gärtnerisches Unternehmen zu gedeihen. Es ist, als hätte alle Welt das Glück erkannt, das schlichte Blumen in ein ansonsten freudloses Dasein in Zeiten des Krieges bringen können.

Ihre
Clarentine Flett

Lieber Mr. Goodwill,

ich danke Ihnen aufrichtig für Ihre Gebete und Ihre Worte des Beileids. Ich kann Ihnen wahrheitsgemäß sagen, daß meine liebe Mutter in ihren letzten Tagen nicht gelitten hat, nachdem sie in dem Moment, als sich der schreckliche Unfall ereignete, in den Zustand der Bewußtlosigkeit geglitten war. Für die Freunde und Verwandten, die an ihrem Bett wachten, war ihre Ruhe eine Quelle der Kraft und Eingebung. Am Ende wurde sie im Kreise von Freunden und Familie zur letzten Ruhe gebettet; meine beiden Brüder trafen zur rechten Zeit aus dem Westen ein, um ihr die letzte Ehre zu erweisen. Unser Vater blieb, wie Sie wissen, bis zum Ende harten Herzens, und ihm müssen von nun an unsere Gebete gelten. Der junge Radfahrer, der meine Mutter umfuhr, wurde zu einer Geldstrafe von fünfundzwanzig Dollar verurteilt, und wie man mir sagt, ist der arme Kerl nahezu krank vor Reue.

'Ich habe in diesen Tagen viel über Daisy nachgedacht, die meine Mutter all die Jahre innig geliebt – ja angebetet – hat wie ihr eigenes Kind. Sie werden mir gewiß beipflichten, daß es für ein Mädchen von elf Jahren keineswegs wünschenswert ist, im selben Haushalt mit einem Mann in meinen Verhältnissen zu leben, der weder eine Frau noch die Mittel hat, eine Person einzustellen, die in der gebotenen Weise für sie sorgt. Überdies sieht es so aus, als müßte ich Winnipeg sehr bald verlassen, um meiner Arbeit mit dem Getreidebeauftragten des Dominions und seinem Komitee in Ottawa nachzukommen. Wollen Sie die Güte haben, mir in aller Ausführlichkeit Ihre Gedanken zum Thema Daisy mitzuteilen und was wir unter uns arrangieren können, um in Zukunft ihre Versorgung und ihr Glück zu sichern.

Ihr ergebener
Barker Flett

Nachdem er die Verzückung kennengelernt hatte, konnte mein Vater, Cuyler Goodwill, ohne sie nicht leben.

Einmal erwacht, war er empfänglich. Es hätte die Poesie sein können, der er sich nach dem vorzeitigen Ableben seiner Frau verschrieb – oder der Whisky oder die Körper anderer Frauen –, aber statt dessen erging es ihm wie vielen jungen Arbeitern seiner Zeit: Er fand Gott. In seinem Fall wartete Gott in Form eines Regenbogens östlich der Quarry Road unweit der Parzelle, wo meine Mutter begraben lag.

Dieses Ereignis begab sich im Monat Oktober an einem frühen Morgen nach einer Nacht schwerer Regenfälle.

In einem Stoffsack, den er sich über die Schulter geschlungen hat, trägt er ein achteckiges Stück Kalkstein (von der Größe, sagen wir, einer Zuckermelone), das er auf das Grab seiner verstorbenen Frau zu legen gedenkt. Er klettert bei Taylor's Corners über den Zaun, nimmt eine Abkürzung über ein Stoppelfeld, über den durchweichten, unebenen Boden, als plötzlich die Sonne durchbricht, mattgelb zuerst, aber rasch kräftiger werdend, so daß die Hitze durch die Fasern seines grauen Baumwollhemdes dringt. Er blickt hoch, und da ist er: der Regenbogen.

Natürlich hat er zuvor in seinem Leben Regenbogen gesehen, ist jedesmal, wie es die Leute auf dem Land tun, stehengeblieben, um das Schauspiel wäßrigen Irisierens zu bewundern. Schließlich sind Regenbogen im südlichen Manitoba keine so häufige Erscheinung, daß sie unbemerkt blieben. »Sieh nur«, wird der eine oder andere mit Sicherheit ausrufen und himmelwärts zeigen, und vielleicht steigt in Gedanken ein Wunsch auf, eine unbestimmte Vorstellung von verheißenem Glück, oder es tritt zumindest eine Veränderung der Stimmung ein.

Zu dieser Zeit in seinem Leben hat Cuyler Goodwill noch nicht mit seiner langen Versenkung in das Studium der Bibel begonnen und hätte, wäre er gebeten worden, Gottes Worte, die er nach der Sintflut an Noah richtete, nicht zitieren können: »Meinen Bogen habe ich gesetzt in die Wolken; der soll das Zeichen sein des Bundes zwischen mir und der Erde.«

Auch ist er keineswegs ein unwissender oder abergläubischer Mensch (wenngleich von beschränkter Schulbildung), und er versteht das generelle Prinzip des Regenbogens, weiß, daß der Prismeneffekt durch die Brechung,

Reflexion und Streuung des Lichts in den Wassertröpfchen entsteht. Er versteht auch die Flüchtigkeit der Erscheinung, ihre Unstofflichkeit – er ist schließlich ein Mann, der mit Steinen arbeitet, mit harten Kanten und faßbarem Volumen. Ein Regenbogen kann nicht berührt werden, seine Dimensionen lassen sich nicht messen, und seine Farben verblassen, noch während man sie wahrnimmt. Dies hat zu dem bei einfachen Leuten weitverbreiteten Glauben geführt, daß man einen Regenbogen nicht fotografieren könne, daß seine flüchtige, vergängliche Beschaffenheit sich der durchdringenden Linse und des endgültigen Beweises durch chemisch behandeltes Papier erwehre.

Aber der Regenbogen, der an diesem Oktobermorgen des Jahres 1905 vor meinem Vater erscheint, nur drei Monate nach dem Tod seiner Frau, ist anders, seine Farben sind kräftiger, deutlicher, seine Form ist so markant wie die Buntstiftzeichnung eines Kindes. Dieser Regenbogen scheint aus Glas oder einer Art durchscheinendem Marmor zu bestehen, einem Material, das hart und zweckmäßig ist, zwingend und zielgerichtet. Gerichtet auf ihn, Cuyler, und ihm das Ziel zeigend. Er hat die farbigen Bänder nicht Gestalt annehmen sehen; er weiß nur, daß sie plötzlich da sind, massiv und vollkommen, und durch ihren reinen Torbogen leuchtet ein strahlendes Stück vom Paradies.

In dem Augenblick, wo der Regenbogen in Erscheinung tritt, steht und im nächsten Augenblick kniet Cuyler Goodwill am Grab seiner Frau Mercy.

Er, Steinmetz von Beruf, hat ihren Grabstein selbst gestaltet, einen marmorierten Keil, schmal geschliffen und poliert, ihren Namen und ihre Daten tief in der Mitte eingraviert.

MERCY STONE GOODWILL
1875–1905
INNIG GELIEBT
&
TIEF BETRAUERT

Die Gravurarbeit hatte ihn in den ersten schrecklichen Tagen abgelenkt, aber fast unmittelbar darauf stellte er fest, daß das Grabmal jämmerlich unzulänglich war, zu dürftig und gehaltlos für das Geschöpf, das seine Liebste, seine Frau, sein Schatz gewesen war. Jetzt nimmt er jeden Tag ein, zwei Steine aus dem Steinbruch mit, versteckt sie sorgsam hinter einer Weidengruppe bei Taylor's Corners, nicht weit von der Biegung an der Pike's Road. Er wählt die Steine sorgfältig aus; denn er hat einen eigenartigen Entschluß gefaßt, nämlich den, daß er sie ohne Mörtel setzen wird. Allein die Schwerkraft muß sie an Ort und Stelle halten, Schwerkraft und Balance, jeder Stein muß die Form derjenigen aufnehmen, an die er gestützt ist, und im Einklang sein mit der abstrakten Vorstellung, die neuerdings Cuyler Goodwills Kopf erfüllt wie ein Wachtraum, ein Traumgebilde aus Kummer, vermengt mit Verwirrung. Wieder und wieder hört er eine Stimme dieselbe Frage stellen: Warum hatte seine Frau ihm nicht gesagt, daß ein Kind unterwegs war?

Schon sind die Mauern des Turmes bis Schulterhöhe angestiegen. Manche Steine, die Cuyler setzt, sind nicht größer als sein Daumen oder seine Faust, manche haben acht, zehn Zoll im Durchmesser oder mehr. Heute morgen, im grellen Licht des Regenbogens, schien ihre Oberfläche zu tanzen im Rhythmus mit den Goldrutenbüscheln, die sich in den letzten Tagen überall geöffnet haben. Sonne und Regen, Wolke und Licht, Blume und Stein – sie sind so eng miteinander verbunden, so nahezu prophetisch vereint, daß es Freudenzuckungen bei ihm auslöst, sich inmitten eines solchen heiligen Zusammenstromes zu befinden. Seine Brust füllt sich mit seiner tosenden Erleichterung, einem Verzückungsschrei, einem wilden Jubelgeheul.

Er hatte sich allein auf der Welt geglaubt, doch in Wahrheit ist er ein Kind dieses massiven, starren Regenbogens und der beharrlichen Formen aus Licht und Schatten, aus Substanz und Vergänglichkeit. Ein Kind der Erde.

Erst später, als er über die gefurchten Felder nach Hause geht, erinnert er sich an den Urheber seines Glücks und erweist ihm Ehre, indem er den makellosen Namen Gottes laut hervorstößt.

Tage hintereinander ist er imstande zu vergessen, daß er Vater eines Kindes ist, eines kleinen Mädchens namens Daisy, und dann schlägt etwas eine Glocke an, um ihn daran zu erinnern. Er wirft vielleicht einen Blick auf den Kalender an der Küchenwand und stellt fest, daß der vierte Dienstag des Monats geschwind naht, der Tag, an dem er eine Zahlungsanweisung an Mrs. Clarentine Flett in Winnipeg schickt. Oder er beobachtet, wenn das Wetter warm wird, wie die Kinder aus dem Dorf ihren Vätern das Mittagessen zum Steinbruch bringen, wo sie ein, zwei Stunden verweilen, um mit Kaulquappen oder mit unbrauchbaren Steinsplittern zu spielen, und bei diesem Anblick fragt er sich jedesmal, was für ein Kind seine Tochter wohl sein mag.

Oder vielleicht schickt Mrs. Flett eine Photographie des Mädchens, zusammen mit einem Brief, in dem sie Daisys stetes Wachsen, ihr freundliches Wesen oder ihre Tüchtigkeit in der Schule schildert. Daisy erscheint auf den Bildern als folgsames Kind, das auf seine Kleidung achtet und von schlanker, hübscher Statur ist, und hierfür, nimmt er an, sollte er wohl dankbar sein. Ihr Lächeln ist weder dreist noch schüchtern, sondern irgendwo dazwischen. (Aus einem unerfindlichen Grund ist es ihm unmöglich, festzustellen, ob sie hübsch ist oder nicht. Wahrscheinlich ist sie es nicht.) Auf der jüngsten Photographie sind auch Mrs. Flett und Professor Barker Flett zu sehen; sie sitzen zu beiden Seiten von Daisy, an einem grasbewachsenen Flußufer, wie es scheint; allen dreien verleiht eine Kolorierung in sanften Grautönen Charakter, eine behagliche Familie, eine mit sich zufriedene Familie, keine Spur von Zwietracht.

Gelegentlich erwacht er am ganzen Körper zitternd aus dem Schlaf, und sein Kopf trieft vom Schweiß der Erinnerung. Da tanzen in der Dunkelheit ganz deutlich die Wände der zum Leben erwachten Küche mitsamt dem Tumult und Durcheinander, der Runde erschrockener Gesichter und dem stillen, mit einem Tuch bedeckten Leichnam seiner lieben Mercy. Die Uhr schlägt die Stunde, und das Schlagen scheint sich fortzusetzen ohne Ende, es klirrt hinter Cuyler Goodwills Augen und verwischt mit seinem Getöse die Trennlinie zwischen Geträumtem und Erinnertem. Während die anderen stehen und starren wie Statuen, läuft er zur Küchentür hinaus und wirft sich zu Boden, wälzt sich herum, schreit und weint und hämmert mit den Fäusten auf die ausgedörrte Erde. »Sie hat es mir nicht gesagt«, brüllt er zum weiten Himmel empor, »sie hat es mir nie gesagt.«

Dies kann er einfach nicht begreifen: Warum seine Mercy es für richtig hielt, ihr folgenschweres Geheimnis für sich zu behalten.

Er nimmt an, er muß ihr Schweigen als eineArt Betrug ansehen oder gar als einen Akt der Feindseligkeit, aber er muß immer an ihre Unbeholfenheit mit Worten und den Schwierigkeiten denken, die die reale Welt einem aufbürdet. Er versucht, sich vorzustellen, was sie empfand, während dieses Kugelgebilde aus Menschenmaterie in ihr wuchs, wie sie seine zusammengefalteten Arme und Beine und sein schlagendes Herz in sich unterbrachte, ob sein Eindringen ihr angst machte oder ob sie es vielleicht so innig liebte, daß es ihr unmöglich war, seinen Namen auszusprechen, seine Existenz mitzuteilen oder Pläne für seine Ankunft zu fassen.

Er gesteht sich ein, daß seine Liebe zu seiner verstorbenen Frau sich durch ihr Schweigen geändert hat. Mehr und mehr scheint ihr Vergehen nicht nur ein Versäumnis, sondern eine Bestrafung, ein Mittel, ihn vor anderen zu demütigen, die ihn jetzt, so bildet er sich ein, als tölpelhaften oder aber gleichgültigen Mann sehen. Was ist das für ein Ehemann, der nicht weiß, daß seine Frau ein Kind erwartet?

Ja, dies muß eingestanden werden – Jahre später ist es mir klar –, daß die Liebe meines Vaters zu meiner Mutter Schaden genommen hat, und manchmal, insbesondere wenn er aus einem lebhaften Traum erwacht, fragt er sich, ob er imstande ist, das Kind zu lieben. Daisy Goodwill, elf Jahre alt, erstarrt im Auge eines Photoapparates. Ein kleines Mädchen mit einem Strohhut. Ein Kind, das an einem Flußufer hockt, kräftig, steif, ein unergründliches Lächeln auf den Lippen. Es wäre unnatürlich, wenn ein Vater sein Kind nicht liebte, aber was Cuyler Goodwill empfindet, ist nur eine winzige Liebe, erzeugt durch den Geist der Gepflogenheit. Er hat Verantwortung. Er schickt Geld für Daisys Unterhalt. Er schreibt Briefe an Mrs. Flett, in denen er seine Besorgnis um Gesundheit und Wohlergehen des Kindes ausdrückt, aber in Wirklichkeit denkt er selten in solchen Begriffen. Wer ist dieses Lebewesen, Fleisch von seinem Fleisch? (Daisy ist kein Name, den er ausgesucht hätte, aber das Kind mußte irgendwie genannt werden, und er war nach meiner Geburt in keinem geeigneten Zustand, um sich Gedanken über Namen zu machen.) Er betrachtet ihre Photographie. Zu seltsamen Tageszeiten denkt er an sie. Er ist von Zeit zu Zeit leicht neugierig auf sie und ein wenig besorgt, und neulich, als er erfuhr, daß sie unter der Geißel der Masern litt, hat er sich gefragt, ob nicht von ihm erwartet werde, eines Sonntagmorgens den Zug nach Winnipeg zu nehmen und sich persönlich über ihr Befinden ins Bild zu setzen.

Aber er schreckt vor dieser unangenehmen Begegnung zurück. Und vor den Wirren des Reisens – er ist nie in der Stadt gewesen, hat nie einen Grund gesehen, sich dorthin zu begeben –, und es widerstrebt ihm überdies, einen ganzen Sonntag zu opfern. Sonntags liest er in seiner Bibel, betet um Vergebung und arbeitet an seinem Turm.

Es ist jetzt Sonntagmorgen, ein schöner Junimorgen, und die Eisenglocke im Turm der Methodistenkirche von Tyndall ruft die Gläubigen zur Andacht, aber mein Vater fühlt sich nicht angezogen von diesem Klingklang.

Die Frömmigkeit hat aus Cuyler Goodwill keinen Kirchgänger gemacht. In den frühen Tagen seiner Bekehrung hat er es drei-, viermal mit dem Morgengottesdienst in Tyndall versucht, und einmal, nur ein einziges Mal, ist er die sieben Meilen nach Westen zur Siedlung Oakmidden gelaufen, wo er verwundert dasaß und die geheimnisvollen Riten einer griechisch-orthodoxen Messe über sich ergehen ließ. Die Geräusche öffentlicher Gottesdienste – Singen, Beten, Lobpreisen, Predigen – bereiten ihm Unbehagen. Die Gewänder der Geistlichen, selbst der schlichte weiße Methodistenkragen, kratzen an seiner Empfindsamkeit, drängen ihn an den Rand seines Glaubens, und die verstaubten Kirchenräume mit den schrägen Dachbalken beleidigen ihn mit ihrem Geruch und Gepränge, lassen ihn zwergenhaft erscheinen, verhöhnen ihn. Darüber hinaus fühlt er sich in seinen natürlichen Instinkten eingeengt durch die Gottesdienstordnung, die gehauchten Anrufungen und Amen und die numerierten Kirchenlieder und anschließend die Verpflichtung, anderen Gemeindemitgliedern die Hand zu schütteln, sie gemessen zu grüßen, sich seiner Zunge zum geselligen Austausch zu bedienen – dies alles ist dem Mann zuwider.

Statt dessen ist er fast zufällig auf eine intensive persönliche Meditationsweise verfallen, die gar nicht so weit entfernt ist von jener, die seit Jahrhunderten auf dem asiatischen Subkontinent praktiziert wird, eine konzentrierte Trance, die in unserer Kultur im späteren Jahrhundert Mode werden sollte, in den verrückten sechziger und siebziger Jahren.

In seinem Fall ist es eine ekstatische Vereinigung. Sonntags nähert er sich seinem Schöpfer mit einer Reihe ritualisierter Schritte; er steht bei Tagesanbruch auf, nimmt ein Frühstück ein, Tee und Brot, geht dann, und das bei jedem Wetter, hinaus zum Friedhof hinter der Quarry Road. Unterwegs sagt er sich eine Bibelstelle auf, gewöhnlich einen einzigen Vers, den er unablässig wiederholt.

Es ist niemand heilig wie der Herr,
außer dir ist keiner.

Wieder und wieder. Die Worte pochen in seinen Schläfen wie ein zweiter Puls. Seine Stiefel stampfen auf der Landstraße in einem erwidernden Rhythmus, der ihn hinter den Vorhang gewöhnlichen Bewußtseins zieht. Er begegnet niemandem auf dem Hin- und Rückweg – die Stunde ist zu früh für Mensch oder Tier. In einem kleinen Handkarren, den er selbst aus diesem und jenem zusammengeschustert hat, transportiert er die Steine, die er zu setzen beabsichtigt. Er ist zu dem Glauben gelangt, daß die Roh-mineralien der Erde die Kennung des Spirituellen sind und als solche zu Lobpreisung und Anrufung versammelt und geformt werden können. Ferner führt er, in die Schlaufen seines Gürtels gehakt, einen Fäustel und eine Anzahl kleiner Meißel mit sich. Sein Werkzeug, sein Ge-sang, seine Opfergabe – alles, was er braucht, trägt er am Körper.

Wo einst der einsame Grabstein meiner Mutter stand, ragt nun ein hohler Turm auf, gut dreißig Fuß hoch, der immer noch wächst. Die Steine, aus denen das Gebilde besteht, sind wegen ihrer Stärke und Schönheit und we-gen ihres Beitrags zum Gesamteindruck ausgewählt wor-den. Eine Spirale aus freitragenden Steinen ragt heraus, und diese ermöglichen es ihm, die steilen Seiten so mühe-los zu erklimmen, wie ein Insekt oder eine Eidechse eine Mauer erklettern mag.

Immer öfter entscheidet sich mein Vater dafür, die Oberflächen der Steine mit kunstvollen Verzierungen zu schmücken, obwohl dem Tyndall-Stein mit seiner marmo-rierten Farbgebung nachgesagt wird, daß er sich feinen Gravuren widersetzt. In dieses Mineral gemeißelte Muster scheinen sich dem Auge zu entziehen; man muß in einem bestimmten Abstand und in einem bestimmten Licht ste-hen, um sie auszumachen. Diese Beeinträchtigung ist für ihn Teil des Zaubers. Was er meißelt, wird halb versteckt, halb sichtbar bleiben und auf diese Weise die Launenhaf-tigkeit der enthüllten Welt widerspiegeln. Hier meißelt er ein paar fromme Worte ein, dort einen Vogel, eine Blume, einen Fisch, ein Gesicht, eine Sonne oder einen Mond. Ein Engel, halb so groß wie seine Hand, ist an einem ausgear-beiteten Kalksteinhimmel erstarrt. Ein winziges Stein-pferd grast auf einer steinigen Weide. Amoretten, Meerjungfrauen, Schlangen, Blätter, Federn, Ranken, Bienen, Rinder, die Krümmung eines Regenbogens, eine hautartige Struktur – der Turm ist ein Museum sich windender Formen, von denen er einige im *Canadian Farmer's Almanac,* im Eaton's Versandkatalog oder in seiner illustrierten Bibel gefunden hat.

Das Gravieren wird an Winterabenden in der warmen, unaufgeräumten Höhle seiner Witwerküche vorgenommen, wo er eine Werkbank, einen Schraubstock und eine ordentliche Gaslampe installiert hat. Er hat, nach einem Tag im Steinbruch, schon sein Abendbrot, Spiegeleier und Dosenerbsen, verzehrt und ist bereit zu arbeiten, daß der Steinstaub fliegt. Sein Werkzeug ist einfach und seine Technik etwas unkonventionell – immerhin ist er ein Autodidakt, hat Geschick erworben durch anhaltendes Bemühen um Relief und Schatten und die kargen Eigenheiten, die der Stein hergibt. Er arbeitet langsam, fühlt die Welt um sich schrumpfen, klein werden wie eine Puddingform. Seine Konzentration steigert sich, als er vom Markieren zum Meißeln übergeht, Gerade und Krümmung verbindet, ein Bild herausarbeitet, das zuerst nicht mehr ist als ein in seinem Hirn flackerndes Atom, dem all seine Möglichkeiten zugeeignet werden müssen, während seine bloße Beschaffenheit gewahrt bleibt, seine Substanz – dies ist immer der schwierigste Teil –, und er bereitet sich auf den Moment vor, da der behauene Stein vollendet ist. (Ich wünschte, Sie könnten diese gravierten Flächen sehen, wie ihr Anblick eine schaudern machende Offenbarung gewährt, angefüllt mit der traurigen Hilflosigkeit und Anstrengung meines Vaters, und wie sie dennoch so geschickt das kostbare Licht einfangen.)

Trotz seiner Begabung ist der Akt des Meißelns eine nicht enden wollende Mühe für ihn – sein ganzer Körper ist in Anstrengung gebeugt, und sein Gesicht nimmt die verzerrte Affenmiene der Konzentration an, die man in den Gesichtern wahrer Künstler oder Musiker sieht. (Natürlich hält er sich nicht für einen Künstler – seine Unschuld ist grenzenlos wie Luft und Wasser.) Nur wenn er ein Stück fertig hat und es zur Turmstätte bringt, erlebt er die Glut der Transzendenz (obgleich Transzendenz, wie Kunst, kein Wort ist, das er in den Mund oder auch nur zur Kenntnis nehmen würde). Was er fühlt, wenn der fertige Stein endlich an seinen wartenden Platz rückt, ist die Hand Gottes auf seinem Haupt, der Heilige Geist, der mit einem Freudenschrei in seinen Körper fährt.

Der Hang zu Religion ist, wie jeder weiß – ich weiß es gewiß –, schwer zu veranschaulichen. Da gibt es Ekstatiker wie meinen Vater, die süchtig werden nach der verdünnten Luft spiritueller Vereinigung, und dann gibt es kühlere Köpfe, die behaupten, die Religion existiere, um uns davor zu bewahren, die Absurdität unseres Daseins zu empfinden.

Für Cuyler Goodwill, einen in herkömmlicher Theologie unerfahrenen Mann, halten sich das Menschliche und das Göttliche durch eine verblüffende Gleichung die Waage: Die Erschaffung Gottes durch den Menschen ist genau gleich der Erschaffung des Menschen durch Gott, ein einheitlicher Geist, der sich wie eine Schlange um die Krümmung von Erde und Himmel windet. (Er hat Jahre gebraucht, dies alles zu errechnen.)

Für die sieben Pazifisten, um die im Jahre 1916 die methodistische Geistlichkeit der Stadt Winnipeg zwangsweise vermindert wurde, findet Religion ihren Nutzwert zwischen dem harten Fels des persönlichen Gewissens und dem ebenso harten Standort der politischen Tribüne.

Für die Landwirte und ihre Familien, die – eben jetzt, im Monat Juni – das Chain-Lakes-Versammlungshaus wieder aufbauen, nachdem es von sogenannten Patrioten niedergebrannt worden war – für diese Gesellschaft der Freunde ist Religion der Zement, der ihr Tor zur Welt versiegelt.

Für Clarentine Flett, die im Koma liegt, nachdem sie an der Ecke Portage und Main Street von einem Radfahrer umgefahren wurde, ist Religion ein weicher Wirbel aus schwebenden Blütenblättern, die friedlich über ihrem Lebensabend niedergehen. Und für den siebzehnjährigen Metzgerjungen Valdi Goodmansen, der mit seinem Fahrrad den Unfall verschuldet hat (infolge Überschreitung der erlaubten Geschwindigkeit von acht Meilen pro Stunde), ist Religion die in eine Flasche gefüllte Fleischbrühe, an der er mitten in der Nacht nuckelt wie ein hungriger Säugling. *Suchet Vergebung, und sie wird euch gegeben.* Für Abram Skutari, der dem Jungen das Fahrrad verkauft hat (fünfundzwanzig Dollar), ist Religion ein offenes Fenster, aber zugleich auch der Vorhang, mit dem er das Fenster verdunkelt.

Für Magnus Flett aus Tyndall, Steinmetzmeister und verlassener Ehemann von Clarentine Flett, ist Religion sowohl das Behältnis als auch das Wasser der Erinnerung, die die verwelkten Blätter des Sterns von Bethlehem, einer besonderen Zimmerpflanze von Clarentine, heilig (das heißt unberührt) hält; zudem die lebhafte, greifbare Erinnerung an lockere Steinschichten in seiner Heimat Orkney; zudem ein Bild von seinem Vater und seiner Mutter, das er sich ins Gedächtnis zurückruft: Die zwei in der Abenddämmerung, sie schleppen Heu in die Scheune, und sein Vater bleibt stehen, um einen Fremdkörper zu entfernen, der seiner Frau ins Auge geflogen ist, beugt sich herunter und nimmt ihn mit der Zungenspitze fort.

Für Rektor MacIntosh vom Wesley College ist Religion

das Antriebsmittel für rechtschaffenes Denken, richtiges Leben und ernsthaftes Gebet. »Eines hat dieser Krieg bewirkt«, schreibt er in einem Brief an die *Free Press,* »er hat uns aus unserer Selbstzufriedenheit aufgerüttelt und unserem Schöpfer nähergebracht.«

Für Bessie Perfect, eine Studentin am Wesley College, die leidenschaftlich verliebt ist in ihren Botanikprofessor Barker Flett, ist Religion ein quälendes Hemmnis, das sich in ihrer Kehle bildet, wenn sie seinen Namen in ihr Kissen flüstert, und auch, wenn sie singt: »Lasset daheim die Feuer sich meeeeeehren / während sich unsere Herzen verzeeeeeehren.«

Was ihn betrifft, so hält Barker Flett, Professor, Gelehrter, Sammler von rund siebzehn verschiedenen Frauenschuharten, Religion für eine großartige Metapher für das seelische Verlangen. Es gibt keinen Gott, keinen Sohn Gottes, keine heilige Familie, keine Auferstehung, es gibt nur Verlangen. Verlangen nach mehr. Nach Vollkommenheit. Nach Selbsterkenntnis. Das Verlangen, alle fünfzig bekannten Frauenschuharten zu besitzen. Verlangen nach Schlaf und Vergessen. Verlangen nach Gut und Böse. Verlangen nach verzückter Vereinigung, deren Gegenstand, das weiß er, trügerisch sein kann und es oft ist. Kürzlich hat er von einem Bestäubungssystem gelesen, bei dem ein männliches Insekt von einer bestimmten kleinen Orchideenart angezogen wird, deren Lippe die Geschlechtsteile des weiblichen Insekts imitiert. Als Mann der Wissenschaft findet Flett das Phänomen auf obskure Weise verstörend, insbesondere die Kopulationsgebärden, die das erregte Männchen am Rande des wehrlosen Blütenblattes vollführt. Er ist auch verstört, wenngleich ihm dies erst bewußt werden muß, über die Anwesenheit der elfjährigen Daisy Goodwill in seinem Haus, die kühnen, unbefangenen Bewegungen ihres Körpers, ihre bloßen Arme in ihren Sommerkleidern, das unnatürliche Sehnen, das ihn vor kurzem befiel, als er in ihr verdunkeltes Krankenzimmer trat und ihre süße Gestalt unter dem Laken wahrnahm.

Winnipeg ist im Jahre 1916 ein sympathischer Ort. Man kann in dieser Stadt ein angenehmes Leben führen – trotz ihrer geographischen Abgeschiedenheit, trotz des Krieges jenseits des Ozeans. Selbst die langen, harten Winter werden von der selbstzufriedenen, zumeist gesetzestreuen Bevölkerung heiter ertragen, und tatsächlich verleiht der Winter dem rauhen Äußeren der Holzhäuser und willkürlichen Anlagen ein mildes, glattes Antlitz.

Doch zunehmend wird die Stadt manierlich. Eine Reihe breiter neuer Boulevards soll angelegt werden, und ein riesenhaftes neues Parlamentsgebäude im neoklassizistischen Stil befindet sich im Bau. Die Erde wurde im Jahre 1913 ausgehoben. Die ungeheuren Mengen an Steinen, die für dieses ehrgeizige Unterfangen benötigt werden, haben den Steinbruch von Tyndall voll ausgelastet und die ständig beschäftigten Steinhauer außer Reichweite des Kaisers gehalten. Kirchen stehen jetzt an vielen Ecken der Stadt, manchmal sind zwei, drei verschiedene Sekten an einer Kreuzung vertreten. (»Lasset uns hoffen, daß Gott Sinn für Humor hat«, witzelte ein hochgeachteter baptistischer Pastor kürzlich auf einer Bürgerversammlung.) Diese Kirchen sind aus Stein errichtet, ebenso wie die zahlreichen eleganten Bank- und Versicherungsgebäude und auch das bekannte Wesley College und die neuen Gerichtshöfe. Bei Betrachtung des städtischen Horizonts denkt man unwillkürlich: Ist das nicht erstaunlich! Eine Steinstadt erhebt sich aus unserem weichen Prärielehm! (Ein berühmter Chicagoer Architekt erklärte beim Anblick der Blöcke aus poliertem Tyndall-Stein, Bauunternehmer aus den USA würden lauthals nach dem Material rufen, wenn sie seine Schönheit erst sähen.)

Während der Wintersaison hat Winnipeg eine Vielfalt an Theateraufführungen, Schlittschuhpartien, Bällen und Diners zu bieten. Im Sommer fliehen die Wohlhabenden vor der Hitze an den See namens Lake of the Woods, und die weniger Privilegierten begnügen sich mit Tagestouren an den Victoriastrand oder zu verschiedenen anderen interessanten Attraktionen in der Umgebung. Bei den jungen Leuten, die, sagen wir, zwischen achtzehn und fünfundzwanzig Jahre alt sind, ist ein Ausflug mit der Eisenbahn in das Dorf Tyndall neuerdings außerordentlich beliebt geworden. Der Preis einer Bahnfahrkarte ist bescheiden, und die jungen Leute, die einen Imbiß aus belegten Broten und Flaschen mit kaltem Tee einnehmen, werden ganz ausgelassen. Die Damen sind in diesen Kriegsjahren den Herren an Zahl überlegen, doch weit davon entfernt, die Laune zu dämpfen, erzeugt das geschlechtliche Ungleichgewicht einen seltsamen Heiterkeitseffekt. Viele nehmen Badeanzüge mit; denn in dem alten, stillgelegten Teil des Steinbruchs steht ein kubisches Becken mit klarem, kaltem Wasser zur Verfügung, ideal zum Schwimmen. Aber eigentlich ist es der Goodwill-Tower, den zu sehen sie gekommen sind.

Gewiß, um zu dem Turm zu gelangen, ist ein strammer halbstündiger Marsch auf einer Landstraße vonnöten, und dann geht es noch ein Stück ostwärts, einen Lehmpfad hinab. Aber diese Anstrengung ist für die lebhaften jungen Leute Teil des Tagesvergnügens. Sie sind voll Schwung, sprudeln über vor guter Laune, belebt von der frischen Luft und der Erleichterung, für ein paar Stunden ihren nüchterneren Verpflichtungen in der Stadt entronnen zu sein, ganz zu schweigen von den Schrecken eines Krieges, der jenseits des Ozeans gekämpft wird.

Hinter den tiefliegenden Feldern ist der Turm leicht zu erspähen. »Da ist er!« ruft jemand. (Für einige ist es der zweite oder dritte Besuch.)

Wenn die Sonne hoch steht, wirkt der Turm weiß; am späteren Nachmittag nimmt er ein weiches Blaugrau an.

Jedesmal verfallen ein paar der jungen Leute plötzlich ins Rennen. *Wer zuerst da ist!* Sie erreichen die niedrige Friedhofsmauer, klettern hinüber – geben sich gar nicht erst mit dem Tor mit seiner verrosteten Angel ab –, weichen den Grabsteinen und Distelbüscheln aus. Da! Endlich! Sie klopfen gegen die unebenen Seiten des Turmes, die von den Sonnenstrahlen erstaunlich warm sind, und klettern die Trittsteine hinauf und hinab – den jungen Frauen muß oft zugeredet oder beigestanden werden, damit sie den ganzen Weg bis oben gehen; sie haben Angst vor der Höhe oder fürchten, ihre Unterkleider zu zeigen. Sie halten jedoch durch, denn der Blick auf die Landschaft ringsum soll phantastisch sein, und sie sind begierig, alle miteinander, hinunterzublicken in das hohle Innere des Turmes, auf das unkrautbewucherte Rund, unter dem ein kleiner Grabstein liegt – so erzählt man sich zumindest.

Es wird viel gekreischt und gelacht auf diesen Ausflügen. Jemand macht den Stein mit der Meerjungfrau ausfindig. Jemand anders entdeckt die eingravierte Katze und den kleinen Stein unten am Fuß, in den das einzige Wort »Weh« eingemeißelt ist. Die bestunterrichtete Person in der Gruppe wird die Geschichte des Turmes erzählen: Eine schöne junge Frau ist bei der Geburt ihres Kindes gestorben. Ein stattlicher junger Ehemann ist betäubt von Schmerz – ein Mann, den man gelegentlich noch in den frühen Morgenstunden beobachten kann, wie er sich an dem Turm zu schaffen macht, aber nun nicht mehr jung, nicht mehr stattlich nach heutigen Maßstäben, und er baut nicht mehr mit der ursprünglichen Inbrunst; ja, es befriedigt ihn durchaus, die Arbeit seinzulassen und den Tag mit Besuchern zu verbringen. Und das Baby, was ist aus dem Baby geworden? Niemand scheint es zu wissen. Das bewegt die Herzen. O ja.

Und jetzt sehen sie auf die Uhr; die Tagesausflügler müssen zurück ins Dorf, um ihren Zug zu erreichen. Die Sonne sinkt tief. Sie gehen langsamer; einige Pärchen halten sich an den Händen oder spazieren Arm in Arm. Der eine oder die andere mag sich spontan umdrehen und zum Turm zurückblicken. Man hört ihre lauten Bemerkungen über das fast mittelalterliche Aussehen des Bauwerks und wie seltsam es sei, eine solche Sehenswürdigkeit inmitten unseres Präriehorizonts aufragen zu sehen. Man wird eine Bemerkung über die Schönheit des Kalksteins machen, wird sagen, wie sehr er italienischem Marmor ähnelt. Ein junger Mann hat ein graviertes Bruchstück in die Tasche gesteckt, das er beim Gehen befühlt. Jemand anders, eine der beseleneren jungen Frauen, murmelt etwas vom Tadsch Mahal im fernen Indien, auch dies das Denkmal einer verlorenen Liebe.

Wie merkt ein Dichter, wann ein Gedicht fertig ist? Weil es vollendet, straff, vor ihm liegt; nichts kann hinzugefügt oder hinweggenommen werden.

Wie merkt eine Frau, wann eine Ehe zu Ende ist? Weil ihr Leben sich plötzlich in zwei Richtungen davonmacht: Vergangenheit und Zukunft. Fragen Sie Clarentine Flett.

Wir sagen, ein Krieg wird beendet durch Kapitulation, einen Waffenstillstand, einen Vertrag. Aber in Wirklichkeit erschöpft er sich einfach, ist sich nicht mehr selbst genug, scheint mit einemmal unwürdig, Teil der unendlichen Unhöflichkeit der Welt.

Dinge beginnen, Dinge enden. Eben wähnen wir uns an

einem stillen Ort angelangt, da werden wir plötzlich hin- und hergerissen zwischen der Verläßlichkeit des reibungslos funktionierenden Körpers und dem Bedürfnis nach Zerrüttung. Wir tun unvernünftige Dinge, frevelhafte Dinge. Oder aber es kommt etwas daher und mischt sich ein, ein unvorstellbarer Widersacher. Abe Skutari wird, nachdem er Jahr für Jahr im ländlichen Manitoba als Hausierer von Haus zu Haus ging, von Eaton's Versandhaus aus dem Geschäft vertrieben. Wer hätte mit so etwas gerechnet? Was tut er also anderes als bei der Royal Bank Geld aufnehmen – das erste derartige Darlehen, das jemals einem Sohn Israels gewährt wurde – und an der Selkirk Avenue in Winnipeg sein eigenes Spezialgeschäft für Männerberufskleidung und -schuhe, Gartengeräte und Fahrräder eröffnen. Eine Tür öffnet sich, eine Tür schließt sich; Mr. Skutaris eigene Worte.

Professor Barker Flett ist 1916 am Ende seines Winnipeg-Kapitels angelangt. Seine Mutter ist tot. Sein Glaube ist erschöpft. Sein dreiunddreißig Jahre alter Körper erschreckt ihn mit seinen Perversitäten. Die Welt erschreckt ihn ebenfalls, obwohl sie ihm strahlend winkt, ihm alles bietet, was er begehrt, oder fast alles. Er muß jetzt ein Blatt umwenden und sich vorwärts bewegen, ostwärts, nach Ottawa, um genau zu sein, der Hauptstadt des Dominions.

Und mein Vater, Cuyler Goodwill aus Tyndall, Manitoba, hat seinen Turm fertig. Wie merkt er, daß er fertig ist? Die Proportionen sagen es ihm, die gänzlich beglückende Übereinstimmung von Höhe, Breite, Umfang; noch eine Lage um die Spitze, und das Ding würde aus dem Gleichgewicht geraten; sieht er den Turm an, werden seine Gedanken leicht, beinahe träge. Und in letzter Zeit sind so viele Besucher gekommen und so viele Zeitungsreporter. (Er argwöhnt, daß die Besucher Stücke seiner behauenen Steine mitnehmen, und wenn er solches Ge-

rede hört, kann er nichts tun als mit den Schultern zuk-
ken.) Diese Besucher haben ihn dermaßen abgelenkt, daß
ihn neuerdings der Drang verlassen hat, der den Turm
vorantrieb. Er redet bereitwillig, fast eifrig, mit denen, die
kommen, schreckt aber vor dem Ursprung seiner Besessenheit zurück. Warum genau haben Sie eigentlich mit
Ihrem Turm durchgehalten, Mr. Goodwill? Nun ja, man
beginnt eine Arbeit, und die Arbeit gewinnt die Ober-
hand. Gott ist zurückgewichen, ist nur noch ein Schatten,
und was Mercy angeht – ihr Grab so eingesunken und
überwuchert –, kann er sich nicht mehr auf ihr Gesicht
oder den Umriß ihres Körpers besinnen. Seine kurze Ehe,
seine Bekehrung – sie scheinen nichts weiter als sonderbare Schnittpunkte in einem Leben, das sich vorwärts
dehnt.

Von Professor Barker in Winnipeg ist ein Brief über die
Auflösung der Pflegeübereinkunft gekommen und über
das Problem, was für Daisys zukünftige Betreuung zu tun
ist.

Ein weiterer Brief ist gekommen, gestern erst, vom Präsidenten der Indiana-Kalksteingesellschaft in Bloomington, Indiana, in den Vereinigten Staaten. Erfahrene Steinmetzen werden dringend gebraucht. Ein übersteigerter
Lohn wurde genannt. Ein komfortables Appartement in
der Cross Street in Vinegar Hill (was immer das sein mag)
kann von ihm bewohnt werden. Der Umzug für ihn, seine
Familie und sein bewegliches Eigentum wird übernommen. Hat Mr. Goodwill Familie? Sofortige Antwort erbe-
ten. Bitte telegrafieren.

Bessie Perfect, sagte man, war schuld, daß Daisy Goodwill
die Masern bekommen hatte. Mit Fieber und Halsschmerzen hätte Bessie zu Hause im Bett sein müssen, statt bei
den Fletts auf der Türstufe zu stehen und Daisy ihre

überfälligen Botaniknotizen zu übergeben, wobei sie, unter mit mädchenhaftem Stottern vorgebrachten Entschuldigungen, dem anfälligen elfjährigen Kind ins Gesicht nieste.

Die Krankheit zog durch Daisys Atemwege, und bald hatte sie sämtliche Symptome. Tante Clarentine (denn so hatte Daisy sie stets genannt) schaute dem Kind in den Mund und sprang entsetzt zurück – Flecken überall. Das arme kleine Ding wurde in einem verdunkelten Zimmer ins Bett gelegt. Die Tür wurde geschlossen gehalten, Tante Clarentine war die einzige Besucherin, und niemand konnte der Frau nachsagen, sie wäre keine hingebungsvolle Krankenschwester. Sie brachte dem kranken Kind kühle, nasse Lappen, um das Fieber zu lindern, eine Lösung aus Borwasser, um morgens und abends ihre Augen zu baden, selbstgemachte Kräutersalben, um das Jukken zu mildern, und Tabletts mit weicher Nahrung, um sie aufzupäppeln – wonach Daisy angewiesen wurde, den Mund mit ihrem watteumwickelten Zeigefinger zu säubern. Es ging ihr bald besser, und gleichzeitig wurde ihr langweilig. Und dann, auf einmal, ging es ihr viel, viel schlechter.

Der Doktor – den mit einem Namen zu versehen ich nicht fähig oder willens bin – stellte eine Bronchopneumonie fest und fertigte zu Tante Clarentines Erbauung eine Skizze vom Bronchialbaum an. Heutzutage würde eine Behandlung mit Sulfonamiden oder Antibiotika kurzen Prozeß mit dem Leiden des Mädchens machen, aber zur damaligen Zeit stellten Bettruhe, Flüssigkeit und Hitze die einzige Kur dar. Dies währte mehrere Wochen, und da es niemandem einfiel, die Vorhänge aufzuziehen oder Licht zu machen, verbrachte Daisy Goodwill auch den zweiten Abschnitt ihrer Krankheit in Dunkelheit. Zudem führte der abgestandene Geruch nach Staub und

Federkissen zu erstickenden Atembeklemmungen; der Beginn einer lebenslangen Allergie.

Sie muß sehr viel geschlafen haben – wie sonst hätte ein lebhaftes Kind eine solche Menge unausgefüllter Zeit ertragen können? –, und jedesmal wachte sie mit steifem Körper und von namenloser Furcht ermattetem Kopf auf. Dies hing mit der Leere zusammen, die sie plötzlich inmitten ihres Lebens spürte. Sie vermißte etwas, und es bedurfte Wochen in diesem dämmrigen Zimmer, Wochen unter schweren Decken, und des Bildes von dem umgekehrten Baum in ihrer Brust, bis sie verstand, was es war. Was ihr fehlte, war der authentische Kern, jene kostbare eherne innere Festigkeit, die jedermann rings um sie zu besitzen schien. Tante Clarentine mit ihren tappenden Schritten im oberen Flur, geschäftig und heiter, die über nichtige Kleinigkeiten in Lachen ausbrach und mit alberner Stimme plapperte, wie dankbar sie sei, daß es »Gott, der die Welt so liebt«, gefallen habe, sie ihren eigenen Weg gehen zu lassen. Und Onkel Barker, wie Daisy ihn in jenen Tagen nannte, der sich zum College aufmachte, mit seinem Weidenstock in der Hand, während seine abgetretenen alten Schuhe aufs Pflaster knallten, ein zielstrebiger junger Mensch selbst dann, wenn er sein Widerstreben hinausseufzte. Andere Leute wurden aufrecht gehalten von ihrer Fähigkeit, die Welt zu registrieren und zu reflektieren – aber, aus irgendeinem Grund, nicht Daisy Goodwill.

Sie konnte immer nur wenige Minuten hintereinander auf diese leere Stelle in ihrem Inneren starren. Es war, als schaute sie in die Sonne.

Nun, mögen Sie sagen, es war zweifellos das Fieber, das mich verwirrte, und es ist wahr, daß ich an dem dunklen Ort unter seltsamen Wahnvorstellungen litt und daß meine geschwollenen Augen in dem dämmrigen Zimmer beängstigende Visionen hervorriefen.

Die langen Tage der Abgeschiedenheit, der Stille, die Tortur der Langeweile – dies alles lastete auf mir, der jungen Goodwill, und entleerte sie. Ihre Autobiographie, sofern eine solche vorstellbar wäre, würde, sollte sie jemals geschrieben werden, eine Ansammlung von dunklen Lükken und unüberbrückbaren Klüften sein.

Im Bett liegend, nahm sie ringsum das Leben wahr – was ihr Empfinden von Trauer nur noch verschlimmerte. Sie konnte Hunde in der Nachbarschaft bellen hören und aufsteigenden Vogelgesang und den Milchmann, der auf der Simcoe Street seine Runde machte, sein Pferd, das an der Ecke wieherte, mit den schweren Füßen stampfte und Wasser und Äpfel unter sich ließ. Türen öffneten und schlossen sich, Briefe trafen ein, Leute kamen und gingen im Haus, Stimmen murmelten, das Wasser im Kessel kochte, die Dielenuhr tickte und tickte.

Ichbezogen wie Kinder sind, war das Mädchen erstaunt, daß dies alles ohne sie weitergehen sollte. Die Aberdeen-Schule würde wegen ihrer Krankheit keine Ferien machen – gewiß nicht –; der Schulhof würde voller Leben sein wie eh und je, und die Glocke würde mit immer derselben verbissenen Pünktlichkeit läuten. Das Mädchen wußte auch, daß sich Tante Clarentines Garten im Hochsommer mit Löwenmäulchen füllen würde, auch wenn sie, Daisy, zufällig nicht da wäre, um ihre Köpfchen abzupflücken und sich von den kleinen Blüten in die Finger »beißen« zu lassen. Hierauf kam sie immer wieder zurück, als sie in ihrem heißen, verdunkelten Zimmer lag; die Erkenntnis, daß dies der Ort war, wo sie weiterleben würde, ihr ganzes Leben lang, wo sie tatsächlich immer gelebt hatte – erblindet, erstickt, ausgelöscht aus dem Bericht ihres eigenen Daseins.

Sie begriff, daß sie, wollte sie überhaupt an ihrem Leben festhalten, es durch einen Ursprungsakt der Phantasie würde retten müssen, indem sie die nötigen Verbindungen ergänzte, abwandelte, erfaßte, die Idylle oder Heroik oder was auch immer heraufbeschwor, ja sogar einen Kalksteinturm ins Leben träumte, dabei gelegentlich Details verfälschend, indem sie übertrieb oder schlichtweg log, Briefe oder Gespräche von unmöglicher Vornehmheit ersann oder Mutmaßungen in ein schönes Licht rückte. (Als ihre geliebte Tante Clarentine Ende des Monats Juni starb, nachdem sie eine volle Woche im Koma gelegen hatte, ließ Daisy sie auf einem Beet mit Stiefmütterchen in den Himmel schweben, und zugleich legte sie ihres Onkels anhaltendes, dumpf grübelndes lüsternes Stieren, denn das war es nun einmal, als Anfall von Verdauungsbeschwerden aus.)

Sie zwang sich, stark zu sein, und als sie endlich ihrem richtigen Vater, Cuyler Goodwill, begegnete – er traf an der Tür in der Simcoe Street ein, mit Schweiß auf der Stirn, in einem schlechtsitzenden Anzug, enttäuschend klein und dunkelhäutig –, da wappnete sie sich für einen Kuß. Der kam nicht, nicht bei dieser ersten Begegnung. Ihr Vater nahm nicht einmal ihre Hand. Sein Gesicht sah arm, abgehärmt aus, aber sein Mund war gütig. Sie saßen unten im Wohnzimmer, er in dem Ledersessel und sie auf dem Sofa, zwei Fremde in starrendem Schweigen. Daisy trug ein gelbgestreiftes Kleid aus ägyptischer Baumwolle. Ihr Vater räusperte sich höflich. Das genügte, seine Zunge zu lösen. Danach redete und redete er, erzählte ihr von der Eisenbahnreise, die sie machen, und wo sie leben würden, wenn sie in Bloomington, Indiana, angekommen wären. Appartement werde es genannt. Er sprach das Wort zärtlich aus, als wolle er sie von seinem Wert überzeugen.

Sie tranken Limonade aus hohen Gläsern.

Wer hatte die Limonade gemacht? Jemand mußte die

Zitronen ausgedrückt und Zucker hineingerührt und zerstoßenes Eis hinzugegeben haben, aber Daisy kann sich nicht denken, wer es gewesen sein mochte. Gewiß wird sie sich immer an das Gefühl ihrer Finger auf den Wassergläsern erinnern, die hellen erhabenen Linien auf dünnem rosa Glas, aber hauptsächlich ist es die Sonne, an die sie sich erinnern wird – wie sie, gelb wie Maismehl, durch die dünnen Sommergardinen sickerte und das ganze Zimmer erfüllte. Dies waren endlich Dinge, an die Daisy glauben mochte; das Sonnenlicht auf ihrem bloßen Arm. Der kalte, süße Trank, der ihre Kehle hinabglitt. Die Knöpfe am Hemd ihres Vaters, die glitzerten wie eine Tränenspur.

Ihre Knie bildeten kleine Hügel, die sich durch den gelben Stoff drückten. Die Worte ihres Vaters kamen auf sie zu wie ein Schneesturm aus Punkten.

An diesem Tag mochte sie die Welt.

Heirat, 1927

Mrs. Joseph Franzman gab gestern ein Mittagessen zu Ehren von Miss Daisy Goodwill aus Bloomington. Gedeckt war für zehn Personen.

Mrs. Otis Cline gab heute vormittag einen Tee-Empfang zu Ehren von Daisy Goodwill, die sich im Juni vermählen wird. Miss Goodwill ist Absolventin von Tudor Hall und des Long College für Frauen.

Mrs. Alfred Wylie gab Donnerstag nachmittag eine Damengesellschaft zu Ehren von Daisy Goodwill, die im Juni den Bund der Ehe eingehen wird. Die Räume waren mit Glyzinien, Glocken und Luftschlangen hübsch dekoriert. Zu Gast waren Mrs. Arthur Hoad, Mrs. Stanton Merrill, Mrs. A. Caputo, Mrs. B. Grindle, Mrs. Fred Anthony, Miss Labina Anthony, Miss Elfreda Hoyt sowie die Misses Anne und Susan Colchester.

Im Lauf des Nachmittags brachte Miss Grace Healy mehrere reizende Gesangs- und Pianostücke zum Vortrag.

Gestern abend fand im Quarry Club ein »weißes« Diner zu Ehren der erwählten Braut Daisy Goodwill aus Bloomington und des künftigen Bräutigams Harold A. Hoad statt. Die Speisenfolge bestand aus Kammuscheln, Seezungenfilet, Hühnerbrüstchen mit Zwiebeln in Rahmsoße und einer Vanille-Sahne-Eisbombe in Form von Zwillingstauben zum Dessert. Zu Gast waren Mrs. Arthur Hoad mit ihren Söhnen Lons Hoad und Harold A. Hoad, Mr. und Mrs. Horton Graff, Mr. und Mrs. Hector MacIlwraith, die Misses Labina Anthony und Elfreda Hoyt, Mr. Dick Greene, Mr. und Mrs. Stanton Merrill sowie Mr. und Mrs. Otis Cline. Den Vorsitz über die kunstvoll gedeckte, in der Mitte mit einer Fülle von Sommerblumen dekorierte und von elfenbeinfarbenen Wachskerzen erhellte Tafel hatte Mr. Cuyler Goodwill, Gastgeber des Abends und Vater der zukünftigen Braut. Der zungenfertige Mr. Goodwill, Teilhaber der Firma Lapiscan, Inc., beschloß den festlichen Abend mit ein paar wohlgesetzten, zum Nachdenken anregenden Worten über das Wohlwollen von Zeit und Zufall.

»Die Zeit«, erklärt Cuyler Goodwill seinen fünfzehn Zuhörern, jener angeregten Gesellschaft, die nach dem Diner nun bequem auf etwas vom Tisch abgerückten Stühlen sitzt, die Gesichtszüge mild von Kerzenlicht beschienen, »die Zeit vermählt sich mit dem komischen alten Kauz Zufall, um eine ganze Menge Wunder zu gebären. Es war immerhin«, und hier hebt Mr. Goodwill bedeutsam einen Finger, »es war das glückliche Vorhandensein einer warmen, klaren und seichten See vor gut dreihundert Millionen Jahren, denken Sie nur, meine Freunde – jene Kombination brachte den außerordentlichen Indiana-Kalkstein hervor, der uns allen hier sehr zugute gekommen ist.« (Dies löst beifälligen Applaus von allen Seiten aus.) »Wäre nun jenes Wasser«, fährt Mr. Goodwill fort, »nur ein klein wenig kälter gewesen, so wären die Billionen und Trillionen kleiner Seelebewesen möglicherweise niemals entstanden, und ihre Schalen hätten sich nicht auf dem Meeresgrund aufgetürmt. Und wäre das Wasser in dem friedvollen alten Ozean weniger klar gewesen, so hätten Lehm und andere Ablagerungen die Schichtenbildung beeinflußt. Zu guter Letzt, meine Freunde, wäre das uralte Meerwasser ein, zwei Zoll tiefer gewesen, so hätte es keine Wellenbewegung gegeben, das Schalenmaterial zu einer einheitlichen Größe zu zerbrechen und auf den vielen Quadratmeilen des Meeresbodens zu verteilen. Kurzum, meine Damen und Herren, unser schöner weißer Salemstein, unser großes Geschenk von Mutter Erde, würde nie und nimmer existieren. Es war ein Wunder – ich denke, Sie werden mir zustimmen –, dieses Zusammentreffen aller zuvor genannten Punkte zu genau derselben Zeit, das uns die triumphale Dreieinigkeit von Herausforderung«, er macht eine theatralische Pause, »Wohlstand«, wieder eine Pause, »und Glück beschert hat.«

Der Portwein in den Gläsern geht nun zur Neige, die hübschen Kerzen flackern – denn ein Fenster wurde geöffnet, um die Abendbrise einzulassen. Mr. Goodwill zieht die schmalen, straffen Schultern zurück und erwärmt sich für sein Thema.

»Durch einen ähnlichen Glückstreffer, meine lieben Freunde, sind es diesen Monat nun genau elf Jahre, seit meine Tochter Daisy und ich nach Bloomington kamen. Ich denke oft, wie schicksalhaft dieses zeitliche Zusammentreffen für uns ist, hat doch das vergangene Jahrzehnt, wie Sie alle wissen, der Kalksteinindustrie einen unerwarteten Aufschwung gebracht. Doch noch bemerkenswerter scheint mir, daß meine Tochter und ich willkommen geheißen wurden«, hier deutet er in einer großmütigen Geste eine Umarmung an, »mit Freundschaft und Gewogenheit willkommen geheißen. Und natürlich war es eine Ehre für mich, als Mr. Graff und Mr. MacIlwraith, die beide heute abend mit ihren charmanten Gattinnen an dieser Tafel zugegen sind, mir vor einigen Jahren antrugen, mich an ihrem neuen Unternehmen zu beteiligen, und ich glaube, Sie alle werden bezeugen, daß das Glück unserem Wagnis hold war. Wir können uns unseren Erfolg nicht als Verdienst anrechnen. Die Zeit selbst ist es, der wir zu danken haben.« Hier hält er inne, blickt langsam in die Tafelrunde, sieht der Reihe nach in jedes Augenpaar. »Zeit. Und Zufall. Die Zwillingskinder des Schicksals. Die wundersame Verzweigung unseres Geschicks.«

Die Kellner sehnen, im Schatten verharrend, das Ende des Abends herbei, auf daß sie nach Hause und ins Bett gehen können. Aber Mr. Goodwill ist noch nicht fertig.

»Und wenn wir heute abend unser junges Paar betrachten – Daisy, Harold –, wie kann jemand unter uns glauben, daß nicht auch sie von Zeit und Zufall begünstigt sind? Wir leben in dem außerordentlichen Jahr 1927 n. Chr. Das moderne Zeitalter hat wahrlich begonnen, und sollte jemand unter uns Zweifel an der Zukunft gehegt haben, so sind wir vor einem Monat durch einen gewissen Mr. Charles A. Lindbergh jr. eines Besseren belehrt worden.« (Diese aktuelle Anspielung bringt Schwung in die Versammlung, und Goodwill selbst führt eine Salve begeisterten Applauses an; die Damen klatschen lebhaft, die zarten weißen Hände erhoben, und die

Herren klopfen auf die Tischplatte.) »Überdies, meine Freunde«, er nähert sich dem Ende, seine Schlußphrase ist wunderbar ausgeklügelt, »ist an ebendiesem Punkt der Geschichte das ansehnliche Profil eines großartigen Gebäudes im Empire State unserer Nation im Entstehen begriffen – ein Zeugnis der Macht des Salemkalksteines wie des menschlichen Erfindungsgeistes, so nobel, wie wir es uns nie hätten träumen lassen. Von diesem Augenblick an können wir nur vorwärts gehen.«

Hört, hört!

»Und nun darf ich Sie bitten, sich allesamt zu erheben, um auf das Glück unseres jungen Paares zu trinken. Der Zufall hat die zwei zusammengeführt, und die Zeit hat beiden innig zugelächelt.«

Wie ist mein Vater, Cuyler Goodwill, zu seiner Zungenfertigkeit gekommen?

Mit fünfzig ist er flink und agil, voller Schwung und Elan, voller Schmiß und Schliff. Er trägt fabelhafte Hemden aus feinen englischen Stoffen, strahlend weiß, fachmännisch gewaschen und geplättet, ein frisches an jedem Tag der Woche. Er läßt seine Anzüge in Indianapolis oder Chicago anfertigen, sie sind ihm auf den Leib geschneidert – nichts von der Stange kommt für ihn in Frage: Er hat solche Unzulänglichkeiten abgestreift, wie eine Schlange ihre Haut abstreift, dabei hat Goodwills offenes, energisches, geschäftsmännisches Gehabe durchaus nichts Schlangenhaftes oder Listiges an sich. Seine körperliche Erscheinung hat sich natürlich nur sehr wenig verändert. Er wird immer ein Mann mit kurzen Beinen und schmalen Schultern sein, doch seine verhältnismäßig kleine Statur wird von den Leuten nicht wahrgenommen. Die Leute sehen in Cuyler Goodwills schmales, dunkles Gesicht, straff gespannt wie eine Saite, eindringlich und kraftvoll, und denken: Hier steht ein Mann, der von Leben sprüht.

Energie schießt aus seinen Augen, die ihr jugendliches Weiß, ihren intensiv fixierenden Blick bewahrt haben. Er ist eine imposante Persönlichkeit in der Gemeinde, geachtet, bewundert. Doch wenn er erst den Mund zum Reden öffnet, dann wird er charismatisch.

Diese Zungenfertigkeit – wie hat er sie erworben? Die Frage – möchte das jemand bestreiten? – enthält eine gewisse Impertinenz, da wir alle unser Leben sprachlos beginnen; es steht nur zu erwarten, daß einige wenige Begünstigte gewandter sein werden als andere und daß aus diesem Aufgebot an Gewandtheit die Elite der glänzend Begabten aufsteigen wird. Nennen Sie es eine Zuteilung der Natur – einen genetischen Ausbruch, der eine Lyra in die Kehle, eine Schärfe auf die Zunge plaziert. Eine dumpfe Kindheit muß den von Natur aus Gewandten nicht untauglich machen; es wäre arrogant, so zu denken; eine dumpfe Kindheit kann vielmehr die ausgedörrte Intelligenz zum Quell der Sprache treiben und ausgiebig trinken heißen.

Cuyler Goodwill selbst glaubt (obwohl er dies nicht herausposaunt, es sich nicht einmal selbst eingesteht), daß ihm das Sprechvermögen während seiner kurzen, zweijährigen Ehe mit Mercy Goodwill zugefallen ist. Da, zwischen Laken und breitem Federbett, als seine rauhe Männerhaut das üppige weiche Fleisch seiner Frau entdeckte, es umfing, in es eindrang – das war der Augenblick, als der Stein aus seiner Kehle entfernt wurde. Eine Explosion der Selbstvergessenheit löste seine Zunge, oder vielmehr eine Kette von Explosionen, freigesetzt im Verlauf der Jahreszeiten: Herbstsonntage in dem Dörfchen Tyndall, Manitoba, die Luft scharf und frisch. Oder eine Reihe kalter Januarnächte. Und Frühlingsabende, feuchte Brisen, wenn die Sonne, noch am westlichen Himmel stehend, schräg durch das Fenster über die bleichen, bestickten Kissenbezüge fiel und auf die Kurven aus Frauenfleisch – seine liebe, liebe, willige Mercy. Da versammelten sich Worte in seinem Mund, Worte, von denen er nicht gewußt hatte, daß sie Teil seines Seins waren. Sie sprangen ihm von den Lippen: seine Dankbarkeit, seine Inbrunst, seine allergeheimsten Sehnsüchte – er flüsterte sie seiner Liebsten ins Ohr, und sie, so teilnahmslos und ungerührt, hatte ihm eine Art stumme Ermutigung gegeben. Zumindest war sie nicht gekränkt gewesen, nicht einmal erstaunt, noch schien sie ihn in seiner Ausdrucksweise närrisch oder unnatürlich zu finden.

Ich selbst glaube, mein Vater fand seine Stimme, fand sie ein für allemal in dem rhetorischen Klang der King-James-Bibel. In den Jahren nach seiner Bekehrung am Grab meiner Mutter – der plötzliche Regenbogen, die Oktobersalbung – versenkte er sich morgens und abends in seine Bibel. Ihre Geschichten waren ihm, offen gesagt, rätselhaft – die Prozession von bärtigen Königen und Propheten, ihre kuriosen Verstrickungen. Die biblischen Warnungen und Verwünschungen fanden keinen Eingang in seinen gesunden Menschenverstand. Doch die biblischen Rhythmen gingen unmittelbar in seinen Körper ein, ihre Syntax, ihre Färbung und ihr suggestiver Klang. Wie anders wäre seine archaische, förmliche Ausdrucksweise zu erklären, sein ausgeglichener, spielerischer Satzbau, seine überreiche Metaphorik. Die Sprache drückte sich durch ihn aus und nicht – wie es üblicherweise der Fall ist – umgekehrt.

Eine andere Theorie besagt, daß der Mann beredt wurde infolge der großen Menschenmengen, die nordwärts reisten, um den Turm zu besichtigen, den er zum Gedenken an seine Frau gebaut hatte, einen Turm, errichtet mit eigenen Händen. Zu einem beträchtlichen Teil waren diese Besucher schließlich Journalisten, Journalisten, die sich mit Notizbuch und Bleistift in der Hand an Cuyler Goodwills Seite stellten. Nur ein paar Fragen, Mr. Goodwill, wenn es Ihnen nichts ausmacht. Jung, scharfsichtig, bereit, sich erstaunen zu lassen, kamen sie aus allen Teilen des Kontinents und von so weit her wie London, England, mit ihrem journalistischen Fragenhagel, ihrem Wie, Wann, Warum. Cuyler Goodwill war eine Persönlichkeit des öffentlichen Lebens geworden. Exzentrisch vielleicht, ein einfältiger Handwerker, aber nicht unnahbar, nicht im mindesten. Er war vielmehr ein Mensch, der leicht auszuhorchen war, vorausgesetzt, man wahrte Abstand. Dies war seine große Stunde, und er muß es erkannt haben. Damals lernte seine Zunge tanzen, lernte sie, mit den Verschlingungen von Ausflucht und Dramatik, Erfindung und Ablenkung umzugehen. Seine Stimme, könnte man sagen, wurde der Ort, wo er lebte, so wie andere Menschen in ihren Möbeln oder Gesten leben. Gleichzeitig entwickelte er das Geschick eines Redners für Durchhaltevermögen, indem er sprach und sprach, ohne Erschöpfung, aber nicht immer (das darf eingeräumt werden) mit Gehalt.

Mehr und mehr wurde in letzter Zeit über seine Ausdauer auf dem Rednerpult gestaunt, seine Lunge – der reine Blasebalg, dieses Ausstoßungsorgan –, der Brustkasten, angefüllt mit beflissener Luft. Seine Hände tanzen eine vitale Begleitung. Beim Mittagessen der Geschäftsleute von Lawrence County letzten Winter sprach er sechzig Minuten ohne Notizen, sein beachtliches Tenororgan schien nie zu ermüden. Und als er vor der alljährlichen Herrengesellschaft der Handelskammer in Bedford stand, ließ er sich – ergötzlich, wie der *Star-Phoenix* schrieb – ein und eine Viertelstunde aus. Und genau vor einem

Jahr, an einem schönen Junimorgen, hielt er vor den Absolventinnen des Long College für Frauen am Ufer des Ohios eine beflügelnde Rede, war doch seine Tochter Daisy unter den jungen Damen, denen die Würde eines Bakkalaureus der philosophischen Fakultät verliehen wurde. Sein Vortrag mit dem Titel »Erbe in Stein«, eine mythopoetische Verknüpfung von Kommerz und Geologie, zog sich, etwas nie Dagewesenes, über zwei Stunden hin, und hinterher verlautete, kaum ein halbes Dutzend der jungen Damen sei eingenickt in der langen Zeit. »Unglaublich, was für einen Blasebalg der Mann hat«, bemerkte der Rektor des Colleges auf dem anschließenden Erdbeertörtchenempfang. »Dieser Überschwang, dieses Ungestüm.«

Aber Cuyler Goodwills längste, seine bei weitem längste Ansprache ging im Jahre 1916 während einer Eisenbahnfahrt von Winnipeg, Manitoba, nach Bloomington, Indiana, vonstatten, einer Reise von gut dreizehnhundert Meilen. Sein Publikum bestand aus einer einzigen Person, seiner kleinen Tochter Daisy, damals erst elf Jahre alt. Sie reisten tagsüber in einem Salonwagen erster Klasse, bezahlt von der Indiana-Kalkstein-Gesellschaft, Cuyler Goodwills neuem Arbeitgeber. Die grünen Plüschsitze waren geräumig, luxuriös, und sie ließen sich, damit man es sich bequem machen konnte, nach hinten und nach vorne kippen. Eine sinnreiche Mahagoniplatte bildete, wenn man sie herunterzog, einen Tisch, und man konnte sich Tee dorthin bestellen, Tee mit einem Zitronenschnitz, der an den Rand der Untertasse geklemmt war. Seite an Seite saßen Vater und Tochter, zwischen sich nur eine kleine hölzerne Armstütze. Sie waren praktisch Fremde, diese zwei, und vermieden es daher beide, einen Arm auf die Barriere aus poliertem Holz zu legen. Die Reise dauerte drei volle Tage – mit konfusem, hektischem Umsteigen in

Fargo und Chicago und noch einmal in Indianapolis –, und der Vater redete und redete und redete die ganze Zeit.

Eine Weiche war in seinem Hirn gestellt worden, in Gang gesetzt vielleicht durch schiere Nervosität, wenigstens zu Beginn. Er war nie zuvor »gereist«. Die Weltlandschaft, vom Zugfenster aus erspäht, war größer, als er sich vorgestellt hatte, und kompakter. Der Anblick erfüllte ihn mit Schrecken, aber auch mit Aufregung. Die Wälder und Felder von North Dakota, Minnesota und Wisconsin schienen ihm von Wachstum zu schwellen, wie sie grün und üppig vor einem hellen Dunst standen. Das Land senkte und hob sich beunruhigend, und er sah mit Staunen, daß die Heuernte so zeitig eingebracht wurde. Kleine Städte tauchten auf, eine nach der anderen, die Abstände dazwischen verblüffend kurz und die Namen fremd. Er beobachtete verwundert, wie unbeschwert Männer (und Frauen desgleichen) vom Zug auf den Bahnsteig stiegen, vom Bahnsteig in den Zug – mit Mühelosigkeit, mit Leichtigkeit, lachend und plaudernd und einander grüßend, als seien sie blind gegen die geographischen Verschiebungen, denen sie sich unterwarfen, und gleichgültig gegen die Entfernung und die Unterschiede, denen sie sich aussetzten. Viele waren ohne Hut, die Farben ihrer Kleider grell. Die Koffer, die sie trugen, schienen, danach zu urteilen, wie sie damit umgingen, federleicht und aus einem Material – Stroh, Leinen –, das Cuyler Goodwills dunkelbrauner Reisetasche spottete, die, da erst vor Tagen gekauft, noch nicht abgenutzt war.

Südwärts und weiter südwärts fuhr der Zug, ein Silberpfeil, der die teilnahmslose Landschaft durchschnitt. Die Sonne schien strahlend. Während die Meilen abgerattert wurden, wollte es Goodwill scheinen, daß die Ernsthaftigkeit der Welt auf dem Rückzug war. Aus dem Clubwaggon war Gesang zu hören: »Ain't She Sweet«, immer wieder von vorn, während sie die Grenze von Illinois nach Indiana überquerten. Flüsse, rundliche Hügel, gepflasterte Straßen, umzäunte Felder. Reklamen für Kautabak tauchten an Scheunenwänden auf. Die Städte wurden größer und schmutziger. Stromleitungen schlitzten die klare Luft wie Rasierklingen.

Der erste Tag war der schlimmste. Cuyler Goodwill redete wie verrückt, wußte er doch, daß man ihn und seine Tochter binnen kurzem zur zweiten Sitzung in den Speisewagen rufen würde, und er hatte eine tiefe Furcht vor dieser neuen Aufregung. Bald darauf würde die Sonne aus dem Blickfeld sinken, und er würde mit einem abartigen Pullmanbett konfrontiert sein, mit der Notwendigkeit, seinen Körper in einer mit einem Vorhang versehenen Zelle unterzubringen, ihn den Partikeln der Verlagerung von Zeit und Raum zu überlassen.

All diese Schrecknisse waren es, wogegen er anredete.

Er erzählte der Kleinen von seiner Kindheit in Stonewall, er schilderte ihr die Straßen jener Stadt, die Lage seines Elternhauses nahe den Kalköfen, den Geruch von brennendem Kalk an einem Wintermorgen und wie ihm, Cuyler, manchmal elend und manchmal froh zumute war. Er bekannte ihr seine simplen Vergnügungen, seinen Hang zur Arbeit, seine bereitwillige Hinwendung zum Steinhauergewerbe, seine kuriose Verbundenheit mit Stein und Erde.

Weiter und weiter. Die Essenszeit kam und ging. Dem kleinen Mädchen war leicht übel, der Zug ruckelte hin und her, und das Hühnchen mit Soße lag ihr schwer im Magen. Im Speisewagen hatte sie eine Spur dieser gelben Soße auf dem weißen Tischtuch verschüttet, und ihr Vater hatte die an seine Hemdbrust gesteckte Leinenserviette abgenommen und den Fleck zugedeckt, ohne auch nur einen Augenblick seinen Wortschwall zu unterbrechen. Er sprach jetzt von seiner verstorbenen Frau, der Mutter des Kindes; ihr Name war Mercy – Mercy Goodwill, eine junge Frau, einmalig geschickt mit Kuchen und Konfitüre und Haushaltführung.

Einiges davon nahm die kleine Daisy in sich auf und einiges nicht. Die Stunde war weit vorgerückt. Das Mädchen nickte fortwährend ein und wachte wieder auf, doch selbst im Wachzustand trieben ihre Gedanken zurück zu dem Haus an der Simcoe Street in Winnipeg, wo sie die meiste Zeit ihres Lebens gewohnt hatte, mit seinen akkurat eingepaßten Fenstern und Türen und den Holztreppen zum Keller hinunter oder in den Garten nebenan, wo in Reih und Glied Tante Clarentines Blumen wuchsen. Tante Clarentines Gesicht schwebte lächelnd vorüber. (Dieses Gesicht muß nun zu Staub geworden sein, ein tröstlicher Gedanke, denn Staub ist etwas Vertrautes, Allgegenwärtiges, Freundliches und keineswegs Bedrohliches.) Onkel Barker würde jetzt seine Gerätschaften und seine Sammlung einpacken und sich für die Reise nach Ottawa bereit machen, auch dies eine Eisenbahnfahrt, aber ostwärts statt südwärts. Er hatte auf einer Landkarte gezeigt, wo Ottawa lag, ein schwarzes Pünktchen in einem Geflecht sich kreuzender Wasserstraßen.

Während sie sich in der Zeit zurückträumte, Bilder auferstehen ließ, erkannte das kleine Mädchen verwundert, daß die Abwesenden stets gegenwärtig sind, daß man sie nicht einfach entläßt, indem man einen Zug besteigt und in eine bestimmte Richtung fährt. Diese Erkenntnis machte ihr Hoffnung für die Zukunft mit einem Vater, den sie nie gekannt, einem Vater, der sie der Obhut anderer überlassen hatte, als sie kaum zwei Monate alt war.

Die Augen fielen ihr zu, aber ihr Vater redete noch immer. Es schien ihr, als ob seine Stimme die ganze Nacht fortfuhr, aber das war unmöglich, denn sie wachte ein paarmal auf und befand sich allein auf einem glatten, kühlen Baumwollaken und einer herrlich dicken Matratze, und ringsum war Dunkelheit.

Am Morgen fing es wieder an; die zwei frühstückten im Speisewagen (weiche pochierte Eier, Toastdreiecke, mit Butter bestrichen), und ihr Vater redete und redete. Seine Rastlosigkeit war jetzt aufgerüttelt, dermaßen aufgerüttelt, daß ihr nicht Einhalt zu gebieten war. Die Kleine mußte die Ohren verschließen; sie brauchte Besänftigung, nicht dieses Bombardement von unsortierten Erinnerungen. Eingekapselt, führte sie sich im Geist die Rasen- und Kiesflecken vor Augen, die hinter der Aberdeen-Schule in Winnipeg lagen, und die Sträucher, die an den rauhen Schulhofzaun stießen. Ihr Vater sprach jetzt von der Schwierigkeit der Steinbearbeitung, wie sehr es auf die Wahl des richtigen Breiteisens ankommt und daß man es behutsam halten muß, daß zuviel Druck an der falschen Stelle gutes Material spalten und ruinieren kann, daß jedes Stück Stein auf der Welt seinen eigenen Mittelpunkt hat, worin etwas eingeschlossen ist.

Die vorüberziehenden Felder standen voll mit grünem Getreide, Reihe für Reihe vollendete sich, wenn sie aus dem Blickfeld schwenkte, alle Halme waren langblättrige Herren oder Damen, die sich ihren Nachbarn zuneigten, im Winde plappernd, hochgewachsen und höflich. Ihr Vater erklärte den Unterschied zwischen Sandstein und Kalkstein, zwischen Granit und Marmor. Sie spürte, wie seine Stimme in ihre Venen und Arterien sickerte und sich in ihrem Gedächtnis ausbreitete.

Tiefer und tiefer stieg er hinab in den Brunnen seines Lebens: ein Regenbogen, ein Grabstein, ein schräger Strahl Morgenlicht.

Er sprach, um die beängstigende Stille zu füllen und die

Ungewißheit der Zukunft zurückzuhalten, aber hauptsächlich sprach er, um sein Kind zurückzuholen. Er fühlte zu Recht, daß er ihr einen vollständigen Bericht über die Jahre seiner Abwesenheit schuldete, ihr seine ganze Geschichte schuldete, sein Leben, aus dem Fossilfeld gestemmt und ans Licht gebracht. Jede Minute schuldete er ihr, jede Gefühlsregung. Es war so viel. Er würde nie imstande sein, alles zurückzuzahlen.

Wenn wir an die Vergangenheit denken, neigen wir zu der Annahme, daß die Menschen schlichter im Denken und Handeln waren und von ursprünglichen, irreduziblen Kräften geprägt wurden. Wir unterstellen, daß unsere Vorfahren von einer reineren Zielstrebigkeit durchdrungen waren, als sie uns heute eigen ist, und von eingleisigerer Sinnesart. So glauben wir zum Beispiel, daß die frühen Wissenschaftler ihre Ziele mit ungebrochener »Hingabe« verfolgten und daß die Künstler in der Glut einer immerwährenden »Inspiration« arbeiteten. Aber nichts davon ist wahr. Die uns vorangingen, waren ganz genauso eigenwillig, unberechenbar und schwankend in ihrem Streben, wie es die Menschen heute sind. Der kleinste häusliche Sturm, sei es auf sexuellem oder psychologischem Gebiet – oder auch ein richtiger Sturm, der Erfrischung in Form von Sauerstoff und Energie zuführt –, hat die Macht, uns vom Weg abzubringen. Cuyler Goodwill, um ein Beispiel zu nennen, wanderte in seinem langen Leben von einer Inkarnation zur anderen. In seinen zwanziger Jahren war er ein Gefangener von Eros, in seinen Dreißigern gehörte er Gott und, noch später, der Kunst. Jetzt, in seinen Fünfzigern, ist er ein Verfechter des Kommerzes. Diese Wirkungsperioden sind freilich geschätzt; denn es gab da natürlich starke Überschneidungen, etwa spirituelle Rückstände in seinen geschäftlichen

Tätigkeiten, eine erotische Erinnerung, die seine Kunst versüßte. Doch im großen und ganzen sind seine Obsessionen, allesamt derselben qualvollen biographischen Wurzel entsprossen, von Enthaltsamkeit begleitet: »Eins nach dem anderen« ist für Cuyler Goodwill die Regel. In dieser Hinsicht ist er wie ein Kind.

Er ist seltsam gleichmütig gegenüber seinen diversen Metamorphosen, er blickt selten zurück und gibt sich nie auch nur eine Minute der Verschwendung und Torheit der Nostalgie hin. »Die Menschen verändern sich«, hat man ihn sagen hören. Oder: »Dies und das war nur ein Kapitel in meinem Leben.« Er zuckt mit seinem ganzen schmalen, gestählten Körper und lächelt aus dem kleinen, ledrig gefurchten Gesicht. Er hat immerhin in seinem Steinhauerleben Sternbohrer dampfgetriebenen Furchmaschinen weichen und Motorgattersägen handbetriebene Ablängsägen ablösen sehen. Im Jahre 1916 war er von der Indiana-Kalkstein-Gesellschaft als Steinmetz eingestellt worden, und heute ist er Hauptteilhaber seiner eigenen Zulieferfirma. Er hat Kalkstein die weicheren Sandsteine als bevorzugtes Baumaterial der Nation überholen sehen. (Im vergangenen Jahr, 1926, sind 13 Millionen Kubikfuß Indiana-Kalkstein abgebaut und verkauft worden, ein großer Teil davon für die blendenden neuen Monumente von New York City und Washington, D. C.) Eins führt zum anderen, das ist das Leben.

Sie müssen wissen, wenn Cuyler Goodwill, wie er es dieser Tage häufig tut, davon spricht, daß er »in einem fortschrittlichen Land« lebt oder »Bürger einer stolzen, freien Nation« ist, so meint er die Vereinigten Staaten von Amerika und nicht das Dominion Kanada, wo er geboren und zum Mann gereift ist. Kanada mit seinen Wäldern und Seen und seiner unendlichen, leeren Weite liegt nun hinter dem Mond, ebenso die kärgliche, kurze, frostige

Geschichte des Landes. Es gibt gebildete Bloomingtoner – er begegnet ihnen jeden Tag –, die nie von der Provinz Manitoba gehört haben oder, falls doch, nicht in der Lage sind, es richtig zu buchstabieren oder auf einer Landkarte zu finden. Sie denken, Ottawa wäre eine Stadt südlich der Mitte von Illinois und Toronto läge irgendwo in den nördlichen Landstrichen von Ohio. Es ist, als wäre ein riesiger Radiergummi vom Himmel gekommen und hätte die Spitze des Kontinents wegradiert. Doch mein Vater, vollauf beschäftigt mit seinen Steinmetzkontrakten und Beteiligungen und öffentlichen Redeterminen, hat seiner verlorenen Heimat nicht eine Minute nachgetrauert.

Diese Heimat indes ist durchaus nicht verloren, obwohl Nachrichten aus dem Königreich nur gelegentlich die Tageszeitungen von Chicago und Indianapolis erreichen. Der zeitunglesenden amerikanischen Öffentlichkeit, die so sehr mit ihrer eigenen vitalen, leicht entflammbaren Wesensart beschäftigt ist, kann kaum zugemutet werden, sich für die im Schneckentempo vonstatten gehende Entwicklung ihres höflichen nördlichen Nachbarn zu interessieren, und sei er noch so ausgedehnt, mit seinem verschrobenen alten König (zweiundsechzig Jahre wird er diese Woche) und dem relativ niedrigen Temperaturwert seines Schmelztiegels. Kanada ist ein Land, wo sich nie etwas zu ereignen scheint. Ein Land, stets in seine Sonntagsausgehgarnitur gekleidet. Ein Land, das man kein zweites Mal zum Walzer auffordern würde. Sauber. Christlich. Fade. Still. Aber in der Entwicklung. Ja, man muß zugeben, das Dominion entwickelt sich.

Siebenhundert Siedler, die nahezu jede europäische Nationalität vertreten, sind letzte Woche an Bord von vier recht scheckigen Dampfschiffen in Montreal gelandet: der *Letitia, Athiaunia,* der *Pennland,* der *Bergenfjord.* Aber, fragen Sie, was können bloß siebenhundert Bürger in dieser unendlichen Weite schon ausmachen? Ein Sand-korn, einer Wüste zugefügt. Ein Teelöffel voll Wasser, in den Ozean geträufelt. Zudem muß man die Gegenwande-rung berücksichtigen, jene Siedler, denen die Anpassung nicht gelingt und die nach ein, zwei oder manchmal zwan-zig oder dreißig Jahren in ihre Herkunftsländer zurück-kehren.

Ein solcher ist Magnus Flett aus Tyndall, Manitoba, pensionierter Steinbrucharbeiter, der auf dem Weg »heim« zu den Orkneyinseln ist. Was für ein elendes Da-sein hat dieser Mann gehabt – exakt diese Worte äußerten mindestens ein Dutzend Bekannte über ihn –, denn er hat niemanden, den man Freund nennen könnte: der arme Mann, die unglückliche Seele, sein tragisches, einsames Leben. Ein Leben, das einen romantischen Schauder im Blut trägt; dies zumindest möchten einige denken.

Der Mann, 1862 geboren, ist jetzt fünfundsechzig – gemütskrank, zahnlos, arthritisch, taub auf dem linken Ohr, geplagt von einem Zwölffingerdarmgeschwür, die große Gestalt gebeugt, die Hoden geschrumpft, die Füße gelb verfärbt. Er hat im Dominion gelebt, seit er ein Jüng-ling war. Hierher war er gekommen mit seinem starken, jungen Körper, der alles war, was er besaß, und seinem Geschick im Umgang mit Stein. Hier hat er sich auf die Suche nach seinem Glück gemacht. Hier war es, wo er eine gewisse Clarentine Barker aus der Ortschaft Lac de Bon-net, eine Farmerstochter, kennenlernte und heiratete. Wo er drei Söhne zeugte, Barker (heute ein hochgestochen redender Staatsdiener in Ottawa), Simon (Maschinen-schlosser in Edmonton, ein Säufer) und Andrew (Bapti-stenprediger, zur Zeit wohnhaft in Climax, Saskatchewan, selbst Vater von fünf Töchtern). Man möchte meinen, daß der alte Magnus Flett in diesem neuen Land verwurzelt ist, daß die Familien- und Berufsbande ihn festketten und daß er, wenn die Zeit kommt, wünscht, in Manitobas dünner salzhaltiger Erde unter einem Brocken marmorierten Tyndall-Steins begraben zu werden. Aber nein, er hat einen stattlichen Anteil seiner Ersparnisse für eine Schiffsreise in seine Heimat auf den Orkneyinseln aufgewendet, einen Ort, wo seines Wissens keine Blutsverwandten von ihm mehr leben und an den er nur ganz wenige Erinnerungen hat.

Er weiß nicht, was er mit sich anfangen wird, wenn er ankommt. Er hat den Mut aufgebracht, Kanada zu verlassen, aber er wartet, daß die kahle Orkneylandschaft sich vor ihm erhebt und ihn anweist, ihn berät, was er als nächstes tun müsse. Etwas wird aus seiner Vergangenheit auftauchen, dessen ist er sicher, eine Weisung zur Rettung seiner letzten Tage. Dieses Vertrauen kommt aus einem Vakuum, einem Mangel an Erinnerungsvermögen, wenngleich er sich schwach auf die nackten Hügel und Täler der Heimat besinnt, ihre unvermuteten, geringen Neigungswinkel und den frischen, plötzlich aufkommenden Wind und auch einen Rest anderer Wahrnehmungen, wovon keine deutlicher ist als die verräucherte, stickige Küche seiner Eltern, die geschwärzte Decke und wie der Atem in der Kehle stockte, Verheißung von Geborgenheit und Bedrohung zugleich. Es wurde oft laut gezankt unter dem niedrigen Dach, das weiß er gewiß, jahrelang ging das so, aber weswegen? Seine Eltern und ein älterer Bruder liegen auf dem Kirchhof in Sandwick begraben, und er stellt sich vor, daß er ihnen früher oder später Gesellschaft leisten wird. Staub zu Staub. Eine Versammlung von Geistern. Irgendwas jedenfalls.

Er ist zuerst mit der Bahn nach Montreal gefahren, vier Tage, und hat sich dann für die achttägige Überfahrt nach Liverpool eingeschifft. Er hat seine Ersparnisse, die beachtlich sind. Er hat einen Schrankkoffer mit warmer

Kleidung gepackt, ausreichend für den Rest seiner Tage, und mit ein paar Andenken an seine sechsundvierzig Jahre in Kanada: etliche Gesteinsproben, Tyndall-Dolomitgestein, schöne Stücke, sorgsam in wollenes Unterzeug eingeschlagen. Sein Werkzeug. Seine Pfeife. Fünf Pfund von seinem Lieblingstabak. Vier Bücher – diese durch dreifache Lagen Zeitungspapier geschützt –, von denen er sich niemals trennt. Auch einige Familiendokumente, Einwanderungsbescheinigung, Geburtsurkunden (die drei Söhne, seine Nachkommenschaft, seine einzige Spur in der weiten Welt) und der Abschiedszettel seiner Frau, den sie ihm im Jahr 1905 unter ihren Taschentuchbeschwerer gelegt hatte. »Lebwohl«, stand da; das war alles, nach fünfundzwanzig Ehejahren: »Lebwohl«. Mit Bleistift gekritzelt.

Und da sind auch ein paar Photographien. Sein Hochzeitsbild: starre Positur, 1880, seine junge Braut sitzt auf einem geschnitzten Atelierstuhl, die Hände steif im Schoß, die Haare flach nach hinten gestrichen, die Miene ausdruckslos. Und er, ein gutaussehender Mann – das läßt sich unmöglich leugnen –, sechs Fuß drei Zoll, steht hinter ihr; die linke erhobene Hand zwickt oder kratzt am Ohrläppchen. Hat ihn der Photograph angewiesen, so an seinem Ohr herumzufummeln? Und wenn ja, warum hat er gehorcht?

Ein anderes Photo: die drei Jungen. Barker, sechs Jahre alt, starrt mürrisch in die Linse; Simon, vier (in kurzer Samthose, unvorstellbar, diese Hose, wo war die her?), sitzt kreuzbeinig auf einer Polsterbank, und Andrew, zwei, krümmt sich – krümmt sich unverkennbar – zu Simons Füßen. Seine Söhne. Seine lieben Söhne. Verloren.

Und noch ein Photo.

Es ist ein Gruppenporträt, undatiert, doch er glaubt,

daß es 1901 oder 1902 aufgenommen wurde. Bevor seine Frau »seltsam« wurde. Bevor alles anders wurde. Auf die Rückseite des Photos hat jemand – die Handschrift ist ihm unbekannt – die Worte geschrieben: »Der Damenclub für Rhythmus und Bewegung.« Sechs Frauen sind auf dem Photo. Er erkennt die Frau des Arztes, Mrs. Spears. Er erkennt Maude Little und Mamie Heftner, die hinten stehen. Er erkennt jede dieser starrblickenden Damen. Oh, wie zufrieden sie mit sich sind. Es bringt einen zum Lachen, sie zu betrachten. Alle stecken in den gleichen Röcken und Blusen, eine Art farbigen Besatz um den Kragen und eine breite Schärpe von der Schulter bis auf die Hüfte. Sie sehen einfältig, aber auch eigenartig ernst drein, drücken mit Zähnen, Lippen und dem Heben ihrer Schultern aus: Sind wir nicht fabelhaft, sind wir nicht einfach umwerfend. Clarentine Barker Flett, seine Frau, ist in der ersten Reihe, ein winziges bißchen kleiner als die anderen, schlank, hübsch, übermütig, keck; kaum zu glauben, daß sie Anfang Vierzig ist und drei Söhne geboren hat, sie sieht aus wie ein junges Mädchen. Sie beißt sich auf die Unterlippe, als sei das Leben ein herrlicher Spaß. Glücklich, ja, sie wirkt unverschämt glücklich.

Magnus Flett hat sich diese Photographie vom Damenclub für Rhythmus und Bewegung tausendmal angesehen, forschend, von einem Gesicht zum anderen, von links nach rechts, von oben nach unten, und jedesmal läuft es für ihn auf das eine hinaus: die erwiesene Tatsache vom Glück seiner Frau.

Ein Gemälde mag lügen, aber der Photoapparat besteht auf der Wahrheit, so hat er sagen hören. Seine belagerte Ehehälfte mit ihren zarten Knochen und dem umhüllenden weichen Fleisch nahm in jenen Tagen einen Platz in der Welt ein; kein vernünftiger Mensch, der diese Photographie in Augenschein nähme, würde das leugnen. Sie hatte sich, sagt das Beweisstück, emporgeschwungen zu Momenten der Exaltiertheit oder auch Verrücktheit, das kam auf dasselbe heraus. Seine Frau. Ihr freches Lächeln, die Knie gebeugt, ihre Schärpe reflektiert das Licht. Sie sieht keineswegs wie die Frau eines brutalen Ehemannes aus. Sie kann nicht vierundzwanzig Stunden täglich, fünfundzwanzig Jahre lang, unterdrückt und mißhandelt worden sein, das ist undenkbar.

Er tröstet sich mit diesem Gedanken.

Er erinnert sich auch, daß sie eine Art Stolz besaß, eine Hochachtung für ihr eigenes Schaffen; sie weigerte sich etwa, die Pflaumen zu entsteinen, die sie in ihren Pflaumenpudding tat, und ließ diejenigen, die ihre gedämpften Gerichte verzehrten, sich mit den Steinen in ihren Münden abmühen. Er bewunderte sie dafür, für diese kuriose Abneigung, sich zu verausgaben.

Und er leugnet und leugnet – doch wer ist da, ihm zuzuhören? –, daß er ihr verboten hat, Dr. Spears im Frühherbst 1905 wegen eines Zahnabszesses aufzusuchen. Das war nicht wahr. Nein. Er hätte die zwei Dollar und fünfzig Cents gerne bezahlt. Er hatte seine Frau, als sie so plötzlich Zahnweh bekam, lediglich daran erinnert, wie seine Ohrenentzündung letztes Frühjahr von selbst vergangen war, ohne daß sich eine kostspielige ärztliche Konsultation als notwendig erwies. (Dies ist wahr, aber es ist auch wahr, daß er am Ende sein Gehör auf diesem Ohr zur Hälfte eingebüßt hatte.)

All die Jahre ihrer ehelichen Gemeinschaft hat er ihr ein respektables Heim geboten, hat immer zugesehen, daß der Holzstoß gestapelt war, hat jeden Morgen trockenes Anmachholz ins Haus getragen, bevor er sich zum Steinbruch aufmachte. Anders als eine Menge Männer hat er ihr jede Woche einen Geldbetrag gegeben, zum Einkaufen von Vorräten. Und er war auf ihr Wohlbefinden bedacht, ihre weiblichen Begehrlichkeiten. Einmal brachte er ihr aus Winnipeg ein mit einem Band geschmücktes Glas Haarnadeln mit, und sie hatte nichts Besseres zu tun, als es der dicken Mercy Goodwill nebenan zu schenken. Was war das für eine Ehefrau? Er überraschte das Weib mit einem Eisschrank – das neueste Modell, ein schönes Stück –, und sie geriet darüber nur in Wut und hielt ihm vor, gutes Geld zu vergeuden.

Zweimal hatte er sich erboten, sie wieder unter seinem Dach aufzunehmen, ungeachtet, was die Nachbarn sagen würden, ungeachtet der Blicke, die er auf sich ziehen würde. Mehrmals hat er in den Jahren, nachdem sie von zu Hause fortgegangen war, den Zug nach Winnipeg genommen und sich wie ein gemeiner Verbrecher an der Ecke Simcoe Street und Aberdeen Road herumgedrückt, hat Blicke auf ihre Gestalt erhascht, wie sie kam und ging und in ihrem Garten arbeitete, den Rücken gebeugt, wie es die galizischen Frauen taten. Einmal sah er sie im Eingang des Hauses erscheinen – noch schlank unter einem weißen Kittel – und hörte sie das Mädchen, Daisy, ins Haus rufen und sagen, das Abendessen stehe auf dem Tisch und sie solle sich sputen und blitzschnell hereinkommen. Ihre Stimme war scharf, heiter, liebevoll, ganz und gar verändert – und das Mädchen nicht mal ihr eigen Fleisch und Blut, ein Nachbarskind, dessen Mutter gestorben war.

Eine Frau, die ihren Ehemann verläßt, muß einen Grund haben, muß einen Grund vorweisen können, aber alles, was seine Frau je sagte, war, daß er mit Geld knauserte. Und es an sanften Worten und Manieren fehlen lasse. Dabei wußte sie, als sie ihn heiratete, von vornherein, daß er kein Mann von weibischem Geschwätz und Getue war.

Sie war ein Jahr fort gewesen, als er das Wohnzimmer

ausräumte, den Teppich, alle Sessel ausklopfte und lüftete, und zuunterst in ihrem Nähkorb vier kleine Bücher fand. Romantische Bücher, nahm er an, wurden sie genannt, Damenbücher mit weichen Papierdeckeln. Neun Cent pro Stück, der Preis war auf die Rückseite gestempelt. Eine Groschenbibliothek. Er war sich nicht sicher, wie sie an diese Bücher gekommen war, vermutete aber, daß sie sie bei dem alten jüdischen Hausierer gekauft hatte, heimlich gekauft und gelesen, als wenn er ihr jemals ein so harmloses Vergnügen verwehrt haben würde.

Er fing selbst an, diese Bücher an Winterabenden zu lesen. Das war besser, als auf die Uhr zu starren. Sie ticken zu hören. Oder zu lauschen, wie das Eis von den Zweigen aufs Dach fiel. Unterdessen hatte er gegen die Kälte einen robusten, mit Holz befeuerten kleinen Heizofen im Wohnzimmer installiert, etwas, was seine Frau ihm schon immer nahegelegt hatte. Er las langsam, weil er, ehrlich gesagt, noch nie im Leben ein ganzes Buch, von vorne bis hinten, gelesen hatte. Er gefiel sich in der Vorstellung, er könne die meisten Worte enträtseln, indem er Seite um Seite umblätterte, aufmerksam: *Kampf um ein Herz* von Laura Jean Libby, *Was man mit Gold nicht kaufen kann* von einer gewissen Mrs. Alexander, *Der Welt preisgegeben* von Florence Warden und *Jane Eyre* von Charlotte Brontë. Letzteres war sein Lieblingsbuch; es gab Wendungen in der Geschichte, die ihm ein bittersüßes Weh in die Kehle trieben, und in diesen Momenten fühlte er seine Frau nur ein Dutzend Herzschläge entfernt, so nah, daß er fast hätte hinlangen und die seidige Innenseite ihrer Schenkel streicheln können. Er staunte, daß diese Bücher angefüllt waren mit Menschen. Ein jedes war wie eine kleine Welt, bevölkert und möbliert. Und wie diese Buchmenschen redeten! Reden, reden, sie lebten in ihren Zungen. Vieles, was sie äußerten, war albern, aber auch vernünftig. Reden war ein Weg, sie vor Zorn zu bewahren. Es wurde ausgetauscht wie Bargeld gegen Handelsware. Einige Sätze waren wie Poesie, nicht von der Art, wie die Leute in Wirklichkeit redeten, dennoch sprach er sie laut vor sich hin und prägte sie sich ein, so daß er, sollte seine Frau zufällig beschließen, nach Hause zu kommen und ihren Platz wieder einzunehmen, bereit sein würde. Wenn diese geschwätzige Narretei ihr größtes Bedürfnis war, wollte er vorbereitet sein, ihr entgegenzukommen, eine Spritze, vollgepumpt mit Worten der Sanftheit und Anerkennung: O schöne Augen, O teures Antlitz, O zarteste Haut. Oder Phrasen, die vom überfließenden Herzen sprachen, von dem steigenden Begehren in der Brust, der plötzlichen Klarheit, wenn ein Leib dem anderen sich bietet, oder auch die schlichte Liebeserklärung. Ich liebe dich, flüsterte er der Wartenden ins Ohr. Ich bete dich an, dein ganzes Sein.

Oder, wenn diese Äußerungen sich als zu schwierig für ihn erwiesen, wie er vermutete, so wollte er ihr einfach in die Augen sehen und ihren Namen aussprechen: Clarentine. Er probierte es in der heimeligen, nach Holz duftenden Luft des Wohnzimmers und fühlte sich von Kopf bis Fuß erröten: Clarentine. Sagte es zuerst leise, wie man ein reizbares Wesen besänftigt, zwang seine Stimme, sanft zu bleiben, sprach es direkt an, das Gesicht, das auf immer dem Damenclub für Rhythmus und Bewegung gehörte, aber nicht ihm, das liebe, starr blickende Gesicht. Clarentine. Clarentine.

Und später – das war, nachdem sie von einem rücksichtslosen Radfahrer in der Stadt Winnipeg umgefahren und gegen den Sockel der Royal Bank geworfen worden war – wurde das Wort ein zerrissener Schrei: Clarentine, komm nach Haus, komm nach Haus, mein Liebling, meine einzige, einzige Liebe.

Eine Woche vor Daisy Goodwills Hochzeit in Bloomington, Indiana, hatte die Mutter des Bräutigams, Mrs. Arthur Hoad, eine nette Idee. Sie wollte die Braut zu einem
Mittagsimbiß einladen, nur sie beide an einem Klapptisch
auf der seitlichen Veranda: das Alltagsporzellan, die
cremefarbene Leinendecke mit passenden Servietten,
und vielleicht eine einzelne rosa Pfingstrose, die in einer
kleinen Glasschale schwamm. Lobelia-May, die mittwochs
immer zum Saubermachen und Backen kam, würde eine
Platte mit ihrem berühmten Thunfischsalat und einen
Krug Eistee auftragen, danach würde die gute Seele sich
taktvoll zurückziehen und Schwiegertochter und Schwiegermutter in spe allein lassen, auf daß sie jene Dinge
besprechen konnten, die Frauen unter sich klären müssen.

Weil sie das Mädchen nicht einschüchtern wollte, klei-
dete sich Mrs. Hoad für den Anlaß zwanglos: ein Garten-
kleid mit Blumendruck und weiße Rentierlederpumps.

»Sie denken hoffentlich nicht, daß ich mich einmischen
will, Daisy. Meine Gefühle für Sie beinhalten nichts als
Zuneigung, doch ich denke auch daran, daß Sie in einem
Hauswesen ohne Mutter aufgewachsen sind, was, wie wir
wissen, ein Hindernis auf dem Lebensweg sein kann. Ihr
Vater ist ein feiner Mensch, ein hingebungsvoller Vater,
Sie hätten sich keinen besseren wünschen können, doch
gibt es gewisse Bereiche in der Welt, wo die Frauen das
Regiment führen. Lassen Sie mich zunächst sagen, daß Sie
den Vorzug einer Collegebildung genossen und einen
gewissen Grad an Vertrautheit mit den Geisteswissen-
schaften erworben haben, aber ich hoffe sehr, daß Sie
diesen Vorteil nicht nachteilig auf die normale eheliche
Harmonie einwirken lassen. Das heißt, ich hoffe, Sie werden nicht versucht sein, vor jenen mit Ihren Kenntnissen
zu prunken, die nicht dieselbe Laufbahn gewählt haben.

Es war für mich persönlich eine große Enttäuschung, als Harold beschloß, sein Ingenieurstudium nach einem Jahr aufzugeben, aber eigentlich waren seine Interessen ja immer praktischer Natur gewesen, und er sah seinen Platz deutlich im Familienbetrieb, insbesondere angesichts des frühen Todes seines Vaters. Übrigens, Daisy, es ist stets vorzuziehen, ›Tod‹ zu sagen anstatt ›Dahinscheiden‹ oder ›Verscheiden‹. Dementsprechend – ich finde, ich muß dies erwähnen – laden wir Leute zum Abendessen ein, nicht zum Diner. Wenn Sie den Tisch decken, sei es zum Frühstück, Mittag- oder Abendessen, sehen Sie zu, daß die Messerklinge einwärts zeigt. Einwärts. Nicht auswärts. Die Salatgabel kommt selbstverständlich außen von der Menügabel zu liegen. Harold ißt immer Grape-Nuts zum Frühstück. Eine Frage der Verdauung und des allgemeinen Wohlbefindens. Ich meine, ich muß mich in diesem Punkt klar ausdrücken. Ich spreche von Ausscheidung, Stuhlgang. Harold hatte schon als ganz kleiner Junge Schwierigkeiten auf diesem Gebiet, und deswegen sind Grape-Nuts eine Notwendigkeit, zudem ein sehr kostengünstiges Nahrungsmittel. Wir dürfen uns nie der Sparsamkeit schämen, Daisy. Übrigens, Tomatensaft sollte niemals zum Frühstück serviert werden, sondern nur vor dem Mittag- oder Abendessen. Zum Frühstück ist Orangensaft vorzuziehen. Aus der Dose ist er durchaus annehmbar, wenn frische Apfelsinen nicht zu haben sind oder die Zeit knapp ist. Harold ist sehr eigen mit seinen Bürsten und Kämmen, sie müssen regelmäßig gesäubert werden. Er liebt Frisierkämme aus Hartgummi. Ich halte stets einen oder zwei parat, für den Fall, daß er seinen verlegt. Ich frage mich, ob Sie schon Venetian Velva Liquid für Ihre Haut entdeckt haben. Ich nehme nicht an, daß Sie sehr auf Ihren Teint achten in Ihrem Alter, aber die Gesichtshaut wird in den Zwanzigern und Dreißigern rasch großporig. Tragen Sie es vor dem Zubettgehen auf, und massieren Sie es sorgfältig ein, mit kreisförmigen Bewegungen. Und keine Seife, niemals. Warum nicht, werden Sie fragen? Weil Seife extrem austrocknend wirkt. Als Badepulver empfehle ich Poudre de Lilas. Manche Pulver können aufdringlich sein. Männer nehmen Anstoß an starken Gerüchen. Ich sehe, Sie essen Ihre Oliven nicht, Daisy. Wann immer Sie etwas auf Ihrem Teller finden, was nicht nach Ihrem Geschmack ist, vermeiden Sie tunlichst, Ärgernis zu erregen, und schieben Sie es unter etwas anderes. In diesem Fall ist Ihr Salatblatt vorzüglich geeignet. Ist Ihnen bekannt, daß man Bettuchstoff als Ballenware bestellen kann und daß das Säumen gewöhnlich kostenlos besorgt wird? Weiße Schuhe trägt man nur vom 30. Mai bis zum ersten Montag im September. Seien Sie vorsichtig mit dem Ausdruck ›Entrée‹. Es ist nicht der Hauptgang, wie viele Leute meinen, sondern der Gang, der dem Hauptgang vorausgeht. Harold ist überaus empfindsam, was die Geschichte seines Vaters betrifft. Das vorzeitige Ableben seines Vaters, meine ich, und ich glaube, Sie sind über die erforderlichen Tatsachen im Bilde. Es erschüttert Harold, an dieses traurige Ereignis erinnert zu werden. Ich halte es für das beste, daß Sie überhaupt nicht auf seinen Vater zu sprechen kommen. Wir tun es nie. Wir bleiben sonntags abends immer zu Hause. Das ist eine sehr, sehr strikte Familientradition. Wir gehen absolut nicht aus. Sehen Sie zu, daß Sie sich binnen zwei Monaten für die Hochzeitsgeschenke bedanken. Manche Leute räumen drei Monate ein, aber ich bin so altmodisch, zwei für angemessen zu halten. Bitte merken Sie sich, daß schlichte Karten am besten sind, vielleicht mit einer erhabenen Borte um die Kante. Einmal hat Harold eine Handvoll Popcorn gegessen und zu würgen begonnen. Ich habe stets ein Auge auf ihn, wenn wir einen

Popcornabend veranstalten. Zum Schluß noch ein Wort zu Ihrer Hochzeitsreise. Sie sind noch nie in Europa gewesen, und so mag es Sie verwundern, wenn Sie in Ihren Hotelzimmern ein recht kurioses Gerät vorfinden. Ich spreche natürlich von Frankreich und Italien, nicht von England. Diese kleine Porzellanschüssel ist nicht, was sie scheint, sondern wird von Europäerinnen aus Gründen der persönlichen Hygiene benutzt. Sie müssen darauf bedacht sein, diese Gegenstände nicht zu berühren; denn sie sind mit Bazillen überzogen, regelrecht überzogen. Bazillen der übelsten Sorte. Jener Art von Bazillen, die Ihnen ein lebenslanges Leiden bringen können, ein Leiden, das sich von einer Person auf die andere überträgt, sogar auf die nächste Generation. Wenn eine Frau heiratet, muß sie sich ständig der Möglichkeit einer Schädigung bewußt sein. Sie denkt nicht mehr nur an sich selbst. Von dem Augenblick an, da das Ehegelöbnis vor dem Altar ausgetauscht ist, wird der Ehemann zur heiligen Verantwortung der Frau.«

»Sie meint ein Bidet«, sagte Elfreda Hoyt zu Daisy. »Zum Waschen für untenrum. Du füllst es mit Wasser und hockst dich darüber und schrubbst deine Pimpernelle sauber.«

Sie, Daisy und Labina Anthony haben sich ein paar Tage vor der Hochzeit zur letzten Anprobe in einem durch einen Vorhang abgeschirmten Hinterzimmer von »Marshall's Ladieswear« eingefunden. Die Schneiderin ist ins Lager gegangen, um ein frisches Briefchen Stecknadeln zu holen. Es ist ein heißer Nachmittag, aber ein kleiner elektrischer Ventilator, der die gebauschten Röcke der jungen Frauen hochweht, hält sie einigermaßen kühl. Elfreda (Fraidy) und Labina (Beans), die zwei Brautjungfern, werden identische Kleider aus pudrigblauem Crêpe de Chine tragen, Ärmel und Ausschnitt mit elfenbeinfarbener Spitze besetzt. Daisys Kleid ist aus crêpegefüttertem Satin, *en traine,* mit Perlen und Brillanten bestickt. Der Schleier ist aus Chiffon und Spitze. Ihr Bukett wird aus Maiglöckchen, Orchideen und Farn bestehen.

Fraidy war letzten Sommer in Europa. Sie hatte zwei Bordromanzen, eine auf der Hinreise und eine auf der Heimfahrt, und dazwischen hatte sie in Florenz fünf Wochen lang Kunstgeschichte studiert, wobei sie einmal eine Aktzeichenklasse besuchte, in der ein junger Mann nackt hingerekelt auf einem Podest posierte. Außerdem war sie nach Paris gefahren und auf den Eiffelturm geklettert und hatte neben der Ewigen Flamme am Triumphbogen gestanden und in einem Bistro eine Artischocke gegessen, indem sie die Blätter eins nach dem anderen abzupfte und in eine kleine Schale mit Essig tunkte und mit den Schneidezähnen fest abschabte. »Was ihr über die Französinnen wissen müßt«, klärt sie Daisy und Beans auf, »ist, daß sie in bestimmten Dingen absolut schmutzig sind. Und in anderen äußerst *propre.* Für sie ist ein Bidet ein Muß. Für vorher. Und nachher.«

»Vor was?« fragt Beans. »Und nach was?«

»Vor und nach dem Geschlechtsverkehr.«

»Oh.«

»Sie haben sehr oft Verkehr, viel, viel öfter als Amerikanerinnen. Oder Engländerinnen, was das betrifft.«

»Warum?« fragt Daisy. »Warum tun sie das?«

»Sie sind viel lustvoller. Sie denken, Sex-Appeal ist ein wesentlicher Teil des Frauseins. Sie sind ganz versessen darauf und sehr kreativ.«

»Was meinst du mit kreativ?«

»Sie machen es auf andere Art.«

»Was?«

»Anders als die normale Art, meine ich. Letzten Sommer habe ich in einem Hotel, wo wir abgestiegen waren, in einer kleinen Kommodenschublade ein Buch gefunden, eine Art Pamphlet. Mit Bildern. Von Paaren, versteht ihr, Liebespaaren, die es auf verschiedene Arten machten.«

»Das hast du uns nie erzählt.«

»Ihr habt mich nie gefragt.«

»Was genau haben die gemacht?«

»Wer?«

»Die Paare, auf den Bildern?«

»Ja, was?«

»Hm.« Fraidy betrachtet ihren frischen Nagellack. »Auf den Bildern in diesem Büchlein sah es so aus, als ob«, sie hält inne, »als ob sie sich küßten. Da unten.«

»Wo?«

»Hier.« Sie zeigt auf ihren Schoß.

»O mein Gott.«

»Du meinst, Männer küßten Frauen da unten, oder küßten Frauen Männer?«

»Beides.«

»O mein Gott.«

»Ich könnte das nicht.«

»Mir würde schlecht, ich müßte mich übergeben.«

»Mir ist jetzt schon schlecht, wenn ich bloß daran denke.«

»Für sie ist es vollkommen natürlich. Sie sind nicht halb so puritanisch wie wir in Amerika. Sie sind daran gewöhnt. Und es ist natürlich eine Methode, um, ihr wißt schon. Um sicherzugehen, daß man nicht schwanger wird.«

»Hoffentlich weiß Dick nichts von solchen Sachen«, sagt Beans. Sie wird Dick Greene am ersten Sonntag im Juli heiraten.

»Meine Güte, ihr denkt doch nicht, Harold würde jemals versuchen . . .« Daisy sieht Fraidy an und dann Beans. Einen Moment herrscht verschwörerisches Schweigen, und dann brechen die drei in Lachen aus.

Keine von ihnen weiß den Grund für diese plötzliche Ausgelassenheit; es bricht einfach manchmal über sie herein wie Wasserschwälle. »Hört bloß auf, mich zum Lachen zu bringen«, japst Beans, »sonst platzen meine verflixten Nähte auf.« – »Und ich mach meine verflixte Unterhose naß«, kreischt Fraidy.

Sie lachen immerzu, diese drei, lachen, daß die Fetzen fliegen – wie Fraidys Mutter es ausdrückt. Manchmal denkt Daisy, sie, Fraidy und Beans sind wie eine Person in ein und demselben Körper, sie atmen denselben Lufthauch ein und kommen auf dieselben ulkigen Gedanken. So war es schon immer, all die Jahre, als sie Tudor Hall in Indianapolis besuchten und dann zusammen aufs Long College gingen, derselben Studentinnenverbindung beitraten und an demselben Junimorgen ihre Diplome erhielten. Und jedesmal, wenn Daisy sich ihre Hochzeitsreise vorstellt, wie sie leibhaftig vor dem Eiffelturm oder dem Kolosseum in Rom stehen wird, malt sie sich aus, daß Fraidy und Beans auch dort sind, daß sie direkt neben ihr stehen und juchzen und lachen und herumtoben wie toll.

Aber heute nachmittag, während der elektrische Ventilator ihren seidenen Unterrock hochweht, wird ihr bewußt, daß das natürlich nicht stimmt. Sie wird ganz allein an den fremden, ausländischen Orten stehen. Nur sie und ihr Ehemann, Harold A. Hoad.

Harold A. Hoad, das große »A« in der Mitte steht für Arthur, das war der Name seines Vaters, eben des Vaters, der sich, als Harold sieben Jahre alt war, im Keller seines schloßartigen Steinhauses an der East First Street erschoß.

Dies ist die Straße, wo die bedeutenden Steinbruchbesitzer wohnen, eine kühle, gerade, saubere Straße, von Bäumen überwölbt und mit Häusern, die weit zurückgesetzt sind. Das Hoadsche Haus, das dem Kinseyschen gegenüberliegt, wurde im neugotischen Stil errichtet, mit steil abfallendem Dach und konischem Schornstein. Die Wände sind aus solidem Stein, nicht nur mit Quadersteinen verkleidet. Die Fenster sind aus Bleiglas. Die massive Eingangstür ist aus Eiche, und die zierlichen Gravuren rund um die Türeinfassung wurden von Horton Graff ausgeführt, dem berühmtesten Steinmetzen von Bloomington, der später in der Firma Lapiscan, Inc. Partner von Hector MacIlwraith und Cuyler Goodwill werden sollte. (Graff hat dieses Werk geschaffen, als er noch ein junger Mann war, und die verschlungenen Blätter, Ranken und Trauben gelten als ein schönes Beispiel für adaptierten Jugendstil.)

Nach dem Selbstmord ihres Mannes im Keller an einem frühen Sonntagabend scharte Mrs. Hoad ihre beiden Söhne um sich, Lons und den kleinen Harold, und sagte ihnen, was vorgefallen war. »Euer armer Vater hat vor kurzem einen Spezialisten wegen seiner Augen aufgesucht, und es wurde ihm eröffnet, er werde bald vollkommen blind sein. Er konnte es nicht ertragen, mir eine Last zu werden, deswegen wählte er diesen Weg der Erlösung.«

Woher hatte sie von der drohenden Erblindung gewußt? Hatte der Spezialist die Diagnose bestätigt? Hatte der Verstorbene der Familie einen erklärenden Brief hinterlassen? (Es war einige Jahre nach dem Ereignis, als Harold diese Fragen in den Sinn kamen.) Aber nein. Zu »Versicherungszwecken«, so schien es, hatte Arthur Hoad gewollt, daß sein Abgang etwas im dunkeln bleibe. Doch Mrs. Hoad schwor stets, sie wisse, was sie wisse. Und sie verstehe und verzeihe, und das müßten auch sie tun, die zwei kleinen Söhne des Verstorbenen.

Später, als er in Bloomington heranwuchs, in ebendiesem Haus (denn der Steinbruch der Familie gedieh ständig weiter, bis die Depression einsetzte), sollten Harold Gerüchte über finanzielle Unregelmäßigkeiten seines Vaters und über eine »Freundin« in Bedford zu Ohren kommen, und nicht ein Schnipsel dieser bitteren Informationen war eine große Überraschung für ihn. Ein angeborener Zynismus war in seinem Herzen verwurzelt. Der würde niemals weichen. Er ist überzeugt, daß sein eigenes Leben ein langes Warten auf die Enthüllung einer entsetzlichen Wahrheit ist, die er zugleich begrüßen und fürchten wird.

Unterdessen lechzt er nach Einzelheiten, die ihm allesamt verwehrt sind, oder vielmehr, die zu begehren er kein Recht zu haben glaubt. Er möchte zum Beispiel gerne den Vorwand wissen, unter dem sein Vater an besagtem Sonntagabend in den Keller hinabgestiegen ist, welche Art von Schußwaffe genau er benutzt hat und ob sie eigens zu diesem Zweck der Selbstzerstörung gekauft wurde. Wie groß war das Loch, das die Kugel erzeugte, und präzise an welcher Stelle? Im Kopf? In der Brust? Und dann das Blut. Wieviel geflossen und wem die Aufgabe zugefallen war, es aufzuwischen. War der tödliche Schuß an dem kleinen schattigen Ort hinter dem Heizkessel ausgelöst worden oder im Obstkeller oder vielleicht über dem Waschkessel unter dem kleinen Fenster mit der Gardine? War sein Vater sofort tot gewesen, oder hatte er noch ein, zwei Stunden im Leben verweilt, seinen Entschluß bereut und matt um Hilfe gerufen?

Was genau hatte sich an jenem Abend zugetragen? Er mußte es wissen, dringend, doch gleichzeitig schämte er sich dieses Dranges. Was war er für ein morbides Geschöpf? War es nicht unziemlich, ungesund, grotesk, dieses unnatürliche Lechzen nach Bestätigungen? War es nicht, nun ja, unmännlich? Unmännlichkeit – am Ende liefen die Fragen stets darauf hinaus.

Der Selbstmord seines Vaters war von seiner Mutter geschwind in eine Opfertat verwandelt worden – ein liebender Vater und Ehemann, der seine Familie schonte. Auf ziemlich dieselbe Weise behauptete sie standhaft, ihr Sohn Lons sei »musisch« anstatt leicht zurückgeblieben, und die Schuld an Harolds Relegation von der technischen Hochschule (wegen Schummelns) schob sie beharrlich auf die Boshaftigkeit eines bestimmten neurotischen Professors. Ihre kreativen Erklärungen hatten die Wirkung, daß Harold sich ständig betrunken fühlte. Er torkelte unter der Unwirklichkeit ihrer Phantasien. Sein Kopf fühlte sich fast ständig dick an. Es fiel ihm, als er zum Mann heranwuchs, immer schwerer, klar zu denken, und mit Anfang Zwanzig trieb es ihn, richtig zu trinken. Whisky-Sodas am Nachmittag, eine Flasche Wein am Abend, oft zwei, gefolgt von Kognak. Zu seiner eigenen Vermählung mit Daisy Goodwill im Juni 1927 kam er betrunken zur Kirche – der episkopalen Kirche St. Luke's in der Second Street – und wurde zu seiner Überraschung eingelassen. Sein Trauzeuge, Dick Greene, stützte ihn während der Zeremonie. Die Hochzeitsgäste, ein breitgewischter, nebelhafter rosa Fleck, schienen ihn aus den Bankreihen anzugähnen, einige blinzelten mit ihren blöden Augen, um Tränen zurückzuhalten.

So ein stattlicher Jüngling, der stattlichste junge Mann in ganz Indiana, so sagte man. Ein erstklassiges Beispiel für die männliche Jugend Amerikas. Voller Auftrieb und Verheißung. Liebe und Familie. Gott und Pflichterfüllung. Segnungen, Segnungen.

Es gibt in jedem Leben Kapitel, die selten gelesen werden, und schon gar nicht laut.

Seit Barker Flett in Ottawa einen Brief von Daisy Goodwill erhielt, worin sie ihm ihre bevorstehende Vermählung mit einem jungen Mann namens Harold A. Hoad mitteilt, leidet er unter einem beständigen leichten Schmerz in der Brust, den er ähnlich empfindet wie die Qualen der Ruhelosigkeit oder des Schuldgefühls. Er erinnert sich lebhaft an das letzte Mal, als er sie sah, ein elfjähriges Kind mit einem Strohhut, das in einen Zug stieg, aber er weigert sich, sich zurückzubesinnen – und warum sollte er? – auf sein perverses, flüchtiges Begehren, ihren jungen Leib fest an seinen zu drücken, ihre zierlichen Schultern und knospenden Brüste. Er hat diese Scham, diese Schande weggesperrt, eine kleine Tür, klickend zugefallen in seinem Schädel. Geschlossen.

Man sagt von Barker Flett, der der neuernannte Direktor der Abteilung Agrikulturforschung ist, sein Geist, seine gesamte Haltung sei lateinisch. Er ist jetzt dreiundvierzig Jahre alt, ein Junggeselle, von dem man annimmt, er habe eiskalte Vorurteile, was Geschlechtsverkehr, Intimität und *la vie personnelle* angeht. Gelegentlich, bei Picknicks mit den Angestellten oder bei Abendgesellschaften, zeigt er einen Anflug von Lebhaftigkeit, die stets unterhöhlt ist von einer zerrenden Gehemmtheit. »Ich habe Bitterkeit gekostet«, hat er ziemlich schwülstig in sein Tagebuch geschrieben, »und stelle fest, ich finde Geschmack daran.« Seine Umgangsformen sind unbeholfen, wirken aber seltsam anziehend; er ist ein ernster Mann, stets darauf bedacht, weniger ernst zu scheinen, als er ist, und sein blasses, ausgemergeltes Gesicht wird von Frauen nach wie vor als hübsch angesehen. Er kann ohne Unterlaß über seine Frauenschuhsammlung reden, siebenundzwanzig verschiedene Arten, eine jede schön präpariert, aber er weiß nichts von der Bedeutung des Foxtrotts in Amerika, und er ist zu sehr mit sich selbst beschäftigt, um mehr als einen schwachen Schimmer von Charles Lindberghs jüngsten Großtaten mitbekommen zu haben. Seine langen, einsamen Wochenendstreifzüge durch die Landschaft haben wenigstens seinen Körper in Form gehalten, und selbst mit über Vierzig ist sein Haarschopf dicht und dunkel geblieben. (Unter seiner wollenen Hose und Unterwäsche sprießt wildes Schamhaar wie ein geheimes Gärtlein.) Seit Jahren wird in der Stadt gemunkelt, er sei homosexuell, ein Gerücht, das glücklicherweise nie bis an seine Ohren gedrungen ist, denn eine solche Behauptung hätte ihn verwirrt. Er empfindet nichts für Männerkörper. Gegenüber Frauen empfindet er eine tiefe Ehrfurcht und zugleich eine verhaltene Ungeduld, und eine zufällige Lektüre über dieses Thema hat ihn darüber aufgeklärt, daß diese Ungeduld einem Groll gegen eine strafende, vorenthaltende, entkräftende Mutter entstammt, einer Mutter, die die Brust gibt und dann entzieht.

Aber wenn er sich auf seine eigene geschäftige, schmalbrüstige kleine Mutter besinnt, wie sie auf den Preis von Waren, auf die Einrichtung ihres Lebens geachtet hat, empfindet er nur Wärme. Clarentine Flett war in einem redlichen Sinn unzulänglich. Ja, sie hatte ihre eigene Geschichte verzerrt und neu geschaffen, hatte ihren Mann und ihre ehelichen Pflichten im Stich gelassen. Ihre geistige Entwicklung hatte mit der Kindheit geendet, mit einer milden Abneigung gegen den Gott der Genesis, Gott den verdrießlichen Vater, der im Garten herumtappte und all ihre Lieblingsblumen zertrampelte. Trotzdem...

O ja, er denkt oft an seine Mutter, und stets zärtlich. Genauso, wie er an die kleine Daisy denkt und an die glücklichen, verschwommenen Jahre, als er und seine Mutter sich um sie kümmerten.

Heute, als er sich hinsetzt und Daisy einen Brief mit guten Wünschen für die Zukunft schreibt, legt er einen Bankwechsel über 10 000 Dollar mit der Erklärung bei, dies sei der durch umsichtige Anlage mittlerweile vervierfachte Betrag, den er beim Verkauf des Blumengeschäfts seiner Mutter im Jahre 1916 erzielte. »Das ist Dein Geld, liebe Daisy«, schreibt er. »So hätte sie es gewünscht, glaubte sie doch, daß jede Frau, verheiratet oder nicht, ein wenig eigenes Geld haben müsse. Nadelgeld hätte sie es in ihrer bescheidenen Art genannt.«

Als sein persönliches Hochzeitsgeschenk schickt er ihr eine handkolorierte Gesamtausgabe von Catherine Parr Traills *Wildblumen Kanadas*. Er kann sich kein erleseneres oder passenderes Geschenk denken für eine junge Dame, die am Beginn ihres Lebens steht.

Die Hochzeitsgeschenke sind im Speisezimmer von Cuyler Goodwills Heim am Hawthorne Drive zur Besichtigung arrangiert. Vier Rechauds. Kristall für zwölf Personen. Zwei Porzellanservice. Silber, beides, Auflage und Sterling. Ein Waffeleisen. Leinzeug. Dicke Wolldecken. Eine chinesische Jardiniere. Bonbonschalen, Nußschalen, Gewürzschalen, Kandelaber, ein Kaffeeservice, ein Teeservice. Vom Bräutigam für die Braut eine Armbanduhr aus Platin. Von Cuyler Goodwill für seine Tochter eine drei Fuß hohe Rasenstatuette aus Kalkstein in Gestalt eines Elfen.

Er hat diese kleine Figur selbst gefertigt, die erste Steinarbeit, die er seit Jahren in Angriff genommen hat, und es scheint, er hat keine Ahnung von ihrer peinlichen Banalität oder Plumpheit – und das von derselben Hand, die die muntere kleine Meerjungfrau herausgearbeitet hat, verewigt in seinem Turn in Manitoba, jetzt betrüblich ausgewaschen, und den Engel aus Salemstein, der die mittlere Säule des Capitols des Staates Iowa stützt. Seine Begabung für die Steinbearbeitung hat ihn verlassen. Sein Einfühlungsvermögen hat sich vergröbert. Er ist ein erfolgreicher Geschäftsmann geworden, o ja, aber er hat die Berührung mit seinem Handwerk verloren, ist unbeholfen mit den sich rekelnden Ranken, die jetzt die große Mode ist, und ungeübt mit dem neuen mechanischen Werkzeug des Gewerbes. »Das Wunder des Steines«, hat er vor einem Jahr in seiner Ansprache auf der Verleihungsfeier im Long College gesagt, »ist es, daß eine starre, träge Masse aus dem Erdboden gehoben werden und Flügel verliehen bekommen kann.«

Ja, aber dazu bedarf es des Wunders der Imagination des Bildhauers. Und einer frischen visionären Kraft.

Weder Imagination noch Frische zeichnen diesen lächerlichen Gartengnom aus. Er grinst koboldhaft, sein rundes O von einem Mund, seine lustigen Äuglein, die über steinernen Pausbacken blinzeln – und der übergroße Zwitterkopf, auf einem Körper balancierend, der Gedanken an Mißbildung aufkommen läßt. Überdies hätte dieser Gegenstand in Zement gegossen sein können, so glatt und ausdruckslos ist seine Oberflächenstruktur. Dieses »Kunstwerk« dürfte eines von jenen kuriosen, geschmacklosen Hochzeitsgeschenken werden, wie die Hummerplatte aus Keramik und der abscheuliche Wandteller aus Biskuitporzellan, die, und zwar schleunigst, in den Keller oder die Garage verbannt und schließlich Gegenstand von Familienwitzen oder -anekdoten werden.

Was tut's. Es ist mit Liebe ausgeführt und mit liebenswerter Unschuld. Cuyler Goodwills Augen schwimmen in Tränen, als er seiner angebeteten Tochter diesen häßlichen kleinen Zwerg überreicht.

Daisys Augen laufen ebenfalls über, aber sie seufzt, weiß sie doch, daß ihr Vater im Begriff ist, eine seiner wohltönenden, inhaltslosen Reden zu halten.

Es ist ihm nicht bewußt, daß auch sein Redetalent sich erschöpft hat. Er ist in seine barocke Periode eingetreten. Alle Redegewandtheit, die er entfaltet hat, hat sich gegen ihn gekehrt, so wie es später im Leben seine Arterien tun werden. Seine Sprachschöpfungen sind so etwas wie Gaukelei geworden. Selbst seine Rede im Long College vor einem Jahr hat Daisy verlegen gemacht, so daß sie sich unter ihrem hellgrauen Barett und der Robe krümmte und kratzte – sein Predigerrhythmus, seine ermüdenden, verschachtelten Sätze und schalen Bemerkungen. Sein Verhältnis zum Stein ist nicht das eines Ästheten – das wäre erträglich –, sondern eines Moralisten. Worte zu Tausenden, zu Zehntausenden ergießen sich wie Sahne, zu reichhaltig, zu glatt. Sieht er nicht die gähnenden Gesichter vor sich, hört er nicht die gelangweilten Seufzer, bemerkt er nicht ihre, Daisys, brennende Scham? Man muß ihn nur ansehen, wie er mit den Armen in der Luft fuchtelt. Ein kleiner Emporkömmling, bombastisch, hohl. Wie kommt es zu einer derartigen Fehlentwicklung? Sie kennt die Antwort. Fehlverbindung. Mißverstehen.

Unaufhörlich hat er geredet an jenem Junimorgen, auf Zehenspitzen stehend, um über das Lesepult hinwegzusehen, und seine Lieblingsmetapher eingeführt und erläutert. Salem-Kalkstein, legt er seinem unfreiwilligen Publikum dar, ist eine bemerkenswerte Rarität, ein Mauerstein, will heißen, daß er sich gleichmäßig in alle Richtungen spalten läßt, daß er keine natürliche Schichtung hat. »Und ich sage Ihnen, junge Frauen, die Sie in die Welt hinausgehen, denken Sie sich dieses wunderbare Mauersteinmaterial als die Substanz Ihres Lebens. Sie sind die Steinmetzen. Das Handwerkszeug der Intelligenz liegt in Ihren Händen. Sie können aus Ihrem Leben das eine machen oder das andere. Sie können Süße sein oder Bitterkeit, Helligkeit oder Dunkelheit, eine Kraft der Energie oder der Trägheit, Kämpferin oder Drückebergerin. Sie können tragisch versagen oder glänzend emporsteigen. Die Wahl, junge Bürgerinnen der Welt, liegt bei Ihnen.«

»Nicht«, erinnert sie sich, zu ihm gesagt zu haben.

»Was, nicht?«

»Tu das nicht.«

Daisy Goodwill und Harold A. Hoad gingen ein paar Tage vor ihrer Hochzeit im Stadtpark von Bloomington spazieren. »Tu das nicht, das mit deinem Stock«, sagte sie zu ihm.

Lässig hatte er einen Weidenstock durch die Luft geschwenkt und Rittersporn, Bartnelken, Kornblumen und Iris die Köpfe abgeschlagen.

»Wen kümmert's«, sagte er und sah sie von der Seite an, während es in seinem großen, angespannten Gesicht arbeitete.

»Mich kümmert's«, sagte sie.

Er holte weit aus und köpfte drei Blüten auf einmal. Riesentürkenmohn. Die Blütenblätter sind auf dem Asphaltweg verstreut.

»Laß das sein«, sagte sie, und er ließ es sein.

Er weiß, wie sehr er sie braucht. Er sehnt sich nach Zurechtweisung, nach Liebe wie nach einem Skalpell, einer Peitsche, nach etwas, was seine wilden Triebe und seine Morbidität zügelt.

Sie glaubt aufrichtig, daß sie ihn ändern, ihn an die Hand nehmen und seine Wildheit zu etwas Noblem umformen kann. Er hungert, das weiß sie, nach Zähmung. Sein weicher Männermund sagt es ihr, sein feuchter, mutloser Blick. Dies ist wahrhaftig der einzige Grund für sie, ihn zu heiraten, dies und die Tatsache, daß es »Zeit« ist, zu heiraten – sie ist immerhin zweiundzwanzig Jahre alt. Sie fühlt, daß ihr Leben Gestalt annimmt, sich sammelt um den Drang, aufgerufen zu werden. Sie möchte etwas wollen, weiß aber nicht, was ihr gestattet ist. Sie möchte vorbereitet, möchte stark sein.

Aber sie ist außerstande, ihren jungen Ehemann in der

Hochzeitsnacht vom Trinken abzuhalten. Er schüttet Gin direkt aus der Flasche in sich hinein; die ganze Nacht lang, während der Zug sie nach Montreal bringt, trinkt er und schläft und schnarcht und übergibt sich in die kleine Schüssel in ihrem Erster-Klasse-Schlafwagen. Er läßt das Trinken während der achttägigen Atlantiküberquerung, aber nur weil er die ganze Zeit, jede Minute, seekrank ist, genau wie sie. Es ist Ende Juni, aber das Wetter über dem Nordatlantik ist scheußlich in diesem Jahr. Die Meereswellen wogen und schaukeln, und es regnet in Strömen. Sie kommen durchgerüttelt in Paris an. Daisys Collegefranzösisch erweist sich als unbrauchbar, aber es gelingt ihnen irgendwie, ihr Hotel in der Avenue Victor Hugo zu finden, und dort, auf einem breiten, harten Bett, schlafen sie sechsunddreißig Stunden. Als sie aufwachen, wund am Körper und trocken im Mund, sagt er ihr, daß er das gottverdammte Paris haßt und Ausländer nicht ausstehen kann, die Französisch quasseln und auf die Straße pinkeln.

Er schafft es, innerhalb einer Stunde ein riesiges Auto zu mieten, einen Delage Torpedo, schwarz wie ein Leichenwagen, mit quadratischen Rückfenstern, die irren, erschrockenen Augen gleichen. Als er das Lenkrad umfaßt, scheint er vorübergehend wiederbelebt, er singt laut und unmelodisch, als sei eine große Gefahr vorüber, aber sein Atem riecht leicht nach Gin: *Daisy, Daisy, give me your answer true. I'm half crazy all for the love of you.* Daisy, Daisy, antworte mir. Ich bin halb verrückt nach Liebe von dir. Er rast durch die Pariser Vorstädte und hinaus aufs Land, hupt Leute an, die die Straße überqueren, und Kühe und Hühner und die helle, leere französische Luft. Sie jagen endlose ländliche Alleen entlang, vorbei an Feldern mit prachtvollem Mohn und goldenem Ginster, und endlich, nach Stunden über Stunden, sind sie in den Bergen.

Sie fleht ihn unaufhörlich an, anzuhalten, wimmernd, dann schreiend, daß er nicht dermaßen wild fahren und gleichzeitig Wein trinken darf, daß er sie beide in Lebensgefahr bringt. Er stöhnt beinahe vor Wonne über das, was er hört, seine liebe scheltende Braut, die so süß darauf versessen ist, ihn zu bessern.

Sie halten schließlich in der verschlafenen Gebirgsstadt Corps, die Reifen kommen knirschend auf dem gestampften Kies zum Stehen, und im Hotel de la Poste steigen sie ab. Ein buckeliger Hausdiener trägt ihre Reisetaschen auf einer schmalen Stiege zwei Stockwerke hoch in ein karges Zimmer mit schräger Decke und einem einzigen Fenster mit schweren Vorhängen.

Daisy legt sich erschöpft auf das ziemlich höckrige Bett. Ihr Crêpe-Georgette-Kleid, zerknittert und fleckig, ist unter ihr ausgebreitet. Sie kann sich nicht denken, was sie hier soll, in diesem düsteren, muffigen Zimmer, und doch hat sie das Gefühl, daß sie schon einmal hier gewesen ist, daß alle Flächen und Ritzen vertraut sind, Teil einer in einem apokryphen Tagebuch skizzierten Szenerie. Der Schlaf lockt mit Macht, aber sie sträubt sich, ihr Blick sucht die Wände nach einem hoffnungsvollen Zeichen ab. Eine Tapete mit Blumenmuster sieht sie, die dem Zimmer einen ärmlichen, rosigen Charme verleiht. Auch die kommt ihr vertraut vor. Es ist sieben Uhr abends. Sie liegt auf dem Rücken in einem Hotelzimmer mitten in Frankreich. Die Welt dreht sich über ihr, immer rundherum. Ihr junger Ehemann, dieser Fremde, hat das Fenster aufgerissen, dann die Läden aufgestoßen, und jetzt scheint die Sonne hell ins Zimmer.

Und da hockt er auf der Fensterbank, hält sich im Gleichgewicht, ein großer fleischiger Schatten, der das Sonnenlicht aussperrt. Mit einer Hand umklammert er eine Weinflasche, aus der er hin und wieder einen großen

Schluck nimmt, in der anderen hat er eine Handvoll Centimes, die er aus dem Fenster einer Gruppe Kinder zuwirft, die sich auf dem kopfsteingepflasterten Platz versammelt haben. Er lacht, ein irrer, gackernder, monotoner Laut.

Sie kann das melodische Klimpern der Münzen hören, wenn sie auf die Steine treffen, und die spitzen, klangvollen Rufe der Kinder. Ein Teil ihres Bewußtseins möchte in den Schlaf gleiten, wo sie geborgen sein wird, doch etwas anderes zerrt an ihr, eine Kraft, die sie später in Gedanken recht großspurig als den Zwang der Tragödie bezeichnen wird, als deren beharrliches Bestreben, sich in Vorwärtsrichtung zu bewegen. Sie starrt finster an die Decke, auf den schmutzigen Stuck, und wartet.

In diesem Moment kommt sie unwillkürlich ein Niesen an – ihre alte Allergie gegen Federkissen. Das Niesen ist laut, plötzlich, eine Explosion, die ihr die Kehle verstopft und sie zwingt, für den Bruchteil einer Sekunde die Augen zu schließen.

Als sie sie wieder aufmacht, ist Harold nicht mehr auf der Fensterbank. Alles, was sie sieht, ist ein leeres Rechteck aus gleißendem Licht. Eine Winzigkeit an Zeit vergeht, zu kurz und still, um vom Gehirn registriert zu werden; blinzelnd versucht sie, ihren Zweifel zu verscheuchen, und dann hört sie einen Knall, ein Krachen wie von einer platzenden Melone, einen nassen Schmerzlaut, gefolgt von Kindergekreisch und dem Geräusch auf der Straße zusammenlaufender Menschen.

Sie erinnert sich, daß sie mindestens eine Minute flach auf dem Bett liegenblieb, bevor sie aufstand, um nachzusehen.

Liebe, 1936

Die wahren Schwierigkeiten dieser Welt ergeben sich vorwiegend aus der Fehlschaltung zwischen Männern und Frauen – das ist meine Meinung, meine unmaßgebliche Meinung, wie ich vor langer Zeit zu sagen gelernt habe.

Aber oh, wie wir es lieben, diese Ungerechtigkeiten beiseite zu wischen. Wir sind es gewohnt, uns mit den Dingen abzufinden, mit der Idee, daß Männer sich auf eine Art benehmen und Frauen auf eine andere. Man könnte sagen, es ist eine kleine Nebenvorstellung, die wir für uns selbst aufführen, ein Zwinkern über das menschliche Verhalten, eine Art Komplizenschaft. Man bedenke nur, wie wir herumlaufen, grinsend und blinzelnd, ergeben nickend oder in unverhohlener Verwunderung die Achseln zuckend! Oh, sagen wir mit kennerischem Timbre in der Stimme, das ist ein Mann für dich. Oder: Die Frauen sind eben so. Wir akzeptieren sie als kosmischen Scherz, diese Verschiedenheit von Männern und Frauen, ihre unterschiedlichen Grade der Dummheit. Zumindest taten wir es damals, im Jahre 1936, dem Sommer, als ich einunddreißig wurde.

Männer, so schien es mir in jenen Tagen, wurden auf einzigartige Weise geehrt durch die Geschichten, die in ihrem Leben hervorbrachen, wogegen Frauen von den ihren eher erstickt wurden. Warum? Warum war das so? Warum durften Männer unter dem Privileg ihrer Abenteuer einherstolzieren, sie tragen wie eine Brust voller Orden, während Frauen unter dem Gewicht der ihren grau und schweigsam wurden? Die Geschichten, die Frauen widerfahren, blasen sich auf wie Ballons und überdecken das alltägliche Gleichmaß ihres Lebens, sie quellen auf und drücken mit solchem Ingrimm, daß selbst die schlichten, simplen Einteilungen der Zeit – Stunden, Wochen, Monate – dem Blick verlorengehen. Und eben diese Ironie geistert durch das Dasein von Daisy Goodwill Hoad, einer jungen Bloomingtoner Witwe, deren einunddreißigster Geburtstag näher rückt – sie, die noch im Schmerz ihrer ersten Geschichte lebt: die Mutter, die bei ihrer Geburt starb, und dann ein grauenhaftes zweites Kapitel, der Ehemann, der auf seiner Hochzeitsreise ums Leben kam. Ihrer – beider – Hochzeitsreise, sollte ich wohl sagen.

Es muß der Ärmsten das Herz gebrochen haben, sagen die Leute, aber das ist nicht wahr. Ihr Herz war nur eine Zeitlang ausgepreßt und trockengewrungen wie ein alter Lumpen.

Doch wo sie auch geht, ihre Geschichte marschiert ihr voraus. Kündigt sie an. Proklamiert und widerruft ihr wahres Ich. Oh, sie wollte so gerne glücklich sein, aber was hatte sie für eine Wahl, wie sie so im Rhythmus ihrer zusammengestoppelten Geschichte einherschritt?

Freilich, dasselbe ließe sich von den berühmten Dionne-Fünflingen sagen, die vor zwei Jahren einem gewöhnlichen kanadischen Farmerehepaar geboren wurden. Zunächst ist die einfache Herkunft der Kinder zu berücksichtigen. Fügt man das Wunder ihres Überlebens hinzu, so erhält man eine Geschichte, so eindringlich und zwingend, daß in ihren Windungen die kleinen Mädchen selbst verlorengehen und, das ist meine Meinung, für immer verloren bleiben.

Ein weiteres Beispiel, weniger dramatisch, aber unmißverständlicher. Eine Frau namens Bessie Perfect Trumble (1896–1936) kam letzte Nacht um Mitternacht ums Leben. Es stand in den Morgenzeitungen, aus irgendeinem Grunde sogar im *Bloomington Phoenix* – nun ja, es war Sommer, und die Nachrichten flossen spärlich. Es scheint, daß die Person aus einem Viehwaggon der Canadian-Pacific-Eisenbahngesellschaft sprang oder fiel, nur eine Meile von Transcona, Manitoba, entfernt. Was tat sie dort auf dem verlassenen Rangierbahnhof? Ihr linker Arm und das linke Bein waren vollständig abgetrennt worden. Sie starb wenige Minuten nach dem Unfall, dies waren ihre letzten Worte: »Ich bin so blutig.« Ihre Schönheit, ihre Intelligenz, die Jahre ihres hervorragenden Unterrichtens an den Schulen von Transcona, ihre Ehe mit dem Transconer Feuerwehrmann Barney Trumble – dies alles ist verlorengegangen in der Geschichte. Bessie bleibt für immer »die Frau, die sprang oder fiel« (solch quälende Ungewißheit), und das um Mitternacht, dieser unmöglichen Stunde, einer Hexenstunde, und ihr Arm und ihr Bein – man stelle sich vor! – gefolgt von ihrer ängstlichen, rätselhaften letzten Feststellung: »Ich bin so blutig.« Der Rest ist ein Haufen Schweigen. Wir nicken ihm zu, halten aber unseren Blick auf den Brennpunkt gerichtet.

Welche Ungerechtigkeit – daß eine einzige dramatische Episode die feinen Stacheln fortrasieren kann aus dem Leben einer Frau. Aber die Welt ist ja auch verhext durch die Möglichkeit einer plötzlichen Umkehrung, von Blut, des dringenden Bedürfnisses, einfachen Arrangements einen neuen Rahmen zu geben. Die Tragödie von Daisy Goodwill Hoads Hochzeitsreise, so eigenartig in ihrem Verlauf, so unvorhergesehen, verwischt die normalen Konturen ihres fortschreitenden Lebens, das, ehrlich gesagt, ruhig, angenehm und kein bißchen anders ist als das der lieben Nächsten. Seit der Tragödie in Frankreich wohnt sie weiterhin bei ihrem Vater, der ebenfalls verwitwet ist, in dem großen düsteren Haus am Vinegar Hill mit seiner kreisförmigen Zufahrt, den Steinsäulen und dem gräßlichen mißlungenen Gartenwicht, der auf dem vorderen Rasen neben dem Schneeballstrauch vor sich hin grinst.

Man möchte glauben, daß Daisy keine Heiterkeit mehr in sich hat, aber das ist nicht wahr, da sie sowohl außerhalb ihrer Geschichte lebt als auch innerhalb. Mit den Jahreszeiten wechseln die Aktivitäten: Golf, Tennis, ihre Freundinnen, der Garten – dazu die hilflose, heimliche Liebe, die sie ihrem Körper schenkt. Es hat tatsächlich etwas Rührendes, wie sie gelernt hat, Schmerz zu verkünden und abzutun – alles in einem Atemzug, so daß sie imstande ist, sozusagen aus ihrem eigenen Leben zu verschwinden. Sie hat ein Talent zur Selbstauslöschung. Es ist jetzt neun Jahre her, neun Jahre, seit »es« geschah, und sie löst sich mehr und mehr von den Wellen und Echos und Variationen ihrer Geschichte. Dennoch bleiben sie bestehen.

»Ist sie nicht diejenige, die...?«

»In dem kleinen französischen Hotel, oder war es in der Schweiz? In der zweiten Etage jedenfalls...«

»Im Sommer 1927. Ich erinnere mich an die Hochzeit, als wäre es gestern gewesen.«

»Großartig.«

»Ein großartiger Mann, kerngesund, schön wie ein Filmstar.«

»Reich wie Krösus. Alle beide. Freilich, das war vor dem Börsenkrach. Aber was nützt einem Geld, wenn...?«

»Sie hat gehört, wie's passiert ist. Sein Kopf. Aufgeplatzt. Wie eine reife Melone, hat sie gesagt. Oder war es ein Kürbis? Natürlich hat es ein gerichtliches Nachspiel gegeben, oder wie man das da drüben nennt.«

»Mein Gott, sie muß damals Anfang Zwanzig gewesen sein...«

»...und in einem fremden Land.«

»Kannte keine Menschenseele. Konnte kein Wort von diesem französischen Kauderwelsch.«

»Er hat Geld verteilt, verstehst du, an die armen kleinen Straßenkinder, er hat Geldstücke aus dem Fenster geworfen...«

»Als es passierte...«

»Sie hatten nicht mal ausgepackt. Die Koffer waren noch...«

»Sie hat sich dort ausgeruht. Auf dem Bett. Als sie plötzlich hörte...«

»Da geht sie nun.«

»Ist sie das?«

»Was die Frau für Alpträume haben muß.«

»Nach all der Zeit.«

»Man erholt sich nie richtig von...«

»Die Ärmste.«

Außer Daisy gibt es zwei Personen auf der Welt, Fraidy Hoyt und Beans Anthony Greene, die wissen, daß ihre Ehe mit Harold Hoad nie vollzogen wurde. »Er war immerzu betrunken«, sagte sie ihnen unumwunden, nicht lange nachdem sie aus Europa heimgekehrt war, »oder krank. Oder einfach nicht besonders interessiert.«

Sie schilderte die intimen Einzelheiten ihrer Hochzeitsreise, während sie auf der Kante von Fraidys Bett saß und die ananasgelbe gehäkelte Tagesdecke zwischen den Fingern fältelte. (Die arme Fraidy lag mit einem Sommerschnupfen danieder.) Daisy erzählte ihren lieben getreuen Schulfreundinnen alles – alles bis auf den Umstand, daß sie geniest hatte, unmittelbar bevor Harold aus dem Fenster fiel, und daß sie danach eine Minute oder länger reglos auf dem Bett liegengeblieben war, während ihre Augen an die Decke starrten und sie sich schon auf das ferne Ende dieser Katastrophe zutreiben fühlte.

Diese Vertraulichkeiten an Fraidy Hoyts Bett erweckten das alte Lachen wieder zum Leben – es kam zuerst zögernd, ein nervöses Prusten, dann eine Salve; besorgte Blicke flogen zwischen Fraidy und Beans hin und her, aber es war himmlisch, als es sich endlich befreite, ihr ausgelassenes, mädchenhaftes Johlen. Es nahm Daisy sogleich die Schwere vom Herzen – vielmehr vom Bauch, denn hier, mitten im Leib, hat sie ihre Erschütterung und ihre Trauer verwahrt.

Trauer? Trauer um was? Um Harold? Ach nein. Wegen ihrer eigenen Stümperei. Wegen dem, was sie zugelassen hat. Wegen der irrsinnigen Geschichte, der sie erlaubte, hochzusteigen und sie zu überschwemmen.

»Mein Gott, das heißt, du bist eine verflixte Jungfrau«, sagte die nicht mehr jungfräuliche Beans Greene, die Augen weit aufgerissen, lachend.

»Die einzige Jungfrau in unserer Mitte«, sagte Fraidy, die vor kurzem den Geschlechtsverkehr »ausprobiert« hatte, mit einem bekannten Bloomingtoner Kunstprofessor, einem verheirateten Mann, alt genug, um ihr Vater zu sein.

Welch ein Segen, daß Daisy nicht weiß, daß es noch andere gibt in Bloomington, denen der intakte Zustand ihres Jungfernhäutchens bekannt ist, etliche andere: den alten Dr. Maldive etwa, der sie untersucht hat, als sie nach Bloomington zurückkam. Kurz darauf hatte derselbe Dr. Maldive Daisys Vater, Cuyler Goodwill, guten Gewissens von dem kuriosen Umstand des Nichtvollzugs in Kenntnis gesetzt (es schien ihm das Gebotene, von Mann zu Mann), und der gute Doktor hatte auch, weniger guten Gewissens, mit seiner Frau Gladys gesprochen, der es, in die

Form einer mit hochgezogener Augenbraue geäußerten Vermutung gekleidet, in Gegenwart ihrer Bridgeclubbekannten entschlüpfte, Mrs. Arthur Hoad, die folgerte und ihre Folgerung bei jedem gesellschaftlichen Anlaß, den Bloomington zu bieten hatte, verkündete, daß die junge Daisy Goodwill eine unnatürliche Frau von tiefer Gefühlskälte sei, die die Glut eines gesunden jungen Mannes, ihres Sohnes, angefacht und enttäuscht und ihn vielleicht zu der Tat getrieben habe, die auf immer unausgesprochen bleiben müsse.

Daisy weiß nur, daß ihre Schwiegermutter sie kühl behandelt. Sie sehen sich kaum. Eigentlich nie. Man hatte Daisy nahegelegt, auf Ansprüche aus dem Hoadschen Besitz zu verzichten, und dies hat sie bereitwillig getan. Es fehlt ihr nicht an Geld. Sie lebt gegenwärtig in angenehmen Verhältnissen; sie ist noch einigermaßen jung, und sie ist nicht besonders unglücklich.

Damals, in den weit zurückliegenden Tagen des Ersten Weltkriegs, sah meine Tante Clarentine Flett ihren Blumengroßhandel unvermutet florieren. Und jetzt, 1936, wo die Kalksteinindustrie daniederliegt und die meisten alten Steinbrüche geschlossen sind, blüht die Steinmetzkunst. Es scheint, als ob die Menschen in harten Zeiten etwas Dekoratives, Hübsches brauchen, um die Schwere dessen, was das Leben ihnen auferlegt, zu mildern. Welch ein Paradox, daß mitten in einer weltweiten wirtschaftlichen Depression mein Vater, Cuyler Goodwill, und seine Partner bei Lapiscan, Ltd., mehr zu tun haben denn je. Tag für Tag gehen prestigeträchtige Aufträge ein. Die neue Bibliothek der Universität von Ohio. Das riesige Kriegerdenkmal in Little Rock, Arkansas. Das Fries der Getreidebörse in Chicago. Die Liste ließe sich ewig fortsetzen.

Mr. Goodwill klagt unaufhörlich, daß nicht genug gute Steinmetzen zu haben seien. Die alten sterben aus, sagt er, und die jungen Burschen sind zu ungeduldig. Neulich hat Goodwill die weite Reise nach Italien unternommen, auf der Suche nach neuen Talenten, und ist heimgekehrt nach Bloomington mit drei neuen Handwerkern für Lapiscan und einer neuen Braut für sich selbst.

Ihr Name ist Maria. Wie sollte eine junge neapolitanische Braut auch anders heißen? Aber wie jung ist sie denn nun? Niemand weiß es genau, und niemand weiß, wie man diese Frage aufwerfen soll. Achtundzwanzig ist das auf ihren Einwanderungspapieren angegebene Alter, aber wer traut einer solchen amtlichen Information, zumal wenn die Papiere selbst gefälscht aussehen – allzu frisch und übermäßig mit Siegeln und Unterschriften bestückt. Sie könnte irgendwo zwischen fünfunddreißig und vierzig sein, bestimmt nicht älter als fünfundvierzig, in jedem Fall aber ist sie um viele Jahre jünger als ihr Ehemann, der auf die Sechzig zugeht.

Er betet sie an, das ist sonnenklar.

Seit seine erste Frau damals, im Jahre 1905, bei der Geburt ihres Kindes starb, ist er ohne die Tröstungen des Sexuallebens gewesen. Er kann sich nicht erklären, wie oder warum er sich entschieden hat, all die Jahre ohne die Wohltat von Frauen zu leben. Er sei beschäftigt gewesen, könnte er wohl sagen, würde man ihn fragen. Andere Belange beherrschten sein Denken: sein Geschäft, sein Aufstieg zur Berühmtheit, der Umstand, daß er eine kleine Tochter aufzuziehen hatte. Er würde – sollten Sie ihn fragen – die Schultern hochziehen, lächeln, auf seine liebenswerte verwirrte Art aufblicken; die meisten Menschen, die sich von der Liebe abgesondert haben, verschreiben sich Lügen, Scheinheiligkeit und Entmutigung, doch es scheint, Cuyler Goodwill ist eines jener seltenen

Lebewesen, die damit zufrieden sind, zu gehen, wohin der Wind sie weht. Und jetzt hat der Wind des Glücks ihm Maria gebracht.

Eine Frau, deren Körper voll komplizierter Rätsel ist. Ausladende Brüste, schlanke Fesseln, schmale Taille, schwere Hüften. Sie ist eine auffallende Erscheinung, wie sie durch die vornehmen, mit Laub übersäten Straßen von Bloomington, Indiana, geht; sie geht immer schnell, mit zielstrebiger Miene – denn sie schnappt nicht bloß Luft, nein, sie ist unterwegs, Einkäufe zu machen, stets voller Hoffnung, Raritäten und günstige Gelegenheiten zu entdecken. Sie geht mit einem Leinenbeutel, den sie über den Arm geschlungen hat, nach Hause, und der Beutel hängt schwer von Schätzen – roten Zwiebeln, frischer Petersilie, Blumenkohl, Tomaten. Sie trägt dies alles, als wäre es ein Armvoll Federn. Ihre muskulösen Waden lassen auf Bekanntschaft mit unebenen Landstraßen schließen. Ihr Gesicht hingegen ist lieblich geformt, ein klares Augenpaar, eine große, aber schmale Nase und ein wohlgeformter Mund. Eine häßliche Narbe, in ihrer linken Gesichtshälfte eingegraben, verschwindet fast, wenn sie lächelt. Sie verschmäht Lippenstift. Huren tragen Lippenstift. Doch ihre dichten dunklen Haare mit den Hennasträhnen sind unverkennbar gefärbt. Cuyler Goodwill schildert jedem, der so freundlich ist zu fragen, wie er und Maria sich kennengelernt haben – in einem Fischrestaurant in Neapel, wo sie als Platzanweiserin tätig war. »Ein Blick«, sagt er unschuldig zu seinen Bloomingtoner Freunden, »und schon war's um uns geschehen.«

Sie plappert und plappert, und keiner versteht ein Wort – ausgenommen ihr Mann, der behauptet, meistens das »Wesentliche« zu erfassen. Das »Wesentliche« genügt ihm offenbar. Seine eigene Zunge ist plötzlich zum Stillstand gekommen. Er sieht seine frisch Angetraute an, schüttelt verwundert den Kopf und grinst das Grinsen eines glücklichen Mannes, insbesondere, wenn sie sich herabbeugt – sie ist gut drei Zoll größer als er – und mit einem lauten Schmatz die kahle Stelle auf seinem Kopf küßt. Dieses Beugen und Schmatzen, sie tut es sogar in der Öffentlichkeit, im Quarry Club, wo sie abends speisen gehen, auf einem städtischen Empfang in der Bloomington-Stiftung, und er tut bei diesen peinlichen Gelegenheiten nichts anderes als lächeln und lächeln, als sei dies ein normales Benehmen zwischen Mann und Frau.

Cora-Mae Milltown, die den Goodwills, Vater und Tochter, all die Jahre den Haushalt geführt hat, kündigt. Nicht daß sie Maria nicht leiden kann, sagt sie, sie fühlt sich bloß überflüssig. Maria mit dem strapazierenden, schwungvollen Übermut eines Kindes ist gegen halb sieben auf den Beinen; sie hat den Küchenfußboden gerne saubergewischt, bevor die anderen zum Frühstück herunterkommen. Danach schlurft sie etwa eine Stunde mit dem Staubsauger umher, in einem Morgenrock aus roter Seide, der die Spalte zwischen ihren langen, braunstreifigen Brüsten sehen läßt. Später, viel später am Tag, zieht sie wohl ein lose fallendes baumwollenes Hauskleid und eine Schürze an, und oft öffnet sie in dieser Schürze die Haustür, manchmal gar noch ein Schälmesser umklammernd oder eine Kehrschaufel oder eine Klobürste oder was sie sonst gerade zufällig in der Hand hält, und ihr Mund voller Zähne heißt bereitwillig jeden willkommen, ohne daß sie eines englischen Wortes mächtig ist. »Allora«, ruft sie, wobei sie mit den Armen hektisch vorwärts und aufwärts fuchelt. Den ganzen Tag trinkt sie starken schwarzen Kaffee, den sie auf der hinteren Herdplatte aufbrüht, und abends serviert sie ihrem Mann und ihrer neuen Stieftochter Daisy heiße, saftige Schmorgerichte. Diese Mahlzeiten werden in der Küche eingenommen, nicht im Speisezimmer, denn der Speisezimmertisch ist jetzt mit Stoffen und Schnittmustern bedeckt: Immer ist sie mittendrin in der Anfertigung irgendwelcher Kleider. Schwatzen, schwatzen, schwatzen, ihre Hände fuchteln, gestikulieren: eine zweite Portion? Eine dritte? Sie schmollt, wenn sie das Essen zurückweisen, und strahlt wie ein Engel, wenn sie zugreifen. Eine richtige Itaker-Olle, sagt einer von Goodwills Kollegen im Quarry Club. Gemein. Lieblos.

Zwischen Daisy und Maria entspinnt sich ein kompliziertes Konkurrenzspiel, das nie, niemals offen ausgetragen werden kann.

Man sollte meinen, sie müßte einsam sein, sagt Daisy zu Fraidy und Beans, man sollte meinen, sie müßte verloren sein in einem fremden Land, dessen Sprache sie nicht spricht und wo sie keine Freunde hat. »Sie hat deinen Vater«, sagt Fraidy. »Vielleicht braucht sie nichts weiter.«

»Ach herrje«, sagt Daisy, während sie die Augen verdreht und an die nächtlichen Geräusche denkt, die wilden Liebesschreie. Seine sowohl wie ihre.

»Die Ansprüche der Menschen sind verschieden.« Das sagt Beans, Mrs. Dick Greene. »Sie rastet nie«, berichtet Daisy. »Kochen, putzen, nähen. Dauernd will sie mir ein Kleid schneidern. Sie reißt an meinem Rock, reißt einfach so, dann holt sie ihre Schnittmuster hervor und hält sie mir vor die Nase.«

»Vielleicht solltest du sie gewähren lassen, wenn es sie glücklich macht«, sagt Beans, der jetzt, da sie sich im Eheleben eingerichtet und zwei kleine Kinder hat, ständig daran gelegen ist, andere Menschen glücklich zu machen.

»Vielleicht solltest du dir überlegen, dir eine eigene Wohnung zu suchen«, sagt Fraidy. »Ich persönlich könnte das nicht aushalten, mitten in einer laufenden Operette zu leben.«

»Sie küßt mich dauernd ab. Morgens, mittags, abends, immer küßt sie.«

»Auf den Mund?«

»Ja.«

»Uff.« Beans schüttelt sich gehörig.

Fraidy macht große Augen. »Dann sag ihr doch, du willst nicht morgens, mittags und abends abgeküßt werden.«

»Freilich, körperliche Zuwendung ist für bestimmte Völker ganz natürlich«, belehrt Beans in ihrem neuen, süßlichen Tonfall, den Fraidy zum Kotzen findet.

»Ich sage dir, zieh aus. Es wird Zeit. Du bist über Dreißig, Herrgott noch mal.«

»Das würde sie beide so verletzen.«

»Sie werden drüber wegkommen. Meine Mutter hat einen Monat geheult, als ich in meine eigene Wohnung gezogen bin, und jetzt würde es ihr total gegen den Strich gehen, wenn ich zurückkäme.«

»Tja, eigentlich . . .«

»Ja?«

»Eigentlich«, Daisy sieht von einer zur anderen, Zuspruch, Ermutigung heischend, und will sie zugleich überraschen, »gedachte ich auf Reisen zu gehen.«

»Allein?«

»Ja.«

»Du Glückliche.«

»Wohin?«

»Kanada«, erwidert sie.

Sie staunte über sich selbst. Da saß sie vor einem Stapel mit Eisenbahnfahrplänen und Reisebroschüren und plante einen zweiwöchigen Urlaub. Ihre Reiseroute war ungewöhnlich, mit einem erheblichen Anteil an doppelt befahrenen Strecken: Zuerst die Niagarafälle, dann Callander,

Ontario, um die Fünflinge zu sehen, dann Toronto, um im Auftrag ihres Vaters den Bauplatz eines prachtvollen neuen Bankgebäudes zu besichtigen, und schließlich Ottawa, um ihren Onkel Barker Flett zu besuchen, den sie seit ihrer Kindheit nicht mehr gesehen hat. Ihre Arrangements waren bescheiden, ja touristisch, und doch betrachtete sie ihren Plan verwundert, als sei ihr kleines Abenteuer eine Art mythische Reise – und das war es vielleicht auch, denn sie war noch nie alleine verreist, und abgesehen von den paar Stunden in Montreal, als sie auf ihrer Hochzeitsreise an Bord eines Schiffes ging, hatte sie Kanada, das Land ihrer Geburt und frühen Kindheit, nie besucht. »Ich habe das Gefühl, mich auf dem Weg nach Hause zu befinden«, schrieb sie in ihr Reisetagebuch, dann strich sie die sentimentale Formulierung aus und ersetzte sie durch: »Ich habe das Gefühl, daß mir in Kanada etwas widerfahren könnte.«

Es war Sommer. Ihr Zug fuhr nordwärts durch die freundlichen Kleinstädte des östlichen Michigan. Zwischen diesen Städten waren bewachsene Hügel und Wäldchen. Hinter jenen Hügeln, dachte sie – gleich hinter jenen Bäumen und Wolken –, liegt das Dominion Kanada. Das Dominion; sie wiederholt das Wort, spricht es ernsthaft vor sich hin, läßt es sich auf der Zunge zergehen. Do-mi-ni-on.

Bitte, bitte, mach, daß etwas geschieht.

Ein kühles, sauberes Land, so stellt sie es sich vor, mit einem König und einer Königin und berittenen Polizisten in roten Röcken und mit Menschen, die Tee trinken und in höflichem Ton miteinander reden, und sie läßt dabei außer acht, daß diese Bilder in keiner Weise übereinstimmen mit ihren wahren Erinnerungen an das Tohuwabohu auf dem Schulhof in Winnipeg und den Staub und die Pferdeäpfel in der Simcoe Street. Ihr schien es, als der Zug an jenem Junitag endlich die Grenze von Michigan nach Kanda überquerte, daß sie in einem heilsamen Königreich eingetroffen sei.

Niemand hier konnte ihre Situation erahnen. Niemand hier kannte ihre Geschichte. Hier war sie einfach eine junge Frau mehr, die ein Leinenkleid mit passender Jacke trug und bei den Niagarafällen am Geländer stand, während feiner Gischt ihr die Wange besprühte.

Sie fühlte sich schmerzlich aufgerüttelt, als sie versuchte, das Getöse und das Majestätische dieses Naturwunders in sich aufzunehmen. Aber warum stimmte all das Schöne sie traurig? Eine gute Frage. Weil es nicht schön genug war, und es war auch nicht ganz so großartig, wie sie es sich vorgestellt hatte. Zudem machten die verstreuten Gesteinsbrocken am Grund der Fälle einen unordentlichen Eindruck. Etwas schien am Gesamtplan zu fehlen. Jedenfalls war sie nicht »von Verzückung ergriffen«, wie es die Reisebroschüre verheißen hatte. Gleich darauf aber wurde sie heiter; denn neben sich bemerkte sie einen Mann, der so nahe stand, daß sie den Stoff seines Sakkos an ihrem bloßen Arm kratzen fühlen konnte. »Jesses«, sagte er strahlend mit New Yorker Akzent, »macht ganz schön durstig, was, wenn man auf das viele Wasser guckt.«

Sie blickte vergnügt an seinem Oberarm und seiner Schulter vorbei auf ziehende Wolken und ein saubergefegtes Stück blauen Himmels. Sie widerstand dem Drang, sich an die Brust des Mannes zu lehnen, dort Schutz zu suchen, ihre Freude über diese unvermutete Vertrautheit herauszuschreien. Statt dessen ließ sie sich von seiner Unbeschwertheit anstecken und dachte, wie lustig die Welt plötzlich sein konnte, wenn man sie nur ließ. Die Fröhlichkeit dieser Begegnung, die Vertraulichkeit von Blicken und Lächeln und gemeinsamen Beobachtungen prägen sich ihr unauslöschlicher ein als die Chronologie ihrer tragischen Hochzeitsreise; da sind Worte, die diese Niagaraszene begleiten, da ist eine frische Brise, da ist ein Gemisch aus Enttäuschung und Übermut, da ist die Beredtheit eines Gabardineärmels, der zufällig ihre Haut streift und zu einem Mann gehört.

Zwei Tage später in Callander, Ontario, stand sie in der heißen Sonne mit Hunderten von anderen Ferienreisenden in einer Schlange. Als sie sich endlich dem Besichtigungsort näherten, wurden sie angewiesen, sich ruhig zu verhalten, um die kleinen Fünflinge nicht zu stören, die in einem eingezäunten Garten spielten. Sie erhaschte nur einen Blick auf weiße Kleidchen und Sonnenhütchen, die sich von dem frischen grünen Gras abhoben. Wenigstens eines der kleinen Kinder weinte. Die Leute hinter ihr schoben sie vorwärts, und sie mußte weitergehen. Sie fühlte sich als Teil einer Herde absurder Geschöpfe, die andere Geschöpfe beobachteten, und einen Teil ihres Denkens verwandte sie auf das Bedürfnis, sich abzusondern von all diesen sonnigen, geschwätzigen Leuten, den Frauen in baumwollenen Sommerkleidern mit über die Schultern gehängten Strickjacken, den Männern in schmucken Leinensakkos, entschlossen, sich unterhalten zu lassen. Dies alles hatte etwas Komisches und etwas zutiefst Entwürdigendes, aber warum sollte sie das überraschen? Sie war zur Besichtigung dieses Schauspiels gekommen, in dem Wissen, daß sie mit einem befriedigenden Gefühl von Entrüstung von dannen ziehen würde – und das tat sie.

In Toronto, in einem Sitzungssaal, so feierlich wie eine Kirche, überreichte sie einen Packen Blaupausen von der Firma ihres Vaters und wurde von dem Präsidenten der Bank mit gönnerhaftem Benehmen – »So ein braves Mädchen, macht extra die weite Reise« – und vom Vizepräsidenten mit einem unsittlichen Antrag – »Da stehen wir

nun, zwei einsame Menschen an einem schönen Sommer-
nachmittag« – bedacht.

»Aber«, beschied sie ihn, »ich reise weiter, mit dem
Vieruhrzug.«

»Sie sind doch eben erst angekommen.«

»Ich bin auf dem Weg nach Ottawa«, sagte sie, »um eine
alte Freundschaft aufzufrischen.«

»Ist es ein Mann oder eine Frau?«

Sie starrte ihn an. Am liebsten hätte sie ihm in sein
dämliches mittelaltriges Gesicht geschlagen, daß ihm das
Lächeln verging. Zugleich wünschte sie, dieses Gespräch
ewig fortzusetzen, um zu sehen, wohin es führen würde.
»Ein Mann«, sagte sie kühn.

»Ich hab's gewußt, ich hab's gewußt.«

»Und woher wußten Sie es?« Es war obszön, so fortzu-
fahren. Und beängstigend.

»Ihr Gesicht. Ihr Parfum. Die Art, wie Sie ›Freundschaft‹ gesagt haben. Ich habe einen Riecher für diese
Dinge.«

»Was? Was für Dinge?«

»Ich glaube, Sie wissen, was ich meine.«

»Nein, ich weiß es nicht«, sagte sie und wandte sich zum
Gehen.

»Ich denke, doch.«

Natürlich hat Barker Flett Daisy am Bahnhof abgeholt.
Tatsächlich hat er seinen neuen Hudson für diesen Anlaß
eigens waschen und wachsen lassen, hat ihn langsam zum
Bahnhof gelenkt, als könne er unter ihm explodieren, als
trage er ihn einer Bestrafung biblischen Ausmaßes entgegen.

Es war ein heißer Abend, obwohl eine erfrischende
Brise vom Kanal herauf- und zu den Wagenfenstern hin-
einwehte. In der Regel fuhr Barker Flett ungern Auto, er

hatte aber, wie er Daisy später erzählte, das Gefühl des glatten Lenkrads in seinen Händen schätzengelernt, auch mochte er das Gefühl, wie sich das große, leise Gefährt durch die Sommerdämmerung schob, deren violett getönte Luft am oberen Rand mit dunklerem Purpur abgesetzt war, so ganz anders als der Himmel seiner Kindheit, das abrupte Abendlicht Manitobas.

Dachte er an Daisy, wie er sie begrüßen würde, stieg und sank ihm der Mut, ein Nachhall, nahm er an, der bald greifbaren, bald sich entziehenden Erinnerung. Er erinnerte sich deutlich an sie als Säugling, wie sie monatelang in einer alten, mit Watte ausgekleideten Kommodenschublade geschlafen hatte und daß von dieser Einrichtung immer gesprochen wurde wie von einem rührseligen Scherz, die Kleine und ihre improvisierte Unterbringung. Danach klafft eine große Lücke in seinem Gedächtnis, schal, fade, denn Daisy ist mit einemmal elf Jahre alt und liegt in einem verdunkelten Zimmer, von einer schweren Krankheit (Masern? Was?) genesend und zu ihm aufsehend mit Augen, die nicht mehr die Augen eines Kindes zu sein scheinen. Andererseits hätte er sich die ganze Szene ohne weiteres eingebildet haben können, ist er doch vertraut mit der existentiellen Tortur einer versagenden Erinnerung – obgleich er nicht ganz glauben kann, daß dies der Fall ist: Daisys junger, womöglich nackter Körper unter dem Laken – Barker Flett ist außerstande, dies aus seinem Denken zu verbannen. Er ruft sich den Augenblick wieder und wieder zurück, nicht lüstern, sondern in der Hoffnung, er könnte sich irren. Er ist dreiundfünfzig Jahre alt. Und es sind neunzehn Jahre, seit er das Kind zuletzt gesehen hat. Nein, kein Kind. Eine Frau von einunddreißig Jahren. Eine Witwe.

»Liebe Daisy«, hatte er ihr vor nicht ganz einem Monat

geschrieben, »es ist so lange her. Es freut mich ungemein, daß Du einen Besuch in Ottawa planst.«

Was hatte er noch geschrieben?

Er kann sich nicht erinnern, und er gehört nicht zu denen, die Durchschläge von ihrer privaten Korrespondenz anfertigen – hier zieht er die Grenze der Selbstbewußtheit –, doch vermutlich hat er dieselben stereotypen Artigkeiten zu Papier gebracht, die er ihr immer aufnötigte. Verbindliche Gedankengänge. Erkundigungen nach ihrer Gesundheit, ihren Tätigkeiten. Langweilige Zusammenfassungen seiner Lebensumstände, das Wetter in Ottawa (maßlos heiß oder unerträglich kalt), die Verdrießlichkeiten der Bürokratie, gelegentlich höhere Gedanken über die Natur, das Leben, den Fortschritt, Absätze mit scheinheiligen onkelhaften Ratschlägen. Ratschläge von ihm, dem Älteren, ihrem Gönner, dem dreiundfünfzig Jahre alten Mann, der jeden Monat einmal nach Montreal fährt, um seinen Körper von seinen sexuellen Spannungen zu erlösen, der gelegentlich noch des Nachts in sein Kissen weint, der sich genötigt sieht, sich nach einem mit Papieren und Besprechungen und dem Beilegen kleiner Verwaltungsgefechte verbrachten Tag mit einem Glas Alkohol zu beleben, der ein Kissen der Ehrfurcht zwischen sich und die Frauen hält, Verehrung vortäuschend, aber Schutz heischend. Der sich abmüht mit seinen Briefen an sie, an Daisy Goodwill, seine einzige Gefühlsbindung auf dieser Erde, ein nicht blutsverwandtes Wesen, eine Frau, die durch einen bizarren Unfall in sein Leben getreten ist (der Tod ihrer Mutter, das Einspringen seiner eigenen Mutter) und deren tröstliche Gegenwart stets am Rande seines Blickfeldes flimmert.

Außer Daisy gibt es niemanden. Seinen Brüdern schreibt er einmal im Jahr zu Weihnachten. Simon in Edmonton antwortet höchst selten; Andrew schreibt regelmäßig zurück, gewöhnlich mit einer Bitte um Geld. Was Barker Fletts Vater angeht, Magnus, der ist durch ein Loch in der Erdkruste gefallen. Falls der alte Ziegenbock zufällig noch am Leben ist, wäre er jetzt über Siebzig, aber es ist Jahre her, seit er Kanada verließ, um auf die Orkney-inseln zurückzukehren, und niemand hat auch nur ein Wort von ihm gehört. Niemand hat die geringste Nach-richt oder gar eine Anschrift. Niemand, um es freiheraus zu sagen, schert sich um Magnus Fletts Verbleib oder seinen Geisteszustand oder darum, ob der alte Griesgram lebendig ist oder tot.

Von Magnus Flett hieß es immer, er habe ein unglückliches Leben geführt. Das Pech verfolgte ihn in seiner Ehe und im Umgang mit seinen Söhnen, und das Pech verfolgte ihn den ganzen Weg bis auf die *Louisa*, das Schiff, das ihn im Sommer 1927 von Montreal nach Liverpool brachte.

Jedermann weiß, daß der Frühsommer auf dem Atlan-tik eine friedliche Zeit ist – man kann sich darauf verlas-sen –, aber Magnus Fletts achttägige Überfahrt war von wilden Stürmen heimgesucht. Der alte Mann vermochte weder zu essen noch zu schlafen, und er verbrachte mög-lichst jeden Augenblick auf dem Oberdeck, wo er sich in eine Emailleschüssel erbrach. Die Tage und Nächte ver-schmolzen miteinander im unendlichen Elend. Hätte ihn damals jemand gefragt, was er sich wünsche, er hätte geantwortet, den Tod. Eines Morgens, als er sich über die Reling erbrach, stand ihm das Bild des Steinbruchs in Tyndall vor Augen, dessen marmorierte Oberfläche vom Sonnenlicht gestreichelt und gewärmt wurde und wo ein langes Tagewerk bevorstand; da wußte er, was für ein ausgemachter Narr er doch gewesen war, als er fortging. Er erbrach die Erinnerung, tilgte sie. Er erbrach all seine Qualen und Enttäuschungen, seine drei Söhne, seine treulose Frau; er erbrach all seine Demütigungen, so daß er, als die *Louisa* schließlich in Liverpool landete, leicht wie ein Knabe festen Boden betrat. Er hastete an den stinkenden Fischdocks vorbei, nahm eine gute Mahlzeit aus gekochtem Rindfleisch mit Kartoffelbrei zu sich und hielt einen ausgiebigen Nachtschlaf in sauberem Bettzeug, und als er aufwachte, fühlte er sich so tatendurstig und lebenshungrig wie seit Jahren nicht mehr.

Er schickte das Gepäck mit der Bahn nach Thurso, behielt nur genug Kleidung zum Wechseln bei sich, ein paar Kleinigkeiten und sein Exemplar von *Jane Eyre*. In einem Liverpooler Sportartikelgeschäft kaufte er sich ein paar robuste Stiefel und einen Spirituskocher, da er beschlossen hatte, den Norden Englands und die Wildnis Schottlands zu Fuß zu durchqueren. Dies schien ihm zunächst eine Trotzhandlung, dann ein Zwang. Und dann etwas so Einfaches und Natürliches wie Luft. Dennoch spannte sich jeder Muskel in seinem Körper, als er darüber nachdachte, was er sich vorgenommen hatte.

Das Wetter meinte es gut mit ihm: lange, milde Tage und Abende, und der Boden war trocken und elastisch. Er bestimmte seine Position ausschließlich nach der Sonne. Heimat; das Wort summte, während er auf Landstraßen nordwärts wanderte, in seinen Ohren, süßer als jeder Gesang auseinanderstiebender Vögel, und sättigte ihn wie ein Mahl aus Brot und frischer Butter. In einem Graben stieß er auf einen Stab aus glattem Holz, der ihm vortrefflich in der Hand lag, und damit schlug er rhythmisch auf die staubige Straße ein. Seinen Bart ließ er wachsen, fein, weiß und weich.

Die Hügel Englands, so rund und manierlich, wurden steiler, als er Carlisle hinter sich ließ, und wann immer er spürte, daß seine Beine unter ihm nachgaben, streckte er sich für eine Stunde unter einem Baum aus, schlug sein

Buch auf und las sich über seine Schmerzen und Blasen hinweg. Kann dies denn wirklich nur eine Insel sein, sagte er vor sich hin und blickte dabei himmelwärts, blickte über heckenumfriedete Weiden mit Schafen und Rindern. Dieses weite, grüne, steinige Land, dieser Reichtum an Dunkel und Licht. Er dachte beglückt an die vielen endlosen Winter, die über diese Felder hinweggegangen waren, den Schnee und dann die langsame Erwärmung im Frühjahr. Später, als er das baumlose Moorgebiet hinter Inverness erreichte, schien es ihm, als stapfte er auf Gottes breiter gefurchter Stirn einher. Danach wurde es ebener, ein luftiges Gefühl des Sinkens überkam ihn, sein Sinn wurde köstlich leer und ruhig.

Die ländlichen Hotels am Wegesrand nahmen ihn rauhverbindlich auf, und obwohl kein Trinker, gewöhnte er sich an den Genuß seines halben Liters Ale am Ende eines langen Wandertages. Er senkte den Kopf tief über sein Glas, schnupperte, trank dann. Friedvolle Gespräche gediehen in den Kneipen – »Na, wie ist es denn so drüben in Kanada?« fragten Bauern mit derben roten Gesichtern –, und einmal, in der Stadt Jedburgh, schlüpfte die Wirtin einer Pension für ein paar Stunden zu ihm unter die Bettdecke. Ihre Haut war rauh und faltenreich, roch aber frisch nach Seife. Manchmal folgten ihm Kinder ein Stückchen aus der Stadt, neugierig und lärmend. Eine junge Frau mit rauhem Husten begleitete ihn ein, zwei Tage, sie sprach von Jesus, sprach unzusammenhängend, und er sah sich veranlaßt, ihr ein paar Shilling zuzustecken, bevor sie auseinandergingen.

Als er endlich nach Thurso kam, eine wüste, feuchte Ortschaft, wo der Himmel schwer über dem Horizont lastete, fand er das Gepäck, das er vorausgeschickt hatte, in der Ecke eines Eisenbahnschuppens deponiert. In einer plötzlichen Eingebung beschloß er, es nicht an sich zu nehmen – was enthielt es denn schon außer Plunder, auf den er sehr gut verzichten konnte. Hatte er das nicht längst bewiesen? Auf der *Ola* setzte er nach Stromness über, eine kurze Reise auf gnädig ruhiger See. Er war daheim. Er sog die Luft tief in seine Lungen ein, und in diesem Augenblick formte sich ein Gedanke in seinem Kopf, die Vorstellung, daß er sich das Leben am Ende doch noch schön machen könne. Er wollte sich ein einfaches Häuschen nahe dem freien Gelände von East Bigging suchen, wo er seine Kindheit verbracht hatte, und es sich behaglich einrichten mit Hilfe eines Kohleboilers, eines warmen Bettes und von elektrischem Licht, falls er es bewerkstelligen konnte. Und er brauchte ein Versteck für seinen Geldvorrat. Er wollte leben wie ein König in seinem warmen Nest. Und er wollte ewig leben.

In all den Jahren hat Barker Flett der jungen Daisy Goodwill jeden zweiten Monat geschrieben.

Das ergibt sechs Briefe pro Jahr in zweiundzwanzig Jahren, also um die 132 Briefe. Er sagt sich – und manchmal anderen –, daß er Verantwortung für das Kind fühlt. Er benutzt das Wort Pflicht nicht, wie er es wohl getan hätte, wäre er eine Generation früher geboren; trotzdem ist er ein pflichtbewußter Mensch. Auch ist er ruhig, nachdenklich und selbstkritisch. Er weiß sehr gut, was der zwanghaften Seite seines Wesens zugrunde liegt; es ist der Wunsch, dem zu entkommen, was er nicht begreifen kann, Geborgenheit zu suchen in unbeugsamer Kasteiung. Er versteht vollkommen – und ist stolz auf diese Erkenntnis –, wie es in alter Zeit den Eremiten in den Höhlen und den Mönchen in ihren nackten Zellen gelang, ihr Leben zu fristen. Selbst wenn er auf einer seiner Visiten in Montreal ist, in den Armen von Frauen liegt, in deren Körper er seine Leidenschaft ergossen hat, sehnt er sich nach einem schlichten schmalen Bett und einer zerreißenden Einsamkeit. Das ist es, wogegen er ankämpfen muß: Wildheit, Chaos. Wenn er nicht kämpft, wird ihm schwindlig vor Schwarzseherei für eine herabgewürdigte Welt. Nicht immer, aber manchmal, nach einer Abendeinladung in Ottawa, liegt er reglos im Bett, mit trockenem Mund, und denkt: Wie lächerlich bin ich bei solchen Anlässen, wenn ich wie ein alt gewordener Schauspieler in trügerisch munteren Tönen meine Reden schwinge. Und wie ich anschließend die Welt abwehre mit einem Glas warmem Whisky, in dem Bemühen, ihr zu entkommen.

Er ist zu ernst, das weiß er, zu leichtgläubig – und blind für die Komödie ungleicher Paare und unziemlichen Fleisches. Um sich zu trösten, stellt er sich die einzelnen Schichten seines Gehirns vor; da gibt es Räume, Höhlungen zwischen den Kräften Geschlechtstrieb und Arbeit. Was soll er anfangen mit diesen fixierten Leerstellen? Andere Menschen wissen es. Er hat es nie gewußt.

Sein Vater, dieser strenge, gefühllose und ungebildete Mann, hatte darauf bestanden, daß seine Söhne jeden Abend ihre Stiefel putzten. Flett hat gelernt, dankbar zu sein für diese frühe Disziplin. Sie hat ihn als Knaben bei Atem gehalten, ihm Antrieb gegeben, Ordnung in grenzenloses Unverständnis gebracht. Später hat er andere Wege gefunden.

Er kann sich nicht entsinnen, wann er die Namen der Pflanzen im Garten seiner Mutter gelernt hat, aber er erinnert sich, wie die exakte Namensgebung ihn beruhigte, ihm Trost brachte. Schon frühzeitig erkannte er sich als einen von jenen, die moralisch unbehaust und spezifischer Bezeichnungen bedürftig sind, von Pflanzen, Tieren, Sternbildern. Bald schon beherrschte er neben den kultivierten Blumen seiner Mutter das Pflanzenleben der Felder und Wälder. Er hatte sie alle schnell auswendig gelernt, die gebräuchlichen Namen ebenso wie die lateinischen. Jedesmal, wenn es ihm gelang, eine Gattung mit der Illustration in *Spotton's Botanic Note Book* in Einklang zu bringen, zitterte er vor Kraft. Die grüne Welt mit ihren unterschiedlichen Formen erweckte eine fremdartige Toleranz in ihm und brachte ihn zur Ruhe. Die Entdeckung im Alter von zwölf oder dreizehn, daß die gesamte Welt der Natur klassifiziert war, daß jemand anders außer ihm die Notwendigkeit dieser Ordnung erfaßt hatte, traf ihn wie ein Glücksstrahl. Er liebte besonders die Gruppen innerhalb von Gruppen, die großen botanischen Unterteilungen, die bis in ihre winzigsten Verästelungen enthüllt und analysiert waren, die minimalsten, am wenigsten entwickelten Lebensformen, die tapfer in den gekrümmten Winkeln der Evolution ausharrten. Diese Miniaturwelt – Schleimpilze, Algen – hat er sich erkoren, um sich für sie zum Sprachrohr zu machen – die Genetik der Pflanzen, ihre eigenartige, strenge Schönheit. Von seiner Frauenschuhsammlung – eine der vollständigsten der Welt, wie er gerne denkt – liebt er am meisten das seltenste Exemplar, und von dieser besonderen Blüte schätzt er die kleinsten Blumenblätter mehr als die anderen, er betrachtet sie ehrfürchtig unter seinem Mikroskop, prägt sich die Form der allerwinzigsten Zelle ein, zollt ihrer Anordnung und Funktion Tribut und ehrt sie mit ihrem lateinischen Namen.

Wie eine Karte an der Wand ist die gesamte Organisation der botanischen Welt in seinem Bewußtsein aufgehängt. Er kann nur vermuten, daß die Köpfe anderer Männer gefüllt sind mit vergleichbaren Systemen, mit Philosophien, Geschichte, Logarithmentafeln, Texten, mit überzeugten Standpunkten oder kartierten Sehnsüchten, von denen sie vorwärts getrieben werden wie er von seiner Skala von lebenden Systemen, Ordnungen,

Familien, Arten und Unterarten. Und in dieses System, das nicht annähernd so akkurat und logisch ist, wie er einst glaubte, hat sich der Tatbestand Daisy eingeschlichen. Sie sitzt am äußeren Ende eines Zweiges, lachend, ihm zurufend. Er schließt zuweilen die Augen und wünscht sie fort, aber sie bleibt unverwandt da, ein Teil der Natur, verflochten mit den tückischen Ranken der sexuellen Erinnerung; er könnte ihre Gegenwart so wenig ignorieren, wie er eine Unterart der Orchideen oder des Riedgrases verschwinden lassen kann. Er pflegt seine Beziehung aus der Ferne, indem er Daisy regelmäßig schreibt und auf ihre Antworten wartet. Der Rhythmus ist nun in seinem Leben festgelegt – eine Stütze und Zerstreuung, die Methode, wie er seine menschlichsten Gefühle bestätigt.

Dieses Briefeschreiben hat bei ihm rituelle Aspekte. Er nimmt seinen Füllfederhalter, einen dunkelroten Waterman, sonntags nachmittags zur Hand, am ersten Sonntag eines jeden geraden Monats – Februar, April, Juni und so weiter. Einem Beobachter könnte auffallen, daß die gebeugte Linie seines Rückens und seiner Schultern von fetaler Rundung ist. Sein Studierzimmer mit den hohen Fenstern ist ruhig. In Reichweite steht eine Tasse dünner Kaffee, der rasch abkühlt. Sein Geist sprudelt von heimlichen Verlegenheiten und bedrückenden Alpträumen, doch im Moment wischt er all dies beiseite. Er ist ein Mann, der einen Brief schreibt, eine Verpflichtung erfüllt. Das Datum kommt säuberlich auf die rechte Ecke der Seite, und als eine Art onkelhafter Scherz setzt er, wobei seine Lippen sich straffen, stets »A. D.« in Klammern dahinter.

Dann atmet er tief ein und schreibt: Meine liebe Daisy. Das »Meine« beunruhigt ihn, doch es würde auf sich aufmerksam machen, sollte er es jetzt ändern. Er fährt sodann mit seinen dumpfen, detaillierten Absätzen fort, wobei Dumpfheit und Detail erfolgreich das Verlangen hemmen, das er empfindet. Er vollendet eine Seite und beginnt eine neue, müht sich ab und fühlt sich stets beschwichtigt durch seine Mühe, die er als ein Zeichen von Zurückhaltung empfindet. Die Einsamkeit, verborgen in Gegenständen wie seinem Waterman-Füllhalter oder seiner Porzellanuntertasse, muß aus dem Blickfeld gehalten werden. Aber sein über das Papier gebeugtes Gesicht ist bereit zur Ketzerei. Es verlangt ihn, das Blatt mit Küssen zu bedecken und den Brief zu unterschreiben mit: Dein Dich liebender Barker. Ewig Dein. Dein allein.

Was er tatsächlich hinschreibt, ist schlicht: Dein ergebener Barker Flett. Wenigstens war er nie so töricht, zu unterschreiben: Onkel Barker. Obwohl Daisy ihn in ihren Antwortbriefen tatsächlich so anredet.

Diese Antworten kommen rasch, postwendend. Wie es scheint, hat sie das Verantwortungsgefühl und Pflichtbewußtsein mit ihm gemein.

Sein Herz schlägt rauh und wund in seiner Brust, wenn er die blauen Umschläge aufschneidet. Auch ihr Briefpapier ist blau, mit eintönigen stilisierten Blumen umrandet, die zu bestimmen kein botanisches Lehrbuch für würdig befinden würde. Lieber Onkel Barker. Sie plappert und plappert, Seite für Seite, mädchenhaft, leichtfertig. Mindestens die Hälfte ihrer Sätze ist rätselhaft unvollständig, konstruiert mit ominösen Strichen und Punkten, was ihn erschüttert, erregt, erzürnt. Ihr Satzbau ist oberflächlich, ihre Ausdrucksweise unausgeglichen. Sogar nach der Tragödie ihrer Hochzeitsreise schreibt sie (tapfer?), sie fühle sich »ganz schön aus den Pantinen gekippt«, hoffe aber, über kurz oder lang »über den Berg« zu sein. Jedesmal ist er niedergeschlagen, wenn er einen Brief von ihr gelesen hat; diese kindische Banalität. Die Enttäuschung hält tagelang an, doch die Wochen vergehen, ein Monat, zwei Monate, und bis er abermals zum Füllhalter greift, ist seine Zuneigung wiederhergestellt. Jeder von uns wird unvermeidlich mißverstanden; dies ist, so scheint es, Teil der Weisheit des zwanzigsten Jahrhunderts.

Lassen Sie sich sagen, daß Daisy Goodwill jeden einzelnen von Barker Fletts Briefen aufbewahrt hat; sie hat sie noch, würde jedoch in schwere Bedrängnis geraten, wenn sie Ihnen sagen sollte, wo sie sind. Irgendwo in einer Schublade. In einer Pappschachtel.

Ihre Briefe an ihn sind nicht erhalten.

Es existieren auch keine Photographien von ihr aus dieser Zeit.

Trotzdem läßt sich ahnen, wie sie ausgesehen haben muß, als sie sich dem Ende ihrer Eisenbahnfahrt nach Ottawa näherte – wenngleich sie, eine in ihrem eigenen Drama Gefangene, dieses Bild wahrscheinlich mehr als nur ein wenig retuschieren wird; zum Beispiel sieht sie sich mit bereits abgesetztem Hut – dabei weiß sie ganz genau, daß eine Frau niemals ohne Hut reist –, und gleich darauf schüttelt sie ihr rotbraunes Haar mit den goldflimmernden Sprenkeln. Die letzten Sonnenstrahlen fallen durch das Zugfenster und lassen sich auf den Falten ihres Leinenkleides nieder. (Diagonal geschnitten. Schick nach dem Standard von Bloomington, Indiana.) Sie hält die Hände eng verschränkt auf dem Schoß, ganz so wie Barbara Stanwyck in *Frau in Rot,* beredt weibliche Entschlossenheit andeutend. Und sie hofft, daß ihre Kinnlinie, wie die der Garbo, eine ähnliche Haltung ausdrückt.

Was wird sie zu ihm sagen? Was werden ihre ersten Worte sein?

Eine Szene bietet sich an: Sie nimmt seine Hand, schüttelt sie ernst, hält selbst etwas Abstand, um ihn nicht zu erschrecken. Sie erzählt ruhig, freimütig von ihrer Reise. Nein, sie ist nicht übermäßig erschöpft. Es war wirklich sehr angenehm. Die Landschaften waren einfach himmlisch. Die Meilen sind nur so dahingeflogen. Sie ist darauf bedacht, ihren guten Willen zu zeigen, während sie geduldig wartet, daß Unbefangenheit sich einstellt.

Was, wenn sie sich nichts zu sagen haben? Wenn sie nichts gemeinsam haben? Ach was, sie muß etwas finden. Sie wird sich bemühen.

Wieder verschränkt sie die Hände. Unbehandschuht. Unberingt. Ein Fremder könnte annehmen, sie sei in ein stilles Gebet vertieft, und in gewissem Sinne ist sie es, denn ihre Konzentration ist von andächtiger Inbrunst. Sie fährt zu Barker Flett wie zu einer Zuflucht. Darauf läuft es hinaus. Sie kann nicht zurück nach Vinegar Hill, um die Tochter von Cuyler Goodwill und die Stieftochter von Maria zu sein, nicht in jenem Haus, nicht in Bloomington, nicht in ihrem Alter, das steht außer Frage. Seit einem Jahr ist sie in Gefahr, eine Exzentrikerin zu werden oder eine von jenen Personen, die sich nicht die Mühe machen, ihre Tasse auf eine Untertasse zu stellen. Die ermüdende Mauersteinmetapher ihres Vaters kommt ihr mit dem vollen Gewicht ihrer verkündigungshaften Formulierung in den Sinn: Wie einen Brocken Indiana-Kalkstein, sagt er, kann ein Mensch sein Leben nach der einen oder anderen Richtung spalten; er hat die Wahl.

Aber eine solche Wahl steht ihr zu dieser Zeit in ihrem Leben nicht offen, einer Frau an der Grenze zum mittleren Alter – das denkt sie zumindest. Eine Person mit einem willkürlichen Namen. Eine Person, vom Zufall entwurzelt. Wie ist das geschehen? Sie ist in einer Version ihres Lebens gefangen, ist dort festgenagelt.

Ein Gedanke kommt ihr in den Sinn: daß sie sich in letzter Zeit nicht fragt, was möglich ist, sondern vielmehr, welche

Möglichkeiten bleiben. In diesem Moment befindet sie sich eindeutig auf einer Reise ohne Umkehr, obwohl ihre Rückfahrkarte sicher verwahrt in einem Fach ihrer ledernen Handtasche liegt. Seltsamerweise hat sie keine Angst, weiß sie doch, daß Liebe vor allem die Vermeidung von Kränkung ist, und außerdem ist sie an Hindernisse gewöhnt und versteht sie zu überwinden, indem sie ihre Sicht neu justiert oder ihre Bedenken in eine schattige Ecke stopft.

Sie schließt einen Moment die Augen – keine Garbo-Augen, nein, nicht so kühn und kühl – und denkt an diese letzten Reisetage. Alles, was sie gesehen oder getan hat, hat ausgefranste Ränder. Ihre diversen Gespräche mit Fremden gehen ihr unentwegt durch den Kopf, erheiternd, aber auch erschöpfend – der Mann bei den Wasserfällen, war der nicht das letzte! Alle miteinander.

Von Überdruß bis Verlust ist es eine kurze Strecke. Daisy kann nicht zurück. Sie wird neue Pläne machen müssen. Diese Pläne entstehen in ihrem Kopf; wild, wie sie sind, bringen sie Fühler hervor, Szenen, ganze Gespräche:

Wie schön, dich wiederzusehen, Onkel Barker.

Ihre Lippen bewegen sich stumm zum Zugfenster hin. Ein schlanker Arm streckt sich vor, schüttelt der Luft die Hand. So eine Freude. Nach all den Jahren.

Vielleicht ist es jetzt an der Zeit, Ihnen zu sagen, daß Daisy Goodwill Schwierigkeiten hat, die Dinge auf die Reihe zu bekommen; mit der Wahrheit also.

Sie hatte eine goldene Kindheit, wie sie Ihnen mit Freuden erzählen wird. Ihre zärtliche Adoptiv-»Tante« Clarentine, ihr liebevoller »Onkel« Barker, Wärme, Geborgenheit, Picknicks am Fluß. Ein Garten voller Blumen. Und dann, mit elf Jahren, fand sie ihren richtigen Vater, einen bemerkenswerten (das sagen alle) Mann, der es aus eigener Kraft zu etwas gebracht hatte, einen Mann, der sie überschüttete mit materiellem Reichtum und mit der Liebe seines Herzens.

Nun, Kindheit ist das, was man von ihr in Erinnerung behalten will. Sie hinterläßt keine Fossilien, außer vielleicht in Romanen. Und deswegen wollen Sie bitte Daisys Schilderung der Geschehnisse mit größter Vorsicht genießen.

Es ist nicht immer Verlaß auf sie, wenn es um die Einzelheiten ihres Lebens geht; vieles, was sie zu sagen hat, ist gemutmaßt, übertrieben, höchst unwahrscheinlich. (Sie werden schon erkannt haben, daß kein Mensch auf dieser Welt so unsensibel, so grausam sein könnte, wie ihre Schwiegermutter, Mrs. Arthur Hoad, dargestellt ist.) Daisy Goodwills Perspektive ist verdreht. Darüber hinaus legt sie die Stimme der Zukunft über Ereignisse der Vergangenheit und bewirkt so alle möglichen gewellten Verzerrungen. Sie macht große Zeitsprünge, läßt wichtige Angelegenheiten aus (ihre teuren Privatschulen zum Beispiel – Tudor Hall, Long College). Die Akte ihres Lebens besteht aus einer Folge von Definitionen, sagt sie sich. Wenn sie Briefe an ihren Onkel Barker schreibt, wählt sie die Sprache der Kindheit, absichtlich naiv, wehmütig, mädchenhaft verantwortungslos, ungefährlich. Manchmal betrachtet sie die Dinge aus der Nähe und manchmal aus der Ferne, und sie beharrt darauf, sich im Sonnenlicht zu zeigen, gestattet uns kaum je einen Blick auf die dunklen Ahnungen, die wir alle erleben. Und, ach du liebe Güte, sie ist geschlagen mit der romantischen Phantasie der einsamen Frau und kann somit nur ein glückliches Ende ertragen.

Dennoch, ihr Bericht ist der einzige, den es gibt, geschrieben auf Luft, geschrieben mit der unsichtbaren Tinte der Phantasie.

Barker Flett hat Bertrand Russell gelesen, und daher hat er den Glauben an die herkömmliche Moral längst abgelegt, aber als höherer Staatsdiener in der Regierung Seiner Majestät (Leiter der Agrikulturforschung) ist er gezwungen, ein gewisses Maß an Anstand zu wahren. Eine junge Frau unter seinem Dach? Wie würde das aussehen?

Eine Nichte, könnte er erklären, aber Daisy ist nicht wirklich seine Nichte. Sein Mündel? Nein, seine Vormundschaft ist nie offiziell angeordnet worden. Was soll er tun? Wie ihre Gegenwart erklären?

Es kommt ihm in den Sinn, daß er seine Haushälterin, Mrs. Donaldson, die bei ihm saubermacht und ihm ein kaltes Abendessen bereitet, vielleicht bewegen könnte, während Daisys Besuch über Nacht zu bleiben. Er fragt sie, legt ihr feinfühlig das Problem dar. Sie lehnt rundweg ab. Sie hat schließlich Familie zu Hause; was er verlangt, ist unmöglich. Er seufzt, unendlich erleichtert. Und dann stellen sich neue Sorgen ein. Sein Leben mit Daisy hat noch gar nicht angefangen, und schon gilt es mit lauter leidigen Problemen fertig zu werden.

»In einer Stunde bin ich dort«, schreibt Daisy in ihr Reisetagebuch und unterstreicht »dort« dreimal.

Es ist unerträglich heiß im Zug, aber mit Hilfe des Schaffners ist es ihr gelungen, ein Fenster zu öffnen. Infolgedessen wehen ihre Haare wild, und das verblassende Sonnenlicht scheint hindurch, so daß es aussieht, als trage sie einen Heiligenschein oder einen Hut aus entflammtem Pelz.

Um ihr laut klopfendes Herz zu beruhigen, verstaut sie ihr Tagebuch an einem sicheren Ort, das meint sie zumindest, und zieht ihre Handschuhe wieder an. Sie hält sich aufrecht, steif. Eine läuternde Stille. Barbara Stanwyck mit einem fuchsroten Haarschopf.

Sie ist zeitweise – und dies ist so eine Zeit – überwältigt von dem Wunsch, um Verzeihung zu bitten.

Jetzt wird es allmählich dunkel, und der Himmel über Ontario füllt sich mit diamantenem Staub. Diese Partikel, das spürt sie, haben nichts mit ihr zu tun. Die Dörfer, die vorübereilen, sind fremd und abweisend. Sie scheinen ihr den Rücken zuzukehren. Am Ende des Eisenbahnwaggons, auf der anderen Seite des Ganges, spielen vier Männer lärmend Karten – Rommé höchstwahrscheinlich –, und sie sind so vertieft in ihr fröhliches Vergnügen und ihren derben Spaß an der gegenseitigen Gesellschaft, daß man Daisy aus ihrer Nähe wegschnappen könnte, ohne daß sie auch nur einen Blick zu ihr hinüberwerfen würden. Sie weiß, wenn der Zug in Ottawa ankommt, werden all diese Männer in die Zwänge ihres wahren Lebens enteilen, während sie sich in ein Zufallsschicksal stürzen wird, das sie erwartet, wie auch immer es beschaffen sein mag. Sie wird dieses »Es« widerspruchslos annehmen, ohne Frage, denn was bleibt ihr anderes übrig?

Sie ist machtlos, haltlos, nachgiebig – eine Frau. Vielleicht ist das das A und O, daß sie eine Frau ist. Ja, natürlich.

Ihr kommt der Gedanke, daß sie diesen Erkenntnisblitz in ihrem Tagebuch verzeichnen sollte – andernfalls wird sie ihn bestimmt vergessen; denn sie ist eine, die immerzu lernt und vergißt und aufs neue lernen muß –, aber das Aufzeichnen erfordert, daß sie ihre Handschuhe auszieht, in ihrer Tasche nach ihrem Füller kramt und nach dem Notizbuch. Das ist mehr, als sie zu tun imstande ist. Und so zwingt sie sich, stillzusitzen, mit rasendem Puls, während der Zug in die freundlichen, schattigen Außenbezirke von Ottawa rollt, der Hauptstadt des Dominions (Do-mi-ni-ons) Kanada.

Er ist volle zehn Minuten vor ihrer Ankunft am Bahnhof. Er hat das einkalkuliert, weiß er doch, daß er ein Ruhepolster braucht, um seine Gedanken zu sammeln und auch seinen Körper. »So, so«, will er zu ihr sagen, mit Jovialität den Augenblick der Dramatik entkleidend, »nun bist du also heil angekommen, was?«

Oder etwas über die Hitze. Oder vielleicht? – er weiß nicht, was. Alles scheint auf einmal auf dem Spiel zu stehen. Selbst seine langen Beine sind wackelig.

Es würde ihm aber nicht im Traum einfallen, sich auf eine der langen, polierten Bänke zu setzen. Nein, er strafft sich, seine Schultern, den Rücken, die Hände hinten verschränkt, und schreitet auf dem Marmorfußboden der Bahnhofshalle auf und ab. Er bleibt stehen, blickt in die Kuppel hinauf. Ein schönes Gebäude, gewiß. Er betrachtet es eingehend, das verzierte Fries, die kannelierten Granitsäulen mit ihren klassischen Ziergiebeln. Er prägt sich die Steinflächen ein, starrt so intensiv darauf, als würde er nie wieder Gelegenheit haben, dies alles deutlich zu sehen.

Sein Leben befindet sich am Wendepunkt. Die Liebe, diese plötzliche Auflösung von Kunst und Natur, selbst der Sprache, ist im Begriff, seine Sinne zu überwältigen. Er atmet tief durch und sieht zur Bahnhofsuhr hinauf. Ja, der Zug ist pünktlich. Auf die Minute. Exakt. Diese Tatsache findet er zutiefst befriedigend. Und beunruhigend.

Und da ist sie. Kommt auf ihn zu.

Von manchen Männern heißt es, sie haben ein Auge für Fesseln. Nicht so Barker Flett. Er hat für gar nichts ein Auge. Und auch keinerlei Vorstellung, was ihm zusteht oder was er sich wünschen darf. Dieser Augenblick, diese Begegnung ist vor Jahren arrangiert worden.

Da kommt sie, die behandschuhte Hand schon im Gehen ausgestreckt, und einen Moment glaubt er, er könne diese Hand tatsächlich ergreifen und schütteln, eine umgängliche Geste, und murmeln: Wie schön, dich zu sehen, und war der Zug voll? Hast du einen Fensterplatz bekommen? Bist du erschöpft?

Statt dessen nimmt er sie in die Arme. Es ist keine richtige Umarmung; denn es steht außer Frage, daß ihre Körper in Berührung kommen. Nein. Er streckt die Hände aus, und sie streifen ihre Schultern, wandern dann ihre Oberarme hinab (die Arme sind unterhalb der Ellenbogen bloß und leicht feucht), dann wieder hinauf, zu ihrem Gesicht, berühren es mit den Fingerspitzen, umfangen es. Er hat alle seine Vorsätze vergessen; sein Blut ist in Wallung.

Ihre Knie sind zittrig nach so vielen Stunden im Zug. Die plötzliche Helligkeit des Bahnhofs bringt sie aus dem Gleichgewicht, und ihr fällt nichts ein, was sie sagen könnte.

»Daisy?« murmelte er über ihren gekämmten Scheitel hinweg, es kommt als Frage. Fast als ein Schluchzen. Er vergißt, was er als nächstes sagte.

In seinem Alter konnte er sich den Strapazen und Aufregungen und Ängsten einer Hochzeit in großem Stil nicht stellen, und so wurden sie eilig in aller Stille im Amtszimmer eines Richters getraut. Am 17. August 1936. Das Telegramm, das Minuten vor der Trauung an Cuyler und Maria Goodwill in Bloomington geschickt wurde, war in der Vergangenheitsform abgefaßt: »Haben soeben geheiratet. Brief folgt.«

Sowohl Daisy als auch Barker Flett fanden diese Bekanntgabe feige und warteten ausgesprochen verlegen auf Antwort.

Das Reich der Erotik ist unsere dichteste Annäherung an die wilde Hälfte unserer Natur. So denkt Barker Flett. Es gibt einen Teil des menschlichen Seins, der nicht einzuordnen ist. Er muß lernen, dies zu akzeptieren. Und offen zu sein für die Heimsuchungen der Inbrunst, ohne daß sich der Gedanke an Scham durch jedes Fenster hereinschleicht. Warum muß alles den Stempel von Anständigkeit und Verderbtheit aufgedrückt bekommen? Warum?

Er gesteht Daisy, daß er früher Geld für die Zuwendung von Frauen bezahlt hat. Sie hinwiederum bekennt, während ihre Finger sacht auf seinem Haar liegen, ihren wahren Zustand: daß sie unberührt (ihr Wort) ist, daß etwas schiefgegangen ist in ihrer kurzen Ehe mit Harold A. Hoad; sie ist sich nicht sicher, was es war, aber möglicherweise könnte sie die Sache verpatzt haben. Er will das nicht hören; zu diesem Zeitpunkt in seinem Leben braucht er alles, was Daisy an starken Gefühlen hat, für sich allein.

Solche Bekenntnisse, solche Ehrenerklärungen sind bei näherer Betrachtung beinahe komisch – und ebenso komisch bei Betrachtung aus der Ferne. Diese unnötige Demütigung und eitle Redlichkeit. Und danach die Rede. War das wirklich nötig? Natürlich nicht.

Eines ist Barker Flett rätselhaft: Er kann nicht verstehen, wie Daisys neun Jahre der Witwenschaft vergangen sind (auf ganz ähnliche Weise kann Daisy sich nicht vorstellen, wie ihr Vater seine Jugend in Stonewall verbracht hat – Jahr für Jahr für Jahr). Er kann sich Daisy in Bloomington umhersausend vorstellen, gut gekleidet, hübsch beschuht, niedlich behandschuht, ein gesundes, kräftiges amerikanisches Mädchen, das schwimmt, wandert, tanzt und Golf spielt. Aber was hat sie *getan?*

»Du hast bestimmt Studien irgendwelcher Art betrieben. Kurse besucht.«

Sie schüttelt den Kopf.

»Gelesen?«

Neuerliches Kopfschütteln.

»Natürlich, du mußtest deinem Vater den Haushalt besorgen.«

»Ach weißt du«, sie hält inne, »wir hatten Cora-Mae Milltown. Die ganzen Jahre. Und dann Maria.«

»Du mußt doch etwas angefangen haben mit deiner Zeit«, hakt er nach. »Wohltätige Einrichtungen? Rotes Kreuz?«

Sie sieht verständnislos drein, dann strahlt sie. »Der Garten«, sagt sie. »Ich habe den Garten gepflegt.«

»Den Garten?«

»Ja.«

»Ah«, sagt er, »ah.« Eine Woche später macht er ein Kaufangebot für ein großes Haus in der Straße The Driveway am Dow's Lake.

Das Haus, ein solider Bau aus Stein und Ziegeln, ist freistehend und verfügt über einen Garten, der schon bessere Tage gesehen hat.

WAS DIE LEUTE ÜBER
DIE VERBINDUNG FLETT–GOODWILL ZU SAGEN
HATTEN

Der Premierminister des Dominions, selbst Junggeselle, sagte, als er von der Vermählung Barker Fletts mit Daisy Goodwill erfuhr: »Die Ehe ist die höchste Berufung, und danach kommt die Elternschaft und danach die Führung der Nation.«

Der Landwirtschaftsminister sagte staunend zu seiner Frau, als er die Heiratsanzeige in der Zeitung gelesen hatte: »Guter Gott, Flett hat geheiratet. Und ich dachte immer, der Kerl ist stockschwul.«

Mrs. Donaldson, Barker Fletts Haushälterin, sagte verblüfft: »Vom Regen in die Traufe.«

Simon Flett in Edmonton schickte seinem Bruder eine zerknitterte Fünfdollarnote mit einem einzigen Wort: »Bravo.« Andrew Flett schrieb aus Climax, Saskatchewan: »Möge das Licht Jesu auf Euch beide scheinen.«

Mrs. Dick Greene aus Bloomington, Indiana, schrieb Daisy in einem herzlichen Gratulationsbrief: »Hier ist mein Rezept für eine glückliche Ehe in einem Satz. ›Tragen und ertragen.‹«

Fraidy Hoyt sagte (zu sich): »Sie hat den Kopf verloren, nicht ihr Herz. Ich dachte, sie hätte mehr Verstand. Eine junge Frau, ein alter Ehemann – das Rezept für eine Katastrophe, wenn man der Volksweisheit glaubt.«

Mrs. Arthur Hoad sagte: »Widerwärtig. Inzestiös. Obszön. Er hat zweifellos Geld.«

Das Telegramm der Cuyler Goodwills besagte: »Glückwünsche und alles Gute, nun, da ihr Euch auf die Glücksbahn des Lebens begeben habt.«

Bei sich sagte Cuyler Goodwill: »Er ist fast so alt wie ich. Er wird oft nicht zu Hause sein. Er wird die Leidenschaft mit einem Blick oder Wort ersticken. Meine arme Daisy.«

»Bambini, bambini«, rief Maria, wobei sie die Arme wiegend bewegte, und ausnahmsweise verstanden alle, was sie sagte.

Daisy Goodwills eigene Gedanken über ihre Heirat sind nicht überliefert, denn sie hat es aufgegeben, Tagebuch zu führen. Der Verlust ihres Reisetagebuchs vor kurzem — es wurde nie gefunden — verursachte ihr erheblichen heimlichen Kummer; sie denkt mit Schaudern, wem es in die Hände gefallen sein mag, dieses ganze ungezügelte Gekritzel, das strenggenommen ins Reich der Kindheit gehört — eine Stätte, wo sie nicht mehr lebt.

Mutterschaft, 1947

*D*ie Menschen in aller Welt stellen sich Kanada mit Vorliebe als ein Land aus Eis und Schnee vor. An diesem Bild halten sie nur zu gerne fest, auch wenn sie es besser wissen.

Aber Tatsache ist, daß Ottawa im Monat Juli heiß sein kann wie die Hölle – deswegen ist der Abendbrottisch der Fletts heute auf der abgeschirmten Veranda gedeckt. Es gibt Kalbsbraten in Aspik, Tomatenscheiben, Kartoffelsalat und zum Nachtisch gezuckerte Himbeeren in kleinen Glasschalen.

Sie müssen wissen, daß die Himbeeren aus dem eigenen Garten sind, erst vor einer Stunde von den Kindern der Familie Flett gepflückt. Eines der Kinder, Warren, sieben Jahre alt, hat sein Baumwollhemd mit Himbeerflecken bekleckst, und er ist soeben von seiner Mutter nach oben geschickt worden, um etwas Sauberes anzuziehen. »Und spute dich«, sagt sie zu ihm, »dein Vater wird im Nu zu Hause sein.«

Die zwei Mädchen, Alice, neun, und Joan, fünf, sind angehalten worden, einen kleinen Blumenstrauß für den Tisch zu pflücken; ein alter Milchkrug mit einem Sprung dient als Vase. Ihr Arrangement sieht ziemlich unordentlich aus, lang- und kurzstielige Arten kunterbunt durcheinander, und einige Blumen wirken schon nicht mehr ganz frisch. »Sehr hübsch«, lobt Mrs. Flett, aber sie ist ja abgelenkt, weil der Kalbsbraten in Aspik am Boden der Form klebenbleibt und sich durchaus nicht sauber auf die

Glasplatte stürzen lassen will, die sie bereithält. »Verdammt«, sagt sie leise, damit die Kinder es nicht hören, aber sie hören es natürlich.

»Verdammt, verdammt.« Das Rezept ist aus *Ladies' Home Journal* vom letzten Monat herausgerissen, aus einem aktuellen Artikel, betitelt »Kühle Gerichte für heiße Tage«. Sie hat die komplizierten Anweisungen peinlich genau befolgt, bis hin zu den Pimentstreifen und in Scheibchen geschnittenen gefüllten Oliven, aus denen die Garnierung besteht. »Warum habe ich nicht einfach bloß Schinken gekauft?« fragt sie sich laut.

»Schinken mag ich gern«, sagt Warren verträumt, und das stimmt. Besonders mag er es, eine Scheibe gekochten Schinken zwischen die Finger zu nehmen, sie mehrmals übereinanderzuklappen und dann in den Mund zu stekken, so daß das weiche Fleisch sich anfühlt wie ein Teil seiner eigenen Zunge und der Innenseite seiner Backen.

Die Tischdecke ist aus karierter Baumwolle, blau-weiß. Der Platz der Mutter ist am einen Ende gedeckt und der des Vaters am anderen; diese Familie hat einen Hang zu althergebrachten Gewohnheiten und Gepflogenheiten. An jedem Platz steht unmittelbar oberhalb des Beerenlöffels ein Kelchglas für Eistee – auch die Kinder dürfen heute Eistee haben, zur Belohnung, weil sie den ganzen Tag brav gewesen sind.

Brav sein – was genau bedeutet brav sein im Verständnis der Familie Flett? Alice und Warren sind brav gewesen, weil sie heute morgen unaufgefordert ihre Betten gemacht haben, und zusätzlich hat Alice ihrer Mutter geholfen, auf der Vorder- und Hintertreppe Staub zu wischen, die kleinen seitlichen Holzteile, die nicht vom Teppich bedeckt sind. Vor dem Krieg hatte die Familie eine Frau beschäftigt, die zweimal wöchentlich saubermachte (eine Mrs. Donaldson, bekannt für ihre Trägheit

und ihren Sarkasmus, die seither zu einer Witzfigur dege-
neriert ist), aber heutzutage sind solche Hilfen – ausgenommen Mr. Mannerly, der kommt, um im Garten zur
Hand zu gehen – nicht für Geld und gute Worte zu haben,
wie Warren seine Mutter sagen hörte.

Die kleine Joan ist brav gewesen, weil sie mittags ihre
Eier in Cremesauce (bis auf einen kleinen Rest) gegessen
und sich danach, ohne zu quengeln, zum Schlafen hingelegt hat und weil sie meistens daran gedacht hat, bitte und
danke zu sagen. Und es hat heute nur ganz wenig Streit
gegeben. Mrs. Flett, die Mutter der Kinder, ist nur ein
einziges Mal streng mit Alice gewesen; es gibt Tage, da hat
Alice das Gefühl, daß ihre Mutter sie mag, und Tage, an
denen sie überzeugt ist, daß sie sie nicht mag. Alice möchte
ihren Eltern immer Freude machen, aber gerade dann,
wenn sie sich die größte Mühe gibt, fühlt sie sich verraten
und verkauft.

Endlich. Die obere Hälfte des Aspikbratens flutscht mit
einem Platschlaut auf die Platte, der Rest wird flugs mit
einem Spatel herausgehoben – »verdammt, verdammt« –
und die Lücke unter Pimentstreifen und einem krausen
Salatblatt versteckt. Die Platte wird sodann locker mit
einem Blatt Wachspapier abgedeckt und schnell wieder in
den Eisschrank geschoben, damit der Aspikbraten bis zum
Abendessen fest bleibt. Mrs. Flett sieht auf die Küchen-
uhr, die wie eine Teekanne mit einer kleinen lächelnden
Schnauze geformt ist, und stellt fest, es ist Viertel nach
fünf. Sie atmet hörbar ein. »Zeit, daß ihr eure Fahrräder
in den Schuppen stellt«, sagt sie zu ihren drei Kindern.
»Euer Vater wird in Windeseile hier sein.«

Etwa um diese Zeit verschwindet sie, um sich zum
Abendessen »aufzumöbeln«. Warren ist jedesmal erstaunt, wie dieses Verschwinden vonstatten geht, von ihm
unbemerkt, wie ein kleines Stück, das dem Tag fortge-

nommen wird, so geschwind, daß es wie gestohlen aussieht. In der einen Minute steht seine Mutter noch in ihrem Hauskleid da, das Gesicht ganz feucht, und in der nächsten Minute hat sie ihren weiten, rot-weißen Sommerrock an und eine frische weiße Bluse mit einem Zugband um den Hals. Ihr Haar wird gekämmt sein, und sie wird Lippenstift aufgetragen haben, ein dunkles Korallenrot, glänzend wie ein angelutschtes Gummibärchen. Sie sieht aus wie aus der Oxydol-Reklame, findet Warren – flott, mit glitzernden Augen, die roten Lippen geschürzt, und ihre Stimme plätschert locker dahin. Manchmal trägt sie silberne Ohrringe, die dadurch halten, daß sie sie stramm an ihre Ohrläppchen zwickt. Warren ist unwillkürlich stolz auf sie, wenn er sie so sieht, wie sie aufgemöbelt die teppichbelegte Treppe herunterkommt.

»Aufmöbeln« ist ein Ausdruck aus ihrer Mädchenzeit, typisch Indiana, meint ihr Vater. Sie sagt noch eine Reihe anderer komischer Sachen, etwa »für« jemand warten statt »auf« oder »ein kleines Liegerchen« machen statt »ein Schläfchen«. Ihre Stimme hat ein prickelndes Schleifen, sie ist langsamer, aber auch heiterer als die Stimmen anderer Mütter.

»Heute gibt's bloß kaltes Abendessen«, sagt sie zu ihrem Mann, wie um seine Erwartungen zu dämpfen. »Bloß Reste.«

Manchmal läßt er sich auf ihre Mädchenhaftigkeit ein, manchmal nicht. Er küßt sie auf die Wange, spürt ihre Reinheit, dann bückt er sich und küßt die Kinder auf den Scheitel, eins nach dem anderen. Sind diese munteren kleinen Körper wirklich mit seinem verbunden, fließt sein altes Blut in ihren jungen Adern, ist das Mark in seinen Knochen ihrem gleich? Ihr gebürstetes Haar riecht nach Sonnenschein und Staub. Ihr Lächeln hat einen wundervollen Glanz und ist dennoch zaghaft. Er ist jedesmal, ohne Ausnahme, gerührt, wie scheu ihre Mienen seit dem Frühstück geworden sind. Er faßt an den Knoten seiner Leinenkrawatte, überlegt, ob er sie zum Essen abnehmen soll, und entscheidet sich dagegen.

Die Jahrzehnte in dürstender Einsamkeit haben ihn zum Voyeur seines eigenen Lebens gemacht, und selbst heute beobachtet er sich kritisch: ein Familienvater, ein Mann, der nach einem Arbeitstag seine Lieben begrüßt, in die Gesichter seiner Kinder blickt und an ihnen vorbei auf die abgeschirmte Veranda, wo der Abendbrottisch gedeckt ist. Eine Eckscheibe der Verandaschiebetür reflektiert einen Sonnenstrahl, und er beobachtet dies mit einem Blick, der beinahe feudalistisch ist, *seine* Verandatür, *sein* goldenes Lichtrechteck. »Hast du dir die Hände gewaschen?« hört er sich sein jüngstes Kind fragen, und sie streckt sie ihm unverzüglich zur Begutachtung hin, die Handteller nach oben. Seine kleine Joanie, fünf Jahre alt – atemlos angesichts der Bedeutung dieses Augenblicks, dreht sie die Handgelenke hin und her, vermag ihr Ungestüm kaum zu zügeln. »Sehr schön«, lobt er sie, läßt es wie eine Verkündung klingen, aber auch wie ein Geheimnis, und sie hopst auf einem Fuß auf und ab und katapultiert ihren Körper dann in eine Wirbelbewegung, die ihn an die Vorkriegs-Aufziehspielsachen aus Japan denken läßt.

»Immer sachte, Herzchen«, sagt er.

Ist das seine Stimme, die zu ihr fließt? »Sonst stößt du dir noch den Kopf am Türpfosten.«

»Mach ich nicht.«

Natürlich nicht.

Das Tischgespräch der Fletts ist nicht anspruchsvoll. Die Kinder werden nicht angehalten, von ihrem Tageslauf zu berichten oder »Tagesereignisse« zu erörtern oder, wie es bei einer Familie am Torrington Crescent der

Fall ist, ausschließlich französisch zu parlieren. Das Gespräch plätschert strukturlos dahin, wie hoch die Mittagstemperatur war, was gegen die Blattläuse auf den Rosensträuchern zu tun ist, wer an der Reihe ist, den Tisch abzuräumen. Ein kleiner Seufzer entschlüpft den Lippen von Mrs. Flett (Daisy), die plötzlich erschöpft ist und feststellen muß, daß niemand nach einer zweiten Portion Kalbsbraten in Aspik verlangt hat, obwohl reichlich da ist. »Müde?« fragte ihr Mann (Barker) sogleich. »Die Hitze«, sagt sie und fächelt sich mit der flachen Hand Luft zu – als ob das etwas nützen würde –, und er erinnert sie daran, daß das Wetter morgen milder werden soll, so steht es in der Abendzeitung, ein kühler Wind soll von Westen kommen. »Dann kann ich mit dem Rasenmähen ebensogut bis morgen abend warten«, sagt er.

Sie bedenkt ihn mit einem Blick, der unmöglich zu deuten ist. Zärtlichkeit? Aufgebrachtheit?

Er ist plötzlich viel älter, als er es je für möglich gehalten hätte. In wenigen Monaten wird er fünfundsechzig und gezwungen sein, vom Direktorat des Instituts für Agrikulturforschung zurückzutreten. Ein Abschiedsbankett ist geplant, mit Reden und Geschenken und allem möglichen Pipapo – wie seine Frau das vermutlich nennen wird. Und was dann? Der Gedanke macht ihm angst. Als sein Vater fünfundsechzig wurde, war er seltsam im Kopf geworden, hatte seine Siebensachen zusammengepackt, ohne jemandem ein Wort zu sagen, und war auf die Orkneyinseln zurückgekehrt, wo er geboren war, hatte jeglichen Kontakt mit seiner Familie abgebrochen – der allerdings nie sehr eng gewesen war. Der alte Teufel wäre fünfundachtzig Jahre alt, wenn er noch lebte, was allerdings zu bezweifeln stand. Der Nordwind oder das Gift seiner eigenen Gesinnung dürfte ihm unterdessen den Rest gegeben haben, obwohl es ja heißt, daß Zorn einen in Gang halten kann. Wie er wohl aussehen mag? fragt Barker Flett sich unwillkürlich. Nur einundzwanzig Jahre trennen sie, bloße einundzwanzig Jahre. Was einst wie ein großer Unterschied wirkte, ist zur Bedeutungslosigkeit geschrumpft. Die genetische Struktur, seine und die seines Vaters, muß nahezu identisch sein: lange Gliedmaßen, dunkles, grobes Haar, ein kummervoller Mund. Nichts trennt sie jetzt außer der Geographie; wäre der weite Atlantische Ozean nicht, könnten sie beide im Alter Seite an Seite stehen, eher wie Brüder als Vater und Sohn, das Blut verwässert und die Gliedmaßen durch Müßiggang verkümmert.

Müßiggang: Die Vorstellung ängstigt ihn, ebenso seine alten Verlockungen – Alleinsein, Stille.

Was geschieht mit Menschen, wenn ihnen die Arbeit genommen wird? Barker Flett denkt an seinen Schwiegervater, Cuyler Goodwill, der, obwohl bei bester Gesundheit, reduziert ist auf die Banalität des Reisens und die falsche Begeisterung für Gartenprojekte. Nein, er wird sich nicht gestatten, in eine derartige Senilität zu gleiten. Wohlmeinende Freunde haben ihm vorgeschlagen, seine Autobiographie zu schreiben, aber nein, die Oberflächen seines Lebens sind durch die Jahre so geglättet und poliert worden, daß sie kaum noch zu fassen sind; wo würde er anfangen? Er will lieber an seiner Frauenschuhsammlung arbeiten, es ist Jahre her, seit er eine neue Art hinzugefügt hat. Auch wäre da eine Reihe Aufsätze, die er schon immer schreiben wollte, und der Herausgeber des *Recorder*, der Lokalzeitung von Ottawa, hat ihn gebeten, ein paar Artikel – bei weitem weniger wissenschaftlich –, vielleicht sogar eine wöchentliche Kolumne, über Gartenbau in der Region Ottawa-Carleton beizusteuern. Und er will zu seiner alten Gewohnheit zurückkehren und Wochenendausflüge machen, jetzt will er die Kinder mitnehmen und sie, wenn sie auf den stillen Straßen wandern, nach den gebräuchlichen Namen von Bäumen und Sträuchern ausfragen. Er kann nicht verstehen, warum seine Sprößlinge unfähig sind, sich so simple Informationen über die Welt der Natur einzuprägen.

Er fragt sich tatsächlich, womit sie ihre Köpfe füllen. Er fragt sich auch, ob sie sich schämen, mit einem so alten Vater gesehen zu werden. Einem Mann, alt genug, ihr Großvater zu sein, einem Mann, der zwei Weltkriege durchlebt und in keinem gedient hat. Der so gut wie nie im Garten mit ihnen Fangen spielt. Der sie kaum einmal in die Luft schwingt oder ihnen zur Schlafenszeit Unsinn ins Ohr flüstert. Einem Mann, der zu müde ist, am Tagesende den Rasen zu mähen.

Dieser Tag wird für die Familie Flett um dreiundzwanzig Uhr enden. Die Kinder werden natürlich viel früher im Bett sein, nur mit einem dünnen Laken zugedeckt, aber am Fußende wird eine zusammengelegte Decke bereitliegen, die in den kühlen frühen Morgenstunden hochgezogen werden kann. Der Mond wird aufgegangen sein, ein blasser runder Pfirsich vor ihren Fenstern. Die Zweige der Ulmen streifen die Fliegengitter, und das Flüstern der Bäume geht unmittelbar in die Träume der Kinder ein. Wie süß die Luft ist. Wie himmlisch diese nördliche Stadt mitten im Sommer. Wie gut haben es die Mitglieder der Familie Flett, ungeachtet des Altersunterschieds, der geheimen Gedanken und der Tatsache, daß sie wenig gemeinsam haben.

Mr. und Mrs. Barker Flett machen es sich in ihrem großen Doppelbett mit dem Hollywood-Kopfbrett bequem, er mit der neuesten Ausgabe von *The Botanical Journal*, sie blättert in *Better Homes and Gardens*. Ruhe, Schicklichkeit. Eine einzelne Motte huscht zwischen seiner und ihrer Nachttischlampe hin und her. Eine halbe

Stunde später drehen sich die zwei wie von einer Glocke aufgerufen herum, umarmen sich innig und greifen zum Lichtschalter. Trotz der Hitze schlafen sie mühelos ein, jeder fühlt volles Vertrauen zum andern, aber so soll es ja auch sein, oder nicht?

Ihr Schlaf, denkt Barker Flett gerne, ist aus weicherem, dichterem Stoff als der Schlaf anderer Leute. Er hat etwas Sauberes, wie ein geschrubbtes Vlies. Ist das die Liebe, fragt er sich, diese Substanz, die so drückend zwischen ihnen liegt, so farbneutral und doch so fühlbar, daß sie nie erwähnt werden muß? Oder ist die Liebe etwas Geringeres, etwas Schlüpfriges, Geruchloseres, ein transparentes Gas, das auf dem Rücken eines Windes durch die Welt reitet, oder ist sie – und das glaubt er mehr und mehr – nur ein Wort, das versucht, sich auf ein anderes Wort zu besinnen.

Er träumt von Kräutern, die sich am Rande eines Sees verfangen haben, von den Brüsten eines jungen Mädchens, ihren harten Spitzen, von einem riesengroßen zottigen Tier, das ihn durch die Straßen einer fremden Stadt jagt.

ALICE

Alices Mutter hat ihr die Geheimnisse der Fortpflanzung erklärt. Eine entsetzliche Neuigkeit ist das, durch und durch erschütternd, der Zipfel von einem Mann stochert im Pipiloch von einer Frau herum. Die Aufklärung, in einer langen, angespannten Küchensitzung vermittelt, ist alles in allem ekliger als die Geschichte, die Alice von Billy Raabe hat, der eine Straße weiter wohnt; denn Billy zufolge macht der Mann sein Pipi in die Dame rein.

»Nein«, sagt Alices Mutter bestimmt, »diese«, sie macht

eine Pause, »diese Angelegenheit hat nichts mit Urin zu tun. Die betreffende Flüssigkeit enthält Samen, der notwendig ist, wenn in der Mutter ein Baby wachsen soll.«

Die Technik des Austausches erscheint Alice unmöglich.

»Die Mutter und der Vater liegen im Bett«, stößt ihre Mutter seufzend hervor, »und halten sich in den Armen.«

»Wann?« fragt Alice. Ihre eigene Stimme klingt ihr rauh in den Ohren.

Mrs. Fletts Miene wird ungehalten auf diese Frage, die drei kleinen Falten zwischen ihren Augen fächern sich blitzartig auf, aber sie räuspert sich und sagt: »Nun ja, gewöhnlich in der Nacht.«

»In der Nacht? Hier drin? In unserm Haus?«

»Wirklich, Alice.« Jetzt sieht ihre Mutter auf ihre Nagelhäutchen hinunter. Die kleine Teekannenuhr über dem Herd zeigt halb vier. Ein mit Kokos garnierter Kuchen liegt frisch glasiert auf einer rosa Glasplatte.

»Also?« Alice wartet auf eine Antwort. Sie will von dem Thema nicht lassen.

»Ich weiß nicht, was ich sagen soll, Alice. Und es gefällt mir nicht, wie du redest, deine Haltung, dieser finstere Blick.«

Es wird immer schlimmer. Aber Alice kann sich nicht bremsen. »Das ist so scheußlich. Warum muß man so was Scheußliches machen?«

»Wirklich, Alice.«

»Es ist so schrecklich.«

»Nein, es ist nicht schrecklich. Es ist etwas Schönes zwischen einem Mann und einer Frau.«

»Mir wird schlecht davon.«

»Du mußt es mir einfach glauben, es ist etwas Wunderwunderschönes.«

Alice fühlt ihre Eingeweide wimmern, aber sie schafft

es, das Geräusch eingesperrt zu lassen. Der wolkenlose Sommertag ist verdorben. Nichts wird je wieder sein wie vorher. Das Haus ist besudelt, besonders oben das Schlafzimmer ihrer Eltern mit seinem geheimnisvollen schalen Pudergeruch und dem großen Bett mit der harten Matratze und dem Kopfbrett mit den Quasten. Männer und Frauen sind unrein, es war alles lächerliches Getue, ihre Mutter, die sich jeden Morgen in ihrer Kleiderkammer anzieht – die Tür einen Spaltbreit offen, um das Licht einzulassen –, mit dem Rücken zur Tür ihre Unterhose und den Strumpfhalter anzieht und ihre Nylonstrümpfe befestigt. Ihre Mutter öffnet ihren Körper tatsächlich in der Nacht für dieses dunkle behaarte Teil von ihrem Vater – Alice hat sein dunkles Ding von Zeit zu Zeit erspäht –, und sie läßt diese unaussprechliche Sache geschehen. Es ist wie ein dreckiger Witz, der dreckigste Witz, den sie je gehört hat.

Schön nennt ihre Mutter das, aber sie hat ja auch ewig lange von den nackten Statuen in der Kunstgalerie gesprochen und gesagt, die seien auch schön.

Und andere Leute mußten es auch machen – Mrs. Raabe, Mrs. Hassel, ihre Lehrerin Mrs. Strong. Was war mit Esther Williams oder Deborah Kerr oder dem König und der Königin von England? Vielleicht sogar Großmama Goodwill in Indiana. Sie und Großpapa.

»Tun Frauen«, fragt sie ihre Mutter vorsichtig, »das auch noch, wenn sie keine Babys mehr bekommen wollen?«

»Also«, es folgte eine gedehnte Pause, »also, manche tun's und manche nicht.«

Alice fühlt, wie sich das Gleichgewicht des Raumes verschiebt. Sie und ihre Mutter haben sich an den Tisch gesetzt, Bereitschaft zwischen sich; sie wollten dem auf den Grund gehen, was Billy Raabe in der Nachbarschaft verbreitet. Aber nun scheint die Diskussion zu Ende zu gehen. Ihre Mutter zupft an ihrem Daumennagel, zieht ein Stückchen lose Haut ab, dann sieht sie hoch zum Fenster, wo sich die Gardinen einwärts blähen. Alice spürt, daß ihr nur noch eine einzige weitere Frage gestattet ist.

»Und macht ihr – du und Daddy – es noch?«

»Hm...«

Alice hält den Atem an und wartet.

»Hm, ja«, hört sie, und dann fügt ihre Mutter mutig und knapp einen Zusatz an, der zusammengezogen wirkt wie das Zugband eines Beutels. »Manchmal.«

Alice wird die Spargelcremesuppe erbrechen, die es zum Mittagessen gab, sie weiß es. Sie überlegt, ob sie sich an den Ausguß stellen soll, um keine Schweinerei zu machen.

»Aber Alice, du mußt mir versprechen, daß du Warren und Joanie nichts davon sagst, was wir eben besprochen haben. Bis sie groß genug sind, um es zu verstehen.«

Warren und Joan spielen im Garten König und Königin. Alice kann Warren durch die Fliegentür Joan anschreien hören, sie soll ihm seine Krone bringen, und sie hört Joan rufen: »Sehr wohl, Königliche Hoheit, hier ist sie, Königliche Hoheit.«

Heute darf Alice Königin sein, an diesem Nachmittag hat sie keine Lust, nach draußen zu gehen. Sollen sie doch spielen, was sie wollen.

Oh, sie liebt sie, ihren Bruder und ihre Schwester, sie hat vorher nicht gewußt, wie sehr sie sie liebt. Sie sind gesund, schön, vollkommen und unbefleckt von diesem schrecklichen Wissen. Sie werden Mutter und Vater weiterhin ins Gesicht sehen können, ihnen direkt ins Gesicht sehen und lächeln und reden und so tun, als sei nichts geschehen.

»Wie alt bist du?« fragt Warren seine Mutter.

Sie legt auf dem Eßzimmertisch Bettlaken, Kopfkissenbezüge und Küchentücher zusammen. »Dreimal darfst du raten.«

»Mal sehen, in welchem Jahr bist du geboren?«

Sie überlegt, sagt dann; »1905.«

»Und jetzt ist 1947.«

»Ja.«

Er sinnt eine Weile darüber nach. »In welchem Jahr bin ich geboren?« Er hat diese Frage schon mal gestellt, schon oft, vergißt aber immer die Antwort.

»Du bist 1940 geboren. In den frühen Tagen des Krieges.«

Jetzt fällt ihm ein, warum er seine Mutter mit immer derselben Frage plagt. Damit er diesen unheimlichen Satz hören kann – in den frühen Tagen des Krieges. Das Bild einer aufgehenden Sonne schwimmt ihm vor Augen, von blutroter Farbe wie die japanische Flagge, die Billy Raabe in seinem Zimmer an die Wand geheftet hat. Zudem stellt er sich eine gespannte, angstvolle nächtliche Stille vor, die von dem hell tönenden Rat-a-tat-tat von Kugeln gebrochen wird, und diese abgehackten Geräusche werden untermalt von einem tieferen Geschützdonner. Der Krieg. Der Zweite Weltkrieg.

»War das, als das mit Pearl Harbor war?« Er liebt die Worte Pearl Harbor. Er liebt sich selbst dafür, daß er sie behalten hat, sie richtig ausspricht.

»Das war vor Pearl Harbor, ein ganzes Jahr früher.«

»Warum bin ich da geboren?« fragt er.

»Darum.«

»Alice ist vor dem Krieg geboren.«

»Ja.«

»Und Joan?«

Der Kopf seiner Mutter ist heute eingezwängt von Lokkenwicklerreihen. Die Haarnadeln reflektieren Lichtblitze vom Erkerfenster. Sie zählt Kissenbezüge. Er kann ihre Zunge die Ziffern abzählen sehen, während zugleich ihr Daumen den sauberen Stapel hinabfährt – eins, zwei, drei, vier, fünf. »Joan?« sagt sie geistesabwesend, »Joan ist mitten im Krieg geboren.«

Der Krieg ist wie ein breiter, brauner lauer Fluß, in dem die Welt geschwommen ist, nur jetzt, seit dem Sieg, ist da nichts. Der Frieden fühlt sich für Warren kein bißchen anders an. Sein Körper ist derselbe Körper, den er immer hatte, mit seinen zerschrammten Schienbeinen und Knien und knochigen Füßen – und sein Gesicht im Dielenspiegel sieht genauso rund und erstaunt aus wie zuvor. Aber manchmal wacht er nachts mit Bauchschmerzen auf und ruft nach seiner Mutter, die ihm ein Glas mit irgendwas Sprudelndem drin zu trinken gibt und ihm sagt, er habe sich den Magen verdorben und es würde ihm nichts fehlen, wenn er nur sein Essen nicht so schnell hinunterschlingen wollte. Aber er weiß, daß es der Krieg ist, der ihm Bauchschmerzen macht, die Tatsache, daß der Krieg vorbei ist und es nichts gibt, was ihn, Warren, aufrecht und in Schwung hält.

Er, Alice und Joan sind aneinandergereiht wie die Püppchen, die Alice aus Zeitungspapier ausschneidet, diese Vorstellung hat er von sich und seinen Schwestern. Er befindet sich in der Mitte, immer in der Mitte, derjenige, der in den frühen Tagen des Krieges geboren ist, dies ist der Gedanke, an den er sich klammern muß. Es hat etwas Erregendes, dieses Wissen. Und da ist auch ein Ehrenmal, ein Platz, reserviert für ihn, Warren Magnus Flett, geboren in der blutroten Dämmerung des Krieges.

Er denkt fast nie an die Zukunft, obwohl er vage begreift, daß er irgendwann erwachsen sein, die Haare mit Wasser zurückkämmen und sich den großen Jungen anschließen wird, die in der Gasse Tratzball spielen. Und plötzlich kommt ihm der Gedanke, daß seiner Familie noch ein Baby geboren werden könnte, ein Nachkriegsbaby. Er kann sich nicht erklären, wieso er nicht schon früher an diese Möglichkeit gedacht hat, und ihm ist übel, so als würden seine Bauchschmerzen anfangen. Er erwägt, seine Mutter nach einem neuen Baby zu fragen, aber die Frage kommt ihm albern vor. Er weiß nicht, wie er das Thema zur Sprache bringen, welche Worte er verwenden soll. Sie könnte ihn auslachen, oder aber sie könnte das Handtuch, das sie zusammenfaltet, hinlegen und sagen, ja sicher, natürlich werden wir ein neues Baby haben, was hat er denn erwartet!

Ein neues Baby würde alles verderben. Wo würde es schlafen? Welchen Namen könnte man ihm geben? Es würde schwach auf die Welt kommen, ohne Muskeln, zu schwach und krank und hilflos, um zu überleben.

Seine Mutter scheint seine Gedanken zu lesen. Sie hat es schon mal getan, und heute, an diesem trägen Nachmittag, tut sie es abermals. »Dein Vater und ich sind zu alt, um noch ein Baby zu bekommen«, sagt sie.

Als er dies hört, fühlt er sich von Glück ergriffen, nicht wegen ihrer Versicherung, daß es kein Nachkriegsbaby geben wird, sondern weil seine Mutter diese Versicherung auf eine stille, ernste Art von sich gab, wie er sie noch nie bei ihr vernommen hat. Verschwunden sind ihre spöttische Stimme, ihr übliches Schelten und Beschwatzen, ihre singenden und murmelnden und schnalzenden Töne. Diese neue Stimme durchbricht die anderen, eine Verirrung, und doch begreift er sofort, daß er, vielleicht zum ersten Mal, ihr wahres Ich sprechen hört. »Was?« sagt er.

»Du meinst ›wie bitte‹?«

»Wie bitte?«

Sie sieht ihn behutsam an, erkennt ihn und sagt es noch einmal: »Dein Vater und ich sind zu alt, um noch ein Baby zu bekommen.«

JOAN

Joan steckt so voller Geheimnisse, daß sie manchmal glaubt, sie wird platzen. Wenn ihre Mutter sie abends ins Bett bringt, beugt sie sich herab, küßt sie auf beide Wangen, sagt »meine Süße« und ahnt nicht mal im Traum etwas von den vielen Geheimnissen, mit denen der Kopf ihres kleinen Mädchens vollgestopft ist.

Bereits mit fünf Jahren hat Joan begriffen, daß es ihr bestimmt ist, zwei Leben zu leben, ein Dasein, das für die Menschen um sie herum sichtbar ist, und eines, das unsichtbar in ihrem Kopf sprießt.

Sie weiß alle möglichen Tatsachen, Tatsachen, die sich niemand anders vorstellen kann.

Das Radio zum Beispiel. Eines Tages ist es ihr gelungen, sich in die staubige Enge hinter den Schrank mit dem Northern-Electric-Gerät im Wohnzimmer zu quetschen, ein Radio, das ihr Vater als Vorkriegsware bezeichnet, und sie hat durch das Maschengeflecht die roten sirrenden Lichter eines Hügeldorfes erspäht. Natürlich hat sie niemandem etwas davon gesagt, hat höchstens vielleicht ein-, zweimal ihrer Mutter im Flüsterton etwas angedeutet.

Sie hat entdeckt, wie sie einen leeren Augenblick füllen kann, sollte sich einer ergeben. Wenn sonst nichts zu tun ist, kann sie immer an die Ecke gehen, wo Torrington Crescent und The Driveway zusammentreffen, und dort, vor Mrs. Bregmans großem braunen Haus, kann sie auf dem Vorgartenrasen den grasbewachsenen Hang hinunterkullern. Niemand hat gesagt, sie darf das nicht, niemand scheint daran gedacht zu haben. Nun ist es allerdings so, daß sie kaum jemals an die Ecke geht, um den Hang hinunterzukullern, aber sie mag es, sich die Möglichkeit offenzuhalten. Oder sie kann vor ihrem eigenen Haus auf dem Bürgersteig hüpfen. Hüpfen lernen hat Kontrolle in ihr Leben gebracht. Immer wenn sie ganz traurig ist, wechselt sie in diese muntere Gangart, schlitternd, hopsend und wieder schlitternd; wenn sie dies macht, scheint es, als würde ihr Kopf sich von ihrem Körper trennen, so daß ihr schwindelt und die bösen Gedanken sie verlassen. Kennt sonst noch jemand auf der Welt diesen Trick, fragt sie sich. Wahrscheinlich nicht, wenngleich ihre Mutter ihr manchmal vom Fenster aus zuwinkt, winkt und lächelt.

Ein Abziehbild – ein schwarzer Schwan, der durch grünes Schilf schwimmt – klebt auf dem Deckel des Wäschekorbes im Badezimmer. Sie erinnert sich, wie sie ihrer Mutter beim Aufbringen dieser Dekoration zugeschaut hat; zuerst wurde das Abziehbild in ein Waschbecken voll Wasser gelegt, dann die durchsichtige Folie sorgfältig abgezogen und der Schwan genau in die Mitte des Klappdeckels gelegt und mit einem nassen Tuch glattgestrichen. Für Joan war dies ein schöner Moment gewesen. Trotzdem, jedesmal, wenn sie allein im Badezimmer ist, kratzt sie mit dem Daumennagel an dem Schwan. Es ist ihr so weit gelungen, die Ränder ringsum zu lösen, und sie rechnet damit, jede Minute gescholten zu werden, doch zugleich weiß sie sich von Macht erfüllt, imstande, jeder Gefahr zu entschlüpfen.

Mrs. Fletts drei Kinder scheinen sich ständig zu streiten –
dies ist jedenfalls ihr Eindruck. Es bricht ihr das Herz, sagt
sie, die aufgewachsen ist ohne Brüder und Schwestern
zum Spielen.

Aber in Wirklichkeit durchleben Alice, Warren und
Joanie lange harmonische Phasen, besonders im Sommer,
wenn die anderen Kinder der Nachbarschaft in die Ferien
gefahren sind. Die drei vertiefen sich in ausgeklügelte
Spiele und Bauprojekte – erst letzte Woche haben sie die
Weinlaube mit Decken verhängt und den zeltartigen
Raum mit Pappkartons, Apfelsinenkisten und alten Stoff-
bahnen aus dem Nähschrank ihrer Mutter ausstaffiert.
Hier, in dem dämmrig durchsickernden Licht, knien die
drei um einen Apfelsinenkistentisch, verzehren Graham-
cracker und Eiswasser und schwelgen in friedlicher Nostalgie.

Ihre Nostalgie ist außergewöhnlich, ein jedes spürt ihren Reichtum. Sie reden und reden; ein ganzer Nachmittag vergeht, während sie sich abwechseln im Vergleichen
und Wiederholen ihrer getrennten und gemeinsamen
Erinnerungen und jedesmal vor Wonne schaudern, wenn
wieder ein Bruchstück aus der Vergangenheit ans Licht
geholt wird. Zwischen diesen alten Abenteuern zu leben,
das finden sie schön. Wißt ihr noch, wie wir im Buffalo
Lake schwimmen waren, wie sandig der Boden war – und
das Wasser warm wie in der Badewanne – und wie wir
hinterher an einer Bude Limonade mit Eiswürfeln getrunken haben. Wißt ihr noch, wie wir auf der Weltausstel-
lung Riesenrad gefahren sind und wie Joanie ganz grün
geworden ist. (»Ist das wirklich wahr?« staunt sie, selig bei
dem Gedanken.) Wißt ihr noch, wie wir einmal Mr.
Wrightman besucht haben, den mit der eisernen Lunge,

dem ist der Sabber aus dem Mund gelaufen, und er hat es nicht mal gemerkt. Wißt ihr noch, wie Billy Raabe hinten in der Gasse vom Fahrrad gefallen ist und sich den Vorderzahn ausgeschlagen hat und seine Mutter ihn ins Krankenhaus gefahren hat, und der ganze Rücksitz vom Auto war voll von seinem Blut, und sie haben die Flecken nie rausgekriegt. Wißt ihr noch, wie wir mit den Jacksons mit Kletten Krieg gespielt haben, und Jeannie Jacksons Mutter mußte ihr die Kletten aus den Haaren schneiden, ihre schönen langen goldenen Haare, wie eine Prinzessin.

Am Rande eines jeden Erlebnisses ist das gebrochene Licht der Erinnerung eingefangen wie ein Bild in einem facettierten Spiegel.

Alice, herrisch, aufgeregt, übernimmt die Führung bei diesen Rückbesinnungen, und Warren und Joan springen ein, bestätigend, bestärkend, auch erfinderisch. Sie erschauern in der Hitze ihrer eigenen dramatischen Erlebnisse, voll Ehrfurcht vor der Verdopplung der Erinnerung, die sie gepackt hält, geheimnisvoller als Telefondrähte oder der Heiligenschein um das Haupt des Jesuskindes. Die Erinnerung ließ sich mit einem Stock anstacheln, man konnte sie im Mund zergehen lassen wie ein Eis am Stiel, man konnte nie genug davon bekommen.

Und wißt ihr noch, wie Cousine Beverly zu Besuch da war? Am Ende kommen sie immer auf Cousine Beverlys Besuch zurück, einen Besuch, der in ferner Vergangenheit liegt, ein Jahr zurück, vielleicht sogar zwei Jahre.

Niemand hatte gewußt, daß sie kommen würde. Sie war einfach eines Nachmittags erschienen, in ihrer Marinehelferinnenuniform, hatte einfach an der Tür geklingelt, am Vordereingang, und gesagt: »Hallo, da bin ich, ich bin eure Cousine Beverly aus Saskatchewan.«

Natürlich hatten sie von Beverly gehört, einer von sechs Cousinen – Juanita, Rosalie, Arleen, Lillian und Daphne waren die anderen. Sie wohnten in einem Ort namens Climax, Saskatchewan. Ihre Mutter war Tante Fan, die war mit Onkel Andrew verheiratet, der war der Bruder von ihrem Vater, ein Pastor in der Baptistenkirche. Jedes Jahr packt Mrs. Flett, die Mutter der Kinder, ein großes Weihnachtspaket für die Cousinen in Saskatchewan – ein neues Brettspiel, Nachthemden aus Baumwollflanell, Wollhandschuhe, ein großer runder Früchtekuchen –, und jedesmal, wenn sie die Namenskärtchen anbringt, schüttelt sie den Kopf und sagt: »Diese Familie, die kommen wohl nie auf einen grünen Zweig.«

Und nun war Beverly da, ganz erwachsen – damit hatten die Flett-Kinder nicht gerechnet. Sie hockte mitten auf dem Polstersofa und trank eine Tasse Tee. »Schmeckt lecker«, sagte sie in munterem, zuvorkommendem Ton zu ihrer Tante, als würden sie sich gut kennen und öfter so beim Tee beisammensitzen. Alice und Warren hockten links und rechts von ihr. (Wo war ihr Vater an jenem Nachmittag? In Toronto vermutlich oder in Montreal – er schien fortwährend in einen Zug zu steigen und für ein paar Tage zu verschwinden.)

Cousine Beverlys Marinemütze saß adrett auf ihrem Haar, aber sie konnten sehen, daß sie den Kopf voll kurzer Löckchen hatte, vermutlich eine Dauerwelle oder auch naturgelockt wie Shirley Temple. Sie war soeben aus England zurückgekehrt, wo sie »mitten im Getümmel« gewesen war. Sie lachte laut, als sie das mit dem Getümmel sagte. »O Mann«, sagte sie, immer noch lachend, »da sind uns vielleicht die Augen aufgegangen.«

Sie ließ Alice ihre Mütze aufprobieren. Sie mußte sie mit Haarklämmerchen feststecken, das war umständlich, aber es machte ihr nichts aus. »He, siehst richtig niedlich aus«, sagte sie, »wie eine lebendige Puppe.«

»Hast du auch Menschenleben gerettet?« fragte Warren. Er flüsterte es zuerst und mußte es dann noch einmal sagen, lauter.

Sie lachte laut heraus. »Hm, ich denke, ich hab' ein paarmal meine eigene Haut gerettet.« Sollte das ein Scherz sein? Alice war sich nicht sicher.

Aber plötzlich wich der scherzhafte Ausdruck aus Cousine Beverlys Gesicht. Sie wurde für ein paar Minuten traurig, erzählte ihnen von den Soldaten am Tag der Landung in der Normandie, die im Dunkeln Kampfeinsätze geflogen und Bomben auf den Feind geworfen hatten. Dann erzählte sie ihnen von einem Flieger, der über dem Ärmelkanal abgeschossen worden war. »Der arme Kerl«, sagte sie, »er konnte aus irgendeinem Grund seine Fallschirmleine nicht greifen, und als man seine Leiche fand, sah man, daß er ein Loch durch seine Lederjacke gebohrt hatte, so fest hatte er gesucht.«

Eine Menschenhand, die ein Loch durch eine Lederjacke bohrte! In der verzweifelten Minute, während er vom Himmel fiel! Wie ist so etwas zu erklären? Tja, das war wohl eine Art Wunder, sagte Cousine Beverly, wenn auch kein glückliches, wie sonst die meisten Wunder. Einem anderen Mann waren beide Beine abgeschossen worden, aber er war wenigstens am Leben, wenigstens war ihm der Kopf nicht zu Brei zermatscht worden wie einem anderen Burschen, den sie gekannt hatte...

Sie hätten Cousine Beverly den ganzen Tag vom Krieg erzählen hören mögen, aber ihre Mutter unterbrach sie. »Erzähl mir, wie es deinen Eltern geht«, sagte sie. »Und deinen Schwestern daheim.« Und dann sagte sie: »Wann genau fährt dein Zug? Wir wollen doch sichergehen, daß du rechtzeitig zum Bahnhof kommst.«

Danach konnte Alice nicht aufhören an Cousine Beverly zu denken. Cousine Beverlys Besuch lief in ihrem Kopf ab wie ein Film. Ihre Schönheit. Ihre Locken. Ihr

roter Mund. Ihre hellbraunen Strümpfe und die blank-
gewichsten Schuhe. Ihre Marinehelferinnenuniform mit
dem kurzen Rock, ihr kreischendes Auflachen, die Art,
wie sie die hübschen schmalen Schultern hochzog, als sie
von dem Flieger erzählte, der vom Himmel gefallen war
und ein Loch durch seine Lederjacke gebohrt hatte. Cousine Beverly war im Besitz von schrecklichen Geschichten, trotzdem war sie imstande, in der Welt herumzulaufen und fröhlich und witzig zu sein. Sie war unangemel-
det gekommen, war einfach ihre Straße entlangmar-
schiert, hatte an ihrer Tür geklingelt und gesagt: Da bin
ich. Aber im Nu – nach ein, zwei Stunden – war sie
wieder verschwunden. (»Tschüßchen, Kinderchen.
Macht's gut.«) Wie weit weg war Saskatchewan? Wenn
Alice abends im Bett liegt, scheint sie das fortgesetzte
Dröhnen großer Entfernungen zu hören, eine vibrie-
rende Leere. Sie bildet sich ein, eine wogende Welle sas-
katchewanscher Luft riechen zu können, ein Geruch
nach Würze und Kälte.

»Kommt Cousine Beverly irgendwann wieder?« fragte
Alice ihre Mutter einmal. Aus irgendeinem Grund
brauchte sie lange Zeit, bis sie auf dieses Thema zu sprechen kam.

»Darauf würde ich nicht wetten«, sagte Mrs. Flett be-
dächtig.

»Ist sie nicht wunderbar«, hauchte Alice.

»Na ja«, sagte Mrs. Flett schließlich, »jedenfalls hat sie
jede Menge Temperament.« Während sie das sagte, ver-
drehte sie die Augen nach oben wie jemand, der versucht, sich auf das Ende einer alten Geschichte zu besinnen, und stieß dann einen langen Seufzer aus.

Wenn Alice in diesen Seufzer hineinsieht oder in das
Drumherum, begreift sie, daß dem Laut etwas Läutern-
des anhaftet und auch etwas Zurückgehaltenes, eine le-

benswichtige Information, die ihr vorenthalten wird, bis
sie »alt genug« ist. Alpträume, Scham, Enthüllung, Verur-
teilung, die Last des Versagens – all dies steht ihr bevor.
Sie kann es nicht ertragen, an die Zukunft zu denken. Das
ist, wie wenn man sich auf den eigenen Atem konzentriert:
Sobald man anfängt, an die Luft zu denken, die zum
Körper hinein- und wieder hinausströmt, bleibt einem der
Atem im Hals stecken, so daß man versteht, wie leicht es
sein würde, umzufallen und zu sterben.

EIN ZUSAMMENGEFALTETER BRIEF
IN MRS. FLETTS KOMMODENSCHUBLADE

Liebe Daisy!

Hiermit teile ich Dir mit, daß unsere Beverly nach ihrer
langen Reise gestern nachmittag zu Hause angekommen
ist. Der Zug war überfüllt mit heimkehrenden Soldaten,
und dann war gleich hinter Winnipeg die Heizung defekt,
so daß sie sich eine fürchterliche Erkältung geholt hat, mit
Schnupfen und ganz argen Halsschmerzen. Ich muß Dir
sagen, sie war sehr verletzt durch die Art und Weise, wie
sie in Deinem Haus behandelt wurde; Du hast sie nicht
gebeten, zum Abendessen zu bleiben, und ihr kein Bett
für die Nacht angeboten, hast sie einfach rausgeworfen, so
kam es ihr jedenfalls vor. Vielleicht wäre es anders gekommen, wenn ihr Onkel dagewesen wäre, wer weiß. Hätte sie
nur den Frühzug genommen, dann wäre sie womöglich
nicht so krank geworden. Sie kann es einfach nicht verstehen, sie dachte, Du würdest Dich über die Maßen freuen,
Deine Nichte aus dem Westen kennenzulernen, die Du
noch nie zu Gesicht bekommen hast und die ihrem Vaterland gedient hat. Ihr Dad und ich können es auch nicht

verstehen, vielleicht hat man ja im Osten andere Manieren als hier bei uns, wo wir alle und jeden willkommen heißen.

Mit verbindlichem Gruß,
Deine Schwägerin
Fan Flett

MRS. FLETTS ALTER VATER

Cuyler Goodwill ist siebzig Jahre alt, ein magisches Alter, und seine Frau Maria (das heißt seine zweite Frau) feierte kürzlich ihren ... hm, niemand weiß, wie alt Maria ist. Mr. Goodwill, Steinhauer von Beruf und später ein berühmter Unternehmer im Staat Indiana, lebt jetzt im Ruhestand. Er und seine Frau haben vor kurzem ihr schönes altes Haus in Bloomington verkauft und ein Häuschen am Lake Lemon erworben, gut fünfundzwanzig Meilen außerhalb der Stadtgrenze. Warum haben sie ihr behagliches Heim für dieses Häuschen am Seeufer verkauft? Weil Maria auf dem Land wohnen wollte, wo sie im Vorgarten Gemüse anbauen kann, ohne daß die Nachbarn lauthals protestieren. Und Cuyler Goodwill wünschte sich einen Garten mit viel Platz, um eine Pyramide zu bauen.

Er plant diese Pyramide nun schon seit einem Jahr, seit er und Maria von ihrer Nilkreuzfahrt zurückgekehrt sind. Fast jeden Tag hat er, als sie in Ägypten waren, Postkarten an seine Enkelkinder in Ottawa, Kanada, geschickt. »Liebe Alice (oder Warren oder Joanie), Du solltest die Pyramiden sehen, die es hier gibt. Die größte hat zwei Millionen Kalksteinblöcke, und jeder Stein wiegt zweieinhalb Tonnen.«

Er hat seiner Tochter Daisy in einem Brief geschrieben,

daß die klassische Pyramidenform nach der Schräge der auf die Erde fallenden Sonnenstrahlen ausgerichtet ist.

»Unsinn«, sagte Daisys Ehemann, »die Sonnenstrahlen fallen gerade herunter, nicht im Winkel.«

»Ist doch egal«, sagte Daisy obenhin, »es hält ihn beschäftigt.«

Die Pyramide soll zwei Yard im Quadrat werden, eine Miniaturnachbildung der echten. Er hat die Proportionen nach dem Modell der Cheopspyramide erarbeitet. So klein sind seine Steinblöcke (kleiner als seine Fingerspitze, dreiachtel Zoll im Quadrat), daß er sechs oder sieben davon in die Hand nehmen kann. Die Außenverkleidung wird aus reinweißem Indiana-Kalkstein sein, aber für das Innere beabsichtigt er Sandstein, Marmor, Granit, Schiefer, alles mögliche zu nehmen. Mörtel? Ja, beschließt er, eine ganz dünne Mischung, eigentlich mehr wie Leim. Die Ägypter konnten ohne Mörtel bauen, aber seine Steine sind zu klein und somit zu leicht. Sein Ziel ist es, Steine aus aller Welt zu verwenden. Er hat Lavagestein von den Hawaii-Inseln mitgebracht, wo er und Maria die Ostertage verlebt haben, und er hat Gesteinsproben aus Manitoba, Ontario, Tennessee, Michigan, Vermont, Frankreich (Burgund), Italien, Finnland und von den Britischen Inseln erhalten. Er hat von Kalksteinflözen in Südafrika gehört, und er und Maria sind zur Zeit dort in Urlaub; sie besichtigen die Sehenswürdigkeiten und halten Ausschau nach neuen Steinbrüchen und neuen Steinvarianten. Durch seine Gedanken und auch durch seine Träume geistern die warmen, sonnenerhellten Oberflächen noch unberührter Felsplatten. Hier, an diesen neu entdeckten Gefilden, verlangt es ihn, mit seinem Hammer eine Probe herauszuklopfen, um sie, in dicke Lagen Zeitungspapier eingeschlagen, nach Hause zu tragen. (Sein Lieblingswitz handelt von einem

Gepäckträger, der ihn gefragt hat, ob er Steine in seinem Koffer habe, der sei so schwer.)

»Er ist besessen«, sagt seine Tochter Daisy, aber sie sagt es froh. Im allgemeinen glaubt sie, daß besessene alte Menschen besser dran sind als ausgeleerte.

Wozu dient die Pyramide? Eine Menge Leute stellen Daisy diese Frage, und sie weiß nicht, was sie sagen soll. Ist sie als sein eigener Grabstein gedacht? Nein, er und Maria haben schon Friedhofsparzellen in Bloomington gekauft. Soll sie eine Art Denkmal für jemanden sein? Schon möglich; niemand ist zu ihm gegangen und hat die Frage gestellt.

Er hat das Selbstvertrauen eines Mannes, der erwartet, daß andere seinen ausgefallensten Projekten Beifall zollen. Er nimmt sich auch Zeit; dies ist eine bedeutende Konstruktion, etwas mehr als zwei Millionen winzige Steinstücke müssen an ihren Platz gesetzt werden. Genau in der Mitte unter dem Fundament ist eine Kassette mit Zeitdokumenten eingegraben. Er hat seinen drei Enkelkindern in Ottawa geschrieben und sie um Beiträge gebeten. Etwas Kleines, meinte er, und Zeittypisches. Die kleine Joan hat, von ihrem Vater angeregt, eine Zweipenny-Briefmarke mit dem Konterfei des Königs geschickt. Warren hat ein gepreßtes Ahornblatt geschickt. Und Alice hat nach langem Überlegen eine aus der Lokalzeitung ausgeschnittene Schlagzeile geschickt: PRINZESSIN ELISABETH UND PRINZ PHILIP HEIRATEN IM NOVEMBER.

Diese Dinge – Briefmarke, Blatt und Zeitungszeile – hat Cuyler Goodwill in eine luftdicht verschließbare Metallkassette gelegt. Maria, seine zweite Frau, hat ein Tütchen mit Fenchelsamen beigesteuert. Goodwill selbst, der exzentrische alte Narr, hat in letzter Minute den Trauring hinzugefügt, der seiner ersten Frau gehört hat.

Der Ring ist aus Gelbgold mit einem feinen gestanzten

Rand. Das Hochzeitsdatum, 15. Juni 1903, ist innen eingraviert, ebenso die Initialen von Braut und Bräutigam.
Goodwill weiß noch genau, was er für den Ring bezahlt
hat, vier Dollar und fünfundzwanzig Cent. Achtzehnkarä-
tiges Gold, beim Versandhaus Eaton's bestellt. Er erinnert
sich, daß er, als seine junge Frau zwei Jahre später bei der
Geburt des Kindes starb, sich mit der Frage gequält hat, ob
er den Ring vor dem Begräbnis abziehen soll oder nicht;
was war allgemein üblich? Wie handhaben das die Leute?
Er hatte keine Ahnung.

Es war die Frau des Arztes, eine Mrs. Spears, die ihm
zuredete, den Ring als Andenken zu behalten; sie half ihm
auch, ihn zu entfernen, indem sie zuerst ein bißchen Fett
auf den Finger seiner toten Frau strich und den Ring dann
abzog. Mrs. Spears' Stimme war beim Vollzug dieser
Handlung überaus zärtlich gewesen. »Bewahren Sie ihn,
Mr. Goodwill«, sagte sie, und aus ihrem Gesicht sprach
nichts als Güte, »damit Sie ihn Ihrer Tochter geben können, wenn sie erwachsen ist.«

Und dies war immer seine Absicht gewesen, den Ring
seinem lieben Kind zu schenken, eine Zeremonie daraus
zu machen, einen Augenblick der Erleuchtung, in dem er
ein einziges Mal die Stränge seines Lebens vereinte und
ausdrückte, welch reiche Segnungen ihm zuteil geworden
waren.

Aber er hat neuerdings das Gefühl, die Richtung in
seinem Leben verloren zu haben. Das Alter hat ihn unbeholfen gemacht, Körper wie Geist, und er ist am Ende
außerstande, die Szene zu verwirklichen oder, in letzter
Zeit, sie sich auch nur vorzustellen. Welche Worte würde
er finden, um dem Augenblick Bedeutung zu verleihen?
Und welche Worte würde seine Tochter zur Erwiderung
wählen? Mit einem Dankeschön wäre es nicht getan. Mit
Dankbarkeit allein wäre es nicht getan. Sprache und Ge-

stik würden nicht genügen, nicht in dem dünnen Äther
der Welt, die er jetzt bewohnt. Es war weit weniger müh-
sam, diesen Schatz unter einer Steinmasse zu begraben –
seiner Pyramide, dicht, schwer, vielschichtig, voller Geheimnisse: eine Art Maschinerie. Seine Darstellung der
Endgültigkeit. Oder eines verzichtenden Achselzuckens.

MRS. FLETTS ALTE SCHULFREUNDIN

Fraidy Hoyt und Daisy Goodwill Flett sind in Indiana
zusammen zur Schule gegangen. Sie haben bei den Goodwills in Bloomington auf der Veranda vor dem Haus gesessen und sich eine Tüte Jay's Kartoffelchips geteilt. Sie
sind auch zusammen aufs College gegangen und derselben Studentinnenverbindung beigetreten, Alpha Zeta,
und seither sind sie immer in Kontakt geblieben. Das
heißt, sie haben sich drei-, viermal im Jahr geschrieben
und sich witzige Geschenke zum Geburtstag und zu Weihnachten geschickt. Gesehen haben sie sich seit Jahren
nicht, aber schließlich, im August 1947, ist Fraidy in den
Zug gestiegen und zu einem einwöchigen Besuch nach
Ottawa gefahren.

Als sie dort war, dachte sie: Hier ist Daisy Goodwill mit
einem angesehenen Ehemann und einem großen gepfleg-
ten Haus und drei hübschen Kindern. Daisy hat alles, was
jede von uns sich immer gewünscht hat. Wogegen ich alles
verpaßt habe; kein Ehemann, keine Kinder, kein richtiges
Heim, nur eine winzig kleine Wohnung, nicht mal ein
Garten. Oh, Daisys Garten! Sie kann morgens aufstehen
und, wenn sie will, den ganzen Tag schneiden und jäten
und umpflanzen und Schönheit in die Welt bringen. Während ich an der Arbeit sitze. Gefesselt an einen Schreib-

tisch und an die Uhr. Und es verpasse, eine richtige Frau zu sein. Alles verpasse.

Oder aber Fraidy Hoyt dachte: Ach, arme Daisy. Mein Gott, sie ist dick geworden. Und respektabel. Obwohl, wie kann man respektabel sein, wenn man den ganzen Tag in diesen scheußlichen gekrausten Röcken rumläuft – soll ich es ihr sagen? Eine kleine Andeutung fallenlassen? Und wie ihre Nagelhäutchen aussehen. Ich glaube, sie hat seit zehn Jahren kein Buch mehr gelesen. Und, herrje, man muß sich bloß mal dieses Gästezimmer ansehen, überall diese gräßlichen rosa Muscheln. Ich ersticke. Noch vier Tage. Und diese gehäkelte Tagesdecke, auf die sie so verflixt stolz ist, kein Mensch hat heute noch gehäkelte Tagesdecken, man kriegt schon Alpträume, wenn man sie bloß anfaßt. Am liebsten möchte ich das ganze verdammte Dings aufriffeln, ich könnte es auch, müßte bloß einmal kurz zupfen. Die Bälger treiben mich zum Wahnsinn, den ganzen Tag quengeln sie und schleichen herum, dann putzen sie sich wie Püppchen heraus für die Heimkehr des großen Mannes am Tagesende. Führen ein Spielchen auf, an jedem scheinheiligen Tag ihres Lebens.

Und: Was kann ich ihr sagen? Was gibt es noch zu sagen? Ich sehe, du atmest noch, Daisy. Ich sehe, du puderst dir immer noch die Nase mit Woodbury Gesichtspuder. Ich stelle fest, dein Mann geht dauernd zu »Sitzungen« nach Toronto oder Montreal, und ich frage mich, ob du eine Ahnung hast, was er in den Städten treibt. Ich bemerke, du wachst immer noch morgens auf und gehst abends ins Bett. Wenn das nicht interessant ist. Ich glaube, dein Leben ist noch im Gange, es stellt noch was an mit dir, nicht? Schön, schön.

Mrs. Fletts intime Beziehungen mit ihrem Ehemann

In dem tiefen, glühenden, aufrichtigen Wunsch, eine gute Ehefrau und Mutter zu sein, liest Mrs. Flett jede Ausgabe von *Good Housekeeping*.

Auch von *McCalls* und *The Canadian Home Companion*. Und hin und wieder stößt sie zwischen Kosmetikreklamen und Kochrezepten auf Artikel, wie eine Frau ihren Mann im Bett beglücken kann. Oft sind auch Briefe von Frauen abgedruckt, die Rat für bestimmte Probleme beim Geschlechtsverkehr suchen. Eine schrieb kürzlich: »Mein Mann will immer montags abends mit mir schmusen, wenn er vom Kegeln kommt. Leider habe ich montags Waschtag und bin am Abend zu erledigt, um ihm eine aufgeweckte Partnerin zu sein.« Der erteilte Rat lautete kurz und bündig: »Waschen Sie dienstags.« Worauf Mrs. Flett lächeln mußte. Sie lachte tatsächlich laut auf und wünschte, ihre Freundin Fraidy wäre da, um sie lachen zu hören. Eine andere Frau schrieb: »Mein Mann hat einen sehr starken körperlichen Trieb und verlangt jede Nacht intime Beziehungen. Ist das normal?« Antwort: »Es gibt keine normalen oder abnormalen sexuellen Verhaltensmuster. Was im Schlafzimmer von Eheleuten vor sich geht, ist geheiligt.« Dieser Ratschlag stellte Mrs. Flett alles andere als zufrieden; ja, sie ist sich nicht ganz sicher, was gemeint ist.

Sie glaubt jedoch, daß »jede Nacht« zuviel des Guten wäre.

Dennoch, sie ist immer vorbereitet, nur für den Fall — ihr Pessar ist eingeführt, obwohl sie sich abgestoßen fühlt von seinem gelblichen, fauligen Aussehen und dem kalten, übelriechenden Gel, mit dem sie seinen Rand einstreicht. Es ist umständlich, und neun von zehn Malen ist es nicht nötig, aber es scheint, hiermit muß sie sich abfinden. »Bemühen Sie sich, Ihrem Mann das Gefühl zu geben, daß Sie stets bereit sind für seine dringlichen Wünsche, auch wenn sein eigentliches Liebesspiel sporadisch und unvorhersehbar sein mag.«

Unvorhersehbar, ja, obwohl es zwei feste Zeiten gibt, wo Mrs. Flett einer Episode der Inbrunst absolut sicher sein kann: bevor ihr Mann die Stadt verläßt (als eine Art Schutzimpfung, denkt sie manchmal) und bei seiner Rückkehr. Und heute abend, an einem Mittwoch mitten im September, wird er nach einigen in Winnipeg verbrachten Tagen mit dem Spätzug zurückkehren. Das Haus ist in Ordnung, die Kinder schlafen, sie selbst ist gebadet, gepudert, versehen mit Pessar und weichfließendem Nachthemd. »Das Tragen von Schlafanzügen hat so manchen Mann dazu getrieben, die Erfüllung anderswo zu suchen.«

Sie ist gespannt, wie seine Stimmung sein wird.

In letzter Zeit ist er bedrückt gewesen. Gesagt hat er nichts, aber sie kann es spüren. Sein fünfundsechzigster Geburtstag rückt näher; sie weiß, der Ruhestand macht ihm Sorgen, die weite Leere der Zeit, die er vor sich hat, und wie er damit zurechtkommen wird. Schlimmer als Müßiggang aber ist das Gefühl, von der Welt abgeschnitten zu werden. Neuerdings spricht er öfter von seinen zwei Brüdern in Westkanada, und er erwähnt ihre Namen stets mit einem Anflug von Kummer. Mit Simon in Edmonton, einem Trinker, hat er seit Jahren keine Verbindung mehr, und zwischen Barker und seinen Bruder Andrew in Saskatchewan hat sich Kälte gesenkt. Früher hat Andrew oft geschrieben, meistens allerdings, um Geld zu erbitten, aber in den letzten zwei Jahren kam nur gelegentlich ein forscher Brief oder ein Urlaubsgruß.

Mrs. Flett weiß auch, daß ihr Mann oft an seinen Vater

auf den Orkneyinseln denkt. Er überlegt sich, ob er hinschreiben und Nachforschungen anstellen soll, aber die Monate vergehen, und er schiebt das Schreiben hinaus, fast so, als könne er es nicht ertragen, zu erfahren, was geschehen war. Auch sie denkt oft an ihren Schwiegervater, Magnus Flett, dem sie nie begegnet ist und den sie sich als eine tragische Gestalt vorstellt, von seiner Frau verlassen, von seinen drei Söhnen aufgegeben, verachtet, ohne jede Bindung. In gewisser Weise liebt sie ihn mehr als Barker, ihren Ehemann. Was hatte Magnus Flett getan, um eine solche Strafe zu verdienen? Die Frage rührt an ihr Mitgefühl, verschwindet nie ganz aus ihrem Bewußtsein.

Doch jetzt – zu spät – verlangt es seinen Sohn Barker nach einem Wiedersehen.

Vor kurzem ist eine andere Familienbindung von Barker Flett neu geknüpft worden, die wichtigste aller Lebensbindungen – nämlich die zwischen Sohn und Mutter. In den letzten Tagen ist Barker Flett nicht auf seiner üblichen Runde von Agrikulturversammlungen in Winnipeg gewesen, sondern um der Einweihungsfeier des Clarentine-Flett-Gewächshauses beizuwohnen, eines großartigen Glaskuppelbaus mitten im Assiniboinepark. Der Stifter ist ein gewisser Valdi Goodmansen, der berühmte, millionenschwere Fleischwarenhersteller und Finanzier. (Clarentine Flett, Barker Fletts Mutter, war im Jahre 1916 von einem rasenden Fahrrad umgefahren worden und daran gestorben, und der Fahrer des Rades war niemand anders als Valdi Goodmansen gewesen, damals ein Bursche von siebzehn Jahren.)

»Das furchtbare Schuldgefühl, das mich damals überkam, hat mich nie verlassen«, hat Mr. Goodmansen beim Diner im Manitoba-Club zu Mr. Flett gesagt. »Ein Moment der Unachtsamkeit, und ein Menschenleben war ausgelöscht. Wäre ich nur abgestiegen, als ich um die Ecke bog.

Oder wäre ich in einem vernünftigeren Tempo gefahren. Das Bild wird mich mein Leben lang verfolgen, es bleibt an mich gefesselt in meinen Träumen und meinen wachen Stunden, wie der arme hilflose Körper Ihrer Frau Mutter gegen den Sockel der Royal Bank schleudert, ihr Kopf an die Kante des Ecksteins schlägt. Wäre der Stein nur abgerundet gewesen, aber leider war er messerscharf. Mein Leben hat sich infolgedessen verändert. Ich habe zu meinem Herrgott gebetet, ich habe mich auf meine Weise bemüht, anderen zu dienen, und ich habe lange und gründlich über ein geeignetes Denkmal nachgedacht.« (Hier zog er ein Taschentuch hervor, das wahrhaftig schneeweiß war, und schneuzte sich in die gestärkten Falten, ein lautes, stolzerfülltes Prusten.) »Immer, immer kam ich darauf zurück, daß Ihre Frau Mutter Blumen geliebt hat. Man könnte sagen, es ist ihr zu verdanken, daß Blumen in unserer Großstadt eingeführt und uns die Segnungen der Naturschönheiten in einem ungastlichen Klima bewußt gemacht wurden. Natürlich kann ich niemals volle Wiedergutmachung leisten, aber ich hoffe, diese kleine Feier wird Zeugnis geben von meiner entsetzlichen und anhaltenden Reue über das Dahinscheiden Ihrer Frau Mutter. Ich bedaure nur, daß Ihre Gattin, ich glaube, Daisy ist ihr Name, heute nicht bei uns sein kann. Natürlich habe ich vollstes Verständnis, daß es schwierig für sie ist, eine Familie mit kleinen Kindern zu verlassen, um quer durch den Kontinent zu reisen, und ich verstehe auch, ja, ich verstehe vollkommen, wie aufrüttelnd dieses Erlebnis für sie sein würde. Wir sind auf ewig mit jenen verbunden, die uns in unseren frühen Jahren umsorgt haben. Ihr Verlust ist nicht aufzuwiegen. Unsere Bindungen an sie sind unauflöslich.«

Aber Mrs. Flett in Ottawa, die in ihrem Bett liegt und auf die Rückkehr ihres Ehemannes wartet, denkt nicht so

sehr an Clarentine Flett, ihre liebe Adoptivtante Clarentine, als vielmehr an ihre eigene Mutter, die wenige Minuten nach ihrer Geburt gestorben ist. Dürftig und substanzlos scheint diese Verbindung jetzt, fast beliebig;
denn was besitzt Mrs. Flett von ihrer Mutter außer einem
verschwommenen Hochzeitsphoto und einer kleinen
ausländischen Münze, zu abgegriffen, um sie zu entzif-
fern, die ihr, wie sie von ihrem Vater weiß, bei ihrer
Geburt auf die Stirn gelegt worden ist − von wem, vermag sie sich nicht vorzustellen, auch nicht, zu welchem
Zweck. Sie hat nie die alltägliche selbstverständliche
Freude erlebt, etwas zu berühren, was ihre Mutter berührt hat. Es gibt kein Tagebuch, keinen Hochzeits-
schleier, kein hübsches, handbesticktes Taufkleid, kein
noch so bescheidenes Andenken. Einmal, vor Jahren, hat
ihr Vater einen Trauring erwähnt, der eines Tages ihr
gehören würde, aber seitdem hat er nicht mehr davon
gesprochen. Vielleicht hat er ihn seiner Frau Maria geschenkt. Oder vielleicht hat er es einfach vergessen.
Heute abend, als sie unter einer leichten Decke liegt und
auf die Rückkehr ihres Ehemannes wartet, eines Mannes
namens Barker Flett, spürt sie den Verlust dieses Ringes,
ja den Verlust jeder Verbindung auf der Welt. Ihre eigenen Kinder sind im Moment vergessen, ihr alter Vater ist
vergessen, selbst sein Name ist zu verwischten Silben reduziert. Sie zittert am ganzen Körper wie von einer plötzlichen Infektion befallen.

Sie hat diese Anfälle von Gram schon früher gehabt.
Die Krankheit, an der sie leidet, heißt Verwaistheit − sie
erkennt sie auf dieselbe Weise, wie man eine nahende
Migräne erkennt: Da kommt sie wieder − und wieder −,
und hier liegt sie, Mrs. Flett, gestrandet, geschlechtslos,
alterslos, allein.

Tränen haben sich in ihre Augen gestohlen, und sie

tupft sie mit der Deckenborte ab. Die Dunkelheit des Zimmers lastet schwer.

Dies sind beängstigende Zeiten für Mrs. Flett, wenn sie sich eingeengt fühlt von dem vollen Gewicht der Einsamkeit. Verwundert denkt sie zurück an den Moment, als sie als junge Frau die Niagarafälle besichtigt hatte; ihr Ärmel war vom Rockärmel eines Mannes gestreift worden, eines Fremden, der neben ihr stand; er hatte etwas gesagt, was sie zum Lachen brachte, aber was? Was?

Der Verlust ihres Gedächtnisses ruft eine neue Welle der Panik hervor.

Und doch, innerhalb ihrer Angst, sicher darin verwahrt wie ein kleiner Edelstein, verfügt sie über die kühle und seltsame Macht, die Welt gelegentlich lebhaft sehen zu können. Klarheit bricht über sie herein, ein Platzregen aus kleinen Sternen. Sie begreift das als einen Trick des Bewußtseins; es hat fast etwas Schwelgerisches. Das Labyrinth der Erzählungen öffnet sich und gestattet ihr den Durchgang. Sie mag aus ihrem eigenen Leben verdrängt worden sein – das weiß sie ganz sicher und hat es immer gewußt –, aber sie besitzt, als ausgleichende Gabe, die erstaunliche Fähigkeit, alternative Versionen zu entwerfen. Sie spürt zum Beispiel die Kraft der ungestümen Heimlichkeiten ihrer Kinder, des unbeholfenen Feilschens ihres Vaters mit der Welt ringsum, von Fraidy Hoyts Mischung aus Verachtung und Neid (sie hat nach ihrem Besuch im Sommer nicht mal einen Dankesbrief geschrieben). Heute abend fühlt Mrs. Flett sogar eine faserdünne Verbindung zu ihrer verstorbenen Mutter, Mercy Stone Goodwill; dieser Augenblick ist freilich kurz und flüchtig, nicht mehr als ein Eindruck von einem Atemzug oder einer Geste oder einem Lichthauch, ein Eindruck, der keinen festen Platz im Gedächtnis hat und der, eigenartigerweise, sich plötzlich wendet, um eine aufblitzende Verkehrung freizugeben – die Vorstellung, daß Mrs. Flett ihre Mutter geboren hat und nicht umgekehrt.

Und was Mrs. Fletts Ehemann angeht – ja, was ist mit ihrem Mann? Ihr Mann wird in etwa einer Stunde zu Hause sein, nachdem er, wie es seine Gewohnheit ist, vom Bahnhof ein Taxi genommen hat. Er wird im dunklen Schlafzimmer seine Hose ausziehen, sie ordentlich über die Stuhllehne hängen. Diese Hose ist mit einem Geruch der Heiligkeit behaftet und mit einem Muster aus barthaarähnlichen symmetrischen Knitterfalten auf der Vorderseite. Dann seine Krawatte, als nächstes Hemd und Unterwäsche. Dann wird er, ungeachtet ihrer Tränen, die die Deckenborte nässen, und ihrer tiefen Einsamkeit in dieser Septembernacht, sich auf sie legen, sorgsam darauf bedacht, ihre Gestalt nicht allzusehr zu beschweren (»ein Gentleman stützt sich immer mit seinen Ellenbogen ab«). Seine Augen werden geschlossen sein, und sein warmer Penis wird ausgefahren und in sie eingeführt werden, und dann werden ein paar Minuten rhythmischen Wiegens folgen.

Und während dies geschieht, versucht Mrs. Flett, wie durch eine Spirale aus einem Gemisch von Gedrucktem und Erregung, sich genau zu besinnen, was in der neuesten Ausgabe von *McCalls* geraten wurde, irgendwas von der Verantwortung der Frau, ein Ansteigen der Inbrunst zu demonstrieren; das war es – Inbrunst und Hingabe gleichzeitig, ausgedrückt durch eine einzige raffinierte Geste des Körpers; aber wie war das möglich?

Verstand, Herz und Becken von Mrs. Flett versuchen, mit diesem Widerspruch fertig zu werden.

Der Schutt ihres Ehelebens regnet rings um sie herab, die Jahrestage, Schwangerschaften, Urlaube, Mahlzeiten, Krankheiten und Genesungen, sie verdrängen den dramatischen – manche würden sagen, inzestuösen – Ursprung ihrer Beziehung mit ihrem Ehepartner, dem männlichen Gott ihrer Kindheit. Ihr scheint, daß diese Jahre zu einem festen Entschluß verhärtet sind: daß sie nie wieder überrascht werden will. Es ist fast zu einer Ambition geworden. Ist es nicht dies, was der Artikel über Steigerung der Liebe ihr versprochen hat? Ist es nicht dies, was ihre Liebe zu Barker erzeugt hat und nun erhält, der Schutz vor rüden Überraschungen? Die bebend ausgestreckten Schenkel ihres Mannes, ihre eigenen Gesäßbacken – wie weiche Früchte, unter ihr ausgebreitet auf der festen Matratze –, verleihen sie nicht einen gewissen Glauben? Zimmerpflanzen gedeihen schließlich in einem geographischen und klimatischen Vakuum – warum sollte sie das nicht tun?

Es ist sehr wahrscheinlich, daß ihre Gedanken, während Barker Flett sich noch auf ihr vor und zurück wiegt, zu einem Film wandern, den sie sich angesehen hat, als Fraidy Hoyt letzten Sommer zu Besuch war, *Die besten Jahre unseres Lebens,* ein Nachkriegsepos, in dem ein Soldat mit primitiven Haken an Stelle seiner Hände aus dem Krieg heimkehrt.

Wie würde das sein, von kaltem gekrümmten Metall berührt zu werden statt von menschlichen Fingerspitzen? Wie würde das sein, das volle Gewicht eines Mannes auf ihrem Körper zu fühlen, das sie fest an die Welt heftet? Sie will hierüber nachsinnen, die dünne Spirale der Möglichkeit genießen, doch dann werden ihre Gedanken unterbrochen von einer Flüssigkeitsexplosion und einer zweiten Explosion danach – diesmal der Dankbarkeit. Mit der Dankbarkeit vermischt sein wird das Verlegenheitsschaudern ihres Mannes über seinen ältlichen käsigen Körper und über die wenigen Liebesworte, die er hervorzustoßen vermag. Daß Männer und Frauen auf diese Weise verbunden sein müssen! Wie schlecht ist doch die Wirklichkeit organisiert.

»Schlaf gut, mein Liebes«, wird er sagen, und das bedeutet: »Verzeih mir, verzeih uns.«

MRS. FLETTS HAUS UND GARTEN

Das große quadratische Haus am Driveway 583 ist wie mit einem Schleier überzogen. Die Möbel, die Vorhänge, die Teppiche, der Küchenfußboden – alles ist schäbig geworden in den Kriegsjahren. Und jetzt, in den Nachkriegsumwälzungen, herrscht eine weltweite Linoleumknappheit; allerdings steht eine baldige Behebung des Problems in Aussicht. (Mrs. Flett träumt bereits von einem bestimmten Armstrong-Muster aus sich überschneidenden roten, schwarzen und weißen Rechtecken.) Die Scheibengardinen in ihrem Eßzimmer sind einmal zu oft gewaschen worden, aber sie (Mrs. Flett) spricht davon, Vorhänge (oder Draperien, wie sie zu sagen gelernt hat) anfertigen zu lassen, in einem geblümten Stoff, etwas, um das Zimmer zu »heben«, es ein wenig zu beleben. Mehr noch, sie hat die Purpurwindentapete im Wohnzimmer mit ihren verwaschenen vertikalen Reihen in Blau, Gelb und Rosa gründlich satt; sie plant für das nächste Mal eine kräftige Farbe, Williamsburggrün vielleicht, mit weißlackierten Holzpaneelen als Kontrast. Und der schäbige alte Teppich macht sie krank, er ist um die Kanten herum so abgetreten, daß die Unterseite durchscheint, schrecklich, wie die Kopfhaut eines Menschen bei nahem Hinsehen. Ehrlich gesagt, das Zimmer wirkt vernachlässigt und ungeliebt, wobei sie jedoch nicht umhin kann, ein kleines bißchen stolz zu sein auf den Couchtisch, den sie kürzlich umgestaltet hat, indem sie auf das Walnußfurnier eine dünne Glasplatte aufbrachte, unter die sie Photographien von ihren drei Kindern plaziert hat und eine leicht vergilbte Abschrift ihrer Heiratsanzeige:

Mrs. und Mr. Barker Flett
geben hiermit ihre Vermählung bekannt
Ottawa, 17. August 1936

Sie hat diese Couchtischidee aus *Canadian Homes and Gardens,* aus einem Artikel mit der Überschrift »Bringen Sie Ihren Charakter in Ihrem Dekor zum Ausdruck«.

Jeder Raum im Haus, sogar das Badezimmer oben, hat am Fenster eine Ansammlung von Farnen, Frauenhaar, Vogelnest, Schildfarn, Hasenfuß. (Diese Zimmerfarne wirken im Jahr 1947 altbacken-kleinbürgerlich, dabei ist es ihnen bestimmt, Mitte der sechziger Jahre als todschick zu gelten und allgemeine Verbreitung zu finden.) Tatsache ist, daß Mrs. Flett, von Grünpflanzen und Couchtisch einmal abgesehen, nicht sehr an ihrem Haus interessiert ist. Eine Unzulänglichkeit in ihr selbst, das weiß sie, spiegelt sich in seiner kargen Einrichtung. Seine acht hohen Zimmer, vier oben, vier unten, sind von ländlicher Schlichtheit, von streng quadratischem Grundriß, mit übergroßen Fenstern. Das Licht, das durch diese Fenster fällt, ist erstaunlich hart, und im Winter sind die Wände kalt und die Ecken der Parterrezimmer zugig.

Sie lebt für den Sommer, für die Sonnenhitze – für ihren Garten, um die Wahrheit zu sagen. Und was für ein Garten!

Das große, ziemlich unschöne Ziegelhaus der Fletts ist rundum in Grün gebettet: vorne, hinten und an den Seiten, ein frei stehendes Haus, eine Seltenheit in diesem Teil der Stadt, und im Frühling schauen die runden Köpfe der

Krokusse überall hervor. Prächtiger Bostonefeu, ein Verwandter des wilden Weins, *P. tricuspidata,* hat unterdessen dreiviertel des Mauerwerks bewachsen (auf der Nordseite ist er nicht gediehen, aber was macht das schon?); dann sind da die Blumenkästen an den Fenstern, in prächtigen Farben, und darüber hinaus hat Mrs. Flett den häßlichen Kalksteinsockel des Hauses geschickt mit Anpflanzungen verdeckt, japanische Eibe, Wacholder, Bergkiefer, Zwergfichte und der neue Koreabuchsbaum. Und ihr Flieder! Manche Leute, wissen Sie, gehen hin und kaufen irgendeinen Flieder und stecken ihn einfach in die Erde, aber Mrs. Flett hat die Gesamtgröße der Pflanzen und die Farbe der Blüten bedacht, hat die weiße Fliedersorte »Madame Lemoine« mit hellrosa Persischem Flieder und dem schieferblauen »Präsident Lincoln« gemischt. Diese verschiedenen Sorten sind »gruppiert«, nicht »buntgewürfelt«. Eine Rabatte aus blauen Bartnelken an der Seite des Hauses ist mit leuchtendgelben Mädchenaugen gesprenkelt, und diese Kombination hat ohne Übertreibung einen echten künstlerischen Anstrich. Büschel von Flammenden Herzen sind neben hellblauen Glockenblumen plaziert – plaziert, da ist nichts willkürlich; Perfektion! Die Apfelbäume im Garten hinter dem Haus werden in jeder Jahreszeit gegen Apfelmaden gespritzt, so daß ihre Blätter den ganzen Sommer über kaleidoskopische Muster auf den schönen zartgrünen Rasen werfen. Hier spielt die Abendsonne zwischen den Mohnblumen. Und die Dahlien! – Mrs. Fletts Mann witzelt über die Größe ihrer Dahlien, die Blumen müßten seitwärts durch die Hintertür ins Haus getragen werden. Ein mit Leberbalsam eingefaßter Steinpfad führt zur Weinlaube und windet sich dann weiter zum Steingarten, der bepflanzt ist mit mehrjährigen Zwerggewächsen und Alpenpflanzen, die in Europa bestellt wurden. Dieser Garten der Mrs. Flett ist üppig, prächtig und anheimelnd – englisch in seinem Charme, französisch in seiner Anordnung, japanisch in seiner Sparsamkeit, aber da ist auch etwas, in dem gewundenen Pfad, den gerundeten Beeten, dem aus Indiana-Kalkstein herausgearbeiteten grinsenden Gartengnom und der unvermuteten Wand aus *Syringa vulgaris,* was von ernster Intelligenz und, könnte man sagen, Witz kündet. Und die Himbeeren; man muß die Himbeeren erwähnen. Begreift Mrs. Flett, welches Wunder sie in der Stadt Ottawa auf dem nordamerikanischen Kontinent vollbracht hat, in dieser schwierigen nördlichen Stadt, in den schlimmen, vergifteten, abweisenden mittleren Jahren unseres Jahrhunderts? Ja, ausnahmsweise begreift sie voll und ganz.

So etwas Wunderbares, sagen ihre guten Freunde – aber es scheint, Mrs. Fletts zahlreiche gute Freunde sind nie erwähnt worden, als sei sie irgendwie zu abwesend und unzuverlässig, um Freundschaft zu verdienen. (Biographien, selbst Autobiographien, sind voll von systematischen Irrtümern, von Löchern, die sich verbinden wie ein Gewirr unterirdischer Ströme.) Tatsache ist, es gibt viele in dieser Stadt, die eine aufrichtige Zuneigung für Mrs. Flett empfinden, denen ihre Bescheidenheit zu Herzen geht und die ihr Geschick bewundern, insbesondere ihre grüne Hand. Ihr Garten, behaupten diese guten Freunde, ist so duftend, grün und friedlich, so zauberhaft in seiner Gesetztheit und seinen liebkosenden Bewegungen aus Licht und Schatten, daß man bei seinem Betreten die Ärgernisse der Welt hinter sich läßt. Besucher, die in diesem Garten stehen, fühlen ihre Herzen für einen Augenblick am richtigen Fleck und erleben verwischte Primärvisionen der Schöpfung – Eden selbst, das wahre Paradies.

Er ist, könnte man sagen, ihr Kind, ihr liebstes Kind, das

schönste von ihren Sprößlingen, folgsam, aber im vollen Besitz seiner Räume, seines sturen vegetabilen Willens. Sie mag sich danach sehnen, den wahren Status des Gartens zu kennen, aber noch mehr wünscht sie sich, Teil seiner Mysterien zu sein. Sie versteht vielleicht ein Viertel von seinen grünen Geheimnissen, mehr nicht. Er dagegen nimmt nichts von ihr wahr, nicht ihre Geschichte, ihren Namen, ihre Sehnsüchte, nichts – und deswegen ist sie imstande, ihn so rein zu lieben, wie sie es tut, deswegen breitet sie ihre Arme für ihn aus, ihn zu nehmen, wie er kommt, jedes Blatt, jeden Stengel, jede Wurzel und jedes Signal.

Arbeit, 1955–1964

W. W. Kleinhardt, Rechtsanwalt
Ottawa, den 25. April 1955

Meine liebe Mrs. Flett,

es freut mich, Ihnen mitteilen zu können, daß das Testament Ihres verstorbenen Gatten nunmehr vollstreckt ist und alle Verteilungen vollzogen sind. Das ging relativ schnell vonstatten, da das Dokument, wie ich Ihnen bereits am Telefon sagte, in seiner Absichtserklärungt bemerkenswert klar und ohne zusätzliche komplizierte Bedingungen formuliert war. Ich denke, Sie werden alles in Ordnung finden.

Bitte scheuen Sie sich nicht, sich jederzeit an mich zu wenden, sollten Sie noch Fragen haben. In der Anlage finden Sie außer unserem Abschlußbericht einen versiegelten Umschlag, den ich laut schriftlicher Anweisung Ihres vestorbenen Gatten an Sie weiterleite.

Mit vorzüglicher Hochachtung
Ihr Wally (Kleinhardt)

Ottawa, den 6. April 1955

Mein Liebes,

die Zeit ist knapp. Dr. Shortcliffe sagt, es ist nur eine Frage von Tagen, nicht? Er sagt das freilich nicht zu mir, aber ich habe es gestern abend gehört, als er es Dir im Flur zugeflüstert hat, nachdem ich ins General Hospital eingeliefert wurde. Mein Gehör ist seltsam scharf geblieben.

214

Mein Sinn ist, wenn auch nicht mehr so scharf, durchaus beruhigt, was Deine finanzielle Versorgung und die der Kinder angeht. Das Haus ist Dir selbstverständlich sicher – denn ich bin überzeugt, es würde Dir schwerfallen, Deine vertraute Umgebung aufzugeben, insbesondere Deinen Garten –, und wie Du weißt, ist genügend Geld für die Ausbildung der Kinder angelegt.

Aber Du wirst Dir Geld zum Reisen wünschen – warum sind wir nie gereist, Du und ich? – und für ein kleines bißchen Luxus, und mir ist der Gedanke gekommen, daß Du vielleicht meine Frauenschuhsammlung verkaufen möchtest. Ich bin sicher, sie wird einen guten Preis erzielen. Ich empfehle Dir, Dich an Dr. Leonard Lemay an der Bostoner Universität zu wenden; seine Adresse findest Du in meinem Taschenkalender. Ich denke, Du wirst seufzen, wenn Du diese Empfehlung liest, weiß ich doch sehr wohl, daß *Cypripedium* keine Gattung ist, die Du bewunderst, vor allem die Sorten *reginae* und *acaule*. Du wirst Dich erinnern, wie wir uns wegen Deiner Abneigung gegen die Form des Frauenschuhs gestritten haben – unser einziger Streitpunkt, soweit ich mich entsinnen kann –, gegen seinen langen, melancholischen (wie Du behauptet hast) Stengel und die sackförmige Lippe, die Du als grotesk bezeichnet hast. Ich habe Dich, obwohl es nicht nötig gewesen wäre, auf die listige Funktion der Lippe aufmerksam gemacht, daß nämlich ein Insekt leicht hineingelangen, aber nur mit Mühe entkommen kann. So sind unsere Diskussionen über viele Jahre verlaufen, wobei ich mit meiner pädagogischen Stimme energisch auf alles Leichte, Wundersame hinwies. Ich seufze, während ich diese Worte niederschreibe, ich trauere um die vergeudeten Worte, die zwischen uns gefallen sind, und bin betrübt bei dem Gedanken, was wir ausgesprochen haben würden, wären wir freimütiger gewesen – hast Du das jemals empfunden, meine Liebste, die Nebensächlichkeit unserer Gespräche, und was dabei verdrängt worden sein muß?

Die Erinnerung an unsere »Frauenschuh«-Diskussion hat natürlich dazu geführt, daß ich mich frage, ob Du unsere Ehe vielleicht ähnlich gesehen hast, als eine Falle, aus der es kein leichtes Entrinnen gab. Unter uns haben wir das Wort Liebe fast nie erwähnt. Ich habe mich zuweilen gefragt, ob es unser Altersunterschied war, der das Wort töricht erscheinen ließ, oder aber etwas Steifes, Scheues in unserer Natur, was eine solche Äußerung untersagte. Das beklage ich. Ich möchte gern denken, daß unsere Kinder das Wort überschwenglich benutzen, und mehr noch, daß sie offen sind für die Kräfte, die in ihm stecken. (Alice macht mir allerdings Sorgen, die Heftigkeit ihrer Gefühle.)

Erinnerst Du Dich an den Tag im vergangenen Oktober, als ich das erstemal diese fürchterlichen Kopfschmerzen hatte? Ich fand Dich in der Küche mit einer dieser neuen, gräßlichen Plastikschürzen. Du hast mich sogleich in die Arme genommen und mir über die Schläfen gestrichen. Ich habe Dich in diesem Moment unendlich geliebt. Das Knistern Deiner Schürze an meinem Körper schien wie eine opernhafte Reaktion auf das Verlangen, das ich selbst in diesem Moment fühlte. Es war, als flüstere etwas uns zu, uns zu beeilen, keine Zeit mehr zu verschwenden, und am liebsten wäre ich mit Dir durch die Hintertür getanzt, hinaus in den Garten, die Straße entlang, über die Grenze des Horizonts. Ach, mein Liebes. Ich dachte, wir würden mehr Zeit haben.

Dein Dich liebender
Barker

Ottawa, den 20. Mai 1955

Liebe Mrs. Flett,

bitte nehmen Sie mein aufrichtiges Beileid zu Ihrem traurigen Verlust entgegen. Im Laufe der letzten Jahre hatte ich die *Ehre,* mit Ihrem verstorbenen Gatten Bekanntschaft zu schließen, und sehr rasch habe ich seinen wöchentlichen Beitrag für den *Recorder* schätzengelernt. Seien Sie versichert, daß die zahlreichen Leser seiner Kolumne – und sie sind Legion – ihren geschätzten »Mr. Green Thumb« schmerzlich vermissen werden. Sein würdevoller Ton hat diesen Seiten ein *seltenes* Flair von Wissenschaftlichkeit verliehen und war doch *niemals* herablassend.

In Anerkennung der Beiträge Ihres Gatten haben unsere Mitarbeiter hier beim *Recorder* zwei eigens gebundene Exemplare mit Kopien seiner Artikel zusammengestellt, eines zur Hinterlegung im Nationalarchiv, natürlich nur mit Ihrer Erlaubnis, und eines, das wir Ihnen und Ihrer Familie gerne im Rahmen einer zwanglosen Gedenkfeier überreichen möchten, die wir hier in unseren Büroräumen in der Metcalfe Street abzuhalten beabsichtigen. Könnten Sie mir mitteilen, ob es Ihnen am 1. Juni um 16 Uhr 30 paßt?

In aufrichtiger Teilnahme

Ihr Jay W. Dudley, Herausgeber

PS. Mr. Fletts Ableben erscheint besonders bitter in dieser Jahreszeit, da die Stadt in Tulpen schwelgt. Seine Artikel zum alljährlichen Tulpenfest gehörten zu seinen poetischsten Arbeiten.

Climax, Saskatchewan, den 24. Mai 1955

Liebe Tante,

wir waren sehr betroffen, als wir Deine Nachricht von Onkel Barkers Tod erhielten. Mom und Dad und die

Mädchen senden ihr tiefempfundenes Beileid und lassen Dir sagen, sie werden Euer und seiner in ihren Gebeten gedenken. Aber, wie Mom sagt, kann es keine allzu schwere Erschütterung für Dich sein, wo er doch so viel älter war. Ich denke in letzter Zeit, daß es nicht leicht für Dich sein wird, wo Du drei halberwachsene Kinder und dieses große Haus zu versorgen hast, ein richtiges Herrschaftshaus, wenn ich mich recht erinnere, allerdings bin ich ja nur das eine Mal dort gewesen. Es kommt mir im Rückblick tatsächlich wie ein Traum vor. Wenn Du also in der nächsten Zeit feststellen solltest, daß Du Hilfe im Haus brauchst, könntest Du mir vielleicht ein paar Zeilen schreiben. Es zieht mich in den Osten, jetzt wo mein Mann und ich Schluß gemacht haben. Der Suff war dabei das Hauptproblem. Und allgemeine Faulheit. Jemand mit meinem Schwung geht die Wände hoch, wenn jemand anders einfach bloß rumliegt.

Ich bin bereit, für Unterkunft und Verpflegung und vierzig Dollar im Monat zu arbeiten. Ich bin eine ziemlich gute Wirtschafterin, wenn ich das von mir sagen darf, und regelrecht versessen aufs Backen; Kuchen, Pasteten, Rosinenbrötchen, was Du willst. Waschen und bügeln usw. tu ich auch. Ich kann auch maschineschreiben, wie Du siehst, fünfunddreißig Wörter pro Minute, ich habe es in einem Fernkurs gelernt, sonst käme ich wohl auf sechzig Wörter.

Viele liebe Grüße

Deine Nichte Beverly

PS. Mom weiß nicht, daß ich in dieser Angelegenheit schreibe, wenn Du also zurückschreibst, adressiere den Brief ans Postfach 422, damit er ihnen nicht ins Haus gebracht wird.

Bloomington, Indiana, den 29. Mai 1955

Liebste Daze,

verflucht, ich wünschte, ich könnte Dir eine anständige flüssige Aufmunterung in diesen Umschlag schütten. Ich weiß, wie beschissen Du Dich in diesen Tagen fühlen mußt. Oder nein, ich weiß es nicht genau – wie könnte ich? –, aber ich kann mir vorstellen, wie elend es für Dich ist, allein dazustehen nach all der Zeit, die Du mit Barker zusammen warst. Wie lange? Ich schätze, zwanzig Jahre. Herrje, sie vergeht, die Zeit, der gemeine Dieb. Und Alice geht nächsten Herbst aufs College! Und das alles so bald nach dem Tod von Deinem Dad.

Trotzdem, ich werde nicht endlos salbadern, von wegen »gedenke Deiner in meinen Gebeten« (ha!) und »die Zeit heilt alle Wunden« und das ganze Tamtam – das wirst Du zur Genüge von Beans zu hören kriegen, die mit jedem Tag frömmer und flacher wird. Als Ma starb, hat sie mich mit genug Plattitüden beweihräuchert, um mir für einen Monat die Nebenhöhlen zu verstopfen. Dieser Brief soll Dich bloß erinnern, altes Haus, daß Dir noch jede Menge Jahre bleiben. Ich persönlich finde, daß fünfzig sein nicht halb so schlimm ist, wie es immer hingestellt wird – die olle Visage ist vielleicht ein bißchen schlaff und knitterig, aber »alles, worauf's ankommt«, funktioniert noch tadellos, und obendrein kriegt man die blöde Periode nicht mehr. Drum verkriech Dich bloß nicht in Deinen Witwenkleidern, welk noch nicht dahin, Schätzchen! Was hältst Du davon, wenn wir uns diesen Winter eine Woche in Chicago gönnen. Wir könnten uns ein paar Vorstellungen ansehen, im Palmer House wohnen und futtern wie die Schweine. Im Januar würde es bei mir gehen – die Galerie wird in der letzten Woche des Monats geschlossen, und man hat uns »nahegelegt« zu verschwinden. Herrje, weißt Du noch, wie toll wir es vor drei Jahren in New York hatten, oder ist es vier Jahre her? – dieser ausgelassene Kellner und sein zappelnder Baby-Hummer! – sag mal, hast du das eigentlich jemals Barker erzählt, haarklein? Ja oder nein? Brauchst mir nicht zu antworten – ich kann's mir denken.

Also, laß uns Chicago unsicher machen und ein bißchen Leben in unser Leben bringen, was meinst Du? Du hast doch bestimmt jemanden, der für ein paar Tage auf Warren und Joanie aufpassen kann. Überleg's Dir.

Liebe Grüße
Fraidy

Ottawa, den 29. Mai 1955

Liebe Mrs. Flett,

wir sind *entzückt,* daß Sie an unserer kleinen Feier zu Ehren Ihres verstorbenen Gatten teilnehmen können. Ich möchte hinzufügen, daß es uns freuen würde, auch Ihre Kinder dabeizuhaben.

Und ich danke Ihnen sehr für Ihren Vorschlag zur Berichterstattung über das Tulpenfest. Es wäre uns wirklich eine Ehre, ein paar Zeilen von Ihnen zu bekommen; etwa fünfhundert Wörter wären ideal. Ich wünschte, ich wäre selbst auf diese Idee gekommen, zumal gemunkelt wird, daß Sie selbst eine begnadete Gärtnerin sind.

Mit den besten Wünschen
Jay W. Dudley, Herausgeber

Bloomington, Indiana, den 1. Juni 1955

Meine liebe alte Freundin,

unsere Herzen leiden ständig mit Dir in diesen Tagen. Deine Bürde ist unerträglich schwer gewesen, hast Du doch im April Deinen Vater verloren, Gott sei seiner Seele gnädig, und jetzt Deinen über alles geliebten Mann. Ich glaube fest, daß die vielen glücklichen Erinnerungen an

Euer gemeinsames Leben Dich stützen werden in den dunklen Zeiten, die Dir bevorstehen, ebenso wie die Gegenwart Deiner Lieben und die Gebete Deiner guten Freunde. Die Zeit heilt alle Wunden, dessen mußt Du Dir stets bewußt sein, obgleich wir natürlich die Menschen niemals ganz vergessen, die so eine große Rolle in unserem Leben gespielt haben. Dick schließt sich diesen wenigen hastigen Worten der Teilnahme an. (Nach langem Zureden hat er der Versetzung ins Hauptbüro in Cleveland zugestimmt, und jetzt müssen wir, so traurig es ist, unser liebes altes Haus zum Verkauf anbieten – leider hat der Markt keine Konjunktur. Es scheint, mit Kalkstein ist keine Kasse mehr zu machen.)

In Liebe
»Beans«

Ottawa, den 5. Juni 1955
Liebe Mrs. Flett,
ich möchte Ihnen nur kurz schreiben, um meinen Dank für die freundlichen Worte auszudrücken, die Sie gestern zu unserer kleinen Feier beigesteuert haben. Ich glaube sagen zu können, daß Ihre Bemerkungen uns alle gerührt haben, insbesondere jene bezüglich der Hochachtung Ihres verstorbenen Gatten für den *Recorder* und für alles, was dieser in unserer Gemeinde verkörpert.

Und im Vertrauen, es war mir eine *sehr* große Freude, mit Ihnen und Ihren drei reizenden Kindern zusammenzusein, und denken Sie bitte nicht eine Minute, ich wäre gekränkt gewesen über das, was Ihre Tochter Alice über meine Krawatte gesagt hat. Ich weiß, daß heranwachsende junge Menschen zuweilen mit ihren Gedanken herausplatzen und es später bereuen. Ich sehe Ihrem Artikel über das Tulpenfest *gespannt* entgegen. Fünfhundert Wörter würden vollauf genügen, wie ich, glaube ich, bereits erwähnte, aber bitte nehmen Sie sich die Freiheit, zu erweitern oder zu kürzen, sollten Sie es für nötig befinden. Wir haben eine Menge begeisterte Gärtner im Lande, die Ihre Gedanken begrüßen werden.

Ihr ergebener
J. W. D., Herausgeber

Ottawa, den 9. Juni 1955

Liebe Mrs. Flett,

ich möchte Ihnen nur kurz mitteilen, daß Ihr *Jungfernflug,* wie Sie es nennen, kommenden Samstag in der Rubrik »Heim und Freizeit« *landen* wird. Wir fanden den Artikel, den Sie mit der Post geschickt haben, solide im besten journalistischen Sinne, dennoch voller *geglückter Einfälle;* am besten gefallen hat mir Ihr Vergleich spärlich gepflanzter Tulpen mit »Schwachköpfen auf dem Marsch zu einem Picknick«. Stimmt genau.

Wir dachten, wenn Sie einverstanden sind, wir könnten Mrs. Green Thumb als Verfassernamen verwenden. Mir ist etwas unwohl bei diesem Vorschlag, und ich frage mich, ob es unsensibel aussehen könnte, daher lassen Sie mich bitte wissen, ob Sie Bedenken haben.

Hochachtungsvoll
Jay Dudley

Ottawa, den 15. Juni 1955

Liebe Mrs. Green Thumb,

ich beglückwünsche Sie zu Ihrem Bericht über das alljährliche Tulpenfest unserer schönen Stadt, den ich aufrichtig, umfassend und schmeichelhaft fand. Warum schmeichelhaft? Weil Sie einen bestimmten Vorgarten an der Fenton Avenue als besonders preiswürdig hervorhoben, wo Sie einen Bestand an »prachtvollen Rembrandts vor dem Hintergrund eines graugestrichenen Zaunes«

erspäht zu haben behaupten (vierter Absatz). Seit wir das gelesen haben, sind meine liebe Frau und ich überzeugt, daß hier unsere eigenen Rembrandts und unser kürzlich gestrichener Zaun gemeint sein müssen, die Ihre Aufmerksamkeit erregt und durch den Druck Unsterblichkeit erlangt haben.

Hätten Sie zufällig eine Meinung zur Verwendung von Fungiziden, um den Boden nach einem Ausbruch von Feuerbrand keimfrei zu machen?

Mit herzlichem Dank
Alvin A. MacIntosh

Ottawa, den 18. Juni 1955

Liebe Mrs. Green Thumb,

es hat mich gefreut, das Tulpenfest zur Abwechslung einmal mit den Augen einer Frau betrachtet zu sehen. Hat mir gefallen, was Sie über Hybriden geschrieben haben. Es sollten sich mehr Leute zu besagtem Thema äußern. Hoffe, Sie fahren mit der Kolumne im *Recorder* fort. Offen gesagt, ich hatte oft den Eindruck, daß der vorige Gartenautor, Mr. Green Thumb, sich zum Thema gezüchtete Variationen nicht festlegen wollte. War auch bei Düngern ein bißchen etepetete.

Ihre
Doris Griswold

PS. Ich stimme Ihnen in der Frage der Mischung von Pastellfarben mit klaren Farben hundertprozentig zu.

Climax, Saskatchewan, den 25. Juni 1955

Liebe Tante,

ich habe mir den Daumen gehalten für einen Brief von Dir, aber die Tage vergehen, und bis jetzt hatte ich kein Glück. Ehrlich gesagt, ich werde langsam nervös, und den Grund dafür kann ich Dir ruhig freiheraus sagen, daß ich nämlich in anderen Umständen bin, aber das weiß hier niemand, schon gar nicht meine Angehörigen, die würden auf die Palme gehen, wenn sie Wind davon bekämen. Es ist eine lange Geschichte, ich meine, wie das passiert ist, aber jetzt sieht man es mir schon bald an, und ich muß ganz schnell was unternehmen, bevor sie zwei und zwei zusammenzählen. Ich möchte gerne weit weg von hier und einen neuen Anfang machen. Wenn dann meine Zeit kommt, möchte ich das Baby zur Adoption freigeben und mir eine Stelle suchen, wo ich meine Kenntnisse im Maschineschreiben verwenden kann. Ich weiß einfach, daß am Ende alles gut wird, aber das Problem ist, ich weiß nicht, wie ich die Sache in Gang kriegen soll, wenn Du verstehst, was ich meine. Es ist, als müßte ich ein großes Rad ins Rollen bringen, bloß habe ich anscheinend nicht die Muskeln, um es in Bewegung zu setzen. Deswegen hatte ich gehofft, Du könntest mir für ein paar Monate unter die Arme greifen. Ich hatte in meinem Brief Unterkunft und Verpflegung und vierzig Dollar monatlich erwähnt, aber eigentlich sind Unterkunft und Verpflegung alles, was ich brauche. Ich wäre wirklich dankbar dafür.

Liebe Grüße
Deine Nichte Beverly

Ottawa, den 29. Juni 1955

Liebe Mrs. Flett,

wie Sie aus den beigelegten Briefen ersehen können, war Ihr Artikel über das Tulpenfest ein großer Erfolg. Alle, ich eingeschlossen, schienen empfänglich für Ihren Aufruf zu kühneren Arrangements und Ihre abschließende Bemerkung: »Schönheit erfordert Courage. Courage selbst erfordert Courage.« Gut formuliert!

Wir hoffen – ich spreche für die ganze Redaktion –, daß Sie es nicht bei diesem einen Mal bewenden lassen. Könnten Sie sich eventuell vorstellen, eine monatliche oder sogar wöchentliche Kolumne für uns zu schreiben? Es ist mir klar, daß diese Bitte sehr bald nach dem Tode Ihres Mannes erfolgt und Sie sich vielleicht nicht in der Lage sehen, zu diesem Zeitpunkt eine feste Verpflichtung einzugehen. Aber, und ich spreche aus Erfahrung (meine Frau ist erst vor drei Jahren gestorben), ich glaube, Beschäftigung ist *das* wirksamste Mittel, um über einen schweren Verlust hinwegzukommen.

Ich schicke Ihnen den Scheck wieder zu, den Sie mir liebenswürdigerweise zurückgeschickt haben. Selbstverständlich *bestehen* wir darauf, *alle* unsere Autoren zu bezahlen. Ich wünschte nur, er wäre großzügiger ausgefallen.

Ihr ergebener
Jay

Climax, Saskatchewan, den 7. Juli 1955
Liebe Tante,

ich schreibe dies in Eile. Ich kann es nicht erwarten, Dich und die Kinder zu sehen, und ich kann Dir nicht genug danken für die Übersendung der Eisenbahnfahrkarte.

Ich habe so ein komisches Gefühl in der Magengrube, daß mein Leben ganz von vorne anfängt. Mach's gut, bis nächsten Mittwoch.

In Unmengen von Liebe
Beverly

Universität Boston, den 12. Juli 1955
Meine liebe Mrs. Flett,

haben Sie vielen Dank für Ihre Mitteilung, daß die schöne *Cypripedium*-Sammlung Ihres Gatten, die ich gesehen und bewundert habe, zum Verkauf steht, aber leider ist die Sammlung nicht so vollständig, daß ihr Erwerb für uns in Frage käme, auch ist sie nicht in dem Erhaltungszustand, den wir für unser Museum akzeptieren können, insbesondere die älteren Exemplare, *montanum* zum Beispiel, auch *calceolus*.

Mit den besten Wünschen und aufrichtiger Teilnahme
Leonard Lemay, Dekan der botanischen Fakultät

Ottawa, den 17. August 1955

Liebe Mrs. Green Thumb,

ich habe es so gemacht, wie Sie es letzte Woche in der Zeitung empfohlen haben, und meine Tee- und Mehrjährigenkreuzungen veredelt, und auch Ihren Rat mit dem Knochenmehl habe ich befolgt. So weit, so gut. Nun möchte ich wissen, was Sie davon halten, mehrjährige Astern so zeitig im Jahr zu setzen.

Verbindlichst
S. J. Provost

Ottawa, den 18. August 1955

Liebe Mrs. F.,

vielen Dank für die Übersendung einer weiteren fabelhaften Kolumne – und auch noch professionell getippt! Sie verstehen sich auf Formulierungen: »Saft und Kraft eines Apfelblattes.« Wirklich sehr hübsch.

Ich hoffe, Sie überleben diese Hitzewelle.

Beste Grüße
Jay

Perth, Ontario, 12. September 1955

Liebe Mrs. Green Thumb,

hier habe ich einen nützlichen Tip für Ihre Leser. Wenn man den Sonnenhut zurückschneidet, erzielt man eine zweite Blüte. Ich sehe immer zu, daß ich dies im August erledigt bekomme. Schönen Dank für die Anweisungen betreffs Madonnenlilien. Ich habe meine der Erde übergeben, sie segnend mit Dünger besprengt und hoffe das Beste.

Tschüß

Mrs. Donald Fourtier

Smith College, Northampton, Mass.,
den 15. September 1955

Ihr Lieben,

uff, endlich bin ich immatrikuliert, und jetzt habe ich das Gefühl, daß ich alles schaffen kann. Bin schließlich doch zum russischen Literaturkurs zugelassen. Der Professor – alle nennen ihn Zeus – sagte, er könne nicht glauben, daß ich mit nur zwei Jahren Schulrussisch schon auf diesem Niveau bin.

Ja, es stimmt, hier tragen alle Bermudashorts, die ganze Zeit, in den Vorlesungen und überall. Ich könnte auch noch welche gebrauchen, falls Beverly gerade was zum Nähen sucht. (Hallo, Beverly, hoffe, es geht Dir gut.) Ich denke, ein schöner brauner Tweed würde zu meinem Lambswoolpullover gut passen – und vielleicht ein gedämpftes blau-weißes Karo, aber die Karos nicht zu groß.

Ich schätze, »Mrs. Green Thumb« wird mit jedem Tag berühmter. Das ist wirklich prima. Wirklich, ich meine es ernst. Ich habe das ehrlich nicht so gemeint, was ich von »Dad ersetzen« und »sein Andenken vergessen« gesagt habe und alles. Ich war den ganzen Sommer einfach miserabel gelaunt, als ich so im Haus herumhing, und dann die Hitze und die Aufregung von wegen Weggehen und so. Ehrlich, ich denke, diese Kolumne könnte Dich ausfüllen, wenn Du verstehst, was ich meine, weil Du doch früher nie was gemacht hast, wenn man den üblichen

227

Hausfrauenkram nicht mitzählt. Vielleicht hast Du ja wirklich ein verborgenes Talent, zur Schriftstellerei, meine ich.

Ich muß los, bevor die Bibliothek zumacht. Ich habe wirklich und wahrhaftig das Gefühl, daß ich Tschechow jetzt richtig verstehe. In seiner Muttersprache, meine ich, denn urplötzlich hat er STRUKTUR und TIEFE, die in den miesen Übersetzungen, mit denen die Leute sich zufriedengeben, nie zum Vorschein kommen.

In Liebe
Alice

Ottawa, den 5. Oktober 1955
Liebe Mrs. Green Thumb,

Junge, Junge, Ihre Kolumne letzte Woche über Gartenschädlinge, inklusive »kleine Nachbarjungen, die die Apfelbäume attackieren«, hat mir richtig Spaß gemacht. Schönen Dank auch für die nützlichen Anregungen, was man mit Holzäpfeln anfangen soll. Am besten hat mir Ihr letzter Vorschlag gefallen – einfach wegwerfen. Prima Idee.

Betty Singer
(eine aufrichtige Verehrerin)

Bloomington, Indiana, den 6. Oktober 1955
Liebe Mrs. Flett,

wir hoffen, es wird nicht mehr lange dauern, bis die Angelegenheiten Ihres verstorbenen Herrn Vaters zufriedenstellend geregelt sind, aber wie Sie wissen, war sein Wertpapierbestand komplizierter, als es gewöhnlich der Fall ist. Ich habe an mehreren Tagen vergeblich versucht, seine Witwe telefonisch zu erreichen. Ihre Anweisungen hinsichtlich der Verteilung des Besitzes sind befolgt worden, und der Schutz der Pyramide Ihres Vaters als »bleibendes Denkmal« seines Lebens ist gewährleistet. Wir benötigen dringend die Unterschrift seiner Witwe auf einer Anzahl von Dokumenten, die sich auf das Testament beziehen. Wissen Sie zufällig, ob sie zur Zeit verreist ist, und wenn ja, wann sie wieder in der Gegend von Bloomington sein wird?

Hochachtungsvoll
Calvin K. Kopps
(Bregnam & Kopps)

Bloomington, Indiana, den 1. November 1955
Liebe Daze,

nur ein paar Zeilen. Kein Glück, Maria ist nicht aufzuspüren. Georgio (mein Neuester) und ich sind Sonntag zum Lake Lemon gefahren und fanden das Haus verriegelt und verrammelt. Die Nachbarn sagen, sie haben sie schon über einen Monat nicht mehr gesehen. Was sollen wir jetzt machen? Gib mir Bescheid.

Ich hab alles fertig für Chicago, unser Zimmer hab' ich reserviert, ein piekfeines, Donnerwetter, warum auch nicht? – Hast du schon Deine Fahrkarten?

Liebe Grüße
Fraidy

Ottawa, den 4. November 1955
Liebe Mrs. F.,

Ihr Vorschlag, einen Artikel über das Gewächshaus in Chicago zu schreiben, klingt *ideal* für Januar, auch über den Morton-Baumgarten. Ich selbst habe die berühmte Stadt nie besucht, aber soviel ich weiß, ist sie außerordentlich schön, trotz ihres Rufes, eine Stadt der Schufte und Schieber zu sein. Ich möchte Sie wissen lassen, sollten Sie einmal zu einer Kolumne außerstande sein (da krank oder anderweitig verhindert), kann unser Mitarbeiter Pinky

Fulham jederzeit für Sie einspringen. Zwar ist er eigentlich für lokale Ereignisse zuständig, aber er ist ein begeisterter Gärtner und überdies ein *großer* Bewunderer Ihrer Kolumne.

Ihr J.

Northampton, Mass., den 8. November 1955
Liebe Mutter,
laß Dir freiheraus sagen, daß Du nicht mehr ganz bei Trost bist, was diese Babygeschichte betrifft. Ich dachte, es war so geplant, daß Beverly es adoptieren lassen und dann ein neues Leben anfangen würde. Warren ist fast 16 und Joan 14, da ist ein schreiender Säugling das letzte, was Du im Haus gebrauchen kannst. In kürzester Zeit werden die zwei aufs College gehen, und Du kannst nach Belieben mit Deinen alten »Mädels« durch die Weltgeschichte bummeln, das hast Du Dir doch immer gewünscht. Offen gesagt, ich finde, daß Beverly Deine Gutmütigkeit ausnutzt. Ich weiß, sie geht Dir zur Hand, vor allem, wenn Du nach Chicago fährst, und sie tippt alles für Dich und so, aber bedenk doch mal, was sie dafür kriegt. Freie Unterkunft und Verpflegung und einen ziemlich leichten Trott. Und ich sehe nicht ein, daß das Baby mein Zimmer haben soll. Was ist, wenn ich Weihnachten nach Hause komme? Wo soll ich dann schlafen, falls die Frage nicht zu unverschämt ist? Und was den Namen Victoria anbelangt, da Du mich nach meiner Meinung gefragt hast, ich finde ihn überspannt. Ich hab' eine Victoria bei mir im Wohnheim, und die ist ein regelrechtes Miststück.

Kannst du mir bitte *baldigst* meine rote Strickjacke schicken.

In Liebe
Alice

Ottawa, den 14. Dezember

Liebe Mrs. Green Thumb,

Ihr Artikel über Weihnachtspflanzen war großartig, und ich habe Tränen gelacht über Ihren Kampf mit Ihrem spillerigen Weihnachtsstern. Hier ein Tip, den Sie vielleicht an Ihre Leser weitergeben möchten: Man halte die vermaledeiten Dinger fern von Gas, Durchzug und Heizkörpern, und sie gedeihen den ganzen Winter. Tatsächlich werden Sie es bald leid sein, sie in der Nähe zu haben. Ha. Man lockere auch die Erde hin und wieder mit einer Küchengabel.

Schöne Feiertage, und danke für Ihre wöchentlichen Worte der Weisheit.

Hollis Sanderson

Bloomington, Indiana, den 29. Dezember 1955

Daze,

nur ein paar Zeilen, um Dir mitzuteilen, daß Du einen Brief von Beans erhalten wirst, die beschlossen hat, mit uns nach Chicago zu kommen. Du mußt mir glauben, daß mir einfach kein Grund eingefallen ist, um nein zu sagen. Sie hat mich überrumpelt, aber Du wirst die ganze Geschichte erfahren – ich denke, ich überlasse es besser ihr, sie Dir zu erzählen.

Ich möchte Dir auch mitteilen, daß wir uns von dem Anwalt den Schlüssel zu dem Haus am Lake Lemon besorgt und es gründlich durchsucht haben. Es gibt absolut keinen Hinweis, was aus Maria geworden sein kann, keine Briefe etc., aber es kann sein, daß ein paar Kleider von ihr fehlen. (Leere Bügel im Schrank und so weiter.) Du weißt ja schon von dem Geld, das sie entnommen hat – rund zwanzigtausend, dabei hätte sie laut Anwalt verdammt viel mehr nehmen können.

Übrigens, die alte Gartenpyramide von Deinem Dad

sah richtig putzig aus unter einer frischen Schneedecke.
Georgio meinte, daß sich drinnen Eichhörnchen eingeni-
stet haben könnten. Wie findest Du das? – kleine Eich-
hörnchen-Pharaos.

Dein Weihnachtsgeschenk war zum Piepen. Ich bin bestimmt der einzige Mensch in Indiana, vielleicht sogar auf
der ganzen westlichen Halbkugel, der eine Leselampe hat,
die aus einem Giraffenfuß gemacht ist – wo in Gottes
Namen hast Du den (die?) aufgetrieben? Ich denke, Du
bist wieder ganz die alte Daze von früher – aber hoffentlich weißt Du, was Du tust, wenn Du ein Baby annimmst.
Ach, du grüne Neune.

Bis bald
Fraidy

Bloomington, Indiana, den 10. Januar 1956
Fraidy hat Dir bestimmt erzählt, was passiert ist, Dicks
kleine Freundin in Cleveland, aber ich möchte mich auf
einer Postkarte nicht näher darüber auslassen. Muß einfach mal für ein paar Wochen weg – von all diesen verflixten Erinnerungen. Das Haus lass' ich nicht verkaufen –
das hab' ich jedenfalls beschlossen. Wir sehen uns nächsten Dienstag im Palmer House.

Liebe Grüße
Beans

Ottawa, den 2. Februar 1956
Liebe Mrs. Green Thumb,
    wollte Ihnen bloß mitteilen, daß Ihre Kolumne über
Gartenanlagen in Chicago bei meinem Mann Wunder
gewirkt hat. Seine Hoheit haßt Reisen wie die Pest, aber als
er von dem Morton-Baumgarten las, beschloß er, daß wir
ihn einfach mit eigenen Augen sehen müssen, und im
April fahren wir hin. Bin froh, daß Sie wieder da sind.

Pinky Soundso versteht nicht »die Bohne« vom Unterschied zwischen Bohne und Bohne.

Mit verbindlichem Gruß
Eine getreue Leserin

Northampton, Mass., den 6. April 1956

Ihr Lieben,

tut mir leid, daß ich in letzter Zeit nicht geschrieben habe, aber ich hab' eine miese Zeit mit dem russischen Literaturkurs hinter mir, auch mit dem Professor (eine Flasche) und meiner Zimmergenossin Shirley, die wegen ihres Freundes deprimiert ist, ebenfalls eine Flasche. Auch hat es sehr viel geregnet. Ich überlege mir, ob ich mein Hauptfach wechseln soll, vielleicht Spanisch. Oder Soziologie. Oder Pädagogik. Alles, was mir einfällt, ist ohne Reiz.

In Liebe
Alice

Northampton, Mass., den 20. April 1956

Liebe Mutter,

wollte Dich bloß schnell wissen lassen, daß es mir bedeutend bessergeht und ich mich wirklich über Deinen Besuch gefreut habe, wo ich doch weiß, daß Du noch nie in Deinem Leben mit einem Flugzeug geflogen bist und Todesangst hast, abzustürzen. Ich glaube, Du hast recht, ich war deprimiert wegen Dad, weil es ein Jahr her ist, seit er starb, genau ein Jahr. Ich habe mit meinem Russischprofessor lange darüber gesprochen, er sagte, daß er sehr gut versteht, wie mir zumute ist und daß einem diese Jahrestage ganz schön an die Nieren gehen können, und er findet es in Ordnung, daß ich meine Semesterarbeit verspätet abgegeben habe.

Ich habe beschlossen, bei Russisch als Hauptfach zu

bleiben. Wir sind jetzt bei Gogol. Was der Mann für eine
Seele hat, die personifizierte große russische Seele.

Liebe Grüße an Warren und Joan und Bev und besonders an Victoria, und sag ihnen, ich schreibe bald.

Alice

PS. Hab' vergessen, Dich auf Deine neue Frisur anzuspre-
chen, die ist einfach Spitze. Macht Deinen Hals auch
schlanker. Hast Du schon mal daran gedacht, das Grau zu
übertönen?

Ottawa, den 3. September 1956

Liebe Mrs. F.,

wir haben uns gefragt, ob Sie wohl gerne am Jahresses-
sen der *Recorder*-Redaktion am 20. September um 19 Uhr
im Presseclub teilnehmen möchten. Pinky Fulham stellt
immer ein ausgezeichnetes Menü und eine großartige
Folge von Liedern und Parodien zusammen. Wenn Sie
uns Gesellschaft leisten möchten, könnte ich Sie vielleicht
abholen und hinfahren. Bitte geben Sie mir Bescheid.

J.

Ottawa, den 14. November 1956

Liebe Mrs. Green Thumb,

endlich hat jemand mein Wurzelbrandproblem gelöst.
Haben Sie auch einen Tip, was man mit Blasenfüßern
anstellen kann?

Eine getreue Leserin

Northampton, Mass., den 20. November 1956

Hallo, ihr Lieben,

stecke bis zum Hals mitten in meinen Semesterarbeiten.
Wollte Victoria bloß zum ersten Geburtstag gratulieren.
Kann's nicht erwarten, sie wiederzusehen.

Alice

Bloomington, Indiana, den 20. Dezember 1956
Hoffe, dieser Gruß erreicht Dich bis Weihnachten. Frohe
Feiertage Euch allen. Beans und ich denken daran, im
Februar nach New Orleans zu fahren. Wie steht's mit Dir?
Mit Georgio ist es aus. Ich hatte es satt, die ganze Zeit den
Bauch einzuziehen und sein kleines Mädchen zu spielen.

Friede, Freude etc.

Fraidy

Ottawa, den 15. Januar 1957

Liebe D.,

der *Recorder*-Redaktion hat Ihr Artikel über das Okulie-
ren von Kakteen sehr gut gefallen – das ideale Thema für
Wintergärtner. Pinky Fulham hat ein paar Zeichnungen
angefertigt (die ich zu Ihrer Begutachtung beifüge), weil
er meint, sie könnten den Lesern bei den schwierigeren
Schritten helfen. Er ist seit einer Ewigkeit Kakteenliebha-
ber. Auch von Bäumen versteht er eine Menge.

Herzliche Grüße

J.

Ottawa, den 7. Februar 1957

Liebe Mrs. Flett,

danke für Ihre netten Worte über die Kaktusillustratio-
nen. Ich glaube, ohne mir selbst allzusehr auf die Schulter
klopfen zu wollen, daß unsere Leser wirklich davon angetan waren; es bringt ein bißchen Pfiff in die Sache. Und die
Kolumne übernehme ich mit Vergnügen, solange Sie in
New Orleans sind. Ich springe jederzeit gerne ein, es kann
einem wirklich zum Hals heraushängen, über Ge-
meindewahlen und Schulbehördenreibereien zu berichten.

Mit freundlichem Gruß

Pinky Fulham

Liebe Mrs. Green Thumb,

»Wie man Phlox zu Leibe rückt« hat mir gefallen. Ich hab's für meine Ablage ausgeschnitten und extra ein Exemplar für meine Schwägerin in Calgary gekauft, die ihre Freude dran haben wird.

Freundliche Grüße

Rose Henning, eine scheue, aber
entschlossene angehende Gärtnerin

Hanover, College, den 19. September 1957

Es ist so laut im Wohnheim, daß ich nicht nachdenken kann, aber ich möchte Euch mitteilen, daß ich mich eingewöhnt habe und noch lebe. Prima Wetter hier. Prima Neuigkeit, daß Beverly den kaufmännischen Kurs besucht, sie macht das bestimmt prima.

Liebe Grüße an alle, besonders Vicky
Warren

PS. Du hast gesagt, Postkarte genügt.

Ottawawawa, den 2. Dezember 1958

o mrs. green meine liebe mrs. thumb
ach ich lieb sie liebe sie sehr
ihre güte ihre grünbereite hand
ihre gießkanne düngeperlen und wie ich es liebe
das rascheln der seiten und sie da zu finden
immerdar zwischen briefmarken und bridge
zwischen rezepten und religion immerzu dort
mit ihrem grün ihrer güte und o letzte woche
mit ihrem feuchten tuch
zum abwischen der grünen grünen blätter
reiben und polieren ach so sacht und die grünen
poren öffnen der luft ganz so als würde man
einem kleinen kind die hände waschen sagten sie

liebe mrs. green thumb ach könnte ich
ihr kind sein
sauber und rein geschrubbt offen für licht und güte
auch ich wäre glücklich auch ich brauchte sonst nichts
und oh wie ich sie liebe süße reine mrs. green thumb

Anon

Bloomington, Indiana, den 15. Januar 1958
Daze – Du wirst mich umbringen, aber ich kann im Februar nicht nach Florida. Rate mal, warum – ich heirate. Jawohl, heirate! Hoffe, Du stehst noch aufrecht und atmest. Beans sagt, ich hab' meinen Verstand verlegt, aber ich glaube, Du wirst Mel mögen. Er ist Laborausbilder, geschieden, schöne Haare, singt Bariton in einem Amateurquartett, das sagt alles. Wie wär's, wenn Du, statt Dich in Florida in der Sonne zu aalen, hierher nach Indiana zur Hochzeit kommst. Es wird eine Fünfminutenangelegenheit auf dem Standesamt, ohne große Garderobe, aber hinterher gibt's die größte Party, die Du je erlebt hast. Kübelweise Champagner.

Liebe Grüße
Fraidy

Bloomington, Indiana, den 17. Januar 1958
Bloß schnell ein paar Zeilen. Du mußt einfach auf DIE HOCHZEIT kommen, und danach können wir zwei alten Mädchen (toi et moi) uns nach Süden aufmachen für eine Woche Florida. (Fraidy sagt, Du hast Deine Angst vorm Fliegen überwunden.) Verflixt, ich brauche ein bißchen Sonnenschein. Hoffentlich ist Mel der Richtige für Fraidy, er ist nett, aber schon ZWEIMAL geschieden!!!

Beans

Ottawa, den 4. März 1958

Liebe D.,

großartig, der Artikel über Palmen, »Der Geheimnis-baum«, und wir hatten auch *sagenhafte* Reaktionen auf Pinkys Zeichnungen.

Möchte Sie fragen, ob Sie Lust haben, sich *Tea and Sympathy* anzusehen. Habe zwei Freikarten für den 15. März.

J.

Ottawa, den 2. Juni 1958

Liebe Mrs. Green Thumb,

Ihr Beitrag über Geranien ist mir zu Herzen gegangen. Diese robusten, beherzten Schätzchen haben mir in den fünfzig Jahren meines Ehelebens Gesellschaft geleistet; sie haben auf der Fensterbank gesessen und mich aufgehei-tert, wenn ich die Kartoffeln fürs Abendessen geschält habe. Mein Angetrauter war einer von denen, die sich ein Essen ohne Kartoffeln auf dem Teller nicht vorstellen können. Jetzt bin ich in einem sogenannten Alterssitz, Sunset Manor, ist das zu glauben, keine Arbeit mit dem Schälmesser mehr, aber ich habe immer noch die Fenster-bank voll leuchtender kleiner Lieblinge. Wie Sie, zerreibe ich gerne die abgestorbenen Blüten zwischen den Fingern und rieche den Duft, bloß habe ich nie jemandem erzählt, daß ich das tue, es hörte sich so verrückt an.

Verbindliche Grüße
Mrs. Alice W. Keefer

Ottawa, den 27. April 1959

Liebe Dee,

danke für die Einladung zum Osteressen. Sie sind ja mit einer so reizenden Familie gesegnet: Alice mit dem dich-ten roten Haarschopf, der schüchterne Warren, die reizende Joan und Ihre Nichte Beverly mit der kleinen Victoria. Ich hatte fast vergessen, wie schön es ist, sich mit einer richtigen Familie zu einem Festmahl an den Tisch zu setzen – und es war ein *vorzügliches* Mahl! Und denken Sie nicht, daß Alices Verlangen, mich zu »begutachten«, mich verlegen gemacht hat.

Ihr J.

PS. Hoffe, es bleibt bei nächstem Dienstag.

Bloomington, Indiana, den 14. November 1959

Daze –

Dein Anwalt hat mich neulich angerufen wegen des Besitzes am Lake Lemon. Er hat endlich einen interessierten Käufer an der Hand, aber nur, wenn die Pyramide platt gewalzt und das Gelände aufgeschüttet wird. Laß mich wissen, wie Du darüber denkst. Sollen wir loslegen? Offenbar wird Marias Unterschrift für den Verkauf nicht benötigt. Falls sie je wieder auftaucht, kann man sie auf irgendeine Art entschädigen.

Liebe Grüße
Fraidy (Mel läßt grüßen)

Bloomington, Indiana, den 13. Dezember 1959

Daze,

Mel und ich wünschen frohe Weihnachten. Ich habe die Leute von der Immobilienagentur von Deiner Stellungnahme in Kenntnis gesetzt, und nein, ich halte Dich nicht für verrückt. Warum überstürzt verkaufen, wenn Du das Geld nicht brauchst, aber ich sollte Dich wohl warnen, daß die Pyramide anscheinend ein Opfer von Vandalen oder aber von Frostschäden geworden ist. Die allerbesten Wünsche für das nächste Jahrzehnt. Wer hätte je gedacht, daß aus mir mal eine »kleine Ehefrau« wird und aus Dir die »Karrierefrau«. Paßt aber zu Dir. Darin sind Beans und ich uns ausnahmsweise einig – Du hast Dein Metier gefunden!

Liebste Grüße
Fraidy

Ottawa, den 3. April 1960

Liebe Mrs. Green Thumb,

toll, in »Sich aus dem Garten ernähren – ja oder nein« haben Sie's genau beschrieben, wie es ist. Meine Frau und ich liegen uns wegen dieses Themas seit Jahren in den Haaren. Zum Dank schicke ich Ihnen (angeheftet) mein Rezept, wie Sie die Algen aus Ihrem Lilienteich bekommen (falls Sie einen haben), und zwar für immer! Sagen Sie Ihren Lesern, daß sie Kupfersulphat in der Gärtnerei oder im Haushaltswarengeschäft kaufen können.

Machen Sie's gut, und haben Sie vielen Dank
Roman Matrewski

Ottawa, den 12. August 1960

Liebe Mrs. Green Thumb,

ich hatte richtig Freude an Ihrem dramatischen Kampf mit der Ameisenkolonie. Auch an Ihren aufklärenden Worten über den europäischen Blattkäfer. Sie haben eine große Begabung, aus allem eine Geschichte zu machen. In Dankbarkeit

Jemand in Südottawa, der Unkraut und Käfer bis obenhin satt hat

Bloomington, Indiana, den 4. November 1960

Hallo, habe gerade Alices Hochzeitseinladung erhalten. Ich werde dasein, bestimmt. Ich nehme Dich beim Wort, von wegen »einen Gast mitbringen«. Wir werden fliegen, statt mit der Bahn zu fahren. Er hat Geld wie Heu.

Beans

Ottawa, den 15. Dezember 1960

Liebe Dee,

habe soeben mit Pinky gesprochen, er ist gerne bereit, die Kolumne bis nach der Hochzeit Ihrer Tochter zu übernehmen. Ich sehe ein, daß eine solche Angelegenheit eine Menge Organisation erfordert. Pinky hat einiges interessante Material über Farne, die anscheinend gerade ein Comeback feiern. Geben Sie mir Bescheid, wenn ich irgend etwas für Sie tun kann.

Ihr J.

Ottawa, den 22. Januar 1961

Meine liebe Dee,

verzeih mir, aber ich muß es Dir schriftlich sagen. Danke, danke, danke.

J.

Hampstead, England, den 20. April 1961

Liebe Mutter,

wir sind so glücklich in unserem Häuschen. Ich hätte mir nie träumen lassen, daß ich so glücklich sein könnte. Sogar die Adresse klingt wie ein Gedicht: Brewery Lane 1. Was sagt man dazu! Ich glaube, ich bin mein Leben lang ein bißchen verrückt gewesen, und jetzt bin ich es auf einmal nicht mehr. Ich werde für immer hierbleiben und Babys bekommen und über Tschechow schreiben und gesund und geborgen sein. Danke für die hübschen Schnappschüsse von Victoria. Mir geht das Herz über, wenn ich nur an sie denke. Freut mich zu hören, daß Du und Beans und Fraidy Euch dieses Jahr für die Bermudas entschieden habt. Ben läßt herzlich grüßen.

In Liebe
Alice

Bloomington, Indiana, den 25. Mai 1962

Daze,

bin so froh, daß wir's geschafft haben, zur Taufe zu kommen. Alice hat sagenhaft ausgesehen – meine Güte, sie ist weicher geworden –, und der kleine Ben ist entzükkend. (Ich vermute, sie sind inzwischen wieder in Hampstead.) Und es war nett, Jay endlich kennenzulernen. Ja, Du hattest recht, er hat ein nettes, volles, weltgewandtes Lachen. Auch hat ein Mann etwas Liebenswertes, der den ganzen Text von »Kalinka« im Kopf hat. Es hat mich natürlich gefreut, daß er und Mel soviel gemeinsam haben. Ist das nicht verrückt, daß wir alle in unserem Alter einen Verehrer haben, obwohl Mel wohl nicht ganz als Verehrer durchgeht, weil er ja jetzt mein Mann ist. Übrigens, Beans und Brick reden schon von Hochzeitsglocken. Ich wünschte, ich könnte mich für ihn erwärmen, kann es aber irgendwie nicht. Was meinst Du? Es sind nicht bloß sein Name und die scheußlichen Krawatten, oder? Vielleicht ist es die Art, wie er über die Kennedys herzieht. Vielleicht ist es der Ring von der Sigma-Chi-Verbindung. Vielleicht ist es alles zusammen.

Liebe Grüße
Fraidy

Ottawa, den 6. Juni 1963

Liebe Mrs. Green Thumb,

ich bin absolut Ihrer Meinung, daß Pfingstrosen schön, aber dumm sind. Das Dümmste an ihnen ist, daß sie sich nicht versetzen lassen wollen – deswegen haben mein Mann und ich Ihren Vorschlag letzte Woche begrüßt. Vielen Dank. Sie sind Spitze.

Audrey LaRoche (Mrs.)

Ottawa, den 15. August 1963

Liebe Mrs. Green Thumb,

Ihr Artikel über Stockrosen war einmalig! Mir hat die Stelle über ihre »gerüschten Röcke« und ihre »scheuen flaumigen Stengel« gefallen. Ich habe jahrelang keine Stockrosen im Garten gehabt, aber nachdem ich Ihre Kolumne gelesen hatte, bin ich schnurstracks losgelaufen und habe haufenweise Samen gekauft, obwohl es dieses Jahr dafür schon zu spät ist.

Haufenweise Dank
Lydia Nygaard

Ottawa, den 25. November 1963

Liebste Dee,

konnte Dich am Telefon nicht erreichen, daher diese paar Zeilen. Das meiste der Rubrik »Heim und Freizeit« wird nächste Woche gestrichen, wegen der Kennedy-Berichterstattung – deshalb bringen wir Deinen Artikel über Steingärten erst die Woche drauf. In was für einer Welt leben wir nur, alles bricht zusammen.

Dein J.

Ottawa, den 25. Januar 1964

Liebe Dee,

es tut mir so leid wegen dieses Mißverständnisses. Ich sehe jetzt natürlich ein, daß es ein Fehler war, es Dir am Telefon zu sagen. Ich wußte, Du würdest enttäuscht sein, aber ich hatte *keine* Ahnung, daß Du es so schwernehmen würdest. Du hattest davon gesprochen, daß Du mehr Zeit für Dich haben möchtest, mehr Zeit zum Reisen, vielleicht nach England, um Deine Tochter zu besuchen. Hoffe, wir können uns wie üblich am Dienstag treffen und dies alles wie zwei *vernünftige* Menschen besprechen.

Dein J.

Ottawa, den 6. Februar 1964

Liebe Mrs. Flett,

ich habe Ihren Brief aufmerksam gelesen und kann Ihnen versichern, daß ich Ihre Gefühle verstehe. Aber ich glaube, Jay hat Ihnen den Grundsatz des Blattes erklärt, daß vollbeschäftigte Mitarbeiter bei Kolumnen Vorrang haben. Wie Sie sehr wohl wissen, bin ich von Zeit zu Zeit in der Gartenkolumne eingesprungen, jedesmal, wenn Sie fort waren, und, um Ihnen die Wahrheit zu sagen, ich habe eine ganze Menge anerkennende Briefe von Lesern erhalten, denen es besonders gefällt, daß meine Kolumnen illustriert sind und einen männlichen Standpunkt vertreten. Ich persönlich empfinde ein Lokalblatt als einen lebenden, atmenden Organismus, dem es widerstrebt, sich strengen Strukturen zu unterwerfen. Sie müssen das so sehen: Unsere Leserschaft verändert sich ständig, und das müssen wir auch tun. Nach neun Jahren als Mrs. Green Thumb werden Sie eine Veränderung bestimmt begrüßen.

Mit den besten Wünschen
James (Pinky) Fulham

den 20. Februar 1964

Liebe Dee,

mir tut das alles so *schrecklich* leid, und ich stimme Dir zu, der Grundsatz des Blattes ist lächerlich, aber dieser Grundsatz galt schon zur Zeit meines Vorgängers. Dies alles hat nichts mit Deinen Fähigkeiten als Verfasserin zu tun, das weißt Du genau. Es ist eben so, daß Pinky als Vollzeitmitarbeiter einen älteren Anspruch auf eine ständige Kolumne hat, sofern er sich auf dem Gebiet als fähig erweist. Ich kann Dir gar nicht sagen, wie *sehr* ich das alles bedaure, aber leider sind mir die Hände gebunden.

Bitte, laß uns bald zusammenkommen und über andere

Dinge reden. Du nimmst das Ganze, wenn ich das sagen darf, *viel* zu persönlich.

Dein J.

den 28. Februar 1964

Liebe Mrs. Flett,

danke für Ihren Brief. Aber bedaure, ich bin jetzt nicht gewillt, es mir anders zu überlegen. Offen gesagt, ich berichte seit gut zehn Jahren über Stadtpolitik und brauche dringend eine Veränderung. Sogar mein Hausarzt hat mir zu einem Wechsel geraten. Ich sollte meinen, auch Ihnen wäre nach so vielen Jahren an einem Wechsel gelegen. Veränderung hält uns jung.

Mit verbindlichem Gruß
Pinky Fulham

PS. Wie ich Ihnen bereits sagte, hoffe ich, diese Meinungsverschiedenheit wird unserer Freundschaft keinen Abbruch tun.

Bloomington, Indiana, den 28. März 1964

Daze,

Beans und ich fragen uns schon, ob Du Dir das Handgelenk gebrochen hast. Wir haben eine Ewigkeit nichts von Dir gehört – kannst Du nicht ein, zwei Zeilen schreiben?

Fraidy

Hampstead, England, den 10. April 1964

Du hast seit Wochen nicht geschrieben. Hoffentlich ist alles in Ordnung. Es ist Frühling geworden in England, herrlich, und Judy wiegt schon zwölf Pfund. Ist alles okay? Ich bin etwas besorgt. Seit Wochen ist kein Brief von Dir gekommen. Dir fehlt doch nichts?

In Liebe
Alice, Ben, Benje und Klein-Jude

245

Schmerz, 1965

1965 war das Jahr, in dem Mrs. Flett in eine tiefe Depression sank.

Es geschah mehr oder weniger über Nacht. Ihre Angehörigen und Freundinnen standen hilflos dabei und sahen zu, wie ihre sonst so gefaßte Natur zu Verwirrung zerfiel, dann zu Insichgekehrtheit und schließlich einem besinnungslosen Zorn, der sich aus Verletztheit zu nähren schien. Sie war unattraktiv in dieser Zeit. Verzweiflung bekam ihrem Aussehen nicht. Güte kann sich nicht mit Schlechtigkeit paaren – sie ist zu gut, müssen Sie wissen, zu abartig gut. Ein Mensch, der nicht mehr als ein, zwei Stunden am Stück schlafen kann und dessen Eßverhalten gestört ist, ein solcher Mensch verfällt bald in körperliche Verkümmerung – man hat solche Leute gesehen, auch Mrs. Flett hat sie am Rand von städtischen Parks entlangschlurfen oder beim Friseur sitzen sehen. Die Gesichtshaut sackt abwärts. Die Kleider schlottern an ihnen und sehen immer aus, als könnten sie eine gründliche Auffrischung gebrauchen. Man möchte zu diesen verlorenen Seelen eilen und sie trösten, aber sie haben eine abstoßende Aura des Versagens um sich, fast wie ein Geruch.

Das Frühjahr und der Sommer 1965 – das waren entsetzliche Monate für Mrs. Flett, als sie Tag für Tag eine Flugbahn entlangglitt, die mit Resignation begann, sich dann zu Schweigsamkeit verhärtete, sich dann schlagartig in eine verbitterte, vorwurfsvolle Entfremdung von den

Menschen um sie herum verwandelte, von ihren Kindern und Enkelkindern, ihren vielen guten Freunden und Bekannten.

Was war es, was Mrs. Flett so vollkommen verändert hat?

Die Wechseljahre werden Ihnen wahrscheinlich sofort in den Sinn kommen, aber nein. Daisy Flett ist 1965 neunundfünfzig Jahre alt, fast sechzig, und ihr Hormonhaushalt, der – wie einige sagen – nie besonders unbeständig war, ist seit ihrem neunundvierzigsten Geburtstag – wie andere sagen – gleichmäßig wie eine Uhr gewesen. Auch leidet sie anscheinend nicht an »verzögerter Trauer«, wie einige ihrer Angehörigen annehmen. Sie erinnert sich zärtlich an ihren lieben, guten Barker, gewiß, sie ehrt sein Andenken, was immer das heißt; und sie denkt mit einem Lächeln an ihn, jedesmal, wenn sie sich die Handflächen mit einem Klecks Jergens Lotion einreibt und sich zurückversetzt in jenen Augenblick – ein sehr intimer Augenblick, sie will mit niemandem darüber sprechen, auch wenn sie es hier berichtet –, als er ihre geschmeidig gesalbten Finger pries und mit wunderbar beweglichen seidigen Fischen verglich.

Fische? Ein erschreckender Gedanke; er traf sie unvorbereitet; damals hatte sie sich nicht ganz für den Vergleich erwärmen können, aber sie hatte zumindest den couragierten Hang ihres Mannes zur Poesie anerkannt. Aber sehnt sie sich tatsächlich nach ihrem toten Ehepartner? Nach der Ruhe, die ihr die schlichte Abnutzung ihrer Liebe gewährte? Wieviel von ihrer verfügbaren Zeit neigt sich rückwärts in das Geflecht ihres vereinten Lebens, dieser zwanzig Ehejahre?

Um ehrlich zu sein, sehr wenig. So, jetzt habe ich es gesagt.

Ihre gegenwärtige gedrückte Gemütsverfassung, die

manische Mißfunktion von Herz und Hirn, der Zusammenbruch ihrer Vernunft, der Verfall ihrer körperlichen Gesundheit – dies alles entspringt einem mysteriösen Leidenskern, den die Menschen um sie herum nur registrieren und abwägen und über den sie nur Vermutungen anstellen können.

ALICES THEORIE

Etwas ist mit mir geschehen. Mit neunzehn Jahren war ich nahe daran, zu einer bestimmten Art von Person zu werden, und dann habe ich mich gewandelt und eine andere Richtung eingeschlagen.

Das Ich ist kein in ein Gebälk eingeritztes Etwas. Kürzlich habe ich – vermutlich in der Sonntagszeitung – von einer Amerikanerin gelesen, die eines Morgens aufstand und anfing, sich in einer neuen Handschrift zu üben, sie ließ ihre Buchstaben sich rückwärts neigen statt vorwärts, sie verlegte sich auf kleinere, engere Verschlingungen. Es war fast wie Zeichnen. Sie schrieb ihren Namen ein Dutzendmal in dieser Variante. Sie schrieb die Präambel der Verfassung nieder und dann Lincolns Gettysburg-Rede, und bis zum Mittag war sie ein anderer Mensch geworden.

Die Veränderung, die mir widerfuhr, ging tiefer als Kalligraphie und weit, weit über Oberflächlichkeiten wie eine neue Frisur oder einen Diätplan hinaus – wenngleich ich mit neunzehn beschloß, mir die Haare wachsen zu lassen, was Mitte der fünfziger Jahre keineswegs üblich war, und auf Fleisch, weißen Zucker und Zigaretten verzichtete.

Es war im Sommer. Ich war soeben nach meinem ersten Collegejahr nach Hause gekommen. Es war mein allererster Morgen daheim, und ich wachte früh auf in unserem großen, stillen schäbigen Haus in Ottawa und blickte direkt an die Decke, wo ringsum ein Riß verlief, geformt wie der Buckel eines alten Weibes, hoch und oben abgerundet, sich dann nach unten verjüngend. Derselbe Riß war dagewesen, solange ich zurückdenken konnte, seit meiner frühesten Kindheit. Es war das erste, was ich am Morgen sah, und das letzte am Abend, dieses bedrohliche Zeichen in Gips, das mich mit Furcht überdachte. Meine Angst galt nicht der hexenhaften Gestalt, guter Gott, nein – ich wußte sehr wohl, daß eine derartige Vermenschlichung eingebildet und ichbezogen ist; ich wußte auch, daß andere Leute, glücklichere Leute, statt eines deformierten Rückgrats einen Fluß sehen mochten oder die Karte eines untergegangenen Subkontinents oder, mit etwas Phantasie, einen Berg, gekrönt von einer chinesischen Pagode, die wiederum gekrönt wurde von einer Schlagsahnehaube. Wir sehen, was wir sehen wollen. Unsere Wahrnehmungen entspringen unmittelbar unseren geheimsten Bedürfnissen, das lernt man in der »Einführung in die Psychologie«, einem Pflichtfach an meinem College. Nein, was mir bei dem Riß in der Decke angst machte, war seine Beständigkeit. Daß er immer da war. Entschlossen, mich zu begleiten. Ein Teil von mir zu sein.

Ich schleppte die Trittleiter aus dem Keller herauf und hoffte, daß sie ausreiche. (Die Decken in unserem alten Haus waren lächerlich hoch.) Auf einem Bord im Gartenschuppen fand ich eine Büchse Gipsmörtel, und ich rührte eine dicke klebrige Masse an, die ich mit einem Spatel aus der Küchenschublade auf den Deckenriß strich, wobei ich die Leiter Fuß für Fuß weiterrückte. Ich hatte so etwas noch nie gemacht, aber ich habe die Anleitung auf der Büchse sorgfältig durchgelesen und meine Arbeit ordentlich ausgeführt. Ich bin immer außergewöhnlich ordentlich gewesen. »Sehr ordentliche Darstellung« haben meine Professoren unter meine Semesterarbeiten geschrieben, auch »sehr klarer Gedankengang« und »sehr schwungvoll«.

In einer halben Stunde war der Gips getrocknet, und ich schmirgelte ihn glatt, ließ mir die feinen Körnchen auf den Kopf und ins Gesicht rieseln, atmete den kalkigen Staub ein, schmeckte ihn auf der Zunge. Ich fand das Gefühl nicht unangenehm, im Gegenteil. Bis vier Uhr nachmittags hatte ich mit Hilfe einer Rolle mit ausziehbarem Stiel die ganze Decke gestrichen, und unmittelbar vor dem Schlafengehen habe ich dem Ganzen einen zweiten Anstrich gegeben.

Dann legte ich mich im Dunkeln hin, womöglich ein wenig berauscht von den schweren Latexdämpfen, die herabwirbelten und mitten in der Luft mit einer irrsinnigen vorausschießenden Glückswelle zusammenliefen. Der Schlaf kam rasch; ich begrüßte ihn; ich war gespannt auf den Morgen; ich wollte beim ersten Licht aufwachen und aufs neue die Verwandlung betrachten, die ich zustande gebracht hatte.

So ist es wirklich gewesen. Dieses Ereignis, diese Offenbarung! Nicht eines der verschiedenen Familienmitglieder erhob den leisesten Einwand gegen meine Entschlossenheit, meine Schlafzimmerdecke instand zu setzen und zu streichen. Keiner fragte mich herausfordernd, wozu ich die Leiter brauchte, warum ich im Schuppen nach einem Farbroller kramte, ob dieses Tun eine flüchtige Laune oder eine metaphorisch befrachtete Geste sei. Dies erstaunte mich, dieses allgemeine Gewährenlassen. Meine Mutter war natürlich mit ihrer wöchentlichen Gartenkolumne beschäftigt, die sie für die Lokalzeitung schrieb (Mrs. Green Thumb lautete der Verfassername, den sie benutzte). Mein Bruder und meine Schwester, beide jün-

ger als ich, sahen mit Interesse, vielleicht sogar einer Spur
Neid zu – warum waren sie nicht auf die Idee gekommen,
ihre Zimmerdecken auszubessern! –, und Cousine Beverly, die im Vorjahr bei uns eingezogen war, half mir,
Zeitungen auf dem Teppich auszubreiten, und gab mir
einen nützlichen Tip, wie ich in die schwierigen Ecken
gelangen konnte. Mein Vater, wäre er noch am Leben
gewesen, hätte mir vielleicht abgeraten, mich mit einer
stumpfsinnigen, schmutzigen Arbeit zu befassen, obwohl
ich nicht umhin kann zu denken, daß er den Impuls, der
mich antrieb, verstanden hätte.

In einem Tag hatte ich mein Leben verändert: Mein
Leben war somit veränderbar. Dieser einfache Grundsatz
schrie nicht nach Auslegung; nein, er drang direkt in
meinen Blutkreislauf ein, machtvoll wie Heroin; ich
konnte sein Pumpen und Wogen fühlen, wie er meine
Adern zu einer Art Glas aufhellte. Ich war an diesem
Morgen in Beengtheit und Fremdbestimmtheit aufge-
wacht, und jetzt schlief ich im Sturm meines eigenen Willens ein. Wenn ich morgen die Augen öffnete, würde sich
mir ein glattes weißes Feld der Möglichkeiten auftun. Die
Decke, die mich verhöhnt hatte, war jetzt zur Erinnerung
einer Erinnerung geschrumpft. Ich hatte sie nicht einfach
nur übertüncht. Ich hatte sie ausgelöscht. Es war, als hätte
sie nie existiert.

Sodann beschloß ich, gütig zu werden. Ich war kein
gütiger Mensch, glaubte aber, es lernen zu können.

Als erstes verbrannte ich meine alten Tagebücher im
Kamin und auch die Briefe, die ich in meinem Collegejahr
nach Hause geschrieben hatte, Briefe voll Ergüsse und
Künstlichkeit. Meine Mutter ertappte mich dabei und be-
kundete Besorgnis. Du wirst es vielleicht bereuen, sagte
sie, du wirst vielleicht zurückblicken und sehen wollen, wie
du mit zehn oder zwölf oder sechzehn Jahren warst.

Doch ich wußte, ich würde die Tagebücher oder Briefe nicht brauchen, um meinem Gedächtnis auf die Sprünge zu helfen. Ich war als boshaftes, herrisches kleines Mädchen aufgewachsen. Ich war egoistisch. Ich liebte es, Menschen zu kränken. Ich habe meine Schwester Joan als Petze und meinen Bruder Warren als Pickelnase bezeichnet. Ich habe Cousine Beverly herumkommandiert wie eine Leibeigene und mich beschwert, weil ihre Kleine in den ersten Monaten so geschrien hat; es war nur eine Kolik, aber ich habe es fertiggebracht, es so hinzustellen, als sei sie mißhandelt worden oder vielleicht hirngeschädigt oder so etwas. Ich habe fortgesetzt Diätartikel für meine Mutter ausgeschnitten und sie ihr laut vorgelesen, mit kühler hinterhältiger Stimme, und die Zeitung, für die sie schrieb, habe ich unablässig »dieses engstirnige Käseblättchen« genannt. Ich erinnere mich, wie ich gewesen bin. Die Menschen denken sich die Erinnerung gerne als einen tiefliegenden Meeresarm, aber meine Erinnerungen von mir sind mehr wie ein aufgewühlter See, der gegen den Menschen peitscht, der ich geworden bin. Ein netter Mensch. Ein nachdenklicher Mensch.

Ich habe aufgepaßt; ich habe genau auf den Motor gehört, der sich in meinem Kopf ein- und ausschaltete; es war wie Perlen aufziehen, eine sehr knifflige Arbeit. Ich trat als Mädchen in den Sommer 1955 ein und kam als Frau heraus. Frauen, lernte ich, mußten stur sein, aber boshaft mußten sie nicht sein.

Die Resonanz in meiner Familie war überraschend gering, wie das improvisierte Klingen ferner Glocken – als hätten die Meinen all die Jahre nie an dem Guten in mir gezweifelt: Alice ist reifer geworden, sagten sie. Alice ist jetzt eine richtige junge Dame. Alice ist zu sich gekommen. Alice hat sich beruhigt. Alice ist ihren Komplex losgeworden, sie ist von ihrem hohen Roß heruntergekommen, hat ihre rauhen Kanten abgelegt. Aber im Kern ist Alice ja immer butterweich gewesen, nicht wahr? Und sie hat sich als ein richtiger Schatz entpuppt. Oh, auf Alice kann man sich verlassen, das konnte man immer.

Ich bitte Sie!

Hier ist ein Schaubild von unserer Familienstruktur vor und nach dem Tod meines Vaters.

Bevor er starb (Hirntumor, bösartig), waren wir eine richtig nette kleine Familie: zwei liebevolle Eltern und drei gesunde Kinder. Unser Vater war Direktor des Agrikulturinstitutes, wo seine Arbeit an Getreidekreuzungen allgemein anerkannt war (Ehrendoktorwürde der Stadt Guelph *und* der Universität von Iowa), und nach seiner Versetzung in den Ruhestand schrieb er, dem Müßiggang nie gelegen hatte, eine wöchentliche Gartenbaukolumne für den *Recorder,* das Lokalblatt von Ottawa. Meine Mutter war ganze dreiundzwanzig Jahre jünger als mein Vater; dieser Altersunterschied wurde ihr zum Steckenpferd und zur Profession, einem älteren Mann eine junge Frau zu sein – es ließ sie mädchenhaft bleiben, machte sie zu einer Art Pächterin im Turm der Jugendlichkeit. Dort verweilte sie, geborgen, versorgt. Sie blieb daheim und kümmerte sich um ihre Kinder und nähte und hielt das Haus sauber – obwohl sie sich eine Hilfe hätte leisten können – und pflegte den Garten. Ihr Garten, er fungierte als eine Art Trope in ihrem Alltagsleben und auch in unserem. Sie bereitete Abendmahlzeiten – gebratenes Fleisch, gekochtes Gemüse, Pasteten und zum Nachtisch Puddings oder gestürzte Gelatinespeisen. Diese Mahlzeiten waren geplant, sie ergaben sich nicht einfach. Unsere Familie setzte sich an einen richtig gedeckten Tisch. Meine Mutter ersann immer neuen Tischschmuck, sie gehörte zu jenem Bataillon von Frauen in der Jahrhundertmitte, die großen Wert auf Tischschmuck legten. Wir Kinder hatten gesittete Tischmanieren. Wir sprachen mit gedämpfter Stimme. Immer nach dem Spülen machten Joanie, Warren und ich unaufgefordert unsere Schularbeiten. Wir hatten mittwochs abends Klavierstunden bei einer Frau namens Myrna Rassmussen, Royal Raspberry nannten wir sie hinter ihrem Rücken, Hoheit Himbeere – und dieser freundliche Spitzname sagt viel darüber aus, wie wir waren und wozu wir fähig waren. Samstags unternahmen wir Familienspaziergänge – niemand sonst, den wir kannten, machte Familienspaziergänge –, und unsere Eltern lehrten uns, allerdings unaufdringlich, die verschiedenen Sträucher, Bäume, Pflanzen und Blumen unterscheiden, die in unserer Nachbarschaft oder im Wald der Versuchsfarm wuchsen.

Nach dem Tod meines Vaters – und schon in den Monaten nach der Diagnose – änderten sich die Dinge rasch. Abendessen gab es verspätet oder verfrüht. Manchmal wurde es in der Küche serviert statt im Speisezimmer, und es gab Sachen wie warm gemachtes Corned beef aus der Dose oder Käsetoast. Meine Mutter nahm ihre Schürze so gut wie nie ab, wir mußten sie daran erinnern, sonst wäre sie noch so aus dem Haus gestürzt. Sie geriet mit dem Staubsaugen in Rückstand. Mit allem. Sogar ihre geliebten Usambaraveilchen vertrockneten, sogar ihre Farne. Diese Vernachlässigung des Haushalts läßt sich teils mit Trauer oder Desorientiertheit erklären, das wäre nur natürlich, aber etwas anderes passierte, was all diese ganzen Veränderungen erzeugte. Nur zwei Monate nach der Beerdigung meines Vaters übernahm unsere Mutter die Gartenbaukolumne beim *Recorder* und wurde Mrs. Green Thumb. Sie war plötzlich ein anderer Mensch, ein Mensch, der arbeitete. Der »außer Haus« arbeitete, wie die Leute in jenen sonderbaren Tagen sagten, obwohl sie ihre Schreiberei unter unserem eigenen Dach erledigte und ihre Kolumne mit der Post an die Zeitung schickte; sie ging mittwochs nachmittags zur Ecke Torrington Crescent, um sie für die Samstagsausgabe in den Briefkasten zu werfen. Ob der Herausgeber des *Recorder* sie aufforderte, die Kolumne zu übernehmen, oder ob sie sich dazu erbot, habe ich nie erfahren, doch urplötzlich saß sie am Schreibtisch unseres Vaters und arbeitete an ihren Artikeln, kritzelte mit ihrem Kugelschreiber drauflos; gelegentlich sah sie auf und rieb sich die Stirn wie jemand, der seinen Verstand nach einer Antwort durchstöbert, die die Empfindsamkeit der Leserschaft berücksichtigt, sich aber getreu an die botanische Wahrheit hält. Manchmal stand sie auf, wanderte für einen Moment zum Fenster, kehrte dann an den Schreibtisch zurück, machte es sich mit ihren ständig breiter werdenden Hüften auf ihrem Stuhl bequem, bereit, von neuem zu beginnen. Wie es schien, besaß sie Talent für diese Art von Schreiben. Was alle überraschte. Es war, als sei sie in ihr eigenes Leben eingeschwenkt.

Dann kam Cousine Beverly aus Saskatchewan mit dem Zug an, im sechsten Monat schwanger, kugelrund, und zog in die Abstellkammer im zweiten Stock. Es war geplant, daß Beverly das Baby zur Adoption freigeben sollte, aber dazu ist es nie gekommen. Das Thema wurde nicht angesprochen. Victoria wurde geboren, ein hübsches, voll ausgetragenes Baby, und blieb einfach bei der Familie. Sie schlief zuerst in einem Korb in meinem Zimmer, aber dann hat Beverly das Sonnenzimmer im Parterre in ein Kinderzimmer umgewandelt, indem sie das alte Efeumuster mit Schäfchen und Melkerinnen übertapezierte.

Dies alles ging schnell. 1954 waren wir eine nette gewöhnliche Familie, Mr. und Mrs. Barker Flett mit ihren drei artigen Kindern. Dann – es schien, als hätte ein Blitzstrahl unser Haus getroffen – waren da nur noch ein

Elternteil (abgelenkt, anderweitig beschäftigt) und eine ledige Mutter und ein Baby mit Kolik und drei Halbwüchsige: die verschlagene Joan, der mürrische Warren und die boshafte Alice.

Sollten Sie gedacht haben, dies alles hätte meine Mutter in höchste Unruhe versetzt, dann haben Sie sich geirrt. Sie ließ das Chaos, das 1955 in unserem Haus ausbrach, wie eine große, gutmütige, alles überflutende Welle über sich hinwegrollen. Sie tauchte an die Oberfläche, das runde Gesicht aufwärts dem Sonnenlicht zugekehrt, glücklich.

Nicht daß wir nicht um meinen Vater getrauert hätten.

Er war ein großer, gebückter, gutaussehender Mann, der noch mit über Siebzig seinen dichten Haarschopf behalten hatte. Das Haar trug er auf seltsam altmodische Weise aus der Stirn gekämmt. Diese Stirn war glatt und glänzend, weiß, hart und rein. Er hatte einen breiten Hals, dem Kragen und Krawatte sehr gut bekamen, aber seine langen Arme und Beine und seine ziemlich schwerfällige Geradlinigkeit erinnerten daran, daß er einst ein Junge vom Land war, aufgewachsen im ländlichen Manitoba, geboren in einem anderen Jahrhundert. Trotz seiner Sanftheit, seiner Geduld, hatte ich ihn als peinlichen Vater empfunden, zu höflich, zu sehr zum Räuspern neigend, zu unbehaglich in seinem Körper, zu alt, viel zu alt, doch als er tot war, habe ich ihn vermißt.

Meine Mutter hat ihn auch vermißt. In den Tagen unmittelbar nach seiner Beerdigung wurde sie schlaff und schwer, als schnappe sie durch eine undurchdringliche Membran nach Luft; ihre Geschichte, ihre Ehe, alles war den Bach runtergegangen. Doch dann – Simsalabim! – wurde sie Mrs. Green Thumb. Ihr altes Ich glitt von ihr ab wie eine übergroße Jacke.

Seit Jahren hat sie sich nun jeden Morgen an ihren Schreibtisch gesetzt, noch in Morgenrock und Pantoffeln, und handschriftlich ihre Kolumne verfaßt – einen ersten Entwurf, dann einen zweiten, dann einen dritten – und dann Cousine Beverlys getipptes Exemplar durchgesehen. Ihr mattgraues Kraushaar steht über Stirn und Ohren ab – manchmal bürstet sie ihre Haare, bevor sie sich an die Arbeit setzt, und manchmal nicht. Sie ist ganz in ihr Tun vertieft und hört nicht einmal das Telefon klingeln; niemand von uns hatte geahnt, daß sie diese Kraft zur Versenkung besaß. Sie behandelt, sagen wir, in der einen Woche die Vermehrung von Lobelien und in der nächsten, wie man Gummibäume durch Luftableger vermehrt. Wenn sie nicht an ihrer Kolumne schreibt, beantwortet sie Leserpost – sie bekommt im Durchschnitt wenigstens zwanzig Briefe pro Woche –, oder sie überlegt sich Themen oder ordnet Garteninformationen in den alten Aktenschrank meines Vaters ein. Dies hat sie volle neun Jahre gemacht, doch jetzt ist es plötzlich vorbei.

Sie hat ihre Arbeit verloren. Ein Mann namens Pinky Fulham hat die Kolumne übernommen, und meine Mutter, neunundfünfzig Jahre alt, wurde an die Luft gesetzt. Man hat ihr den Laufpaß gegeben. Sie wurde gefeuert – und in eine Verzweiflung gestürzt, tiefer, bitterer und umfassender als jene, die sie infolge des Todes ihres Mannes oder der Ungezogenheit ihrer Kinder erlitt. Vor einem Jahr saß sie dort am Schreibtisch, die Haare flogen ihr um den Kopf wie etwas Lebendiges, und ihr Stift eilte über das Papier. Sie war Mrs. Green Thumb, die Lokalberühmtheit, und jetzt ist sie wieder Mrs. Flett. Sie hat für eine Weile erfahren, wie das ist, wenn man arbeitet. Die prägende Befriedigung. Das Gefühl, wenn ein getipptes Manuskript zusammengefaltet und in einen Umschlag gesteckt wird. Und dann der Honorarscheck, der mit der Post kam. Jetzt ist sie wie ein großes Kaufhaus der Traurigkeit mit seinen Auslagen aus Zurückweisung und

Nichtbeachtung und breiten, stillen, reflektierenden Fenstern, außer Betrieb, das Vorhängeschloß an der Tür.

Ich lebe viele tausend Meilen entfernt in England – Hampstead, um genau zu sein –, aber ich habe meinen geliebten Ehemann Ben für volle drei Wochen verlassen, und auch unsere zwei kleinen Sprößlinge, Benje und Judy, und bin den weiten Weg nach Hause gekommen, um nach dem Rechten zu sehen. Ich finde meine Mutter im Garten sitzend, die Lehnen des Korbstuhls umklammernd, ihr Kinn merkwürdig eingefallen und alt, ihr Mund rund, hilflos, und sie sagt: »Ich kann mich nicht daran gewöhnen. Ich kann nicht darüber wegkommen.«

FRAIDY HOYTS THEORIE

Sie erwarten doch nicht, daß Alice Flett Downing an die reale Existenz ihrer Mutter glaubt, oder?

Sicher, sie liebt ihre Mutter, und sie ist bestimmt eine gute Tochter – ist sie nicht den weiten Weg über den großen Teich gekommen, um sie aus ihrer augenblicklichen Melancholie herauszukitzeln? Das Dumme ist, Alice weiß nicht, wo sie anfangen soll. Kurioserweise, ironischerweise kennt sie ihre Mutter nicht lange genug, sie kennt sie nicht, wie ich sie kenne, seit unserer Kindheit in Bloomington, Indiana, als wir zwei elfjährige Gören mit Zöpfen waren – tatsächlich war ich die mit Zöpfen, und Daze hatte naturkrause Haare. Die hat sie gehaßt – Herrgott! –, eine wandelnde Wuschelkugel hat sie sich selbst genannt. Als später die Pudelfrisur modern wurde, war sie froh, aber da, Ende der vierziger Jahre, lebte sie oben in Kanada, verheiratet mit einem Mann namens Barker Flett und Mutter von drei Kindern, das älteste war Alice.

Alice kann nichts dafür, sie hat einen Arbeitskomplex. Sie schwankt nicht, wie die jungen Frauen zu unserer Zeit, zwischen Konvention und Anfällen von Rebellion; sie hat ernsthafte eigene Interessen, die sie zuweilen etwas salbaderisch vertritt. Sie ist achtundzwanzig Jahre alt, man sollte meinen, sie würde sich bei den Blumenkindern rumtreiben, nicht wahr, und von Frieden und Liebe schwärmen und auf öffentlichen Plätzen herumhängen, Gitarre zupfen und Marihuana rauchen und ihr Leben hübsch zum Teufel gehen lassen. Aber nein, sie ist anständig verheiratet, mit einem klitzekleinen Wirtschaftsprofessor, sie lebt in einem kleinen englischen Märchenhaus, sie hat zwei Prachtbabys in die Welt gesetzt, sie hat ein mäßig erfolgreiches Buch mit dem Titel *Tschechows Imagination* verfaßt und arbeitet an einem weiteren, das Tschechows feminine Seite untersucht – dieses neue Projekt hat sie mir in einem Brief umrissen, der ihrer Weihnachtskarte beilag. Das ist auch so eine Sache mit Alice: Sie verschickt Weihnachtskarten; sie hat den zwanghaften Drang, ihre weit verstreuten Verwandten und Freunde in enger Umklammerung zu halten, und ihre Nächstenliebe erstreckt sich auch auf die alten Kindheitsfreundinnen ihrer Mutter, hauptsächlich mich und Labina Green Dukes, die vor kurzem nach Florida gezogen ist und die mir Alice einmal als Ihre Heiligkeit Miss Rechtschaffenheit beschrieben hat.

Alice betitelt mich in ihren Briefchen und Karten als »Tante« Fraidy, und in dieser tantenhaften Anrede lese ich Besitzansprüche. Auch wohlwollenden Respekt. Auch Liebe. Das letzte Mal habe ich sie auf Klein-Judys Taufe in Ottawa gesehen – das ist noch so eine Verquertheit in Alices Psyche: Sie ist eine Agnostikerin, die ihre Kinder trotzdem taufen läßt; sie bringt sie tatsächlich über den Atlantik, auf daß sie mit reinem, heiligem kanadischen

Wasser gesalbt werden, in Anwesenheit von reinen und unreinen Verwandten und Freunden. Feierlichkeiten, sagt sie, sind der Zement der Gesellschaft; Feierlichkeiten bringen unsere flüchtigsten Impulse groß heraus; Feierlichkeiten bilden die Versiegelung zwischen Großhirn und Kleinhirn. Alice hat eine Theorie zu jedem Stock und Stein und jeder Geste, manchmal mehrere Theorien.

Nach Judys kirchlicher Besprengung in dem wunderschönen Garten in Ottawa standen Alice und ich mit unseren Schampusgläsern herum und haben ausführlich über *Der Weiblichkeitswahn* gequatscht. Ich merkte ihr an, sie war erstaunt, daß ich es gelesen hatte. Wie viele junge Leute glaubt sie, wir älteren Exemplare haben längst unsere Ventile dichtgemacht und uns in platter Duldung in die Zukunft ergeben. Sie machte große Augen, als ich Betty Friedans Begeisterung für die Arbeit als Erlösung in Frage stellte. »Wir sind unsere Arbeit!« rief Alice. »Arbeit und Ich lassen sich nicht trennen.«

Ach du liebe Zeit. Ich öffnete den Mund, um zu protestieren.

»Guck dir meine Mutter an«, unterbrach Alice mich mit leiserer Stimme, aber nicht leise genug, und zeigte zu dem blühenden Flieder hinüber, wo Daze in einem Kreis von Freunden stand, mit ihrem Körperumfang von inzwischen Größe 48, die kleine Judy in ihre Armbeuge geschmiegt. »Bevor meine Mutter Zeitungskolumnistin wurde, hatte sie nicht das geringste Selbstwertgefühl. Nicht das geringste! Wenn man sich das richtig überlegt, hat sie als eine Art Sklavin in unserer Gesellschaft gedient. Sie war unbezahlt. Unterbewertet. Sie war niemand. Jetzt sieh sie dir an. Sie ist«, hier sucht Alice nach Worten, während sie mit der Hand zu den nickenden Fliederbüschen hinüberwinkt, »weißt du, sie ist eine richtige Persönlichkeit geworden.«

Arbeit ist Arbeit, hätte ich Alice gern gesagt, und wer wüßte das besser als ich. Arbeit ist nicht bloß in den Ecken von schattigen Bibliotheken sitzen und alle paar Jahre eine hübsche kleine Monographie herausgeben. Es ist der Wecker, der morgens im Winter rappelt, wenn es dunkel und kalt ist und du vergessen hast, die grüne Bluse zu bügeln, die zu dem grauen Kostüm paßt, und der Wagen ist nicht in Ordnung, und du kannst dir diesen Monat die Reparatur nicht leisten, weil es vier Jahre her ist, seit es der Direktion der Monroe-County-Kunstgalerie eingefallen ist, dein Gehalt zu erhöhen oder dir auch nur ein lobendes Wort zukommen zu lassen, und obendrein gibt es ganze Vormittage, wo kein Mensch in die Galerie kommt, oder wenn, dann stehen sie herum und meckern über die Ausstellung und kichern und feixen über die Abstrakten und geben dir zu verstehen, daß ihre Kindergartenlieblinge das mit einem Tiegel Fingerfarben genausogut können, und dann (ähem, ähem) wird so was auch noch vom Geld der Steuerzahler finanziert, wo die Leute – sie sind bloß zu eingeschüchtert, es zu sagen – in Wirklichkeit eine schöne Landschaft viel lieber sehen, Felder und Himmel und eine Horizontlinie, die nach einer Horizontlinie aussieht, um Gottes willen. Und was noch? Besprechungen mit der Direktion und der Abschluß der Bücher und die Werbung, die immer irgendwie danebengeht, und die Aufbringung von Sponsorengeldern, die im Sande verläuft, und die falsch dirigierten Zuschußanträge und die Kataloge, die zu spät aus der Druckerei kommen, und die Verrückten, die zu jeder Stunde anrufen und dich bitten, nur einen kleinen Blick in ihre Mappe zu werfen, du bist es schuldig, bist es ihnen schuldig, und, verdammt, wer bist du überhaupt, doch nichts anderes als eine aufgedonnerte Verkäuferin.

Und dann – in letzter Zeit jedenfalls, seit Mel weg ist –

ab nach Hause auf ein Glas Bourbon und ein Rührei oder vielleicht bei der Bibliothek vorbei, sehen, was sie Neues hereinbekommen haben, und früh ins Bett, weil du rasende Kopfschmerzen hast, und manchmal denkst du, kurz bevor du die Augen zumachst, an deine alte Freundin Daze in Kanada, mit ihren Kindern und ihrer Zeit, die sie sich einteilen kann, wie sie will, wie sie in ihrem eigenen Tempo umherhuscht und weit und breit das Evangelium von *Good Housekeeping* verkündet und ihren Lohn durch die Erfüllung anderer erhält, die sie bestimmt mit Lorbeer bekränzen und ihr sagen, wie dankbar sie sind, beziehungsweise daß sie eine richtige Mutter ist, daß sie sich nicht außer Haus abschuftet für das schnöde Geld wie ihre alte Freundin Fraidy Hoyt aus Bloomington, Indiana.

Hin und wieder muß sich eine Familie eine Darstellung durch einen Außenseiter gefallen lassen. Eine Familie kann ihren eigenen Legenden auf den Leim gehen, und das führt meiner Meinung nach unmittelbar zum Auspacken von Lügen und Erfindungen aus den lumpigen gemeinsamen Fetzen ihrer tiefverwurzelten Geschichte. Bei den Fletts zum Beispiel wurde die Arbeitsmoral immer großgeschrieben. Barker und seine Getreidekreuzungen, Alice und ihre Russen, Warren und seine Musik, Joanie und ihr – was auch immer sie tut, da unten in New Mexico –, und da ist es nur natürlich, daß sie Dazes Zusammenbruch dem Verlust ihrer Zeitungskolumne zuschreiben. Ich habe das den ersten Monat ja selbst gedacht, aber allmählich bin ich zu dem Glauben gelangt, daß die Wegnahme ihres »Jobs« nur der Auslöser war, der ein schreckliches Verlangen freisetzte, das sie ihr Leben lang unterdrückt hat.

Ich spreche von Sex, was sonst?

Dabei reden Daze und ich nie über Sex. Jedenfalls seit einer Ewigkeit nicht mehr, seit wir als junge Mädchen die

Geheimnisse des Paarungsaktes zu enträtseln versuchten: Wie lange dauerte es? Wie weh tat es? Redete man, während man es machte, flüsterte kleine Liebkosungen und so weiter? Wie fühlte sich ein »Höhepunkt« an, und wie konnte man sicher sein, ob man einen hatte oder nicht, und wieso spielte das überhaupt eine Rolle, und war es Betrug, vorzugeben, daß man einen hatte, wenn man keinen hatte? Und dergleichen mehr.

Dann auf einmal wurde es ein Staatsvergehen, unser Sexualleben zu erörtern.

Ich denke, wir wollten es beide; wenn wir uns trafen, machte jede von uns einen unbeholfenen Anlauf in diese Richtung, aber es ist uns nie gelungen, eine gemeinsame Basis zu finden. Es ist zuviel Raum zwischen uns, ein zu großes Mißverhältnis, könnte man sagen. Oder eine schreckliche Unausgewogenheit. Daze mit ihrem schwerfälligen Barker, dieser geschlechtslosen Figur – und vielleicht, vielleicht auch nicht, einer kurzen Eskapade mit einem Redakteur ihrer Zeitung, Jay Dudley war sein Name, der sich am Ende als regelrechter Scheißkerl entpuppte und ihren Job jemand anderem übergab wie ein König, der einen neuen Lord salbt – darauf also belaufen sich Dazes erotische Erfahrungen, ungefähr anderthalb Kaliber nach meiner Zählung. Und auf der anderen Seite des Zaunes sitze ich mit meinen dreiundfünfzig Liebhabern, möglicherweise vierundfünfzig. Auf meiner Seite waren Getöse, Nervenkitzel, Bewegung, und ich habe auch meinem guten Stern gedankt und auf meine Armee von dreiundfünfzig Mann angestoßen – so sehe ich sie, eine kleine, schneidig marschierende Armee, deren schöne Köpfe und Schultern die Sonne bescheint.

Ich habe mitgezählt. Es ist vielleicht ein perverses Eingeständnis, daß ich ein kleines Notizbuch besitze, in das ich Daten, Initialen, geographische Anhaltspunkte und kodierte Besonderheiten eingetragen habe, seit 1927, etwa Dauer, Stellung, Wiederholungen, Reaktionsstärke und dergleichen.

Meinem »phantomhaften« vierundfünfzigsten Liebhaber bin ich erst vor wenigen Wochen im Zug nach Ottawa begegnet, ohne Namensaustausch, einfach zwei Menschen mit ihrer jeweils zerrütteten, rührseligen Geschichte. Wir hatten beide im Clubwaggon zuviel Bourbon getrunken, es war spät, und wir haben es vielleicht miteinander getrieben oder auch nicht, bevor wir völlig weggetreten sind, beide kläglich nackt auf der rauhen Decke meiner unteren Koje. Ich habe einen Eindruck von einem rosigen, faltigen, gegen mich stoßenden Männerbauch. Ich habe eine Erinnerung, wie ein Schwarzweißfilm, daß wir laut waren, daß wir unangenehm aufgefallen sind. Er war weg – Gott sei Dank –, als ich am Morgen die Augen aufmachte. Und mein Körper, mein sechzig Jahre alter Körper (Herrgott!) war nicht gewillt preiszugeben, was passiert war, außer einer Wundheit »da unten«, die alles hätte sein können, einer Trockenheit, die mich verwirrte. Ein Fragezeichen wurde statt der üblichen Daten in das Notizbuch eingetragen. In diesem Fragezeichen lese ich das mögliche Ende meines erotischen Lebens. Hat was mit Scham zu tun, aber noch will ich es nicht wahrhaben.

Was Frauen wollen, hat Freud gefragt. Der alte Dummkopf, dieser Scharlatan. Er wußte, was Frauen wollten. Sie wollten nichts. Nichts war gut genug. Alle haben das gewußt. Alle außer mir.

Der Grund, weshalb ich auf dem Weg nach Ottawa war, war der, daß ich einer alten Freundin in ihrer Verzweiflung Trost bieten wollte. Sie hatte mir geschrieben, daß ich nicht kommen soll, daß sie ihre Nichte Beverly hat, die sich um sie kümmert, daß sie im Moment keine umgängliche Gesellschaft ist, aber ich bin natürlich trotzdem gefahren.

Ich dachte fälschlicherweise, ich könnte sie in sonnigere Zeiten zurückversetzen, alte Geschichten ausgraben, dumme oder sentimentale oder solche, die Zuneigung zwischen uns aufblitzen ließen. Und ich glaubte, nach ein paar Tagen könnten wir das verbotene Thema Sex in Angriff nehmen und unsere Gedanken frisch und frei fließen lassen.

Es kommt eine Zeit, ich habe es beobachtet, wenn Frauen sich erbieten, sich zu entschlüsseln. Alices ganzes verständiges Mitgefühl wäre nichts verglichen mit einem Augenblick der gemeinsamen Enthüllung zwischen alten Freundinnen. Das Ich ist gekrümmt wie der Raum, versuchte ich meiner Freundin aus Kindertagen zu sagen, und die Menschen können immer wieder auf ihre heftigen früheren Erregungen zurückkommen. Die sexuelle Zuckung ist, trotz ihrer gräßlichen Peinlichkeiten und Unbequemlichkeit, der Weg, auf dem wir in das Reich der Ekstase treten. Der einzige Weg. Das ist eine viel finsterere und mächtigere Kraft, als wir uns damals träumen ließen, als wir als Mädchen von »Höhepunkten« und Salzspülungen plapperten. Ich wollte ihr von Professor Popkov erzählen, der mein erster Verführer war, von Georgio mit seinen endlosen *sportiven* Variationen (Königliche Hoden habe ich ihn genannt), von dem armen Mel, der es nur vier Jahre ausgehalten hat, bevor er verduftet ist. Ich wollte nichts verschweigen, nicht einmal meine klägliche kleine Begegnung im Zug. Ich habe mir eingeredet, daß durch eine offene Konfrontation beseitigt würde, was immer Dazes Glück blockiert und eine Verrückte aus ihr gemacht hat.

Aber die Woche wurde eine Katastrophe. Daze ließ sich nicht aus ihrem dunklen Schlafzimmer locken; sie lag flach auf dem Rücken, Hals- und Schultermuskeln schmerzhaft verspannt, und ihre majestätischen Pfunde fielen eins nach dem anderen von ihr ab. »Bring mich nicht dazu, zu tun, als ob ich lebendig wäre«, sagte sie einmal zu mir, als ich ihr das Mittagessen brachte. »Es ist zu anstrengend.«

Ich kehrte nach Bloomington zurück und schrieb ihr einen ungeheuer aufmunternden Brief. Über die Zukunft. Daß die Sonne durchbricht. Die Freuden zukünftiger Generationen. Und so weiter und so fort.

Eine Woche später kam ein Umschlag, in ihrer Handschrift adressiert. Kein Brief, nur mein kleines Notizbuch mit seinen rätselhaften Einträgen. Es muß mir auf den Teppich gefallen sein, als ich meinen Koffer zumachte.

COUSINE BEVERLYS THEORIE

Vor zehn Jahren in Saskatchewan hatte ich einen schönen Schlamassel am Hals. Nicht genug, daß ich eine Geschiedene war, und, Mann o Mann, das war damals regelrecht ein Verbrechen, das kann ich Ihnen flüstern, aber es sollte noch schlimmer kommen. Knapp zwei Jahre nachdem ich meinen Mann Jerry (ein Säufer von Geburt an) an die Luft gesetzt hatte, wurde ich von Leonard Mazurkiewich gepimpert, der in der Konservenfabrik gearbeitet hat (natürlich verheiratet), und was der für eine Vorstellung von Miteinanderschlafen hatte – ich kriege Zustände, wenn ich bloß dran denke –, aber es hat sich jedenfalls nicht gelohnt, drei Minuten Grunzen und schlechter Atem, und – schwupps – schon war ich in anderen Umständen.

Ich wäre ja nach Calgary gegangen, aber ich hatte zuviel Angst. Stellen Sie sich vor, ich und Angst, ich, wo ich doch im Krieg als Marinehelferin gedient hab', drüben in England. Bomben und das ganze Drum und Dran. Ich hab's überlebt. Ich hatte so viel Mut, als ich jung war. Und dann bin ich bei Kriegsende heimgekommen nach Saskatchewan, und da ist mir einfach die Puste ausgegangen. Da war Jerry, der lag mir dauernd in den Ohren, daß wir heiraten sollten. Und meine Eltern. Und meine Schwestern. Alle. Irgendwie haben sie mich rumgekriegt, das ging fix. Das Komische an der Ehe mit Jerry war, daß ich nicht schwanger werden konnte, egal, was für Kunststücke wir vollführt haben. Ha! – und nach einer mitternächtlichen Bumserei mit Leonard Mazurkiewich, bloß ein einziges Mal, steckte ich in der Klemme. Manche Mädels begehen Selbstmord, wenn sie so in der Patsche sitzen, aber ich hab' nicht eine Minute daran gedacht, weil ich nämlich immer noch die Augen zumachen konnte, wenn ich wollte, und mich erinnern, wie ich in England gewesen bin, wie tapfer und voll Schmiß ich sein konnte – dieses Bild ist vor mir aufgeleuchtet wie auf einem Kalender oder in einem Film, wie ich einst gewesen bin, und ich dachte, vielleicht könnte ich ja wieder so werden, bloß ich konnt's nicht, wenn ich mich umbrächte, das ist mal sicher.

Tante Daisy in Ottawa hat mich aufgenommen. Ich gehörte zur Familie. Sie hat mich die Abstellkammer auf dem Speicher streichen lassen, rosa und weiß, und Vorhänge aufhängen – mein eigenes Schlafzimmer, keiner hat mir reingepfuscht, und später, als Victoria geboren war, sagte sie: »Willst du nicht unten das Sonnenzimmer für das Baby herrichten?« Und das hab' ich gemacht.

Victoria Louise hat bei der Geburt achteinhalb Pfund gewogen, was erstaunlich ist, wenn man bedenkt, daß ich selbst bloß achtundneunzig wiege, ich bin dürr wie die Flettsche Seite der Familie und klein wie die Seite von meiner Mom. Victoria war ein richtig braves Baby, als sie die Kolikphase hinter sich hatte. Sie ist mit diesen herrlichen hellblonden Haaren auf die Welt gekommen. Jetzt ist sie neun Jahre alt, und was für ein Püppchen sie ist! Gott sei Dank habe ich sie nicht zur Adoption freigegeben, wie's ursprünglich geplant war. Ich sorge für sie, schneidere ihre Kleider selbst, geh zu den Elternsprechtagen und rede mit ihrer Lehrerin, mach ich alles und seh zu, daß sie zu Hause leise ist, damit sie Tante Daisy nicht auf die Nerven geht. Ich kümmre mich auch hier um die Hausarbeit, koche meistens für die ganze Familie und verdiene mir ein bißchen nebenbei mit dem Tippen von Versicherungspolicen. Und in letzter Zeit pflege ich Tante Daisy, die an nervöser Erschöpfung leidet.

Ich persönlich denke nicht, daß das von der Veränderung in ihrem Leben kommt oder von ihren Allergien. Ich denke, es sind die Kinder, die sie fertiggemacht haben. Als Witwe fühlt sie sich besonders verantwortlich, das kann ich verstehen, und dann gibt es ja auch Leute, die sich einfach von Natur aus ständig Sorgen machen. Sie hat sich um ihre Tochter Alice gesorgt, die diese überhebliche Art hat – puh, und wie! Dann hat sie sich eine Zeitlang um Warren gesorgt, ein netter Junge, aber irgendwie ein Schlappschwanz. Er hat in der Pubertät eine richtig schlimme Akne gehabt, und das hat ihn schüchtern gemacht und schwächlich, aber es ist doch so, von einem bestimmten Alter an ist keiner mehr ein Schwächling, da sind sie einfach bloß lieb oder aber »individualistisch«. Das hab' ich erkannt. Heute ist Warren ein ganz normaler junger Mann – seine Haut ist auch viel besser geworden –, und er ist jetzt in Rochester, New York, da macht er seinen Magister in Musiktheorie, der Beste seines Jahrgangs, Goldmedaille. Tante Daisy wollte zur Verleihungsfeier fahren, sie hat sich sogar einen süßen kleinen Pillboxhut gekauft, lindgrün, aber daraus wird jetzt nichts. Sie kann sich kaum aus dem Bett aufraffen, liegt bloß im Dunkeln und weint viel und zerknüllt die Laken in der Hand, wringt die Laken, als würde sie jemand den Hals umdrehen. Ich glaube, jetzt ist es Joan, um die sie sich Sorgen macht, die kleine Joanie, die Prinzessin der Familie, saumäßig verwöhnt, aber unheimlich schlau, bloß daß sie jetzt Dope raucht und was weiß ich macht, was Hippies eben so anstellen. Sie sagt, sie verkauft Schmuck in New Mexico, aber ich geh jede Wette ein, daß sie mehr verkauft als das. Es bricht ihrer Mutter das Herz. Tut mir in der Seele weh, das mit anzusehen. Tante Daisy hat mir das Leben gerettet, das ist keine Übertreibung, denn sie hat Victoria und mir ein Zuhause gegeben, und jetzt will ich ihres retten, bloß ist sie selbst die einzige, die das kann. Ein Mensch kann sich krank machen, und derselbe Mensch muß den Willen haben, wieder gesund zu werden, das ist meine persönliche Theorie.

WARRENS THEORIE

Meine Mutter ist eine gebildete Frau, aber das würden Sie ihr nie anmerken. Sie hat am Long College für Frauen ihr geisteswissenschaftliches Examen gemacht, Jahrgang 1926, aber wenn Sie sie fragen, wo sie ihr Zeugnis hat, wird sie nur die Achseln zucken. Einmal ist mir in der Abstellkammer eine Pappschachtel in die Hände gefallen – das war, als wir aufgeräumt haben, damit Cousine Beverly einziehen konnte –, und in der Schachtel war ein dicker Stapel Aufsätze, die meine Mutter damals als Studentin geschrieben hat. Ein Aufsatz hatte die Überschrift: »Camillo Cavour: Staatsmann und Visionär«. Ich konnte nicht glauben, daß meine Mutter je von Camillo Cavour gehört hatte (ich bestimmt nicht) oder daß sie ernsthaft, ja leidenschaftlich über eine finstere Periode der italienischen Geschichte im 19. Jahrhundert schreiben konnte. Die Tinte war nach all den Jahren noch klar und deutlich – ebenso die Schnörkel und Gedankenstriche, die Absätze und der erhabene Schluß. *Überall stehen Italiener tief in der Schuld dieses monolithischen Helden, der für die Rechte seiner Landsleute kämpfte und...*

Wo sind sie geblieben, die intellektuelle Leichtigkeit und Leistungskraft meiner Mutter? Nicht ein einziges Mal hat sie, soweit sich jemand von uns erinnern kann, das Thema italienische Unabhängigkeit vor ihrer Familie erwähnt. Oder das 19. Jahrhundert. Oder ihre Theorie über die oberitalienischen Stadtstaaten, die sie in ihrem Aufsatz von 1926 so klar formuliert hat. Ich war nie auf die Idee gekommen, daß sie sich über die Misere der italienischen Bauern Gedanken machte. Tatsächlich glaube ich nicht, daß ich sie jemals ein Buch lesen sah, außer vielleicht einen Liebesroman aus der Bücherei oder eine Broschüre, wie man bessere Dahlien züchtet. Wenn ich an Mutters Aufsatz über Camillo Cavour denke, fühle ich mich unwillkürlich betrogen, als sei ein hinterhältiger Umsturz im Gange, ein schillernder Scherz, in einer Schachtel verschlossen und heimlich vergraben. Und dann denke ich: Wenn ich mich betrogen fühle, wieviel mehr muß sie sich erst betrogen fühlen. Sie muß trauern um die Vergeudung ihrer selbst. Etwas – jemand – hat ihr den Kopf abgetrennt, ihr die Zunge herausgerissen. Meine Mutter ist eine Frau im mittleren Alter, eine Frau der Mittelklasse, eine einigermaßen intelligente Frau von mittlerem Selbstgefühl und durchschnittlichem Glück, so daß man von ihr erwarten würde, daß sie irgendwo nicht weit von der Mitte der Welt landet. Statt dessen steht sie ganz dicht am Abgrund. Die geringste Erschütterung könnte sie umwerfen.

Meine Mutter ist dieses Jahr krank gewesen, ein Nerven-
zusammenbruch, sagen alle, und meine Schwester Alice
hat mir Geld geschickt, damit ich nach Hause fahren
kann, auf Besuch. Sie hat mir in einem langen, langen
Brief geschrieben, sie hätte es sich überlegt und wäre zu
dem Schluß gekommen, ich sei am besten geeignet, um
unsere Mutter aufzuheitern, meine Anwesenheit wäre wie
»ein Glas Medizin«. Das sieht Alice ähnlich; immer muß sie
hingehen und über andere Leute bestimmen.

Ich hatte erwartet, meine Mutter in einem Erstarrungs-
zustand vorzufinden, statt dessen fand ich sie in Wut. Wie
es scheint, hat ihr ein Mann namens Pinky Fulham ihre
Zeitungskolumne weggeschnappt. Die vielen Stunden, die
sie früher über Blumenrabatten und Sämlinge geschrieben hat, widmet sie nun ihrem Haß auf Pinky Fulham. Sie
kann über nichts anderes sprechen, an nichts anderes
denken. Sie beschränkt sich allein auf diese eine kleine
Ungerechtigkeit, und sie schlägt die Fäuste aneinander
und spielt immer wieder ihre letzte Szene mit ihm durch,
die unverzeihlichen Dinge, die er getan und gesagt hat,
besonders seine letzte Bemerkung, die offenbar lautete:
»Ich hoffe, dies wird unserer Freundschaft keinen Abbruch tun.« Er sagte es unbekümmert, gefühllos, wie man
so was eben sagt, ohne zu merken, wie es meiner Mutter
das Herz zerriß, wie diese lässige Anmaßung und Gleich-
gültigkeit sie zerschmetterte.

Jetzt kann sie nicht davon loskommen. Sie liegt im Bett
und geht den letzten Wortwechsel wieder und wieder
durch, wie sie in sein Büro beim *Recorder* ging und ihn
anflehte, und wie er sich ihr zuwandte und das Unmögli-
che aussprach: »Ich hoffe, dies wird unserer Freundschaft
keinen Abbruch tun.« Meine Mutter schildert mir die

Szene wieder und wieder, sie spricht barsch, weint, schüttelt hektisch den Kopf, hin und her, und beschwört mich, ihr in ihrem Leidensdrama Gesellschaft zu leisten.

Ich war erst wenige Tage zu Hause, als mir klar wurde, daß sie dies alles genoß, die reine schöne Kraft ihres Hasses auf Pinky Fulham, die Ekstase, ungerecht behandelt worden zu sein. Das hat etwas Majestätisches. Nichts in ihrem Leben hat ihr ein solches Maß an Intensität verschafft – warum sollte sie es nicht lieben, dieses köstliche Verwundetsein, das Salz des vollkommenen Schmerzes?

Ich hielt ihre Hand und ließ sie weiterwüten.

JAY DUDLEYS THEORIE

Natürlich habe ich ein schlechtes Gewissen, weil das passiert ist, ist doch klar, obwohl ich ihr nie etwas vorgemacht habe, wie man so sagt. (*Eine* Ehe war mir, ich gestehe es, *genug.*) Ich hatte sie allerdings sehr, sehr gern. Wir hatten unsere gemeinsamen Momente, besonders den einen in ihrem komischen altmodischen Bett mit dem gepolsterten Kopfbrett, wie in einem Film aus den dreißiger Jahren. Ja, das war schön, *mehr* als schön, aber ich sah schon, sie hatte ein dauerhafteres Arrangement im Sinn, auch wenn sie es nicht gesagt hat, jedenfalls nicht direkt. Immerhin schien es das beste, ein bißchen Abstand zwischen uns zu bringen. Ich hatte keine Ahnung, daß sie es so schwernehmen würde; daß unsere »Freundschaft« – und mehr war es nicht – ihr etwas anderes bedeutete.

LABINA ANTHONY GREENE DUKES THEORIE

Als ich Dick Greene damals 1927 geheiratet habe, dachte ich, ich bekäme einen starken Mann. Er war aufrecht, seine Hemden waren ordentlich in die Hosen gesteckt, seine Schuhe glänzten. Der Mann spielte Tennis. Er schwamm für die Uni von Indiana. Sein Gesicht war sonnengebräunt und gut geschnitten, und ich liebte die Art, wie er den Mund manchmal aufklaffen ließ, wenn er jemanden reden hörte. Dieser schlaffe Kinnladen hielt mich jahrelang in köstlicher, aufmerksamer, konzentrierter Unschuld gefangen. Der Mann hatte eine unsichere, fast demütige Art, die breiten Schultern zu heben, als hätte er sie als Leihgabe, als seien sie zerbrechlich.

Die Zerbrechliche war ich. Es sind immer die Frauen. Es ist aber nicht so sehr die Frage einer einzigen großen Enttäuschung. Es ist mehr wie tausend kleine Enttäuschungen, die aufeinander herabregnen. Nach einer Weile scheint es gleichsam eine Überschwemmung zu werden, und ehe du dich's versiehst, bist du ertrunken.

CORA-MAE MILLTOWNS THEORIE

Das arme mutterlose Ding. Oje, ich erinnere mich bis zum heutigen Tage, wie ich sie das erstemal sah. Elf Jahre alt, sie fuhr mit ihrem Vater in einem Taxi an dem Haus am Vinegar Hill vor, und ich noch bis an die Ellenbogen in Seife und Wasser, nicht halbwegs fertig für die beiden, ich hatte nicht mal mit der Küche angefangen. Wo ist Ihre Missus? – das wollte ich gerade sagen, aber Gott sei Dank hab' ich den Mund gehalten, es gab nämlich keine Missus, sie war vor Jahren gestorben, hatte ihr Leben ausgehaucht, als sie diesen Kümmerling von einem Mädchen auf die Welt brachte. Mr. Goodwill selbst hat mir die Geschichte erzählt. Eine Tragödie. Das war, als ich ihn besser kennengelernt hatte.

Weil er ja aus Kanada kam, war er nicht an Farbige gewöhnt, und er hat ohne weiteres über dies und das und alles mögliche mit mir gesprochen. »Cora-Mae«, hat er gesagt, »meine Tochter braucht eine Frau im Haus, sie muß allerlei lernen, sie möchte ein bißchen Gesellschaft, wenn ich nicht da bin. Sehen Sie, zuerst ist ihre Mama gestorben und dann eine alte Tante, die in Kanada für sie gesorgt hat, und jetzt hat sie niemanden auf der Welt, nur mich.«

So kam es, daß ich die ganze Woche bei Mr. Goodwill gearbeitet hab, nicht bloß mittwochs, wie's die Firma gesagt hatte. Ich spreche von der Indiana-Kalkstein-Gesellschaft, die haben Mr. Goodwill eingestellt und ihn den ganzen Weg bis nach Bloomington kommen lassen. Ein Witwer und sein Töchterchen. Also das dürfte um 1916 gewesen sein, als Orren in Übersee war, sein Bein in Fetzen zerschossen, bloß hab ich das damals nicht gewußt. Im selben Herbst war unsere Lucile sechs Jahre alt und kam in die Schule, drum hab ich ja gesagt zu Mr. Goodwill, ich würde früh kommen und das Frühstück machen und zusehen, daß das Kind ordentlich und sauber angezogen ist für die Schule, und mich ums Haus und die Wäsche kümmern und alles. Zwei Dollar am Tag hat er mir gezahlt, drei Dollar, als sie in das große Haus umgezogen waren, und das war damals eine gute Bezahlung für eine farbige Hilfe.

Sie haben mich anständig behandelt. Mr. Goodwill hatte so eine spaßige Art. Manchmal hat er eine Tüte frische Doughnuts auf dem Küchentisch liegenlassen, wenn er aus dem Haus ging. »Was ist das?« hab ich gefragt, und er hat gesagt: »Die muß wohl jemand für Sie da hingelegt haben, Cora-Mae, ein kleiner Leckerbissen zum Kaffee.«

Ich hab mit Staubwischen und Bettenmachen angefangen und die Möbel eingewachst, wenn's nötig war, und danach hab ich mich hingesetzt auf eine Tasse Kaffee und ein Doughnut, hab's mir gemütlich gemacht. Wenn das Mädchen aus irgendeinem Grund nicht in der Schule war, hat sie sich zu mir gesetzt und auch einen Doughnut gegessen und ein großes Glas Milch getrunken. Einmal hat sie mich gefragt: »Warum ißt du deinen Doughnut mit der Gabel, Cora-Mae?« – »Ich weiß nicht«, hab ich geantwortet, und ich wußte es wirklich nicht. »Ich hab noch nie jemand gesehen, der einen Doughnut ißt wie du«, sagte sie, irgendwie verwirrt, und ich hatte keine Ahnung, wie sie das gemeint hat, ob sie mich für blöd hielt, ob sie frech war oder bloß naseweis wie meine Lucile immer. Ich hab den Mund gehalten und mich bemüht, nicht zu schimpfen oder mich zu sehr über sie zu ärgern. Ich hab mir gesagt, sie ist ein armes mutterloses Kind, und es gibt nichts Schlimmeres auf der Welt, als mutterlos zu sein.

Das denk ich immer noch. Meine Lucile lebt jetzt weit weg in Kalifornien und hat selbst eine Familie und ein schönes Eigenheim, Ranchstil, und ich hab sie seit, oh, sechs oder sieben Jahren nicht gesehen. Sie setzt sich kaum mal hin und schreibt einen Brief nach Hause, sie hat ja so viel zu tun mit ihrer Familie, und ich mach ihr das kein bißchen zum Vorwurf. Ihre Mama ist jetzt bloß noch eine winzig kleine Geschichte in ihrem Leben – es war einmal vor langer, langer Zeit – und dasselbe ist meine Mama für mich. Du kannst die Geschichte in genau fünf Minuten erzählen. Du kannst blinzeln und hast sie verpaßt. Aber du kannst sie nicht verschwinden lassen. Deine Mama ist in dir. Du kannst fühlen, wie sie sich bewegt und

atmet, und manchmal kannst du sie zu dir sprechen hören, sie sagt immer wieder dasselbe, paß auf, sei vorsichtig,
tu dir nicht weh.

Und deswegen hab ich Mr. Goodwills kleines Mädchen
so ins Herz geschlossen. Wenn ich ihr ein Kleid aufgebü-
gelt oder ihr die Haare gebürstet hab, hab ich gedacht: Ich
bin alles, was sie hat. Ich bin nicht mal 'ne halbe Mama,
aber ich bin alles, was sie je an Mama haben wird. Wie soll
sie ihren Weg finden? Wie soll sie glücklich werden im
Leben? Ich hab ganz fest in die Zukunft gestarrt, und alles
was ich sehen konnte, war ein dunkler Ort vor ihr, schwarz
wie die schwärzeste Nacht.

SKOOT SKUTARIS THEORIE

Mein Großvater wurde in einem Dorf im Norden Alba-
niens geboren, als Sohn armer Juden vom Lande. Mit
achtzehn ging er fort von zu Hause, seinen Eltern sagte er,
er wollte zu Fuß nach Jerusalem. Statt dessen wanderte er
westwärts in die Stadt Skutari (deren Namen er dem seinen anfügte) und schiffte sich nach Malta ein. Von dort
reiste er nach Lissabon, und dann nahm er ein Schiff nach
Montreal. Im Jahre 1897 lebte er im ländlichen Manitoba,
wanderte von Ort zu Ort und verdiente sich seinen Le-
bensunterhalt als Hausierer in Haushaltsbedarf. Abram
Gozhdë Skutari lautete sein voller Name, ein Emporkömmling, ein Millionär, Gründer und Inhaber einer lan-
desweiten Kette von Einzelhandelsgeschäften.

In den frühen Tagen jedoch war er herzzerreißend
arm, und das Leben als Provinzhausierer war beschwer-
lich für ihn. Er wurde verunglimpft von denselben Bauern und Städtern, die darauf angewiesen waren, daß er

ihnen die Dinge des täglichen Bedarfs brachte. »Der alte Jude« wurde er genannt. Niemand besaß den Anstand, ihn nach seinem Namen zu fragen oder wo er wohnte oder ob er verheiratet war und Familie hatte. Die Männer in der Gegend weigerten sich, ihm die Hand zu geben, als hätte er Ungeziefer am Leib. Das hat ihn schrecklich gekränkt, er hat diese Beleidigung nie verwunden.

Und dann kam das Versandhaus Eaton, und plötzlich brauchten die Leute sich nicht mehr mit Hausierern abzugeben. Es war billiger und bequemer, eine Bestellung für Schuhwichse und Haarbänder an das Unternehmen in Winnipeg zu schicken. Aber wie sollte Abram Skutari seine Frau Elena (meine Großmutter Lena) und den kleinen Jungen (meinen Onkel Jakob) ernähren?

Er kam auf den Gedanken, ein Bankdarlehen aufzunehmen und sein eigenes Geschäft zu gründen, um Arbeitskleidung, Sicherheitsausrüstungen, Feuerschutzutensilien, Bohrgerät anzubieten, einfach alles, was Eaton's Katalog 1905 nicht zu bieten hatte. Und Fahrräder. Mein Großvater hatte die Idee, daß den Fahrrädern die Zukunft gehörte. Das Automobil war im Kommen, gewiß, aber er blickte sich um und sah, daß es alle jungen Menschen in Winnipeg bald nach einem der neuen, massenproduzierten Fahrräder gelüsten würde, die auf den Markt gekommen waren.

Er scheute sich jedoch, ein Darlehen zu beantragen, er hatte ja noch nie einen Fuß in eine Bank gesetzt, schon gar nicht in die Royal Bank, einen imposanten Tempel aus Stein und Marmor, mitten in Winnipeg, Ecke Portage und Main Street gelegen. Er besaß keine Krawatte. Er sprach abgehackt. Es ist möglich, daß er tatsächlich Läuse hatte – die hatten viele Leute in jener Zeit –, aber dann geschah etwas, was meinem Großvater Mut machte. Es war etwas, was er mit ansah, ein Vorfall, der sein Leben veränderte.

Dieses Ereignis fand im Sommer 1905 statt, als er mitten auf seiner Hausiererrunde war, er und sein Pferd und sein Wagen, hoch bepackt mit Waren. Es war am Nachmittag. Er kam in eine kleine Stadt in Manitoba, eine Ortschaft, so trostlos wie ein osteuropäisches Schtetl, damals eine Arbeiterstadt, Steinbruch, eine besonders feine Kalksteinsorte. An diesem Tag fuhr mein Großvater zufällig an einem Arbeiterhaus vorbei, als er jemanden stöhnen hörte wie in großen Schmerzen. Er hielt sich nicht mit Überlegen oder Anklopfen auf, sondern trat direkt durch die Hintertür ein.

Dort sah er eine Frau ohne Beistand in der Küche liegen, die Beine gespreizt, im Begriff, ein Baby zu gebären. Er konnte den Kopf des Babys schon kommen sehen. Er hatte keine Ahnung, was zu tun sei. Geburten waren Weibersache – so dachten die Menschen zu jener Zeit, insbesondere ein in der alten Heimat aufgewachsener Jude, wie mein Großvater einer war.

Nebenan hängte eine Nachbarin Wäsche auf, und er bat sie eilends um Hilfe. Dann lief er ans andere Ende der Ortschaft, wo der Doktor wohnte. Es war ein heißer Tag. An die Hitze und den Staub hat er sich den Rest seines Lebens erinnert. Als sie wieder in das Haus kamen, lag die Frau im Sterben. Und mein Großvater, Abram Skutari, der alte Jude, war es, der ihren letzten Blick empfing – es hatten sich viele Leute im Raum versammelt, aber er war es, auf den sie ihr Auge richtete. Hinterher schwor er, er habe gesehen, wie ihr Gesicht seine eigene Furcht annahm; sie trank sie in sich hinein, und dann starb sie.

Das Kind lebte noch und atmete. Es dauerte eine Minute, bis mein Großvater das begriff. Es war viel Lärm und ein großes Durcheinander in der Küche, und es war heiß, und alle drängten sich um die Tote. Aber da, auf dem Küchentisch, lag ein in ein Laken gewickeltes Baby. Seine

Lippen bewegten sich zitternd, daran erkannte er, daß es lebte. Niemand schenkte ihm Beachtung. Es war, als wäre es gar nicht da. Als wäre es ein versehentlich liegengelassener Teigklumpen.

Er berührte seine Wange und spürte ein tiefes, plötzliches Verlangen, ihm etwas zu schenken, eine Art Segen. Er konnte sich nicht erklären, woher dieses Verlangen kam, aber einmal bekannte er meinem Vater, der die Geschichte gerne immer wieder erzählte, daß er die Einsamkeit des Kindchens regelrecht gespürt habe; es war eine extreme, unheilbare Einsamkeit, jene Art Einsamkeit, unter der er selbst gelitten hatte, seit er mit achtzehn sein Zuhause verließ.

In seiner Tasche steckte eine alte Münze aus der alten Heimat. Er legte dem Baby die Münze auf die Stirn und hielt sie dort fest, während er beobachtete, wie unter dem Laken der Atem sich hob und senkte. »Werde glücklich«, sagte er auf albanisch oder türkisch oder jiddisch oder möglicherweise auf englisch. Dann sagte er es noch einmal: »Werde glücklich«, aber ihm war, als segnete er einen Stein, als könne nichts Gutes aus seinem Munde kommen. Er fühlte sich schwach, fühlte sich wie ein Mensch aus Papier und Stroh, er fühlte sich, als wäre er überhaupt kein Mensch, als könnte er ebensogut tot sein.

Er merkte nicht, daß er weinte, bis er einen Arm auf seiner Schulter fühlte. Es war der Doktor, der ebenfalls weinte. So standen sie beisammen. Ihre Tränen vermengten sich.

Vermengten – das ist das Wort, das mein Großvater benutzte, wenn er diese Geschichte erzählte, unsere Tränen vermengten sich. Der Arm des anderen Mannes auf seiner Schulter fühlte sich an wie der Arm eines Bruders, und die Berührung machte, daß er nur noch lauter wehklagte.

Danach unterschrieben sie alle die Sterbeurkunde und dann die Geburtsurkunde, sogar mein Großvater. Alle waren erstaunt, daß er seinen Namen schreiben konnte. Er setzte ihn darunter: Abram Gozhdë Skutari, und während er schrieb, fühlte er eine Kraft in seinen Körper strömen. Er fühlte das Pochen seines eigenen Herzens. Er fühlte, daß er fähig sein würde, alles zu tun, sogar in die Royal Bank Ecke Portage und Main Street zu gehen und ein Darlehen zu beantragen.

Aber die Traurigkeit dieses Kindes hat ihn nicht mehr losgelassen. Er schwor, er habe noch nie ein Geschöpf so allein in der Welt gesehen. Er lebte ein langes Leben und verdiente eine Million Dollar und liebte seine Frau und war seinen Söhnen ein anständiger Vater. Aber er hat sich sein Lebtag um dieses Baby gegrämt, den Fluch, der über ihm hing, seine entsetzliche Qual.

MRS. FLETTS THEORIE

Sicher erwartet niemand, daß Mrs. Flett eine Theorie über ihr eigenes Leiden vorbringt – die Ärmste ist so ausgeleert und gemütskrank, daß sie nicht einmal genug Kraft aufbringen kann, um sich die Haare zu bürsten, geschweige denn eine Theorie aufzustellen. Theorien entstehen in einem aufgeräumten, ruhigen Kopf, aber Mrs. Fletts Kopf ist vollgestopft mit Wut und Enttäuschung. Sie ist zusammengebrochen. Sie ist in einem schlimmen Zustand, eine Verrückte. Im Morgenlicht wirkt ihr Schmerz vergänglich und handhabbar, aber abends hört sie Stimmen, es könnte auch das Geräusch ihrer um sich schlagenden Seele sein. Ihr Gesang bewegt sich an den Nahtstellen anderer Verletzungen entlang, besonders der alten, ungelinderten, entsetzlichen Verwaistheit. Irgendwann einmal hat sie den Entschluß gefaßt, außerhalb der Ereignisse zu leben; oder vielmehr, dieser Entschluß wurde für sie gefaßt. Schreib ein Gartenbuch, rät ihre Tochter Alice. Mach eine Weltreise, sagt Fraidy Hoyt. Belege ein paar Kurse an der Universität. Bring dir Makramee bei. Denk mal über Spritzen gegen Allergien oder über einen Vitamin-B-Komplex nach. Hör Entspannungsmusik, führe Tagebuch wie Virginia Woolf, mach lange Spaziergänge, gönn dir heiße Bäder. Stell deine Mutmaßungen in Frage, sei nett zu dir, lebe für den Augenblick, lockere dich, bete, schreie, verfluche die Welt, sei dankbar für alles Gute, das dir beschert wurde, laß dich einfach gehen, *sei* einfach.

Alle diese Ratschlägte fliegen Mrs. Flett zu, aber sie ist zu abgelenkt, um sie zu hören.

Man sollte meinen, sie wäre zu Tode erschrocken über ihren Zustand, aber das ist sie nicht. Ihr Haar ist stumpf, ihre Fingernägel sind abgebrochen, ihre Zimmerpflanzen verwelkt, ihr Alltagsleben zertrümmert, aber in ihr schlummert wie ein kleines verkrochenes Geschöpf die Gewißheit, daß sie genesen wird. Zum einen mißtraut sie der Lauterkeit ihrer salzigen Tränen, und zum anderen erinnert sie sich, wie sie und Fraidy vor Jahren mit Vorliebe den guten alten William Blake zitiert haben: »Weine, weine in Tönen voll Weh« und wie sie sich bei dem Wort Weh bogen vor Lachen, so ein leeres kleines Nichts von einem Wort.

Jetzt, im Alter von neunundfünfzig Jahren, durchfließt Traurigkeit alle Zellen ihres Körpers und läßt sie doch seltsam unberührt. Sie weiß, daß die Erinnerung mit der Zeit geglättet wird, daß alles glattgebügelt wird vom Eisen der Hinnahme und Abweisung – es kommt auf dasselbe heraus, denkt sie. Ihr Gram hat Grenzen, genau wie es eine Grenze dafür gibt, wie wirr sie ihr Haar werden oder wieviel Staub sie auf ihren Toilettentisch sinken läßt. So ist Daisy nun mal. Daisys Resignation gehört in die Unterabteilung Erschöpfung, das Problem, tausend normale Tage hinter sich zu bringen. Oder, um genauer zu sein, zehntausend solche Tage. In gewissem Sinne sehe ich sie als eine vom Leben Begünstigte, eine Frau, geboren mit einer Stimme, der eine tragische Tonlage fehlt. Eine, die gelernt hat, ein Loch in ihre eigene Lebensgeschichte zu graben.

Aber sie ist es leid, traurig zu sein, ist es leid, daß das Traurigsein sie nicht stört, daß sie es gewissermaßen gar nicht merkt. Und in der dünnen Knochenschale ihres Kopfes versteht und akzeptiert sie, daß ihr ungeheures Unglück ohnehin zu Belanglosigkeit verdammt ist. Schon in dieser Minute fühle ich, wie ein Teil von ihr zurückkehren will zu den Dingen, die sie einst geliebt hat, zu dem Gefühl einer neuen Zahnbürste auf dem Zahnfleisch zum Beispiel. So eine Kleinigkeit. Sie möchte sich wieder eine knisternde saubere Schürze um die Taille binden, ein Pfund Kartoffeln in genau drei Minuten schälen und mit kaltem Wasser übergießen. Ein Glas Gelee blank wischen und zu seinesgleichen aufs oberste Bord stellen. Ein Kuvert belecken, eine Briefmarke auf die Ecke kleben, in den Briefkasten werfen. Sie möchte ihren Körper mit brüllendem Gelächter ausräumen und dem Zug der Schwerkraft nachgeben. Es wird geschehen. Alles Leiden wird fortgespült werden. Jeden Tag kann es soweit sein.

Seelenfrieden, 1977

Victoria Louise Flett ist erst einundzwanzig Jahre alt, sie studiert an der Universität von Toronto, eine Bohnenstange von einer Frau, mit großen Händen und Füßen und glattem widerspenstigen blonden Haar, das sie achtlos hinter die Ohren klemmt. Soviel zu ihrer Haarpflege. Sie bevorzugt Jeans und Pullover und eine alte Denimjacke – tatsächlich besitzt sie nichts anderes zum Anziehen. Diese Kleidungsstücke sind von dunkler Farbe und aus dichtem Stoff, als suchte sie die schlechten Träume des modernen Lebens auszusperren. Gegen ihre Kurzsichtigkeit trägt sie eine Brille mit rundem Metallgestell, und ihre Augen hinter den ziemlich fleckigen Brillengläsern wirken kalt und ernst. Es ist 1977; sie ist nicht mehr das zärtlich gehütete Kind in einem großen Haushalt; ihre Stimme, eine verlegene Stimme, springt hin und her zwischen erwachsener Krittelei und jungmädchenhafter Verwunderung. Ihre emotionalen Rhythmen sind zuweilen ungleichmäßig, wie zu erwarten, und doch ist sie zu selbstloser Einsicht fähig.

Sie hat zum Beispiel ihrer Tante Daisy eingestanden, daß sie das Ahnenforschungsphänomen verstehen kann, das rings um sie ausgebrochen ist. Sie findet es rührend, sagt sie, Männer und Frauen – allerdings sind es seltsamerweise überwiegend Frauen – über Friedhöfe stapfen oder an Bibliothekstischen im Dokumentenraum der Universität hocken zu sehen, wo sie in Werken zur Heimatkunde blättern, Namen und Daten in kleine Spiralblöcke eintragen und sich vorstellen, hoffen, daß ihre uneigennützigen Mühen ein substantielles, achtbares Gefüge erschließen werden. Victoria glaubt nicht, daß diese ernsthaften Amateure nach Verbindungen zu blauem Blut oder schöpferischen Genies suchen; sie wollen lediglich, daß sich ihre Vorfahren als einfache, ehrliche, gesetzestreue Leute erweisen, still in ihrem Schaffen, aufrichtig in ihren Versprechungen, heiter, vermögend und voller guter Absichten, und daß ihr robust abgerundetes (aber streng abgeschlossenes) Leben sich von den zeitgenössischen Plagen Verdrängung und Verdrossenheit abheben und diese vielleicht entschuldigen wird. Der gesunde Menschenverstand, diese hochgeschätzte Substanz, scheint aus der Welt verschwunden zu sein; das erkennt sogar Victoria.

Victorias Großtante Daisy, die nun in Florida im Ruhestand lebt, befaßt sich in ihren reifen Jahren mit dem Leben ihrer zwei toten Väter: dem von Cuyler Goodwill, ihrem leiblichen Vater, und dem von Magnus Flett, ihrem Schwiegervater. Aber Victorias Tante ist ihren zwei verstorbenen Vätern in einem gänzlich anderen Sinne auf der Spur als die gewöhnlichen Wochenend-Ahnenforscher. Sie ist viel konzentrierter und zugleich verträumter und ineffektiver, sie möchte, so scheint es Victoria, sich in einen Sack voll vergrabener Sprache verkriechen, möchte diese Sprache sein, um es aussprechen zu können, das unaussprechliche Wort: Vater. Wohl hat Tante Daisy ein paar sozialgeschichtliche Werke gelesen, Memoiren, Biographien – erheblich mehr in den letzten Jahren, als ihre Nichte sich vorzustellen vermag –, aber sie unternimmt keine detektivischen Ausflüge zu Gemeindebüchereien und Friedhöfen, und sie ist nicht an ihren Geburtsort gefahren, Tyndall, Manitoba, um den berühmten Goodwill Tower zu besuchen, der zum Gedenken an ihre Mutter errichtet wurde; sie stellt sich ohnehin vor, daß der Turm traurig verwüstet ist, Stein für Stein fortgetragen von Souvenirjägern, so daß nichts übrig ist außer einer leichten kranzförmigen Senke im Erdboden. Sie hat sich nicht mit dem Mormonenarchiv in Salt Lake City in Verbindung gesetzt und hat auch nicht vor, dies zu tun. Sie verschickt keine Briefe mit Anfragen. Sie sitzt behaglich, wirklich sehr behaglich, auf dem geblümten Sofa in ihrem Zimmer in Florida (drei Wände aus Jalousienglas) und denkt an ihre zwei verstorbenen Väter. Weiter geht sie nicht: Sie denkt nur an sie, konzentriert sich auf sie, verweilt bei ihnen. Ihrer Großnichte Victoria werden die zwei Väter beschrieben, aber nie so recht lebendig; ihre Kräfte werden behauptet, aber nicht bewiesen. Tante Daisy grübelt über das Leben der beiden. Sie fragt sich, woraus dieses Leben bestanden und wie es geendet hatte: mit einem Knalleffekt wie im Kino oder in frostiger Distanziertheit? Natürlich tut sie das nicht die ganze Zeit – nur hin und wieder, am späten Nachmittag zum Beispiel, wenn ihr der Tag flach und flau erscheint, wenn sie rastlos ist, wenn sie ihre erschreckende Unzulänglichkeit spürt, die an ihrer Herzmembran nagt, und wenn es nichts Interessantes im Fernsehen gibt, bloß die Lokalnachrichten aus Tampa oder den Wetterbericht.

Ihr Leben mit zweiundsiebzig ist friedlich. Dreimal jährlich leistet sie sich eine gute Dauerwelle, im Gegensatz zu einer gewöhnlichen Dauerwelle, und am Ende hat ihr Haar die Sprungkraft von Osterkörbchengras; sie hat sich (einmal) einer schmerzhaften Gesichtsbehandlung unterzogen, hat (zwei- oder dreimal) eine neue Lippenstiftfarbe ausprobiert, denkt (jeden Tag) daran, sich ihre Krampfadern entfernen zu lassen. Und sie ist auferstanden aus der Depression, die sie vor einigen Jahren niedergestreckt

hat. Ihr körperlicher Gesundheitszustand ist gut bis ausgezeichnet. Sie hat Geld auf der Bank, eine erkleckliche
Menge, dabei lebt sie bescheiden. Vor zehn Jahren hat sie
ihr großes Haus in Ottawa verkauft und ist an die Westkü-
ste Floridas gezogen, wo sie sich in einer Wohnanlage in
Sarasota eine Eigentumswohnung mit drei Schlafzim-
mern gekauft hat, ganz in der Nähe, wo ihre alte Freundin
Fraidy Hoyt sich niedergelassen hat, und nicht weit von
Birds' Key, wo eine andere Freundin, Labina Greene
Dukes Kavanaugh, mit Bud lebt, ihrem dritten Ehemann.

Seit sie nach Florida gezogen ist, hat Tante Daisy Shuf-
fleboard spielen und Stirn- und Armbänder aus Plastik
mit aufgeklebten Muscheln verzieren gelernt – die schickt
sie als Geburtstagsgeschenke an ihr halbes Dutzend Enkeltöchter, die in England und den Vereinigten Staaten verstreut sind; ihren Enkelsöhnen Benje und Teller schickt
sie Lederbörsen, die sie im Bayside-Damenbastelclub zu-
sammennäht. Sie bezweifelt sehr, daß sie diese handgefer-
tigten Gegenstände mögen oder schätzen, aber sie hat
stets, besondes seit ihrem Zusammenbruch 1965, darauf
geachtet, ihre Hände beschäftigt zu halten, und so immer
mehr von der Welt mit immer weniger von sich selbst
angefüllt. Besuchern fällt auf, daß der Balkon ihrer Eigentumswohnung überquillt vom üppigen Grün gepfleg-
ter Kakteen und tropischer Pflanzen. Ihr berühmter grü-
ner Daumen ist noch sehr deutlich spürbar; sie ist ein
sinnlicher Mensch, wenn es um die Welt der Gartenkultur
geht, wenngleich sie sich gutmütig über die sumpfige
Landschaft Floridas beklagt und schwört, sie werde die
rauhrindigen, pudelköpfigen Palmen nie und nimmer als
etwas anderes ansehen können denn als einen Streich, der
der Natur gespielt wurde.

Die junge Victoria, ihre Großnichte, verteidigt die Palmen. Sie liebt sie auch nicht besonders, aber sie ist von einem unwiderstehlichen Drang getrieben, ihre Tante zu Diskussionen anzustacheln. Ihr scheint, dies ist das mindeste, was die Jugend für die Alten tun kann. Sie hat irgendwo gelesen, daß ältere Menschen lernen, zurückzutreten, um mehr zu sehen, daß sie mit den Augen blinzeln und neue Möglichkeiten auf sich einstürmen lassen.

Im Winter, wenn Victoria im Norden ist, in Toronto, wo sie Vorlesungen besucht, Aufsätze vorbereitet und Prüfungen schreibt und sich über ihre nicht existierenden Liebesaffären grämt, denkt sie an ihre alte Großtante, die so erstklassig in Sarasota untergebracht ist, abgestorbene Blüten von ihren Balkonpflanzen zupft und Bridge spielt und an bestimmten Nachmittagen unentgeltlich im Ringling-Museum arbeitet und mit Fraidy und Labina die Boutiquen um St. Armand's Key »unsicher macht«. Sie denkt, ein wenig neidisch, wie geregelt Tante Daisys Leben ist, auch, wie bald es vorbei sein wird, und sie kann beileibe nicht verstehen, warum eine alte Dame sich in Grübeleien ergeht über zwei alte Männer, die in ihren Gräbern vermodern: der exzentrische Cuyler Goodwill, der verschollene Magnus Flett. Sie hegt den Vedacht, daß ihre Tante in Wirklichkeit auf der Suche nach ihrer Mutter ist, daß die Beschäftigung mit ihren zwei Vätern nur eine Art Trick oder listiger Umweg ist.

Wenn überhaupt jemand auf Vatersuche sein sollte, dann ist es Victoria selbst, denkt sie zuweilen; tatsächlich aber ist es ihr völlig schnuppe, wer ihr Vater ist; das hat ihre Tante Daisy sie einmal sagen hören. Victoria Louise weiß ein bißchen über ihre väterliche Abstammung, aber nicht viel, nur was ihrer Mutter von Zeit zu Zeit entschlüpft ist. Ihr Vater war ein Schwachkopf in Saskatchewan, verheiratet, dickbäuchig, vermutlich jetzt tot, vermutlich ein Säufer, so blöd, daß er nicht mal gemerkt hat, daß ihre Mutter schwanger war, um Gottes willen – und Beverly Flett hat es nicht auf sich genommen, es ihm zu sagen, ist einfach in den Zug gestiegen und nach Osten gefahren und bei Tante Daisys Familie in Ottawa eingezogen, und als sie um den achten, neunten Monat herum gefragt wurde: »Willst du das kleine Baby nicht zur Adoption freigeben?«, hat sie den Kopf geschüttelt und »Nein« gesagt.

Das war 1955; damals hat kaum eine ihr Baby behalten.

Jetzt ist Beverly seit vier Jahren tot, Bauchspeicheldrüsenkrebs, und Victoria verbringt ihre Ferien in Florida bei ihrer Großtante Daisy – die ihr einen Flugschein schickt, die sie in einem klimatisierten Taxi am Flugplatz von Tampa abholt, die das Gästezimmer mit knisternden Baumwollaken ausstaffiert, die ein kleines Usambaraveilchen auf dem Nachttisch blühen hat, die plant, daß sie beide sich schick machen und ihr Ostermittagessen im Ringling Hotel einnehmen – wo sie neuerdings eine Räucherlachsquiche auf der Karte haben, mit grünem Salat als Beilage –, und wenn die Kellnerin sich als eine von der leutseligen Sorte erweist, wenn sie sagt: »Na, ihr zwei Mädels, mal in der Stadt unterwegs, was?« wird Tante Daisy sagen, und ihre Worte werden einen leisen verschwörerischen Klang haben: »Das ist meine Großnichte, sie ist den weiten Weg aus Toronto gekommen, sie macht gerade ihr Magisterexamen in Paläobotanik, und sie denkt ernsthaft daran, im September mit ihrer Doktorarbeit anzufangen«, und Victoria, die sich schon unwohl fühlt in ihrer Jeans und dem zerrissenen T-Shirt – es ist rührend, wie sie den Ausschnitt dieses ausgeleierten Kleidungsstücks immer wieder zurechtzupft –, wird unbehaglich auf ihrem Stuhl zappeln und denken, daß ihre Tante früher nicht so drauflosgeplappert hat, daß sie ein richtiger Florida-Blauschopf geworden ist mit ihren Perlen und

Korksohlensandalen und der weißen Plastikhandtasche, aber sie, Victoria, wird sich auch in dem innigen Stolz ihrer Tante sonnen und vermutlich, sobald die Kellnerin wieder in die Küche getänzelt ist, über den Tisch langen und die liebe alte pudrige Hand tätscheln. Eine Hand, die sie fast so gut kennt wie ihre eigene.

Cuyler Goodwill ist im Frühjahr 1955 gestorben, in demselben Jahr, in dem Victoria geboren wurde. Er arbeitete im Garten seines Hauses am Lake Lemon, ein Mann von achtundsiebzig Jahren, als ihm plötzlich schwindlig wurde. Eigentlich hätte er gar nicht draußen in der hellen Sonne sein dürfen ohne Hut auf dem Kopf; das hat seine Frau Maria immer gesagt.

Diese seltsame trockene Benommenheit – sie war zuerst durchaus nicht unangenehm, begleitet von einem anhaltenden Summen und aus dem Augenwinkel erspähten Bienenflügeln, wie verschwommene Sphärenklänge, unsichtbar. Er streckte sich auf dem weichen Gras aus, flach auf dem Rücken, die Schnürschuhe wiesen himmelwärts. Ein kühler Wind kam daher, strich ihm über die Stirn, bewegte eine Strähne seiner dünnen Haare, und fast sofort fühlte er sich kräftiger. Trotzdem stand er nicht auf.

Es hat keine Eile, sagte er sich, ich kann hier den ganzen Morgen liegen, wenn ich will.

Maria war mit ihrer großen Einkaufstasche aus Stroh um die Landspitze nach Bridgeport zum Lebensmittelgeschäft spaziert; die Butter war ihr ausgegangen. Sie hatte dies beim Frühstück verkündet – ihr ging ständig das eine oder andere aus, sie hatte sich die Großeinkaufsgewohnheiten der Nordamerikaner nie zu eigen gemacht. Ihr Mann wußte, sie würde wenigstens eine Stunde fortbleiben; sie trödelte gerne auf der Lake Road, vor allem jetzt, wo der Judasbaum zu blühen anfing und ihre jungen

Nachbarn, die MacGregors, Lydia und Bill, draußen an ihrer neuen Sonnenterrasse aus Zedernholz arbeiten würden. Bestimmt würde sie bei ihnen vorbeischauen und guten Tag sagen – ohne auch nur eine Minute zu merken, daß sie störte oder daß die zwei jungen Leute sich Blicke zuwarfen, die Augen verdrehten und verzweifelt mit den Achseln zuckten. Sie würde unaufhörlich drauflosplappern, zu den Bäumen deuten, zu den Wellen auf dem See, dem wolkenlosen Himmel, würde Vorschläge zu den Stützträgern für ihre Terrasse machen, zu den losen Schindeln hinten an ihrem Haus, zu ihren Rhabarberpflanzen, ob sie genug Sonne bekamen oder nicht, und Bill und Lydia würden kein Wort verstehen.

Plapper, plapper, plapper. Unterdessen lag er da, ein alter Mann, auf dem Rücken ausgestreckt.

Das Neue dieser Lage amüsierte ihn zunächst, und ganz allmählich bemerkte er die Wärme, die von der Erde aufstieg, zuerst das zerdrückte Gras unter ihm durchdrang und dann durch den glatten feinen Wollstoff seines karierten Hemdes zog. Es war ein erstaunliches Gefühl, wie der immense Hitzevorrat des Planeten sich in seinem achtundsiebzig Jahre alten Rücken ausbreitete. Wann hatte er zuletzt so auf der bloßen Erde gelegen und die Unebenheiten seines Körperbaus, Muskeln, Knochen, Knorpel, in ein Bett aus frischgemähtem Gras geschmiegt, sich ihm ganz überlassend? Nur junge Menschen vertrauten sich so unbedacht der Erde an, ließen sich von ihr stützen, darauf bauend, daß sie das ganze Gewicht ihrer Körper hielt.

Minuten vergingen. Er hatte nicht an viel zu denken, deshalb dachte er an den Winkel der Sonne, die fast genau über seinem Kopf stand, und an seinen Körper, seinen achtundsiebzig Jahre alten Körper, der, in einem anderen Jahrhundert oben im Norden großgezogen, in Kanada, von unterdessen längst verblichenen Eltern, dort in den frühen Jahren zu Kräften gelangt war und jetzt, wie von einem fliegenden Teppich an diesen anderen Ort entführt, flach auf einem Flecken Indiana-Gras lag wie ein Fliegenfenster, das mit dem Gartenschlauch abgespritzt werden soll.

Er lag im Garten eines Häuschens am See, das er und Maria jedoch zu ihrer ständigen Behausung gemacht hatten. Sie waren seit etlichen Jahren hier, seit er sich aus dem Geschäftsleben zurückgezogen hatte. Das große V-förmige Grundstück war mit Flieder, Forsythien und falschem Jasmin gärtnerisch gestaltet, und infolgedessen war Cuyler Goodwills hingestreckter Körper vor den Blikken vorbeikommender Autofahrer verborgen, deren es am hellichten Tag ohnehin nicht viele gab. Nur Einheimische benutzten die Lake Road, und für die Sommergäste war es natürlich noch zu früh.

Er liebte diese Jahreszeit, April. Das Leben leuchtete durch das Gitterwerk der Bäume, leuchtete überall – das Leben.

Rings um ihn sangen Rotkehlchen im Gras. Er betrachtete sie mit getrübtem Blick. Wie wichtig diese Rotkehlchen plötzlich wirkten, mit ihren geschäftigen, absichtsvollen Bewegungen, ihren nickenden Golfballköpfen. Der Himmel über ihm war strahlend blau. Maria würde jetzt jede Minute zu Hause sein, ihre Lebensmittel auf dem Küchentisch abladen, sich zungenschnalzend über die Preise der Waren in den Geschäften auf dem Lande auslassen und sagen, wieviel billiger diese Dinge in den Supermärkten in Bloomington seien, nicht daß sie wieder in der Stadt leben wolle, nicht für eine Million Dollar. Sie würde dies alles überschwenglich in einer Mischung aus Italienisch und Englisch von sich geben, die anscheinend auf der ganzen Welt nur er allein verstand.

Er versuchte aufzustehen, aber starke Krämpfe, die seine Schenkel befielen, nötigten ihn, noch etwas länger an Ort und Stelle zu bleiben. Ruh dich ein bißchen aus, sagte er sich, lieg still. Um sein Hirn zur Ruhe zu bringen, versuchte er die sonnenbeschienenen Straßen von Stonewall, Manitoba, heraufzubeschwören, der Stadt seiner Kindheit, aber wie jedesmal wurde er entmutigt von der Nebelhaftigkeit der blockierten Erinnerung. Die sichtbaren Mauern seines Elternhauses blieben losgelöst von den geheimen inneren Räumen, von Betten und Steinzeug, dem Marmeladenglas auf dem Schrankbord, wo das Geld der Familie verwahrt wurde, die weichen, zerfallenden Dollarscheine. (Luft – er brauchte Luft zum Atmen, hier drinnen bekam er nicht genug.) Er zwängte sich nach draußen, durch den Garten seiner Mutter – ein paar dürftige Reihen mit Kohl, ein paar spindeldürre Wachsbohnen – und das sonnenbeschienene Gewirr entlang, das die Jackson Avenue vor sechzig Jahren war, an Bauernkarren und dem strengen Geruch angebundener Pferde vorbei, der Eisenwarenhandlung an der Ecke, der Volksschule, dem Gerichtsgebäude, den kümmernden städtischen Blumenbeeten, und in der Stadtmitte, in einem Lichttrapez, der Presbyterianerkirche mit ihren rauhen Kalksteinornamenten, jetzt auf einmal zu Asche zerfallen.

Er mochte eingenickt sein, erwachte dann plötzlich in einer Angst, die aus der Kindheit hervorzukriechen schien. Was war das? Sein Rücken war unterdessen steif geworfen.

Dieser Rücken, überlegte er, mußte jetzt altersfleckig sein; die Haut wäre wohl gesprenkelt und runzlig und dünn wie Seidenpapier, aber wer sieht schon seinen eigenen Rücken? Man müßte sich vor einem Doppelspiegel drehen und verrenken, und selbst dann gäbe es noch

Stellen am Körper, die man nie zu sehen bekäme. Es gibt Körperteile, die man sein Leben mit sich herumträgt, aber nie richtig besitzt.

Dieser Gedanke, dieses Rätsel ließ ihn innerlich lächeln, wenngleich es einen Anflug von Vergangenheitssehnsucht mit sich brachte. Er erinnerte sich jetzt, wie er als junger Steinhauer in Manitoba in den Sommermonaten mit nacktem Oberkörper gearbeitet hatte – alle Männer im Steinbruch taten das – und wie er, aus Zartgefühl für seine junge Frau, den Schweiß auf seinem Rücken erst trocknen ließ, bevor er sein Hemd überzog, auf dem Weg heim zu seinem Abendbrot, heim zu seiner Liebsten.

Nicht Maria, nein, damals nicht. Heim von einem Tag im Steinbruch zu der anderen Frau, der Frau seiner jungen Manneskraft.

Noch im hohen Alter denkt er wenigstens einmal jeden Tag an diese Frau; etwas kommt hoch und erinnert ihn an die kurze Ehe, die ihm mit der Zeit mehr wie eine Einfriedung erscheint, in die er hineingestolpert ist, als eine gesetzliche, formal eingegangene Verbindung. Die Frau steht in seiner Erinnerung immer in der Tür, wo sie auf ihn wartet, eine Erscheinung, ein Gram, ein Schmerz. In Wirklichkeit hat sie kein einziges Mal in der Tür auf ihn gewartet, war sie doch zu dieser Stunde mit der Zubereitung des Abendessens beschäftigt. Er muß das, wenn auch ungelenk, richtigstellen, daß er nicht erwartet wurde.

Aber wie war ihr Name? Wie war ihr Name? Der Name seiner ersten Frau? Eine unterdrückte Verzückung. Sie hat etwas Achtloses, diese Form des Vergessens, etwas Unverzeihliches. Seine Liebste, sein Schatz. Ihr Gesicht war wie eine verschwommene Photographie, aber ihren Körper kannte er, jeden Zoll, und er erinnert sich, wie er eines Nachts vom lauten Regen aufwachte, den Arm über ihrer Brust. Wie gut das war, diese weiche Brust.

Er kam sich albern vor, als er nun anfing, das Alphabet durchzugehen: Amelia, Bessie, Charlotte, ein altmodischer Name, Dorothea...

Emma, Fanny...

Er blickte der Länge nach an seinem Körper hinunter, seinem ordentlich geknöpften Sporthemd, seiner zerknitterten Khakihose, bis hin zu seinen Füßen, die eine Art V-förmigen Rahmen bildeten, durch den die Steinpyramide zu sehen war, an der er gearbeitet hatte, als ihn der Schwindelanfall überkam.

Wie er sie unterdessen haßte!

Nahezu zehn Jahre hatte er an dieser Konstruktion gearbeitet, einer maßstabgetreuen Nachbildung der Cheopspyramide, gleich nach Kriegsende begonnen, und jetzt erst ungefähr zu einem Viertel fertig. Andere Männer im Ruhestand bauten Boote oder Swimmingpools oder Gartenzierat, Schneewittchen und die sieben Zwerge, mit der Laubsäge aus Buchsbaumholz herausgearbeitet und zwischen die Petunien gesetzt. Andere Männer stellten ihre Projekte fertig und fingen etwas Neues an, er aber war aus irgendeinem Grunde bei diesem höhnenden Stück Lächerlichkeit steckengeblieben. (»Immer eins nach dem anderen«, wie oft hatte er diese Worte ausgesprochen und sich selbst von ihrer Weisheit überzeugt.) Aber diese Pyramide war eine Beleidigung für die Augen geworden, zumindest für seine Augen. Eine Torheit. Die scheltende Stimme, die er so oft im Dunkeln hört, sagt: »Du wirst nie an dein erstes Monument heranreichen, du hast dein Gespür verloren.« Außerdem hatte ihm eine erst vor einer Woche vorgenommene Vermessung gezeigt, daß die Konstruktion aus dem Lot geraten war und daß es schlimmer werden würde, wenn er die Arbeit fortsetzte. Das heißt, falls er weitermachte.

Fanny, Gladys...

Die meisten Menschen brauchen eine Umhüllung, um darin ihre Gedanken zu konzentrieren, und Cuyler Goodwill erlangt diese einzigartige Konzentration, indem er seine Pyramide aus einer erzwungenen Perspektive betrachtet, sein verkürztes altes Rückgrat auf seinem jüngst gemähten Rasen ausgestreckt, sein Blickwinkel erheblich geschmälert und daher radikal verändert. Eine glückliche Fügung, ein Trick der Wahrnehmung.

Jedenfalls stand sein Entschluß plötzlich fest. Er wollte nicht weitermachen mit dieser häßlichen Gartenskulptur, einem blassen Schatten jenes Turmes, den er vor langer Zeit zum Gedenken an seine erste Frau errichtet hatte. (Wie war ihr Name?) Nein, er wollte in dieser Minute damit aufhören. Auf der Stelle. Morgen würde er einen Bauunternehmer in Bloomington anrufen und eine Planierraupe kommen lassen. Dann würde er einen Lastwagen für den Abtransport des Steinsplitts bestellen. Es würde nicht länger als ein, zwei Tage dauern. Erstaunlich. Natürlich, mitten auf dem Rasen würde eine schreckliche Narbe zurückbleiben, aber im Herbst könnte er eine von diesen schnell wachsenden Zierkirschen an diese Stelle pflanzen. Etwas Schönes. Ja. Warum eigentlich bis zum Herbst warten? – er würde es gleich tun; er konnte nie verstehen, warum Bäume im Herbst gepflanzt werden müssen. Es ergab kein bißchen Sinn, es war widersinnig.

Ich reiße sie ab, jubelte er in sich hinein, taub gegen den Kleinmut und das reifliche Überlegen des morgigen Tages, unsicher, ob er sich nahe am Mittelpunkt seines Lebens bewegte oder einen wertvollen Teil von sich selbst fortgab. Aber sogleich erkannte er mit einem Freudenschauder, daß das, was getan werden könnte, getan werden konnte. Glück durchströmte ihn in diesem Augenblick, die wohlige Musik der Entschlußkraft.

Eine Entscheidung, die man flach auf dem Rücken liegend trifft, ist nichtsdestoweniger eine Entscheidung. Ihre Kraft sendet willkürliche Energiestöße aus, und diese Energie traf jetzt mitten auf Cuyler Goodwills Brustkasten und brachte an diesem schönen Apriltag die Kälte des Hochwinters mit. Seine Füße und Hände, merkte er, waren plötzlich eisig, abgetrennt von den anderen Wahrnehmungen seines Körpers, nur durch eine feste Schmerzfaser mit ihm verbunden. Wo war er jetzt? Woran hatte er gedacht? – Fanny, Gladys, Harriet, Isabel...

Er ließ den Schmerz von sich Besitz ergreifen – es schien das einzige, was er tun konnte. Er füllte ihn aus – vollkommen –, ließ nur einen kleinen Teil von ihm leer, ein Stück von seinem Verstand, wo eine Frage pochte. Nein, keine Frage, sondern etwas, was bat, in Erinnerung gerufen zu werden. Es hatte mit der Planierraupe zu tun, die über das Gras walzte und seine Pyramide niederriß, seine Schande, etwas, was er in seinem jubelnden Augenblick der Entscheidung vergessen hatte – was war es doch gleich?

Was? Verheddert in ein Gezappel von Gedanken, machte er seinen Mundmuskel rund, preßte die Augen fest zu und sah eine Art wolkigen Dampf sich über seinen Verstand wälzen und ihn mit seiner eigenen Dummheit hänseln. Woran er sich erinnern mußte, war eine schlichte, konkrete Einzelheit. Ein Gegenstand, ja, ein kostbarer Gegenstand, in der Zeit fixiert. Wenn er es schaffen könnte, die Hand zu heben, würde er den Gegenstand berühren und identifizieren können, aber seine Hand, dieses eisige Gewicht, war, so schien es, eingeschlafen.

Und dann, von einem Konzentrationsruck emporgehoben, erinnerte er sich: Ein Behälter war unter dem Fundament der Pyramide vergraben – nichts Geringeres als eine Kassette mit Zeitdokumenten, ein Grundstein. Er hatte

ihn eigenhändig gelegt. Eine kleine Stahlkassette, etwa
zwölf Zoll im Quadrat, vielleicht vier Zoll hoch. Natürlich.
Er erinnerte sich, wie er die Kassette in einer hiesigen
Eisenwarenhandlung gekauft hatte; es war ein Behälter
von der Art, wie man ihn für die Anglerausrüstung verwendet, aber stabiler, als solche Behälter normalerweise
sind. Er hatte zudem einen gut schließenden Deckel und
sogar ein kleines Schloß mit Schlüssel. Fünfzehn Dollar
hatte er dafür bezahlt. Ohne zu murren.

Isabel, Jeanette, Katie, Lillian ...

Er erinnerte sich, daß er gründlich darüber nachgedacht hatte, was in die Kassette hineinsollte. Das war lange
her. Seitdem war ihm viel entfallen. Die letzten zehn Jahre
waren eine Zeit der Auflösung gewesen, das erkannte er
jetzt. Er hatte sich eingebildet, ein Mensch zu sein, der die
Absicht verfolgte, etwas zu schaffen, dabei hatte er die
ganze Zeit auf eine zerstörerische, beklagenswerte Ver-
minderung seiner Energie hingewirkt. Trotzdem würde
es eine Überraschung sein, die Kassette zu öffnen und zu
sehen, was er dort verborgen hatte. Aber er müßte sichergehen, daß sie nicht beschädigt würde. Er würde dem
Fahrer der Planierraupe umsichtig erklären müssen, daß
unmittelbar unter dem Fundament eine kleine Kassette
war; diese Erklärung würde seine Energie entsetzlich strapazieren, aber es mußte sein, wenn der Schatz gerettet
werden sollte.

Aber was war dies für ein Schatz?

Etwas zupfte am Saum seiner Gedanken. Etwas von
Wert lag in der Kassette verborgen, etwas, was seiner
jungen Frau gehört hatte. (Wie war ihr Name?) Es war so
lange her, seit er die Kassette in der Erde vergraben hatte,
seit er als junger Mann vom Steinbruch nach Hause gegangen war, das Hemd über die Schulter geschlungen,
während der Schweiß auf seinem Rücken trocknete; soviel

war geschehen, so viele gesprochene Worte und zerronnene Stunden, die Räume seines Lebens hatten sich gefüllt und geleert, ohne je eine Ahnung von der Gestaltung ihrer Außenmauern zu haben, ihrer Stützbalken und rauhen Außenwandung.

Am Sonnenstand erkannte er, daß jetzt später Nachmittag sein mußte. Abend vielmehr. Die Sterne fluteten über den Himmel, eine Strahlenvisite, und brachten das vollendete Bild eines Eheringes mit sich. Ihres Eheringes. Und den flackernden Augenblick, als er ihn ihr von ihrem toten Finger zog. (Diese Szene nimmt keine sensorische Gestalt an, sie materialisiert sich nicht einmal als Gedanke; sie ist vielmehr unerschließlich in ihrer Qual; es gibt im Leben der gewöhnlichsten Menschen Kammern, die nie betreten, geschweige denn vorgezeigt werden, und doch liegen sie an das Bewußtsein gepreßt wie Blättermuster in einem alten Buch.) Der Ehering seiner Frau, seiner Frau Mercy. Ah, Mercy. Mercy, halte mich in deinen weichen Armen, bedecke mich mit deinem Leib, wärme mich.

Der Gedanke an seine einzige Tochter mochte ihm in diesen letzten Momenten gekommen sein oder nicht, eine Tochter, die jetzt zweiundsiebzig Jahre alt ist und in einer Luxuseigentumswohnung im von der Sonne verwöhnten Staat Florida lebt.

Victorias Großtante trägt neuerdings türkisfarbene Hosenanzüge. Sie sind bequem, obendrein praktisch, und sie verdecken das rissige Fleisch ihrer einst ansehnlichen Waden. Ihr geschminkter Mund – ein welkes Kränzchen – klappt auf, gafft, zittert und zieht sich zusammen. Ihre Augen liegen versunken in Schlitzen aus marmoriertem Satin. Sie sieht in den Badezimmerspiegel und denkt, daß dieses rosaweiße Kraushaar um ihr Gesicht unmöglich ihr gehören kann (obwohl sie es wahrhaftig manchmal mit tiefer Befriedigung betastet), auch nicht die abstoßenden Hängebacken oder die schlaffen Oberarme, die wabbeln, wenn sie am frühen Abend am Strand entlanggeht und den Möwen Brocken von altbackenem Brot zuwirft. Niemand hatte ihr gesagt, daß man soviel Leben mit Altsein verbringt. Oder daß paradoxerweise diese langen Jahre in Florida sie so gut wie nicht belasten würden.

Allem, womit sie in Berührung kommt, scheint es an Gewicht zu fehlen. Den hohlen Innentüren ihrer Wohnung. Der geformten Dürftigkeit der Lichtschalter. Den bestürzend leichten Balkonmöbeln. Den klappernden flinken Taxis, die sie manchmal benutzt, wenn sie Labina und ihren Mann in Birds' Key besucht. Selbst ihrer weißen Plastikumhängetasche mit der Rolle Hustendrops, der Minipackung Papiertaschentücher und dem schmalen Etui mit den Plastikkarten, die das Mitführen von Bargeld überflüssig gemacht haben.

Im Foyer von Bayside Towers steht eine blaßgrüne künstliche Pflanze, und sie kann nicht an dieser Scheußlichkeit vorbeigehen, ohne die Blätter zu befingern, manchmal recht derb, so daß ihre Fingernägel Abdrücke auf der Vinylfläche hinterlassen, und ihre Verachtung bereitet ihr eine klammheimliche Freude. Spätabends sieht sie sich die *Tonight Show* mit Johnny Carson im Fernsehen an. Sie ist immer wieder verblüfft über die boshaft harte Kontur seines Mundes, eines Mundes, der aussieht wie mit Feder und Tinte gezeichnet, aber sie liebt seinen Eröffnungsmonolog, diese rasche Folge von Witzen, aneinandergereiht mit dem berühmten Golfschwung und mit Johnnys immer gleichem Überleitungssatz: »Dann wollen wir mal.«

»Dann wollen wir mal«, murmelt sie heutzutage vor sich hin – auf dem wöchentlichen Weg zum Salon *Haarkunst*, Waschen und Legen, auf dem Weg zum Postamt oder ihrem Arzttermin oder nach unten in den Clubraum zu ihrer täglichen Bridgerunde. Dann wollen wir mal. Weiter und weiter. Wie sie's ihr Leben lang gemacht hat. Wie betäubt. Ohne zu denken.

Ich sagte schon, daß Mrs. Flett von dem Nervenleiden genesen ist, das sie vor einigen Jahren befallen hat, dennoch stützt sich ihre Existenz noch immer auf einen gewissen Groll: die Erkenntnis, daß sie zu niemandem gehört. Sogar ihre Träume setzen eine mächtige Wut über diesen Mangel frei. Sie hat ihre drei erwachsenen Kinder, das ist wahr, aber sie fragt sich, ob sie ihrer anders als mit zärtlicher Nachsicht gedenken. Und ihre acht Enkelkinder sind so weit weg, so verkleinert durch die Distanz von Alter und Raum, so auf die nebelhafte Zukunft fixiert. Vielleicht »grübelt« sie deshalb unaufhörlich über ihr vergangenes Leben nach, ihre zwei verlorenen Väter, und stürzt sich auf die Leere, die ihr von Geburt an zugedacht war. In der Leere findet sie Verbundenheit und in der Verbundenheit wiederum eine Leere – eine unendliche Rückwärtsbewegung, es ist herzzerreißend, daran zu denken –, und doch schiebt sie sie vorwärts, hält sie lebendig. Sie füttert die Möwen, nicht? Sie telefoniert unabänderlich jeden Sonntag mit ihren erwachsenen Kindern. Alice in London, Joan in der Wildnis Oregons und Warren in Pittsburgh (bald wird er nach New York versetzt), und trotz mancher Ausfälle und Rückkopplungen bei diesen elektronischen Gesprächen gelingt es ihr, eine gleichmütige Kopf-hoch-Heiterkeit vorzutäuschen und die mindeste Andeutung von Verzagtheit zu unterdrücken. Sie kocht sich ein ordentliches Essen, nicht? – Kotelett oder Hühnerbrust, frisches Gemüse. Sie nimmt keine Tabletten; sie hört keine Geräusche.

Wohl aber liegt sie am frühen Morgen im Bett, die Augen dem Fenster zugewandt, starrt auf das harte Flori-

dalicht, das zwischen den Schlitzen ihrer Jalousien herein-
kriecht, und fühlt sein unerbittliches Strahlen. Manchmal
ballt sie die Fäuste; manchmal sammeln sich Tränen in
ihren Augen, wenn sie da liegt und denkt: wieder ein Tag,
wieder ein Tag, und versucht, ihren Platz zu finden in den
sich verschiebenden Szenen ihres Lebens. Ihres bisheri-
gen Lebens, sollte ich sagen – denn sie sieht Jahre und
Jahre vor sich liegen. Dieses »bisherige« Leben hat bedeutet, die Dosen schwächender Informationen einzunehmen, die ihres Weges gekommen sind, jeden Tropfen,
und sie mit dem Löffel ihrer Sehnsucht umzurühren –
dies hat sie so viele Jahre getan, daß es ihr in Fleisch und
Blut übergegangen ist. Wirklichkeit und Trug wirbeln in
schwungvollem Walzertakt durch ihr Schlafzimmer – eins
zwei drei, eins zwei drei. Weiter und weiter.

Die Synapsen stürzen zusammen; sollen sie ruhig. Sie
konzentriert sich auf das verfügbare Material, erweitert,
verringert das Gebotene, gestaltet es neu; dieser ge-
mischte Trank ist ihr Leben. Sie schwenkt ihn so herum
oder so, das kommt darauf an – wer weiß, worauf es
ankommt? –, auf den Drehpunkt des Verlangens oder der
Notwendigkeit. Sie wirft vielleicht eine Rosine aus einem
Buch aus der Bücherei hinein, das sie gerade liest, oder
etwas aus einer Seifenoper oder einem Traum. Nicht oft,
aber gelegentlich vollzieht sie eine kühne Subtraktion,
etwa als Fraidy Hoyt berichtete, sie hätte mit ziemlicher
Sicherheit Maria Goodwill, die Witwe von Cuyler Goodwill, in Indianapolis am Arm eines älteren Herrn auf der
Ohio Street gehen sehen – aber das ist unmöglich, lächerlich, denn Maria ist längst heimgekehrt in ihr italienisches
Dorf und hat sich in eine schwarzverhüllte Trauergestalt
mit einem Strickknäuel im Schoß verwandelt.

Würden Sie Victorias Großtante Daisy nach ihrer Lebensgeschichte fragen, sie würde einen Moment die Lip-

pen schürzen – diese rubinrote Glut – und eine gekürzte Mischfassung hervorstammeln, sie Ihnen etwas scheu präsentieren, aber ohne Rechtfertigung, das heißt ohne Doppeldeutigkeit: Dies ist geschehen, würde sie aus den unerreichbaren Tiefen ihrer zweiundsiebzig Jahre heraus erklären, und dies geschah als nächstes.

Es ist schwer zu sagen, ob ihr wohl ist bei ihrer Mischung aus Verzerrung und Weglassung, ja ihrer Willkürlichkeit; aber sie ist daran gewöhnt. Und es ist ihr in den Sinn gekommen, daß es Millionen, Milliarden andere Männer und Frauen auf der Welt gibt, die morgens früh allein in ihren Betten aufwachen, gierig nach der Substanz ihres eigenen Lebens, aber jeden Tag gezwungen, sich selbst neu zu erfinden.

Im Juni 1977, nur zwei Monate nach ihrem Osteressen im Ringling Hotel, rief ihre Großnichte Victoria Flett aus Toronto an und sagte: »He, weißt du was? – Ich muß für ein Forschungsprojekt auf die Orkneyinseln. Nächste Woche. Magst du nicht mitkommen? Das wird ein irrsinniger Urlaub, und wir können«, aus irgendeinem Grund perlte Victorias Stimme von Gelächter, »wir können Magnus Flett Blumen aufs Grab legen.«

»Die Orkneyinseln!« sagte ihre Tochter Joan bei ihrem üblichen Sonntagstelefonat. »Aber du hast doch gesagt, du wolltest dieses Jahr nach Portland kommen, du hast gesagt, du wolltest auf die Mädchen aufpassen, damit Ross und ich ein paar Tage wegfahren können, sie haben sich schon so auf ihre Großmama gefreut. Immer heißt es Großmama hier und Großmama da, und jetzt sprichst du von den Orkneyinseln.«

»Hast du dir das mal auf der Karte angesehen?« sagte ihr Sohn Warren. »Weißt du überhaupt, wo die Orkneyinseln sind?«

»Warum eigentlich nicht?« sagte Alice mit ihrem angenommenen englischen Akzent. »Wird Zeit, daß du mal über den Teich kommst. Vorausgesetzt, du bleibst auf dem Hin- und Rückweg ein paar Tage bei mir und den Kindern.«

»Natürlich gehst du«, sagte Fraidy. »Ich übernehm deinen Nachmittag im Museum, und Bridge lassen wir eben ausfallen.«

»Deinen Paß überlaß nur mir«, sagte Labinas Mann Bud. »Sieh nur zu, daß du Photos machen läßt, füll das Formular aus, und ich bring's nach Tampa, ich habe da zufällig Beziehungen zur Regierung – ein Beamter dort schuldet mir noch einen Gefallen. Das Ganze ist in genau zehn Minuten erledigt, verlaß dich drauf.«

»Was du brauchst«, sagte Labina (Beans), »ist ein anständiges Wollkostüm. Diese Floridamischgewebe sind nichts für das ungesunde Klima. Ich hab mir fast den Hintern abgefroren, als ich damals in Schottland war, und das war bloß Edinburgh, nicht so weit oben im Norden wie die Gegend, wo du hinwillst. Ein Wollkostüm, eine bügelfreie Bluse und ein paar sehr, sehr gute Pullover zum Wechseln, was anderes brauchst du nicht.«

»Wanderschuhe«, sagte Victoria am Telefon. »Egal, wie sie aussehen.«

»Und einen Regenschirm«, sagte Fraidy. »Zum Zusammenschieben.«

»Vergiß den Schirm«, sagte Victoria. »Sieh zu, ob du so einen Plastikumhang mit Kapuze kriegen kannst.«

»Tut mir leid, daß wir Ihnen keine Pauschalreise anbieten können«, sagte der Reisebüroangestellte in Bradenton, »aber die muß mindestens drei Wochen im voraus gebucht werden, und außerdem haben wir nicht viel Material über die Orkneyinseln.«

»Ehrlich gesagt«, sagte Marian McHenry, die in der

Wohnung gegenüber wohnt, »ich würde lieber zuerst mein eigenes Land kennenlernen, bevor ich da drüben herumlatsche. Sind Sie schon in Washington, D. C., gewesen? Ich meine, haben Sie es schon mal so richtig besichtigt?«

»Man braucht keine Impfungen mehr für Europa«, erklärte ihr Dr. Neerly, »aber ich verschreibe Ihnen etwas gegen Reisedurchfall. Und etwas gegen Verstopfung. Und nehmen Sie unbedingt Ihr antiallergenes Kopfkissen mit, die benutzen da drüben vermutlich noch Hühnerfedern oder Stroh.«

»Ich hoffe bei Gott, du hast feste Hotelreservierungen.«

»Wir persönlich würden nicht im Traum daran denken, vorauszubuchen, das verdirbt einem den ganzen Spaß, wir improvisieren lieber, verstehst du? Ins Blaue leben, das liegt uns.«

»Du warst wirklich seit 1927 nicht in Europa? Ehrlich nicht? O Mann, du wirst dein blaues Wunder erleben.«

»Ich wußte gar nicht, daß du schon mal in Europa warst.« (Joan, die an einem Dienstagabend aus Portland anrief.) »Du hast es kein einziges Mal erwähnt.«

»Um Gottes willen, geh da drüben bloß in kein Hotel. Nämlich, hör zu, die haben da überall diese entzückenden kleinen Frühstückspensionen, die sind viel schnuckeliger, und du kriegst richtig was mit vom Alltag dort, weißt schon, wie die Leute wirklich leben.«

»Hör auf meinen Rat und meide zweierlei. Erstens, Gasthöfe, wo man Zimmer mit Frühstück kriegt. In einigen stecken sie dich tatsächlich in diese gräßliche Nylonbettwäsche, ungelogen, und geben dir matschige heiße Tomaten zum Frühstück. Zweitens, trink kein Wasser aus der Leitung. Hast du dich nie gefragt, warum sie da drüben dauernd Tee trinken? Weil man für Tee abgekochtes Wasser braucht – abgekochtes, kapiert?«

»Reiseschecks.«

»Geldgürtel.«

»Zwei kleine Koffer sind besser als ein großer, das ist das Klügste, was man mir je gesagt hat.«

»Als wir in Canterbury waren...«

»Wie ich damals in dem Seengebiet war, im Nordwesten von England...«

»...Fisch und Chips in Zeitungspapier eingewickelt.«

»...ein Plastikdöschen mit deiner eigenen Seife, weil...«

»Meine Ururgroßmutter kam von der Insel Wight. Ist das irgendwo in der Nähe, wo...?«

»Wenn du mir bloß so einen niedlichen kleinen Wedgewood-Aschenbecher mitbringen könntest, aber in Grün, nicht in Blau.«

»...behalte deine Wertsachen immer bei dir...«

»...diese klitzekleinen Ohrstöpseldinger, die kriegst du im Winn-Dixie-Supermarkt.«

»Orkneyinseln? Nie gehört.«

Die junge Victoria, die sich am Mirabelle-Flughafen in Montreal mit ihrer Großtante traf, war nervös. »Ich möchte dir Lewis vorstellen, Lewis Roy. Lew, das ist meine Tante Daisy.« Sie artikulierte jedes Wort.

»Sehr erfreut, Mrs. Flett.«

»Lew kommt mit auf die Orkneyinseln«, sagte Victoria mit erhobener Stimme. Ihr Gesicht war schrecklich, als sie dies sagte. Ihr Haar war auch schrecklich, glatt, schlecht geschnitten.

»Oh.«

»Er ist sozusagen, also, er ist so eine Art Projektleiter. Er ist«, sie vollführte ein groteskes, nonchalantes Schulterrollen, »er ist mein Professor, sozusagen.«

»Eigentlich bloß Doktorand, Mrs. Flett. Victoria und ich

haben das Projekt zusammen erarbeitet. Es war vornehmlich ihre Idee.« Sein Gesicht wirkte kräftig, sein Mund erwartungsvoll, amüsierwillig.

Im Flugzeug saßen sie in einer Reihe, Lewis Roy am Gang, Victoria in der Mitte, ihre Tante am Fenster. Sie tranken Sekt und aßen Hühnchen mit Karottenscheiben zum Abendessen, und in dem geschäftigen Hin und Her der Flugroutine waren sie ungezwungen miteinander. Dann gab Lewis eine lange, ausführliche Schilderung eines früheren Fluges nach Europa zum besten, und als die Geschichte fortschritt, verfiel er unversehens in die Gegenwartsform. »Da macht der Pilot eine Ansage. He, ein Motor ist kaputt. Ja. Wir kehren um. Wir sind alle in heller Aufregung. Aber wir sitzen da und löffeln unseren Fraß, als hätten wir einen Mordsspaß, und ehe man sich's versieht, sitzen wir auf einem Behelfsflughafen irgendwo in Labrador, ein Militärstützpunkt oder so was, und da stecken wir ganze zwölf Stunden fest, die Toilette ist außer Betrieb, und dann...«

»Tante Daisy ist müde, glaube ich«, brummte Victoria.

Er war augenblicklich still. Nagte an seinen Fingerknöcheln, gähnte mächtig, blickte um sich.

Victoria glühte vor Scham. Sie wußte, was ihre Tante von diesem jungen Mann halten mußte, mit den Haaren, die ihm um die Schultern flogen wie ein Pelzcape, seiner jungenhaften Erzählweise, die seine Brillanz überdeckte, seiner außerordentlichen Zartheit, die sich in männliche Unbekümmertheit verwandelte. Die Stewardeß verteilte schließlich Decken und Kissen und dämpfte die Lichter, und alle drei stellten sich schlafend. Victoria hörte den stoßweisen Atem ihrer Tante, fast ein Schluchzen, und wußte, diese alte Dame neben ihr sehnte sich aus voller Seele, zu Hause in ihrer Wohnung in Florida zu sein, irgendwo, nur nicht dort, wo sie war und über den nächtlichen Atlantik flog, mit dem kleinen Nachtlicht, das auf dem Fensterrahmen und über ihren Lidern flimmerte.

Victoria, deren Antenne voll in Funktion war, spürte auch die Wellen der Traurigkeit, des Scheiterns, die Lewis Roys steifer Körper ausstrahlte. Unter ihrer Wolldecke griff sie heimlich nach seiner Hand, merkte, daß diese zitterte, und hielt sie. Sie hatte ihn nie zuvor berührt; er war tatsächlich ihr Lehrer und sie seine Schülerin; sie standen damals nicht auf intimem Fuß.

Nach einer Weile streckte sie die andere Hand aus und legte sie auf das straffe Handgelenk ihrer alten Tante, und der Druck ihrer Fingerspitzen besagte: Alles wird gut, vertraue mir.

So miteinander verbunden durch die schmerzhaft ausgestreckten Arme von Victoria Flett, wechselten die drei von einem Kontinent zum anderen. Sie mögen in der Nacht wohl ein paar Augenblicke geschlafen haben. Jeder von ihnen glaubte auf einem zerbrechlichen Planeten zu leben. Keiner von ihnen wußte, was aus der Welt werden würde.

Die Orkneyinseln sind tiefliegend, grün, erschlossen, durchzogen von gewundenen Straßen und von Schafen, die pittoresk auf abfallenden Weiden grasen und ein Tableau bilden, das vor zweihundert, dreihundert Jahren von einem Aquarellisten hätte gemalt worden sein können. Hinter und unterhalb dieser pastoralen Szene liegen prähistorische Ruinen – Dörfer, Festungen, Hügelgräber, Grabkammern und aufrechte Steine, bei denen es sich vielleicht, vielleicht auch nicht, um Sternwarten handeln könnte. Es gibt auch Überreste der Eisenzeit, eine weitere Schicht. Und die Wikingermonumente, neuntes Jahrhundert. Auch Mittelalterliches, Feudales, Mönchisches. Und zeitgenössischere Ergänzungen – denn aufgepfropft auf das Uralte und Bukolische sind die heutigen kleinen emsigen Orkney-Fabriken, die in bescheidenem Maße Spezialitäten wie Orkney-Kuchen (delikat) oder Orkney-Käse produzieren; dann die Handwerksbetriebe größtenteils Strickereien (aber traurigerweise im Schwinden begriffen), die Tourismusbranche (im Vorstoß) und das stets präsente Hintergrundsummen des Alltagslebens und der unumgänglichen Geschäfte und Professionen – Lebensmittel, Schreibwaren, Anwälte, Geistliche, was Sie wollen.

Nichts hiervon hatte Victorias Großtante Daisy erwartet. Moorgebiet, Sümpfe, Heideland, so etwas hatte ihr eher vorgeschwebt. Die Orkney-Häuser lagen in einem Dutzend weit auseinandergezogener Dörfer verstreut oder in den zwei größeren Städten Kirkwall und Stromness. Sogar Victoria war erstaunt, als sie die Hunderte von Stadthäusern sah, so solide gebaut, so schlicht. Sie blickte auf die abweisenden Fassaden dieser Häuser und stellte sich drinnen Frauen vor, die vor dem Spiegel standen und sich betrachteten, oder Männer, die sich Pullover über die Köpfe zogen und ihre Haare flach drückten. Kaum jemand schien draußen unterwegs zu sein. Freilich, es war früh am Tag. Freilich, von der See her blies ein scharfer Wind. Es regnete in Strömen. Trotzdem standen Victoria, ihre Tante und Lewis Roy auf dem Kirchhof von Stromness und lasen Grabsteine. Victoria war es, die mit einem Aufschrei folgendes entdeckte:

FROMMES LEBEN, GUTES ENDE,
DEINE SEEL ZU CHRISTUS SENDE,
WO SIE IMMERZU
FIND' DIE BESTE RUH
MAGNUS FLETT
GEB. 1584, GEST. 1616

Aus irgendeinem Grund veranlaßte diese Inschrift alle drei, sich vor Lachen zu biegen; wie es schien, war Flett ein sehr gebräuchlicher Orkney-Name; Fletts sprangen einen überall an, nicht nur Magnus, sondern auch Thomas Flett, Cecil Flett, Jamesina Flett, Donaldina Flett; die Flett-Familien waren die unbestrittenen Könige und Königinnen des Friedhofes.

Der Regen machte keine Anstalten nachzulassen, und Lew nahm die beiden Frauen kurzerhand am Arm und führte sie über die Straße in eine Teestube, wo sie den Guß abwarteten und sich eifrig einander zuwandten.

»Was für ein Mensch war Ihr Schwiegervater, Mrs. Flett?« Lewis stellte diese Frage in förmlichem Ton, während er ein bemehltes Hörnchen mit Butter bestrich.

»Ach, ich weiß nicht recht.«

»Aber Sie müssen doch einen Eindruck haben.«

»Ein unglücklicher Mensch. Geknickt. Seine Frau hat ihn verlassen, wissen Sie.«

»Aha!« Ironisch. »Eine von diesen altmodischen glücklichen Familien.«

»Seine drei Söhne haben zur Mutter gehalten. Sie weigerten sich, ihren Vater zu sehen. Sie wollten nichts mit ihm zu tun haben.«

»Und das hat ihn verbittert?«

»Es hat ihn hierher zurückgetrieben.« Sie wies mit der Hand zum Fenster hin, ihre Geste umfaßte die nasse Straße, die schwarzen Regenwolken. »Als er fünfundsechzig Jahre alt war. Ich kann mir nur denken, daß er verbittert gewesen sein muß.«

»Aber Sie wissen es nicht genau.«

»Eigentlich . . .«

»Ja?«

»Eigentlich bin ich meinem Schwiegervater nie begegnet.«

»Ach was.« Er war sichtlich verblüfft.

»Wir sind uns nie begegnet, nein. Und ich habe das immer bedauert. Daß wir uns in diesem Leben nie begegnet sind. Ich habe immer gedacht, nun ja...«

»Was?«

»Daß wir uns vielleicht«, sie machte eine Pause, »etwas zu sagen hätten.«

»Nicht viele Frauen denken so über ihren Schwiegervater.«

»Nein, sicher nicht.«

»Magnus Flett war mein Urgroßvater«, warf Victoria ein, vielleicht, um ihren Teil an Verantwortung für die zerrissenen Familienbande zu übernehmen.

Sie tranken schweigend ihren Tee. Dann hob Lewis in entschlossener Munterkeit feierlich seine Tasse und sagte: »Auf die Gebeine des richtigen Magnus Flett! Wir finden es schon noch, sein letztes Bett.«

»Das reimt sich ja«, sagte Victoria, die Eifer bei anderen schätzte.

»Ja, genau«, sagte Victorias Tante, und ihr Mund lächelte jetzt, und sie spürte die Herzschläge in ihrer Brust.

Am nächsten Tag legte sich der Wind. Die Sonne schien überraschend stark, und Touristen in Shorts und T-Shirts und in Sommerkleidern strömten von der Fähre und drängten sich in den schmalen Straßen von Stromness, schleckten Eis, kauften Postkarten.

Es war Abend und noch strahlend hell. Lewis und Victoria verzehrten im Speisesaal des Grey Stones Hotels gemächlich ihren Hackfleischauflauf und erläuterten Victorias Tante Daisy den Grund, weswegen sie auf die Orkneyinseln gekommen waren. Lew zog einen Bleistift hervor und zeichnete eine kleine Skizze auf seine Papierserviette, hastig hingeworfen, trotzdem hübsch – dies fand zumindest Victoria, die die Serviette sorgfältig in der Mitte faltete und in die Innentasche ihres Koffers steckte. Auf den Inseln, sagte Lewis, gebe es massenhaft versteinerte kleine Meerestiere. Aber die Beweise für frühes pflanzliches Leben seien vernichtet. Die Erdtemperatur sei unzuträglich, die Pflanzenstrukturen seien zu empfindlich gewesen. Aber in Toronto, bei der Arbeit mit computergestützten Karten, das Allerneueste, hatten er und Victoria Versteinerungen erforscht, die im Norden Schottlands gefunden worden waren, und zwar in einem breiten Bogen, der vom Westen des Landes bis hinauf nach Skandinavien führte – dieser Bogen durchzog mit nur einer kleinen Abweichung die äußerste Spitze von Mainland, der Hauptinsel der Orkneys, weswegen sie überzeugt waren, daß bestimmte Gesteinsformationen bei Yesanby, wenige Meilen nördlich von Stromness, vielversprechend seien. Das Gestein sei hier anders, härter, so hart, daß die Inselbewohner auf der Suche nach Mühlsteinen zu dieser entlegenen Landspitze zu ziehen pflegten, da der Rest des Orkney-Gesteins zu weich sei für diesen Zweck. Lewis erwähnte das Rhynie-Kieselsäuregestein, den Middle-Old-Red-Sandstein. Er schilderte, wie er beim kanadischen Science Council ein Reisestipendium beantragt und wie er seine Ausrüstung und sein Forscherteam zusammengestellt hatte, ein Team, das aus ihm und Victoria Flett bestand. Sie hatten einundzwanzig Tage, um herumzustöbern und ihre Beobachtungen zu notieren, bis die Gelder sich erschöpften. Beide quollen sie über von Zuversicht; die Biologie, führte Lewis aus, werde die Bemühungen der Spezialisten, zu systematisieren und Regeln aufzustellen, immer enttäuschen; es gebe zu viele Variable; die Erde sei manchmal verschlossen, öfter aber freigebig.

Victoria betrachtete über den Tisch hinweg ihre Tante,

die ausgeruht, heiter und von der Hitze eines langen Tages gerötet aussah. Wegen des schönen Wetters hatte sie ihre Kostümjacke oben gelassen in dem Zimmer, das die zwei Frauen sich teilten, und sie überlegte jetzt, ob sie am nächsten Tag vielleicht einen Blick in die hiesigen Geschäfte werfen sollte, um sich nach einem leichten Kleid in ihrer Größe umzusehen. Sie hatte die letzte Nacht tief geschlafen, und, ebensowichtig, sie hatte durchgeschlafen.

Wie Victoria ihre Tante so ansah, fühlte sie einen Schwall von Liebe, und einen Anteil am gegenwärtigen Wohlbefinden ihrer Tante, ihrem Frieden, schrieb sie sich selbst zu. Sie wünschte beinahe, es gäbe Bedrängnisse, aus denen sie sie erretten, Geschenke, die sie ihr machen könnte. Im Augenblick, in dieser Minute, schienen ihr die kleinen Liebenswürdigkeiten zwischen Lewis und ihrer Tante schön, ein Beginn, aus dem etwas werden könnte.

Lewis erzählte ihr, daß er Fahrräder und Rucksäcke gemietet hatte, damit er und Victoria am folgenden Morgen nach Yesanby fahren und mit ihren Nachforschungen beginnen könnten. »Wir fangen an, nach unseren kleinen Wundern zu graben«, sagte Lewis zu ihr,»und überlassen es Ihnen, Magnus Flett zu finden.«

»Hörte ich Sie Magnus Flett sagen?« fragte der Hotelbesitzer, der an ihrem Tisch stehengeblieben war und ihnen Kaffee einschenkte.

Der Name des Besitzers war Mr. Sinclair. Er war ein großer, stattlicher Mann, zeit seines Lebens Junggeselle, mit klugem Gesicht und vollem, gepflegtem grauen Haar, das er sich unentwegt aus der Stirn strich. Wie um alles in der Welt war dieser Mensch ins Hotelgeschäft geraten, fragte sich Victoria – er hätte Filmschauspieler sein sollen, mit seiner anmutigen, nahezu geschmeidigen Art, Teller auf einen Tisch zu stellen, und seiner liebenswerten, drolligen, ländlichen Sprechweise. Sein Hotel, das nur sechs Gästezimmer hatte, warb mit »All. mod. Komf.«, was bedeutete, daß einige Zimmer mit elektrischen Heizgeräten ausgestattet waren. Mr. Sinclair, der in seinem sauberen grauen Kittel die teppichbelegte Treppe hinauf- und hinabeilte, war Empfangschef, Zimmermädchen, Koch, Kellner.

»Habe ich Sie sagen hören, Sie suchen Magnus Flett?« fragte er höflich, während er sich auf seine geschmeidige Art über den Tisch beugte. »Bitte entschuldigen Sie, daß ich mich einmische, aber es ließ sich nicht vermeiden, daß ich Sie von dem alten Magnus Flett sprechen hörte. Magnus Flett, müssen Sie wissen, ist gleich nebenan.«

»Nebenan?«

»Das Platanenheim. Sie müssen direkt daran vorbeigegangen sein. Dort sind die alten Leute untergebracht, die keine Familie haben. Als ich ein junger Mann war, hatten sie Platanen im Garten, aber die sind natürlich nicht mehr da. Es war ein Privathaus, bevor die Gemeinde es übernahm. Dort ist der alte Flett. Der berühmte Mr. Flett, sollte ich wohl sagen.«

Victoria schüttelte den Kopf; sie sah heute abend reizender aus, als sie selbst ahnte. »Unser Magnus Flett ist tot«, sagte sie mit einer gewissen Feierlichkeit. »Er wurde 1862 geboren. Wir wissen nicht, wann er gestorben ist, aber sein Geburtsdatum kennen wir, denn das steht auf mehreren Urkunden, die meine Tante hat.«

»Das dürfte Seine Hoheit sein«, sagte Mr. Sinclair nickend, lächelnd. »Das heißt, wenn man glaubt, daß er so alt ist, wie er behauptet, und ich bin zufällig einer von denen, die dem Mann aufs Wort glauben. Sein Bild ist jedes Jahr an seinem Geburtstag im *Orcadian*. Dieses Jahr sind sogar die Londoner Zeitungen hiergewesen. Der arme alte Knabe ist hundertfünfzehn Jahre alt geworden, stellen Sie sich das mal vor. Oh, es ist kaum länger als einen Monat her, so eine Geburtstagsfeier haben Sie noch nie gesehen. Ein Kuchen, so groß wie dieser Tisch. Kerzenbeleuchtung, ein richtiges Freudenfeuer, freilich hat er dabei die ganze Zeit geschlafen. Immerhin ist Mr. Flett der älteste Mensch auf den Britischen Inseln.«

Es war nicht allein sein Alter, das Magnus Flett berühmt machte. Es war sein erstaunliches Gedächtnis.

Im Sommer 1977, dem Jahr, als Victoria, ihr Kollege Lewis Roy und ihre alte Großtante Daisy auf ihren separaten Entdeckungsreisen die legendären Orkneyinseln besuchten, beruhte Magnus Fletts Ruf allerdings auf seinen 115 Lebensjahren. Das ist ein sehr hohes Alter. Es gibt in der Ukraine eine Frau, die 121 sein soll, und zwei Brüder in Armenien, deren Alter mit 118 beziehungsweise 116 angegeben wird (sie haben Urkunden, die ihre Behauptung belegen). Eine Eskimofrau, die im Heim der anglikanischen Kirche in Rankin Inlet lebt, hat auf die Bibel geschworen, daß sie 112 Jahre alt ist (sie hat sich mit fünfundachtzig an Zigaretten, mit neunzig an Whisky gewöhnt). Und da ist der unbestrittene Weltmeister der menschlichen Antiquitäten: ein gewisser Herr Gee aus Singapur, mit 123 noch gut zu Fuß, allerdings hat ihn in den letzten Jahren allein seine Frau (sechsundneunzig Jahre alt) zu Gesicht bekommen. Bewiesen oder unbewiesen, ein hochbetagter Mensch ist ein ermutigender Anblick, und Magnus Flett mit seiner beachtlichen Lebensspanne ist eine Berühmtheit. Er wurde in den britischen Wochenblättern porträtiert (»Ein Tag im Leben des Magnus Flett«, *The Sunday Times*, 16. März 1962, S. 54). Und einmal, vor zehn Jahren, war er vor die Fernsehkameras der BBC getreten, hatte starr auf die Zuschauer geblickt und »seine Sache« aufgesagt.

»Seine Sache«, das ist es weit mehr als sein Alter, was den Mann berühmt gemacht hat: seine Fähigkeit nämlich, die ganze *Jane Eyre* auswendig aufzusagen, Kapitel für Kapitel, jeden Satz, jedes Wort. Mr. Sinclair beschreibt seinen Gästen diese Leistung, und seine weiche Stimme wird vor lauter Ehrfurcht noch weicher.

Ein unmöglicher Kraftakt, mögen manche Leute sagen, Leute, die nicht vertraut sind mit den Gedächtnisleistungen des menschlichen Gehirns. Vermutlich haben diese Leute nie davon gehört, daß gewisse fromme Personen in längst vergangenen Tagen das komplette Neue Testament auswendig gelernt haben. Daß es selbst noch zu Beginn unseres Jahrhunderts nichts Ungewöhnliches war, ganz normale Sterbliche anzutreffen, die das Evangelium im Kopf hatten; später allerdings wurden schon für so läppische Leistungen wie die Seligpreisungen oder den 100. Psalm Sonntagsschulpreise vergeben. Gelehrte behaupten seit Jahren, daß das angelsächsische Epos *Beowulf* bei Festmählern von einem einzigen Vortragenden rezitiert wurde, der keinen schriftlichen Text hatte, auf den er sich beziehen konnte. Daisy Goodwill Flett erlangte Kenntnis von seiner außerordentlichen Leistung, als sie in den zwanziger Jahren am Long College für Frauen studierte; im selben Abschnitt ihres Lebens vertraute sie ihrem Gedächtnis das gesamte *Tintern Abbey* an – nicht weil ihr Professor es von ihr verlangte, sondern weil es sie drängte, sich die orakelhaften rhythmischen Zeilen von William Wordsworth einzuverleiben.

Natürlich, im Alter von 115 Jahren hat Magnus Fletts Gedächtnis zu verblassen begonnen, das räumt Mr. Sinclair ein. Zur Zeit des Fernsehinterviews vor zehn Jahren konnte er nur das erste Kapitel von *Jane Eyre* rezitieren, dies jedoch, ohne zu stottern oder zu zögern. Vor einem Jahr brachte er nur die erste Seite zustande. Und heute, warnt Mr. Sinclair seine nordamerikanischen Gäste, schafft der arme alte Knabe nur noch die ersten Zeilen des ersten Absatzes.

Die größere Einsamkeit unseres Lebens entwickelt sich aus unserem Widerwillen, uns zu verausgaben, uns zu rühren. Wir dämpfen immerzu unseren inneren Antrieb, gestatten uns die Bequemlichkeit des Aufschiebens, der Wiederholungen. Warum gibt Victoria Flett sich so große Mühe, nicht an den alten Magnus Flett zu denken? Und warum verschiebt ihre Großtante Daisy von Tag zu Tag ihren Besuch im Platanenheim? Jeden Abend hat sie ihrer Nichte Ausreden anzubieten, sie sagt, sie habe die Sehenswürdigkeiten der Stadt besucht oder sei mit dem Einkaufen eines Sommerkleides beschäftigt gewesen. Das warme Wetter hält an, ein neuer Orkney-Rekord für die letzte Juniwoche, und sie erklärt, sie wolle dieses beispiellose Wetter ausnutzen. In ihrem neuen Baumwollrock mit Bluse (ein gediegenes Burgunderrot) und ihren jüngst erworbenen Wanderschuhen hat sie sich auf die Felder oberhalb von Stromness gewagt, hat unterwegs Heidekraut, schwarze Krähenbeeren, verschiedene Riedgräser und die schöne, winzige schottische Primel *(Primula scotica)* in ihrer ganzen rosa Fülle gefunden. »Liebe! Zärtlichkeit! Courage!« murmelt sie aus keinem erdenklichen Grunde der geneigten Landschaft zu. Mr. Sinclair, ein Kenner der ländlichen Idylle, begleitet sie einige Male auf ihren Ausflügen. Nachdem im Hotel das Mittagessen serviert und der Abwasch erledigt ist, fahren die zwei in seinem schmucken kleinen Ford Fiesta los, besichtigen die Kirchen und Friedhöfe der Nachbardörfer, und eines Tages stoßen sie auf einen Grabstein, dessen Familienname unleserlich geworden, dessen Datum – 1675 – und kurze Inschrift aber deutlich erkennbar geblieben sind:

»Erblicke des Lebens Ende!« Eine einfache, klangvolle Aufforderung. (Man möchte meinen, dieser Aufruf aus dem Reich der Toten würde Mrs. Flett beunruhigt haben, doch nein, sie verfällt seinem Bann, als hätte sie eine Vision gehabt oder durch das Ausrufezeichen eine Stimme gehört, die das Erschauen einer Strahlenquelle an der Peripherie des Lebens verhieß.)

»Hast du Magnus Flett besucht?« fragt Victoria jeden Abend, wenn sie sonnenverbrannt und staubig von den Gesteinsschichten von Yesanby zurückkehrt.

»Morgen«, verspricht ihre Tante. »Morgen werde ich es in Angriff nehmen.«

Sie wissen beide – sogar Lewis Roy weiß es, wenn er sie beobachtet, wie sie stumm und geduldig die Teetasse hält –, daß sie sich gegen eine Enttäuschung wappnet.

Mrs. Flett entdeckt, daß das Orkney-Grün täuscht. Was wie weite Flächen fruchtbarer schwarzer Erde aussieht, ist nur ein dünner Belag auf Schichtgestein. Aus Stein sind diese Inseln geschaffen, leichtem brüchigen Sandstein, der sich mühelos zu Splittern und Platten spalten und verarbeiten läßt; es gibt ihn überall. Jeder Bauernhof, so scheint es, hat seinen eigenen Miniatur-Steinmetzbetrieb, und das Steinhauerwerkzeug – Fäustel, Hacke und Klurer – gehört zur Ausrüstung jedes Bauern. Da nur wenig Wald zur Verfügung steht, werden Steinplatten für Dächer, für Zäune, für Picknicktische und -bänke, für Meilen- und Marksteine verwendet, und ein Lächeln erscheint auf Mrs. Fletts Gesicht, als ihr die Lieblingssendung ihrer Enkelkinder einfällt, *Familie Feuerstein*. Sie stellt sich vor, daß die Bauernhäuser, an denen sie mit Mr. Sinclair vorüberfährt, mit Steinstühlen und Steintischen und sogar Betten und Kommoden aus Stein möbliert sind. Sie erinnert sich, daß ihr Schwiegervater, Magnus Flett, mit achtzehn oder neunzehn Jahren nach Kanada kam und schon ein Meister seines Gewerbes war: Steinhauerei.

Er hat im Steinbruch von Tyndall gearbeitet, bis er fünfundsechzig war. Ein muskulöser Mann von handwerklichem Geschick, ein Arbeiter. Nach allem, was man hörte, war nichts Weiches an ihm. Er sprach nur wenig, seinen Söhnen zufolge. Unbeugsamkeit ist der Ruf, den er hinterließ. Härte. Stein.

Er hatte Bildung. Er konnte die Bibel lesen oder den Versandhauskatalog, wenn es sein mußte, aber er war kein Mensch, der sich hinsetzte, um ein Buch zu lesen. Mrs. Flett weiß das, ohne daß es ihr gesagt wurde. Nein, es wäre ihm nicht in den Sinn gekommen, ein Buch zu lesen. Schon gar nicht einen Roman. Nicht einen Roman von einer Engländerin namens Charlotte Brontë. Und niemals dieses Juwel der englischen Literatur, *Jane Eyre*.

Unmöglich.

»Soll ich mitkommen, wenn du Magnus Flett besuchst?« erbietet sich ihre Nichte mit leichtem Widerstreben.

»Wenn Sie möchten«, sagt Mr. Sinclair zu ihr, »könnte ich Sie begleiten, wenn Sie zu Magnus Flett gehen.«

»Morgen«, sagt Mrs. Flett. »Morgen.«

Doch tags darauf fuhr sie mit Mr. Sinclair nach Yesanby. Dorthin, wo Lewis und Victoria bei der Arbeit waren.

Das Ende der Straße war baufällig geworden, und sie mußten das Auto an der Kreuzung East Bigging abstellen und eine halbe Meile zu Fuß über das Moorland zu dem zerklüfteten Vorgebirge gehen. Victoria, die sie kommen sah, winkte mit beiden Armen und rief ihnen einen überschwenglichen Gruß zu, und ihr Rufen vermischte sich mit dem Kreischen der Seevögel und dem Brausen der unten auflaufenden Wellen.

Die Sonne auf den Felsen war strahlend hell. Und am

Rande der schimmernden, schlüpfrigen Steinterrassen erhob sich das berühmte God's Gate, das Victoria ihrer Tante beschrieben hatte, ein gewaltiger natürlicher Bogen, durch den jede siebte oder achte Welle tosend hereinkrachte. (Vor fünfzig Jahren sollen zwei Amateurphotographen in die Öffnung geklettert und vor den Augen ihrer Frauen und Kinder ins Meer hinausgespült worden sein.)

Mrs. Flett, die blinzelnd im spätnachmittäglichen Sonnenlicht stand, kam sich, umgeben von all der machtvollen Größe, auf einmal zwergenhaft vor: die überwältigende Höhe der Gesteinsformation, die Unendlichkeit und Gewalt der See unter ihr und das hohe, sich weit erstreckende verlassene Moorland; am Rande ihres Blickfeldes, jenseits des brausenden, tosenden Seewindes war Mr. Sinclairs abgestelltes Auto nicht mehr als ein Fleck am Horizont. Mr. Sinclair selbst stand wenige Schritte entfernt, die großen Arme friedlich wie Schwingen über seinem breiten Brustkasten verschränkt, und ihm war wohl in seinem mächtigen Körper. Diese Leichtigkeit, die sie fühlte! – Ihr Körper, schwebend zwischen dem Lärm und der Riesenhaftigkeit der Welt –, was war das? Sie war eine Minute lang außerstande, ein Wort zu finden für die sie stürmisch umwehende Luft, die ihrem Gesicht ein sanftes Lächeln aufsetzte, und dann fiel es ihr ein: Glück. Sie war glücklich.

Mrs. Fletts Lieblingsnichte, Victoria, und Lewis Roy, ein Mann, von dessen Existenz sie noch vor zwei Wochen nichts gewußt hatte, krabbelten wie Insekten auf den Platten des Felsvorsprungs herum und kratzten mit ihrem winzigen Werkzeug an der Oberfläche der verborgenen Welt, in der Hoffnung worauf? Eine mikroskopische Spur von begrabenem Leben. Leben, das zu Stein geworden war. Zu bitteren Mineralien. Eine derartige Entdeckung, hatten sie ihr erläutert, würde enorme Auswirkungen haben – beim bloßen Gedanken daran wurden sie ganz aufgeregt –, doch zugleich ließe sich der Beweis der Entdeckung mühelos in einer Hand halten, ein kleiner Steinsplitter, in den die Kontur eines Blattes eingeprägt war. Oder eine primitive Blume. Gar eine Spur von Bakterien, so fein wie gestrickt, die kodierten Pünktchen des Lebens.

Bislang jedoch, und es blieben ihnen nicht einmal ein halbes Dutzend Tage, hatten sie nichts ans Licht gebracht.

In den langen dunklen Nächten im Grey-Stones-Hotel liegt Victoria in Lewis Roys Armen.

Sie wartet, bis ihre Tante fest schläft, dann steht sie auf, tastet im Dunkeln nach ihren Pantoffeln und geht lautlos über den schmalen Flur zu Zimmer 5, wo Lewis liegt, bereit. Ihre nächtlichen Exkursionen haben etwas Possenhaftes, und Victoria genießt diesen theatralischen Schauder und türmt ihn auf den Haufen ihres gegenwärtigen Glücks. Der düstere Flur mit seinem Schimmer und seinen Schatten, der antiken Truhe, dem Spiegel und der Standuhr, ist mit weichem Teppich ausgelegt, und seine Abmessungen verlieren sich nicht ganz im Dunkeln, weil Mr. Sinclair zur Bequemlichkeit seiner Gäste fürsorglich ein kleines rosa Nachtlicht installiert hat. Das Licht reicht gerade aus, um Victoria die Worte auf einem hübschen viktorianischen Teller erkennen zu lassen, der neben dem Badezimmer an der Wand befestigt ist.

Das Glück
wächst an unserem eigenen
Herd und läßt sich
nicht pflücken
in fremder Leute
Gärten

Herde! Gärten! Wenn sie um zwei Uhr nachts auf Zehenspitzen durch den Flur schleicht und stehenbleibt, um diese Worte zu lesen, möchte sie prusten vor Lachen.

Sie und Lewis halten den Vers für eine Warnung vor jenem Taumel, den sie in den letzten Tagen für sich entdeckt haben. Nacht für Nacht tauchen sie zwischen den knisternden weißen Laken von Mr. Sinclairs adretter Herberge tiefer und tiefer ein in dieses Mysterium, schlafend und wachend, und erwecken jene Teile von sich zum Leben, die sie verkümmert, abgelegt geglaubt hatten. Vor einem Jahr, ja noch vor einem Monat, hätte jeder von ihnen die Nase gerümpft über das willkürliche Zusammentreffen von Inselluft, sanftem Sonnenlicht, langen Tagen – und über die Möglichkeit von wissenschaftlicher Fehlkalkulation, ja Scheitern – und wäre überzeugt gewesen, daß der Lohn der erotischen Liebe nicht mehr sei als eine flüchtige Entschädigung, eine Tröstung für die Armen im Geiste.

Sie hat Tante Daisy nichts von ihrer Entdeckung erzählt oder von ihren Zukunftsplänen, kennt sie doch die Sorge ihrer Großtante um ihren Sohn Warren, seine zwei Scheidungen – und nun Alices bittere Trennung von ihrem Mann Ben. Victoria mutmaßt, daß Tante Daisy – doch wie kann sie sich dessen ganz sicher sein? – die Geisteshaltung auf dem viktorianischen Wandteller womöglich gutheißen und glauben würde, daß alles in allem die Gärten fremder Leute eher Schaden bringen als Glück.

»Ich muß Sie warnen«, sagte Mrs. Betty Holloway, »er ist bettlägerig. Und inkontinent, natürlich.«

»Ja, ja, ich verstehe.«

»Noch etwas, Mrs. Flett, er sieht fast nichts mehr. Grauer Star. Inoperabel in seinem Alter.«

»Das ist zu erwarten, nehme ich an.«

»Erstaunlicherweise kann er auf einem Ohr noch etwas hören.«

»Oh.«

»Aber auf dem anderen ist er vollkommen taub. Schon seit langem.«

»Ich verstehe.«

»Er wird schnell müde.«

»Ich bleibe nicht lange.«

»Sie sind eine Verwandte, sagen Sie?«

»Hm, ich bin nicht sicher. Könnte sein. Von der Seite meines Mannes.«

»Er hat keine Familie. Jedenfalls nicht in dieser Gegend. Traurig, nicht?«

»Sehr.«

»Und natürlich, wenn einer in sein Alter kommt, und solche gibt's nicht viele, da hat man auch nicht viele Freunde, die einen besuchen.«

»Wissen Sie, ob Mr. Flett mal in Kanada gelebt hat?«

»Kanada? Also, das kann ich jetzt nicht sagen. Früher sind unsere jungen Männer haufenweise für ein paar Jahre nach Kanada gegangen. Ihr Glück machen. Dazu war hier damals nicht viel Gelegenheit.«

»Aber zurück zu Mr. Flett. Es muß Unterlagen geben. Etwas Schriftliches.«

»Wir wissen nur, daß er in Sandwick gewohnt hat, bevor er hierherkam. Hat für sich selbst gesorgt. Für sich allein gelebt. Bißchen Gemüse angebaut, seinen Torf selbst gestochen. Leute, die ihn damals kannten, haben gesagt, er war so was wie ein Einsiedler. Immer für sich allein. Versessen auf Lesen.«

»*Jane Eyre.*«

»Ja, richtig, das war's.«

»Aber als er hierhergezogen ist, muß er doch Papiere gehabt haben, alte Briefe vielleicht.«

322

»Nicht daß ich wüßte, keine Briefe, keine persönlichen Papiere, falls Sie das meinen, Geburtsurkunde – nein, nichts dergleichen.«

»Einen Ehering vielleicht.«

»Glaub ich nicht, nein. Sicher, Männer haben damals nicht unbedingt einen Ehering getragen, oder? Na ja, heute ist das anders.«

»Das ist wahr.«

»Er hatte eine alte Photographie, zusammengefaltet unter seinen Anziehsachen. Wir haben sie für ihn verwahrt.«

»Ob ich sie wohl sehen könnte?«

»Hm, wenn Sie zur Familie gehören...«

»Oh, da bin ich nicht absolut sicher...«

»Ich habe die Photographie hier irgendwo in diesem Ordner. Es ist eine Frauengruppe, eine Art Porträt, wenn ich mich recht erinnere – ah, ja, hier ist sie.«

»Wie schade, daß sie geknickt ist, die Gesichter sind alle rissig. Oh, aber hübsch sind sie, soweit ich es erkennen kann. Oh.«

»Ja, also sie war schon geknickt, als er hierherkam. Er muß es selbst getan haben. Wir tun unser Bestes, was die Verwahrung der persönlichen Habe unserer Patienten angeht.«

»Ich wollte nicht...«

»Hinten steht was drauf.«

»Oh, ja. Da steht... da steht: ›Der Damenclub für Rhythmus und Bewegung‹. Aber kein Datum.«

»Anfang des Jahrhunderts, würde ich meinen. Den Kleidern nach.«

»Das ist lange her.«

»Ja, allerdings. Soll ich Sie jetzt in Mr. Fletts Zimmer bringen?«

»Bitte.«

Das erste, was sie bemerkte, war ein milchiger Film auf der Iris beider Augen. Und die weiße Bettwäsche, auch die weiße Tagesdecke, die ihn aussehen ließ wie in Bandagen gewickelt.

Magnus, der Wanderer, der leidende moderne Mensch – so hatte sie ihn in Gedanken all die Jahre gesehen. Romantisch. Und sich selbst hatte sie ebenfalls als eine Wandernde gesehen, mit einem verwaisten Herzen und einem wehmütigen Sehnen nach Zuflucht, nach einer Tür, auf der ihr eigener Name stand. Und jetzt war hier dieser kaum atmende Kadaver, vom hohen Alter ausgezehrt. Ein Hautgewebe. Ein Knochengerüst; eher Porzellan als Knochen.

»Ich bin Daisy«, sagte sie ihm ins Ohr, weil ihr nichts anderes einfiel. »Barkers Frau.«

Ein Rascheln in dem Lakenkokon.

»Von Ihrem Sohn Barker.«

Nichts.

»Sie hatten eine Frau, Mr. Flett. Ihr Name war Clarentine. Clarentine Barker Flett. Nicken Sie einfach mit dem Kopf, wenn es stimmt.«

Keine Antwort.

»Bitte.« Sie wartete, kam sich dämlich vor, war besorgt, sein Herz könnte ihretwegen stehenbleiben. »Blinzeln Sie einfach mit den Augen, Mr. Flett. Blinzeln Sie mit den Augen, wenn Clarentine Barker Ihre Frau war.«

Einige Sekunden vergingen – sie ließ sie verstreichen –, und dann machte er den Mund auf, der gar kein Mund war, sondern ein runzliges Loch ohne Lippen oder Zähne. Sie mußte sich vorbeugen, um zu hören, was er sagte: »Es war unmöglich, spazierenzugehen«, hier hielt er inne, »an diesem Tag.« Wieder eine Pause. »Wir waren zwar am Morgen eine Stunde lang in den entlaubten Gebüschen umhergestreift...« Er brach ab.

»Oh, das ist einfach großartig, Mr. Flett«, sagte sie, als lobte sie ein kleines Kind, »aber können Sie sich erinnern – können Sie mir sagen –, ob Sie eine Zeitlang in Kanada gelebt haben? Ob Sie eine Frau namens Clarentine hatten?« Sie sagte es noch einmal, lauter: »Clarentine.«

Seine Lider senkten sich. »Es war unmöglich, spazierenzugehen.«

»Ihre Frau, Mr. Flett. Clarentine.«

»Clarentine«, sagte er. Dieses Wort, dieser Name kam als ein Ausatmen heraus, pfeifend, säuerlich riechend.

»Ja«, sagte sie ermutigt. »Und Ihr Sohn, Barker.«

Das grauenhafte Loch von einem Mund bewegte sich wieder: »Bark.« Das Wort kam als ein Flüstern, tonlos, fast unhörbar.

»Und ich bin Daisy«, sagte sie.

Es schien, er hatte aufgehört zu atmen. Die Stille war entsetzlich.

»Daisy Goodwill«, sagte sie laut in sein gutes Ohr.

»Day-zee.« Er seufzte es hervor, die Konsonanten deutlich, die Vokale gehaucht. Er sprach es, das merkte sie, fügsam aus, mechanisch. Ein Echo – was hätte es anderes sein können? –, aber etwas darin befriedigte sie. Sie fühlte einen Drang, unter die Bettdecke zu fassen und nach seiner Hand zu greifen, fürchtete sich aber vor dem, was sie dort finden könnte, eine unvorstellbare Fäulnis. Statt dessen drückte sie leicht auf die Tagesdecke und erspürte die Stofflichkeit von versammelten Knochen und welkem Fleisch. Ein schwaches Schaudern. Aufsteigender Verwesungsgeruch.

»Ich bin gekommen, um Sie zu besuchen«, sagte sie und verachtete den heiteren, geselligen Ton, den sie anschlug. »Und ich habe Sie endlich gefunden.«

Sie hätte gerne das Wort »Vater« gesagt, es ausprobiert, aber eine steife Welle der Befangenheit kam dazwischen.

325

Sie glaubt aber, was sie vor sich sieht. Sie glaubt dem Zeugnis ihrer Augen, ihrer Ohren, ihrer Intuition, jenes mythischen weiblichen Instruments. Natürlich wird sie einige Zeit brauchen, um alles in sich aufzunehmen, was sie entdeckt hat. Eine bewußte Überarbeitung wird von ihr gefordert werden, Anpassung, Angleichung. Bestimmte verstreute Elemente, die in der Natur anomal sind, ja irrational, müssen mit einem Goldschmiedehammer eingeklopft werden. Umgearbeitet. Mit Mutmaßungen gestützt. Ausbalanciert. Verteidigt. Aber sie ist bereit, und ist es nicht das, was zählt? Bereitwilligkeit hat sich lange Zeit angesammelt für Daisy Goodwill Flett.

Der alte Mann sinkt in den Schlaf, und sie schleicht aus dem Zimmer, fühlt sich geschwächt, ausgehöhlt, leicht wie ein Geist und scheint für ein paar Minuten diese Gewichtslosigkeit in den Armen zu halten, diesen Wohlgeruch, der ihr Leben bedeutet. Oh, sie ist wieder jung und stark. Sehen Sie nur, wie sie befreit zur Tür hinausgeht und die schmale Straße von Stromness entlang und ihre Haare zurückwirft im sanften Licht.

Krankheit und Verfall, 1985

Die achtzigjährige Großmama Flett in Sarasota, Florida, ist krank; jede einzelne Zelle ihres Körpers ist, so scheint es, von Krankheit geschunden.

Als sie vor einem Monat zusammenbrach, ein Herzanfall, während sie die Miniaturgeranien auf der Südseite ihres Balkons goß, war sie auf den Betonboden aufgeschlagen und hatte sich beide Knie gebrochen. Zum Glück hatte Marian McHenry, deren Balkon nur durch ein leichtes Gitterwerk von Mrs. Fletts getrennt ist, ihren Aufschrei gehört und einen Krankenwagen gerufen.

Zwei Tage später wurde im Sarasota Memorial Hospital ein doppelter Bypass gelegt (die Möglichkeit eines derartigen Eingriffs war vor über einem Jahr von Mrs. Fletts Herzspezialisten erörtert, aber aus verschiedenen Gründen aufgeschoben worden). Eine Woche nach der Operation, gerade als sie anfing, sich zu erholen, trat bei Großmama Flett ein partielles Nierenversagen auf, und eine Niere, die linke, wurde entfernt und als kanzerös diagnostiziert. »Aber wenigstens haben wir das verflixte Ding schön sauber rausgekriegt«, sagte ihr Urologe in der undurchsichtigen Südstaatenmanier, die Mrs. Fletts Angehörige so besorgniserregend finden.

Auf einmal ist ihr Körper das einzige, was zählt. Daß er sie im Stich gelassen hat. Und daß man sich ungeheuer einsam fühlt, wenn man Jahr für Jahr in einem Körper lebt und ihn immer vorwärts trägt, und daß es nie eine

Erleichterung gibt von seinem Gewicht, nicht einmal im Schlaf, nicht einmal in der kurzen Vereinigung mit einem anderen Körper. Eine Röntgenaufnahme von ihrem linken Knie gemahnt sie daran, wie substanzlos sie ist, immer gewesen ist – eine Hülle aus Fleisch, wie Pergament. Sie lebt jetzt in der weit offenen Arena des Schmerzes, umringt von Zuschauerreihen. Die Nächte sind endlos, die Morgensonne ist hart. Diese Krankenhausvormittage! Ein Thermometer wird zwischen ihre Lippen geschoben, ihr Blutdruck unsanft gemessen und ein Herzmonitor in ihr Zimmer gerollt, schwer, maskulin, mit Skalen wie ein Menschengesicht, bereit, ihre Gefäßschwäche zu verurteilen. Ihre alten Füße, die seitlich unter dem Laken hervorschauen, sind von austernhafter Transparenz und immer kalt, aber das bemerkt seltsamerweise niemand, niemand sagt: »Warum haben Sie so kalte Füße, Mrs. Flett?« Der Urin fließt durch einen Katheter, der zwischen ihren Beinen steckt, aus ihrem Körper und verschwindet mit anderen trüben Flüssigkeiten ins Unbekannte. Ins Universum. Sie spuckt in ein Becken, macht obszöne Gurgelgeräusche, wenn sie ihre kräftigen alten Zähne putzt und sich an eine Zeit zu erinnern sucht, als ihr Körper ihr Privateigentum war.

Nach ein paar Tagen wird die Abflußkanüle aus ihrer Nase und die Infusionsnadel aus ihrem Arm entfernt, und man sagt ihr – und beglückwünscht sie dazu –, daß sie sich nun wieder das Recht verdient hat, Nahrung und Flüssigkeit zu sich zu nehmen. »Bißchen Limonade, wird Ihnen guttun, Herzchen«, schreit ihr das Getränkemädchen ins Ohr. »Der Mensch kann nie genug Flüssigkeit kriegen.« Dieses Mädchen mit seinem Rollwagen mit Apfelsaft, Milch, Eistee und lauwarmem Kakao ist achtzehn Jahre alt, schwarzes Gesicht, purpurne Lippen, mit einem hellen, strammen, eintönigen Lachen: aufdringlich.

In den frühen Morgenstunden wird Mrs. Flett von einer Invasion von Alpträumen heimgesucht, die bis ins Innerste ihres Herzens dringen, und ihr Inhalt, an den sie sich hinterher nie erinnern kann, ist gewalttätig. »Das sind bloß die Medikamente«, sagt ihr der Arzt, »das sind ganz normale Beschwerden.«

In den weit milderen Träumen, die sie tagsüber hat, schwebt sie durch Szenen, schäbig wie alte Hinterhöfe, staubig, mit Abfällen, die in den Blumenbeeten und unter abgestorbenem Gestrüpp verstreut sind, vorbei an Straßen, wo bleichgesichtige Männer und Frauen Rasenflächen gießen, die ersticken unter Wegerich, Löwenzahn und kriechendem Fingerkraut, Rasenflächen, die aufgrund von Unverstand und Geldmangel dazu verurteilt sind, nie zu gedeihen.

In der Spalte von Bewußtsein zwischen Schlafen und Wachen ist sie imstande, direkt ins Räderwerk der Erfindung zu wandern. Lebhafte Szenerien zu skizzieren. Sich Gespräche, Beweisführungen zurechtzulegen. Bestimmte Formulierungen, erinnerte und erfundene, rattern in ihrem gebrechlichen Kopf, martern sie mit ihrem Rhythmus und ihrer abgenutzten Bedeutung.

»Der Hausgeistliche ist da, um Sie zu besuchen, Herzchen.«

»Was?« Aus einer Spirale blaßfarbenen Schlafes heraus.

»Der Geistliche, Mrs. Flett. Haben Sie Lust auf einen Schwatz mit dem Geistlichen?«

»Mit wem?«

Lauter diesmal. »Der Geistliche. Reverend Rick. Sie erinnern sich doch an Reverend Rick.«

»Nein.«

»Aber ja doch. Sie haben erst gestern richtig schön zusammen gebetet. Und ein paar Bibelverse aufgesagt.«

»Nein.«

»He, Mrs. Flett, jetzt machen Sie aber mal 'nen Punkt – Sie erinnern sich an den Geistlichen, ganz bestimmt.«

»Nein.«

»Was, nein?«

»Nein, ich will ihn nicht sehen. Heute nicht.«

Sie hat ein Einzelzimmer am Ende des Flurs, mit einem großen Fenster ohne Gardine. An den Tagen nach ihrer Operation liegt sie elend im Bett, und in ihren kurzen wachen Momenten starrt sie hinaus auf die blasse Betonarchitektur von Florida, rosarot, grün, lavendelblau, wie glasierte Petit fours, von einer teigigen Hand geformt und zum Festwerden und Trocknen hingestellt. Die Sonne scheint auf verbeulte Kombiwagen hinunter, schimmert auf den Köpfen junger Mütter, die ihren Kindern gut zureden und Autotüren zuschlagen, und brennt den brüchigen Zementzaun weiß, der den Parkplatz umgibt. Die Ärzte parken ihre Mercedes' und Lincolns auf reservierten Plätzen nahe dem Krankenhauseingang, und die Dächer der Autos glänzen grell wie billige Bonbons in allen Farben des Regenbogens.

»Nein, ich will den Geistlichen heute nicht sehen«, sagt sie mit Würde, mit etwas, was sie für Würde hält.

»Wenn Sie's so wollen, okay.«

»Ich will es so.«

»Liegt ganz bei Ihnen.«

»Ich weiß.«

»Tut aber doch unwahrscheinlich gut, die Worte Jesu, die süßesten Worte, die wir haben in unserer verrückten Irrsinnswelt.«

»Ich bin heute zu müde.«

»Es wird Sie aufmuntern. He, ich seh's jeden Tag, wie das funktioniert, ehrlich. ›Der Herr ist mein Hirte, mir

wird nichts mangeln.‹ Die beste Medizin, die's gibt, und
wird dazu noch kostenlos verabreicht.«

»Nein, wirklich, ich glaube nicht...«

»Sehen Sie, da ist er schon, Reverend Rick. Wie geht's
denn so, Reverend? Kommen Sie doch 'n Minütchen rein,
heitern Sie unsere Patientin auf, sie ist total daneben.«

»Bitte, ich...«

»Na – Lust auf ein Schwätzchen, Mrs. Flett?«

»Hm, ich...

»Ich kann gerne morgen wiederkommen.«

»Hm...«

»Ich bleibe nur eine Minute. Ich will Sie bestimmt nicht
ermüden.«

»O nein.«

»Wie bitte? Was sagen Sie, Mrs. Flett?«

»Bitte nehmen Sie Platz. Machen Sie sich's...«

»Leider habe ich Sie nicht ganz verstanden...«

»Machen Sie sich's, machen Sie sich's...« Hier hält
Großmama Flett inne, schiebt ihre Zunge über ihre untere
Zahnreihe, ist einen Moment verstört und findet dann
gottlob das richtige Wort »...bequem.«

»Ich ziehe mir nur schnell einen Stuhl heran, Mrs. Flett,
wenn es Ihnen recht ist.«

»Wie lieb von Ihnen, vorbeizukommen.«

Gottvater, Sohn und Heiliger Geist; plötzlich sind sie
hier in Großmama Fletts Krankenzimmer, an der Wand
aufgereiht, ein Trio von Gemälden auf Samt, dunkel, mit
Goldrand, die milden Münder ernst, aber bereit, von un-
vergänglicher Liebe zu sprechen. Nicht ein Sperling soll
fallen vom Himmel, sondern sie – was tun sie, diese drei?
Was tun sie denn nur? Ich habe es einmal gewußt, aber
jetzt, mit achtzig, habe ich es vergessen. Es scheint irgendwie zu spät, um zu fragen, und es ist nicht wahrscheinlich,
daß Reverend Rick eine Erklärung vorbringen wird. Die

Vergebung der Sünden, Erlösung. Und irgendwo, weit zurück, das Blut eines Lammes. Etwas Barbarisches. Ein bewaldeter Hügel. Ruiniert.

»Leider habe ich nicht ganz mitbekommen, was Sie sagten, Mrs. Flett.«

»Ich sagte, es ist lieb von Ihnen, vorbeizukommen.«

Schreit Mrs. Flett?

Nein, es scheint nur so; tatsächlich flüstert sie, die Ärmste. Aus ihrer Lakenmulde heraus. Aus ihren Schmerzen und ihrer Verwirrung heraus. Ihren Schläuchen und Drähten. Ihrer eingeschnürten achtzigjährigen Kehle. Die Medikamente. Die Träume. Ihre Füße, so kalt und klamm, so entblößt, übersehen und verdammt. Die pastellfarbene Szenerie vor ihrem teuren Fenster, die zuschlagenden Autotüren auf dem Parkplatz, Jesus und Gottvater und der Heilige Geist, die in ihrer geselligen, maskulinen Art auf sie herabblicken, allwissend, allsehend, aber, wenn sie es recht bedenkt, gleichgültig gegen die Leiden und Ängste ihres Körpers – in dieser Zeit ihres Lebens. Jetzt. In dieser Minute. Geht weg. Geht, bitte, geht einfach.

»Es ist so lieb von Ihnen, vorbeizukommen.«

Haben Sie das gehört, die perfekten Manieren, die diese alte Dame besitzt? Dieser altmodischen Höflichkeit begegnet man heutzutage nicht oft. Und wenn man bedenkt, daß erst zwei Wochen seit ihrer Bypassoperation vergangen sind, sechs Tage, seit man ihrem Körper eine Niere entnahm. Und ihre Knie, ihre armen zerschmetterten Knie. Erstaunlich, wenn man dies alles bedenkt, daß ihr die passende Formulierung einfällt, erstaunlich und auch bedrückend, die stereotypen Redewendungen höflichen Austausches.

Aber was soll's, es hat nichts zu bedeuten; es ist nur Mrs. Flett, die so tut, als wäre sie Mrs. Flett.

Großmama Fletts Zimmer ist überfüllt mit Karten und Blumen. Das Getränkemädchen – ihr Name ist scheint's Jubilee – macht grobe Scherze über diese Fülle, ungläubig kreischend, Entsetzen vortäuschend: »Noch ein Blumenstrauß, bloß nicht! Ich muß schon sagen, Mrs. Flett! Wo soll ich denn Platz finden für noch einen Strauß in dem Dschungel, den Sie hier haben?«

Mrs. Fletts Sohn Warren und seine neue Frau Peggy haben eine aufblasbare Giraffe geschickt, fünf Fuß hoch, mit gebogenen Vinylaugenwimpern und einem Mund voll weicher Zähne – sie steht am Fenster und schwankt leicht, wenn ein Luftzug hereinweht. Eine Art Genrebild, denkt Mrs. Flett, gelinde verwundert, und sie fragt sich, ob Giraffen eine besondere Bedeutung haben für Alte, für Gebrechliche – oder ist es ein Hinweis auf einen vergessenen Familienscherz? Ihre Enkeltöchter aus Oregon – Rain, Beth, Lissa und Jilly – haben ihr Babysittergeld zusammengelegt und Großmama Flett ein kompliziertes, batteriebetriebenes Spiel namens Self-Bridge geschickt. Der Gedanke an ihre Großzügigkeit, ihr Opfer, treibt ihr die Tränen in die Augen, auch wenn sie das Spiel kein einziges Mal aus der Schachtel nimmt, nie genügend Energie aufbringt, die kleingedruckten Spielregeln zu lesen.

Und jeden Nachmittag um fünf Uhr empfängt Großmama Flett einen Überseeanruf von ihrer Tochter Alice in Hampstead, England (zehn Uhr abends Greenwicher Zeit). Früher hat Alice immer gewitzelt, ihre Mutter würde, wenn die Zeit gekommen sei, zum Abschied heiter eine Hand heben, ganz so wie Königin Elizabeth auf einem Autokorso, in Hut und Handschuhen, und allem Lebewohl sagen, dem Leben – diesem Mysterium, diesem kleinen Wagnis. Aber jetzt begreift sie, daß sie ihr Bild neu anordnen muß. Ihre Mutter ist krank, hilflos, und als

Alice in der Transatlantikleitung spricht, nimmt sie einen klaren, ruhigen, gemächlichen Ton an, als telefoniere sie von gegenüber, als sei sie eine Figur in einem Fernsehspiel.

»Ich habe mit dem Arzt gesprochen, Mutter. Er sagt, du machst dich ganz ausgezeichnet. Er sagt, du hast beachtliche Kräfte, wenn du bloß, weißt du, ein bißchen mehr Geduld aufbrächtest. Bei dem Tempo, das du vorlegst, kannst du in ein paar Wochen nach Hause, aber warum es überstürzen, wenn du so gute Pflege und Zuwendung hast, und zum Glück kommt die Blue-Cross-Versicherung für fast alles auf.«

Alice ruft auch ihre Schwester Joan in Portland, Oregon, an und kommt gleich zur Sache: »Sie kann unmöglich nach Hause, der Arzt sagt, es ist unmöglich. Wie sollte sie zurechtkommen? Sie ist hilflos.«

Ihrem Bruder Warren in New York sagt sie ohne Umschweife: »Ich habe mit dem Orthopäden gesprochen, er sagt, sie wird nie wieder gehen können, nicht ohne Gehgestell, und vielleicht nicht mal damit. Ich meine, Herrgott, wir müssen uns damit abfinden, dies ist der Anfang vom Ende.«

Mrs. Fletts drei Kinder haben alle ein schlechtes Gewissen, weil sie nicht am Bett ihrer Mutter sind. Alice will zu ihr fliegen, sobald ihr Vorlesungssemester zu Ende ist, in einem Monat. Warrens neue Frau hat vor kurzem ein Kind – Emma getauft – mit Down's Syndrom zur Welt gebracht, und Warren findet mit Recht, daß er seine Familie jetzt unmöglich allein lassen kann, nicht mal für ein paar Tage. Joan hat tatsächlich eine Stippvisite gemacht – Portland, Chicago, Tampa und zurück –, aber sie muß sich schließlich um vier halbwüchsige Töchter kümmern und um einen Mann, der einen Hang zum Fremdgehen hat. Mrs. Fletts Nichte Victoria schreibt jeden zweiten Tag ein paar witzige Zeilen, aber im Augenblick halten ihre beruflichen Pflichten sowie ihr Mann Lewis und die Zwillinge sie in Toronto fest. Wenn Großmama Flett an ihre zerstreute Familie denkt, ihre Kinder, ihre Enkelkinder, ihre Großnichte, ist sie nicht fähig, in ihrem Kopf Bilder von den einzelnen, individuellen Gesichtern entstehen zu lassen. Das junge Mädchen Jubilee ist für sie jetzt wirklicher. Und Dr. Aaronfeld und Dr. Scott auf ihrer täglichen Visite, ihre Scherze, ihr lautes, herzliches Hospitallachen. Und, auf seine Art, Reverend Rick. Und die treue Marian McHenry, die es sich nicht einen Abend nehmen läßt, sie zu besuchen, auch wenn sie von nichts anderem reden kann als von ihren Verwandten in Cleveland. Und die Flowers! Wo wäre sie ohne die Flowers, die alle zwei, drei Tage mit dem Taxi kommen, und wie gut sie es sich dann alle gehen lassen!

Sogar als Mrs. Flett noch die Kanüle in der Nase hatte, als sie kaum den Kopf vom Kissen heben konnte, waren die Flowers zu einer Runde Bridge an ihr Bett gekommen. Nur wenige Partien am ersten Tag, dann allmählich steigernd. Man möchte es kaum für möglich halten, daß Großmama Flett sich in dieser Zeit auf Herz und Pik, Punkte, Tricks und Trümpfe konzentrieren kann, aber sie kann es, sie tut es; sie tun es alle, Lily, Myrtle und Glad heißen sie; Glad freilich kommt von Gladys, nicht von Gladiole, trotzdem betrachtet sie sich als vollgültiges Mitglied der Flowers, des Clubs der Blumen. Die vier wohnen auf verschiedenen Etagen von Bayside Towers, wo Mrs. Flett seit all den Jahren ihre Eigentumswohnung hat, und dort, im Kartenzimmer im Tiefgeschoß, hatte sich das Quartett gefunden. (Das war Ende der siebziger Jahre, nachdem Mrs. Flett ihre zwei liebsten Freundinnen verloren hatte, Beans, die so plötzlich starb, und Fraidy Hoyt, die senil geworden war; eine schreckliche Zeit.) Die Flowers sind eine temperamentvolle Truppe, aktiv wie die *Gangbusters.* Die anderen Leute in Bayside Towers beneiden sie um ihre entspannte Gutmütigkeit, ihre unbeschwerte Gesellligkeit, und alle Flowers registrieren diesen Neid und sind, in ihrem hohen Alter, verwundert und froh darüber. Endlich: eine Art Schulmädchenbeliebtheit. Unverdient, aber ist Beliebtheit das nicht immer? Die vier Flowers haben Glück gehabt mit ihrer gegenseitigen Anhänglichkeit, und sie sind sich dieses Glücks bewußt. Lily ist aus Georgia, Glad aus New Hampshire, die ewig plappernde Myrtle aus Michigan – verschiedene Welten, könnte man sagen, und doch ist ihrer aller Leben nach einem ähnlichen Muster verlaufen. Man sehe sie sich nur an: vier alte weiße Weiber. Wie Mrs. Daisy Flett, das Gänseblümchen, sind sie Witwen; sie sind allesamt gut situiert; sie haben keinen anderen Beruf angestrebt als den der Mutter und Ehefrau; sie lachen gerne, es hat etwas Filigranes, Drolliges, wie sie stets an der Schwelle zum Lachen sind. Sonntags gehen sie zum Gottesdienst in die Erste Presbyterianische Kirche und von dort in *Die Muschelsucher,* zu einem Brunch, bei dem man essen kann, soviel man will (auf einem Schild über der Registrierkasse steht »Nie wieder Hausmannskost«); und jeden Nachmittag, montags bis samstags von zwei bis halb fünf, spielen sie Bridge im Kartenzimmer von Bayside Towers, wo sie unweigerlich den runden Ecktisch besetzen, der weit genug entfernt steht von dem lauten Dröhnen und der Kälte der Klimaanlage. Dieser Tisch ist für die Flowers und sonst niemanden. »Wie gedeihen denn die Flowers heute?« rufen ihnen die anderen Bayside-Bewohner als Gruß zu.

»Mein Mann hat immer gesagt, Mädchen mit Blumennamen welken schnell.« Myrtle war es, die dies eines Tages aus heiterem Himmel sagte, und aus irgendeinem Grunde wollten sie sich darüber schier totlachen. Wenn sie jetzt gefragt werden, wie die Flowers denn gedeihen, wird eine von ihnen mit Sicherheit fröhlich zurückrufen: »Sie welken schnell«, und eine andere wird mit Calypsoschwung hinzufügen: »Aber aufrecht.« Es ist ein Ritual, eines von vielen. Sie scherzen zum Beispiel immerzu über eine beigefarbene Jacke, an der Glad seit zehn Jahren strickt. Und sie machen sich lustig über Mr. Jellicoe in der sechsten Etage, der sich ans Gemächte faßt, wenn er sich unbeobachtet glaubt. Und über Mrs. Bolt, die sich um die Bücherecke kümmert und die großgedruckten Bücher für sich selbst reserviert. Und Marian McHenry mit ihren ewigen Nichten und Neffen in Cleveland. Und über die Unvermeidlichkeit und Sündhaftigkeit der Pecantorte im *Die Muschelsucher*. Sie feiern ihre Geburtstage zusammen – mit einer Torte aus der Bäckerei und einem Glas kalifornischen Wein –, und bei diesen Anlässen sagt die eine oder andere von den Flowers mit Sicherheit: »Also dann, auf ein neues Jahr, und hoffen wir, über der Erde.«

Dies ist, ehrlich gesagt, der Scherz, den sie mehr als alle anderen auskosten, ein Scherz, der ihre zu Besuch kommenden Angehörigen schockiert, der ihnen selbst jedoch mit belebender Frische, mit einem feinen Anflug von Spott von der Zunge geht – ein Scherz, wenn man es genau nimmt, über ihren eigenen Tod. Ihr Gelächter schrumpelt in diesen Momenten zu Gegacker. Es ist längst beschlossen, wenn eine von ihnen »dran glauben muß« oder »den Löffel abgibt« oder »ins Gras beißt« oder »über die Klinge springt« oder »abkratzt« oder »über den Jordan geht« – daß dann, nach einer oder zwei Anstandswochen der Trauer, die drei Überlebenden die unsägliche Iris Jackman (dritte Etage, Westflügel) einladen werden, den runden Tisch zu vervollständigen, auch wenn Iris mit dem schlimmsten Körpergeruch behaftet und so dumm ist, daß sie Treff nicht von Trumpf unterscheiden kann.

Ein Geheimnis steigt in Großmama Fletts Körper auf, nistet sich akkurat an ihrem Handgelenk ein, wo das Licht das weiße Plastik des Krankenhaus-Armbändchens streift, auf dem zu lesen steht: Daisy Goodwill.

Das ist alles – schlicht Daisy Goodwill. Jemand hat bei der Aufnahme geschludert, hat ihren Namen abgekürzt, das Flett unterschlagen und den alten Namen – ihren Mädchennamen – nackt und bloß im Raum stehenlassen. Dieser Irrtum erscheint zum Glück nicht auf ihrem Krankenblatt und ist bislang vom Personal und von Mrs. Fletts zahlreichen Besuchern unbemerkt geblieben. Ein Geheimnis, das nur sie allein kennt.

Sie hütet es. Mehr und mehr sieht sie es als das äußere Zeichen ihrer Seele.

Nicht daß sie ihrer Seele jemals viel Beachtung geschenkt hätte; in ihrem langen Leben war sie viel zu beschäftigt, um sich mit Metaphysik zu befassen – ihr Mann, ihre Kinder, die vielen Dinge, die eine Frau zu tun hat –, und sie hegte eine verlegene Scheu vor dem Zimmermann aus Nazareth, weigerte sich, ihm in die Augen zu sehen oder ihn beim Vornamen zu nennen, wohl wissend, daß es nicht in ihrer Macht stand, ihn in ein interessantes Gespräch zu verwickeln, und sie war besorgt, daß er binnen zwei Minuten die bedrückende Armut ihres Geistes bemerken würde. Mrs. Flett, die als Kind die Sonntagsschule und später die Kirche besuchte, hat die Vorstellung nie abschütteln können, daß diese Betätigungen eine Art Diavorträge für Kinder sind, belebend und erhebend, aber nicht ernst zu nehmen – auch wenn man einen Hut aufsetzen und für die erforderliche eine Stunde ein ernstes Gesicht machen mußte, während man sich in kleinen Träumereien verlor, ob noch genug Roastbeef übrig war für ein Haschee zum Abendessen, zu dem man die Chilisoße reichen konnte, die man letzten Herbst zubereitet

hatte und von der noch zwei, drei Gläser auf dem Speise-
kammerbord standen, jedenfalls waren sie noch dort, als
man das letzte Mal nachgesehen hat. Komitees und Ba-
sare, Hochzeiten und Taufen, ja, ja, aber für die schwin-
delerregenden Berge und Täler von Schuld und Erlösung
hatte Mrs. Flett nie etwas übrig gehabt. Die geistig bewegli-
che Mrs. Flett hatte sich über solche Dinge keine tiefschür-
fenden Gedanken gemacht, und warum auch? Die tsche-
chische Krippe, die sie zu Weihnachten aufstellt, verkörpert für sie nicht die Heilige Familie, sie *ist* die Heilige
Familie – winzige Holzfigürchen, hübsch geschnitzt in
einem steifen, folkloristischen Stil und bunt angemalt,
auch wenn das Baby in der Krippe wenig mehr ist als eine
polierte Wäscheklammer. Jesus, Jubelwunsch der Menschen. Das war alles sehr verwirrend, aber keineswegs
verstörend.

Sprechen die Menschen über diese Dinge? Sie ist sich
nicht sicher.

Aber dann begann Reverend Rick in den ersten Tagen
nach ihrer Operation mit seinen Besuchen und sprach,
zuerst vorsichtig, dann mit gesteigertem Gefühl, von der
Existenz ihrer Seele, dem Zustand ihrer Seele, der Aus-
strahlung ihrer Seele und so weiter und so fort und nun, in
ihrem einundachtzigsten Lebensjahr, von der Wiederge-
burt ihrer Seele durch die Gnade Jesu Christi, unseres
Herrn und Heilands. Selbstverständlich sagt Mrs. Flett
Reverend Rick nichts davon, daß die verdichtete Substanz
ihrer Seele von den beiden Worten auf ihrem Kranken-
haus-Armbändchen umschlossen ist: Daisy Goodwill.

Und hinter diesem Namen, aber eng daran geknüpft,
liegt etwas anderes, etwas Namenloses. Etwas, dessen Gestalt sie nur sieht, wenn sie den Kopf rasch zur Seite dreht,
oder was sie im Rhythmus ihres ausströmenden Atems
wahrnimmt. Diese flüchtigen Blicke kommen meist in den

frühen Morgenstunden, sie treffen sie unvorbereitet. Sie hat das kleine, ungeformte Stück Ursprünglichkeit fast vergessen, als das sie auf die Welt gekommen ist, das sich nicht des geringsten Gedankens schuldig gemacht hatte, ja, an dessen Oberfläche nicht ein einziger Gedanke erschienen war. Dennoch (so ist es nun einmal) unterstellen wir alles, was später kommt, selbst unsere reichsten Erfahrungen, dem Urteil jenes kleinen schreienden Stückchens Urstofflichkeit. Oder vielleicht ist es gar keine Stofflichkeit, sondern etwas ganz anderes. Etwas Heiliges. Gottes großer Stirn entrissen.

»Ich bin noch hier drin«, denkt sie und schaukelt sich in dem einsamen, klimatisierten, nach Gummi riechenden Krankenhausunbehagen in einen Bewußtseinszustand, »noch hier.«

»Sie ist ein richtiger Schatz«, sagt Jubilee allen, die zufällig in der Nähe sind. »Nicht wie manche auf dieser Station, von denen ich ein Lied singen könnte.«

»Eine Kämpferin«, sagt Mrs. Dorre, die Oberschwester. »Eine Kämpferin, aber keine Klägerin, Gott sei Dank.«

»Ein Goldstück, ein Juwel«, sagt Dr. Scott.

»Eine richtige Dame«, sagt der Physiotherapeut Russel Latterby, »von der alten Schule.«

Deswegen vergißt Mrs. Flett Daisy Goodwills Existenz von einem Moment zum anderen, ja von einem Tag zum anderen, und den noch früheren knollenhaften Zustand, der Daisy Goodwill vorausging; sie ist während ihres Krankenhausaufenthaltes so damit beschäftigt, ein altes Goldstück zu sein, eine Kämpferin, eine richtige Dame, eine Nichtklägerin, die tapfer die Harnwegsinfektionen erträgt, die sie heimsuchen, gleichmütig zu ihren Kindern am Telefon ist, sich für Jubilees Liebesaffären interessiert, mit Mr. Latterby kokettiert und in unendlicher, tapferer Fürsorge auf Reverend Ricks Empfindlichkeiten bedacht ist, die, um die Wahrheit zu sagen, verstörend zwiespältig sind. »Sie ist ein Wunder«, sagt ihre Tochter Alice, die rechtzeitig aus England eintrifft, um ihrer Mutter beim Umzug vom Sarasota Memorial Hospital ins Canary-Palms-Genesungsheim zu helfen. »Sie ist ein echtes Vorbild.«

Vorbild, sagt Alice, aber sie meint es nicht ehrlich. Sie meint eher das Gegenteil von Vorbild.

Alice ist eine kräftige, gutaussehende Frau Mitte Vierzig, die sich sehr wenig Gedanken über die Reduzierung des Lebens gemacht hat – bis vor einer Minute, als sie zufällig in Canary Palms einen Blick in die Nachttischschublade ihrer Mutter warf und dort bunt durcheinander eine Zahnbürste sah, Zahnpasta, einen Kamm, einen Notizblock, ein Schlüsselbund, eine Handcreme, ein Päckchen Kleenex, ein kleines samtenes Schmuckkästchen – Mrs. Barker Fletts ganzer Besitz, jetzt in den bescheidenen Abmessungen einer kleinen Metallschublade untergebracht. Das dreigeschossige Haus in Ottawa ist ausgeräumt worden, ebenso die weitläufige Eigentumswohnung in Florida. Wie ist das möglich, ein derartiges Schrumpfen? Der Gedanke drückt Alice aufs Herz, und sie stößt ungewollt einen Schrei aus.

»Was hast du, Alice?«

»Nichts, Mutter, nichts.«

»Ich dachte, ich hätte was gehört, ein...«

»Schscht. Versuch ein bißchen zu ruhen.«

»Ruhen, ruhen, das ist alles, was ich tu.«

»Das bedeutet Genesung – Ruhe. Hat der Doktor das nicht gesagt?«

»Ach der!«

»Er ist hoch angesehen. Dr. Scott sagt, er ist der beste, den es gibt.«

»Hast du der Schwester wegen dem Apfelsaft Bescheid gesagt?«

»Ich habe ihr gesagt, du meinst, er ist verdorben, aber sie hat gesagt, er ist in Ordnung. Es ist nur eine andere Sorte als die im Krankenhaus.«

»Er schmeckt wie Konzentrat.«

»Wahrscheinlich ist es Konzentrat.«

»Er ist nicht mal kalt. Er ist abgestanden.«

»Ich spreche noch mal mit ihr.«

»Und wegen der Soße.«

»Was ist los mit der Soße.«

»Es gibt keine, das ist los. Das Fleisch liegt trocken auf dem Teller.«

»Man macht heute keine Soße mehr, Mutter. Mit Soße ist seit 1974 Schluß.«

»Was hast du gesagt?«

»Nichts. War nur ein Ulk.«

»›Ulknudel, Ulknudel‹, habt ihr immer gesagt. Du und Joanie, und dabei habt ihr gegackert wie die Hühner.«

»Ist das wahr?«

»Aus diesem Fenster gibt es nichts zu sehen.«

»Die Bäume? Der herrliche Garten?«

»Das Krankenhaus war mir lieber.«

»Ich weiß.«

»Ich vermisse Jubilee.«

»O Gott, ja.«

»Und die Flowers. Glad, Lily...«

»Es ist so weit für sie, hierherzukommen.«

»Ich fühl mich hier nicht wohl in meiner Haut.«

»Das wird schon. Bald hast du dich eingewöhnt.«

»Ich fühl mich nicht wohl.«

»Da geht's dir wie mir.«

»Was? Ich kann nichts hören bei dem Radau im Flur, die Frau krakeelt so.«

»Ich sagte, ich fühl mich auch nicht wohl in meiner Haut.«

Alice hat offiziell den Mädchennamen ihrer Mutter angenommen; er steht jetzt in ihrem Paß: Alice Goodwill. Den Namen ihres Exmannes, Downing, hat sie vor einigen Jahren in einem Anwaltsbüro in London abgelegt, auch wenn die drei erwachsenen Kinder, Benjamin, Judy und Rachel, ihn behalten haben. Und für Alice wurde der Name Flett vor zwei Jahren symbolisch begraben, als die Veröffentlichung ihres fünften Buches allseits unfreundliche Kritiken auslöste: »Alice Fletts erster Roman sollte allen Wissenschaftlern, die literarische Ambitionen haben, als Warnung dienen.« »Aufgeblasen.« »Belehrend.« »Didaktisch.« »Kalter Haferbrei auf einem Pappteller.«

Was sollte sie tun? Was *konnte* sie tun? Sie ließ ihren Namen amtlich ändern. Schon als Mädchen hatte Alice sich über den Namen Flett beklagt, der, wie sie fand, unter anspruchsloser Kürze litt; Flett war ein Stäubchen, ein Fleck an der Wand, ohne Bedeutung, während Goodwill rhythmisch im Ohr klang und angenehm metaphorische Wellen aussandte, Goodwill, der gute Wille, wenngleich ihre Mutter schwört, sie habe den Namen nie als Anspielung verstanden. Alice ist momentan entmutigt (der verdammte Roman), aber voller Hoffnung für die Zukunft. Vielmehr, sie war es, bis sie nach Florida kam und sah, wie ihre Mutter sich verändert hatte. Dünn, blaß. Schrumpelig.

Auf dem Flug hierher hatte sie sich inhaltsreiche, aufregende Zwiegespräche für sie beide ausgedacht.

»Bist du glücklich gewesen in deinem Leben?« hatte sie ihre Mutter fragen wollen. Sie malte sich aus, wie sie an ihrem Bett sitzen würde, das Laken ordentlich gefaltet zurückgeschlagen, die Hand ihrer Mutter in ihrer, das

Licht vom Fenster her gedämpft, weihevoll. »Hast du Erfüllung gefunden?« – Was immer Erfüllung ist, Herrgott. »Hattest du Augenblicke echter Ekstase? Hat es sich gelohnt? Hast du jemals, sagen wir, ein Gemälde oder ein großartiges Gebäude betrachtet oder einen Abschnitt in einem Buch gelesen und gefühlt, daß die Welt sich plötzlich ausdehnte und im selben Moment zusammenzog und zu einem Kern vollkommener Reinheit verfestigte? Verstehst du, was ich meine? Alles paßt plötzlich zusammen, alles ist an seinem Platz. Wie in unserem Garten in Ottawa, so ähnlich. Hat es dir genügt, dein Leben, meine ich? Bist du bereit zu ...? Hast du Angst? Bist du mit dir im reinen? Was kann ich tun?«

Statt dessen sprechen sie von Apfelsaft, Soße, Krakeelen im Flur, dem Arzt, der aus Jamaika ist – aber das mit Jamaika erwähnen sie nicht eigens.

Als Alice die Hand ihrer Mutter nimmt, ist sie erschrocken, wie durchscheinend sie ist. Sie starrt sie unwillkürlich an. Knöchel wie Perlen. Schon abgestorben. Versteinert. Sie besinnt sich, daß das, was den meisten Menschen im Leben zufällt, zu einer eingebildeten Verpflichtung wird: gut sein, der Vorstellung von Gutsein treu bleiben. Eine gute Tochter. Eine gute Mutter. Von endloser, heroischer Geduld. Diese Erweiterungen des Ichs können beängstigend sein.

»Sag du mir, wie ich mein Leben leben soll.«

»Was hast du gesagt, Alice?«

»Nichts. Schlaf jetzt.«

»Es ist erst neun Uhr.«

»Es wird schon dunkel.«

»Das machen die Vorhänge, du hast die Vorhänge zugezogen.«

»Nein, schau. Die Vorhänge sind offen. Schau.«

Großmama Flett hat natürlich gute Tage. Tage, an denen sie ihre Brille aufsetzt und die Zeitung von vorne bis hinten durchliest. Tage, an denen sie vom Personal für ihre außerordentliche Munterkeit gelobt wird. Eine Krankenschwester bezeichnet sie, in ihrer Hörweite, als »taff«, ein Wort, mit dem Mrs. Flett nichts anfangen kann.»Es bedeutet robust«, sagt Alice zu ihr. »Das glaube ich zumindest.«

»Ich habe mich nie für robust gehalten.«

»Es ist als Lob gemeint.«

»Ich bin nicht richtig robust.«

»Du bist ein alter Weichling.«

»Nein.«

»Nein?«

»Sag das nicht zu mir. Das erinnert mich an die Pralinen mit der weichen Füllung, die dein Vater immer von seinen Reisen mitgebracht hat. Ich konnte sie nicht ausstehen, konnte da nicht reinbeißen.«

»Verzeihung.« Alice hat die Geschichte von den gefüllten Pralinen schon gehört. Schon oft.

»Nougat. Buttercreme. Und die anderen.«

»Geleefrüchte.«

»Mir ist schlecht davon geworden. Bei der bloßen Vorstellung.«

»Denk nicht dran.« Alice schließt die Augen, ihr ist selbst schlecht: von wegen Unvergänglichkeit der Liebe.

»Er ist viel gereist. Ich weiß nicht, ob du dich erinnerst, du warst noch so klein. Immer unterwegs. Montreal, Toronto.«

»Ich weiß. Ich erinnere mich gut.«

»Ich habe nie begriffen, wozu er diese Reisen gemacht hat.«

»Konferenzen.«

»Hab nie begriffen, warum die sein mußten. Ich habe

natürlich gefragt, habe mich interessiert, habe mich zumindest bemüht. Damals wurden die Frauen ermutigt, Interesse am Beruf ihres Mannes zu zeigen – aber ich bin nicht schlau daraus geworden. Hab's nicht kapiert. Worum es ging bei diesen Konferenzen, wozu sie gut waren.«

»Verwaltungskram vermutlich.«

»Es hat mich beunruhigt. Gestört, sollte ich sagen.«

»Denk jetzt nicht daran.«

»Manchmal hat er eine Zweipfundpackung mitgebracht. Meine Güte. Hab mir aber nie anmerken lassen, daß ich sie nicht mochte. Ich habe sie Mr. Mannerly geschenkt. Du erinnerst dich doch an Mr. Mannerly, Alice. Er hat mir im Garten geholfen. Bei der schweren Arbeit.«

»Natürlich erinnere ich mich an Mr. Mannerly.« Alice weiß, ihre Mutter wird ihr jetzt erzählen, daß Mr. Mannerlys Frau an Zucker gestorben und daß ihr Sohn Angus in die Politik gegangen ist.

»Seine arme Frau ist jung gestorben. Es war Zucker, Diabetes, damals konnte man nicht viel dagegen tun.« Flüsternd. »Ich nehme nicht an, daß sie je von den Pralinen gegessen hat, ich will es jedenfalls nicht hoffen. Ihr Sohn Angus, er kann nicht älter als fünfzehn oder sechzehn gewesen sein, als seine Mutter starb. Sechzehn, glaube ich. Und er hat sich so gut gemacht. Ist schon in seiner dritten Amtszeit, wenn ich mich nicht irre. Ich habe öfter über ihn in der Zeitung gelesen. Angus Mannerly, ein ausgezeichneter Name für einen Politiker, habe ich immer gedacht.«

»Es ist ein hübscher Name. Lovely.« Da sie schon so lange in England lebt, hat Alice sich das Anrecht erworben, das Wort »lovely« zu benutzen, und sie benutzt es sehr oft.

»Ich bin froh, daß du hier bist, Alice. Es ist schön, daß du hier bist. Ich wollte nicht, daß mein Gerede so konfus klingt.«

»Tut es gar nicht. Du bist...«

»Schon gut, du brauchst nichts zu sagen.«

»Ich meine ja nur...«

»Wirklich, Liebes, es ist mein Ernst, du brauchst nichts zu sagen.«

»Ist gut.«

»Wie hieß das Wort noch mal? Das die Schwester gesagt hat?«

»Taff.«

»Hört sich an wie Slang. Steht es im Wörterbuch?«

»Glaub ich nicht. Könnte sein, vielleicht.«

»Es klingt so schrecklich – mir fällt das Wort nicht ein, es liegt mir auf der Zunge, es klingt...«

»Abstoßend?«

»Nein. Eher überheblich.«

»Gönnerhaft?«

»Ja. Genau. Gönnerhaft.«

»Du hast recht. Es ist gönnerhaft. Es ist herablassend. Ausgesprochen überheblich.«

»Ja.«

»Wir tun so, als würden wir Taffheit bei anderen bewundern«, meinte Alice nachdenklich, »aber wir hassen es wie die Pest, selbst taff zu sein. Von anderen so genannt zu werden.«

»Es hat einen schlechten Geruch.«

»Einen schlechten was?«

»Überreif. Wie überfällige Erdbeeren.«

»Genau.«

»Er hatte einen sehr langen Rücken, dein Vater. Ich glaube, deswegen hat er nie tanzen gelernt.«

»Tanzen ist nicht jedermanns Sache.«

»Ich bin froh, daß du hier bist, Alice.«

»Ich bin froh, daß ich hier bin.«

»Was hast du gesagt?«

»Ich sagte, ich bin froh, daß ich hier bin.«

»Verzeih mir, Alice, Liebling, wenn ich dir nicht glaube.«

(Sagt Großmama Flett diesen letzten Satz tatsächlich laut? Sie ist sich nicht sicher. Sie hat den Überblick verloren, was wirklich ist und was nicht, genau wie ich in diesem Alter.)

Wenn wir sagen, ein Ding oder ein Ereignis ist wirklich, einerlei, wie verdächtig das klingt, so schätzen wir es. Aber wenn etwas erfunden ist – ungeachtet, wie wahr und gerecht es scheint –, rümpfen wir die Nase. Das ist die Zeit, in der wir leben. Das Zeitalter der Tatsachen. Als ob wir nie genug Fakten bekommen könnten. Wir schalten den Fernsehapparat ein, und was wir hören, ist ein Bericht vom Lebenszyklus der Vögel. Die Wiederholung von Kriegen. Interviews mit Massenmördern. Und die Zeitungen kennen auch nichts anderes.

Ein kanadischer Journalist namens Pinky Fulham wurde getötet, als ein Getränkeautomat umkippte und ihn zerquetschte. Offensichtlich hatte er an dem Apparat gerüttelt, um eine klemmende Vierteldollarmünze herauszubekommen. Vor Jahren hatte Pinky Fulham Mrs. Daisy Flett ein schweres Unrecht angetan, und als sie von seinem Tod hört, kann sie deswegen nicht gut große Trauer heucheln.

»Guter Gott«, sagte ihre Tochter Alice, »wie hast du davon erfahren?«

»Jemand hat es mir erzählt«, sagte Großmama Flett geheimnisvoll. »Oder es stand vielleicht in der Zeitung.«

»Wirklich? Unglaublich.«

»Tatsächlich werden jedes Jahr elf Nordamerikaner

von umgekippten Verkaufsautomaten getötet. Das stand in der Zeitung. Ich erinnere mich, es gelesen zu haben, ist noch nicht lange her. Gestern, glaube ich. Oder vielleicht war's heute morgen.«

»Und Pinky Fulham war einer von ihnen.«

»Scheint so.«

»Unglaublich.«

»Das ist es wohl.«

Seit ihrem Herzanfall kommt für sie alles überraschend, aber am überraschendsten ihre Bereitwilligkeit, es geschehen zu lassen, als ließe ein neues Empfinden ihrer eigenen Ausgehöhltheit sie freiwillig für Ersatz sorgen. Ihr Körper, der tote Planet mit seinen Atomen und Molekülen und Materienklumpen, erblüht urplötzlich von Schlagzeilen, Alpträumen, Ansichtskarten, bitteren Arzneien, Krach in der Nacht, Schritten im Flur, den Gerüchen ihres eigenen Atems und Blutes, und in der Nähe der Tür summt jemand eine Melodie, die zu erkennen sie drauf und dran ist.

Für Großmama Flett kommt ein Päckchen an. Ein Bettjäckchen von ihrer Enkelin Judy in England.

Ach du liebe Zeit! – man weiß, daß man krank ist, wenn einem jemand ein Bettjäckchen schickt statt Badepuder oder einem schönen Reisebuch. Ein Bettjäckchen ist fast so altmodisch wie eine Turnüre oder ein Schweißblatt. Ein Bettjäckchen kündet von Hoffnungslosigkeit, und es besagt: Adieu, mach's gut. Trotzdem, Mrs. Flett weiß, daß ihre Enkelin sich große Mühe gegeben hat, dieses Bettjäckchen zu finden. Ein Bettjäckchen ist heutzutage schwer aufzutreiben. Große Warenhäuser mögen vielleicht gerade mal ein halbes Dutzend vorrätig haben, wenn überhaupt, und die Angestellten, Frauen um die

Vierzig oder Fünfzig, sehen verblüfft auf, wenn man sich über die Theke beugt und sagt: »Entschuldigen Sie, wo haben Sie Bettjäckchen?«

Wo werden Bettjäckchen hergestellt? In New York? San Francisco? Vielleicht beherrscht eine Kleinstadt mitten in Iowa den Markt: die Bettjäckchenhauptstadt der Nation. Der Welt. Aber wer entwirft dieses kuriose Kleidungsstück? Die Spitzenbordüren, die gesteppten Ärmelchen, die Ripsbänder, die man unter dem Kinn zubindet? Vielleicht entwirft sie niemand. Vielleicht vermehren sie sich einfach auf den hinteren Regalen von Wäschefabriken wie die Pusteblumen. Und noch etwas – warum und wann soll jemand ein Bettjäckchen anziehen? Ist ein Bettjäckchen ein privates oder ein öffentliches Kleidungsstück? Schläft man darin, oder zieht man es vor dem Schlafengehen aus? Wird ein Gebrauchsanweisungshandbuch mitgeliefert?

»Mir scheint, du bist meilenweit weg, Mutter.«

»Ich habe gerade gedacht, wie lieb von Judy, an mich zu denken.«

»Sie hängt sehr an dir.«

»Ich habe noch nie ein Bettjäckchen besessen.«

»Es steht dir ausgezeichnet. Lovely. Warte nur, bis Dr. Riccia dich sieht. Er wird dich mit Komplimenten überschütten.«

»Dieser Kerl.«

»Er ist gar nicht übel. Komm, hab dich nicht so. Diese Wimpern, sag bloß, dir sind seine Wimpern nicht aufgefallen? Er ist wirklich ein ausgesprochen gut aussehender Mann. Lovely. Komm, gib's zu.«

»Na ja.«

»Sei nicht so! Ich persönlich finde ihn hinreißend. Und du insgeheim auch, glaube ich.«

»Hmmmm.»

Alice findet Reverend Rick nicht hinreißend; sie kennt diese Typen. Sie grüßt ihn kühl, fast rüde, als er eines Tages in Canary Palms erscheint, und dann verzieht sie sich und läßt ihn zu einem Plausch mit ihrer Mutter allein.

Mrs. Flett begreift, ohne daß man es ihr sagen muß, daß Alice sie nur vor frömmelnder Nötigung beschützen will, vor diesem Hausierer, der mit in Schuldbewußtsein eingewickelten Waren von Zimmer zu Zimmer zieht. Aus ihrer Perspektive des mittleren Alters glaubt Alice, daß ihre Mutter bereits eine unbefleckte Seele hat – weitgehend unbefleckt jedenfalls –, und es macht sie wütend zu sehen, wie das Gespenst der Sünde einen so alten und kranken und verletzlichen Menschen heimsucht.

Doch die Unterhaltung zwischen Mrs. Flett und Reverend Rick nimmt heute eine scharfe Wendung, fort von alten Seelen und dem Traum von Erlösung.

»Ich bin schwul, verstehen Sie«, bekennt Reverend Rick Mrs. Flett. »Homosexuell. Ich habe es nicht gewußt, als ich Theologie studierte, aber dann entdeckte ich, nun ja, meine wahre Veranlagung. Ich habe es lange Zeit verschwiegen. Dann erfuhren es ein, zwei Leute, dann nach und nach ein halbes Dutzend, jetzt wissen es fast alle – ausgenommen meine Mutter. Das ist mein Problem. Sage ich es ihr oder nicht? Und ich dachte mir, Sie sind ungefähr in demselben Alter wie meine Mom. Na ja, eigentlich ist meine Mom erst gut sechzig, aber aus irgendeinem Grunde erinnern Sie mich an sie. Ich weiß nicht, was ich tun soll. Sie fragt mich dauernd, wann ich endlich ein nettes Mädchen finde und mich häuslich niederlasse. Es ist mir schon zuwider, nach Hause zu gehen, weil ich weiß, daß sie mich wieder fragen wird.«

Ein Teil von Mrs. Flett möchte in diesem Moment am liebsten die Augen schließen und einschlafen. Und sie weiß genau, es würde ihr verziehen; ihr Alter verleiht ihr dieses Vorrecht.

Es ist zu lästig. Zu peinlich.

Sie spürt ein Ziehen hinter den Augen und stellt fest, daß dieses Bekenntnis ihr schmeichelt, sie aber auch aufbringt. Zum einen wurmt es sie, gedankenlos in eine Schublade gesteckt zu werden mit Reverend Ricks Mutter, einer Frau, die sie, das spürt sie, womöglich nicht leiden könnte. Sie kann auch Reverend Rick nicht richtig leiden, hat ihn nie gemocht; sein Eifer hat etwas Gieriges, und dann diese eingezogenen Schultern und seine Hemdkragen, die so eigenartig zerkaut aussehen. Andererseits ist dieser junge Mann den ganzen Weg quer durch die Stadt gefahren, den ganzen Weg bis hinaus nach Canary Palms – und das an einem mörderisch heißen Tag –, um sich mit ihr zu besprechen, um ihren weisen Rat zu suchen. Das ist in Mrs. Fletts Leben nicht oft geschehen. Eigentlich nie. Es ist so gut wie sicher, daß es nie wieder geschehen wird.

»Haben Sie versucht«, sagt sie schließlich, »nicht schwul zu sein?«

»Was?« Er schiebt sich eine verrutschte Haarlocke aus den Augen.

»Sie wissen schon. Eine Freundin finden und sehen, ob – na ja, Sie könnten über sich selbst staunen, Sie könnten feststellen, daß es Ihnen gefällt, eine Freundin zu haben – ich meine, es ist möglich, daß Sie Ihre Einstellung ändern.«

»Schwul sein, Mrs. Flett, ist keine Frage der Einstellung.«

Sie hat ihn beleidigt. Ohne den Kopf zu drehen und ihn direkt anzusehen, kann sie erkennen, daß sein ganzer Körper sich versteift hat. Das ist ihr unerträglich. Die Ursache einer Kränkung zu sein. Ihre größte Schwäche – das hat sie immer gewußt – ist ihre Furcht, Kränkungen zuzufügen, will sagen, noch mehr, als sie schon zugefügt hat. Und deswegen streckt sie ihm trotz ihrer Verärgerung ihre Hand hin und fühlt, wie er sie nimmt.

»Erzählen Sie es Ihrer Mutter nicht«, sagt sie nach einer kleinen Weile.

»Aber ich kann nicht mit einer Lüge weiterleben.«

»Warum nicht?« Dann macht sie eine Pause. »Das tun die meisten Menschen.«

»Nicht, wenn wir unseren christlichen Glauben ernst nehmen...«

»Ihre Mutter weiß es längst.« Sie sagt es mürrisch.

Plötzlich hat Mrs. Flett das Gefühl, daß Reverend Ricks Mutter hier bei ihnen im Zimmer ist und daß sie eigentlich eine ganz nette Frau ist. Stets mit diesem oder jenem beschäftigt. Stets lächelnd.

»Lassen Sie es mich so sagen. Ihre Mutter weiß es halbwegs. Bald wird sie es ganz wissen. Sie wird es herausbekommen. So sind die Menschen nun mal. Aber Sie zwei brauchen nicht darüber zu sprechen, wenn Sie nicht wollen. Niemals.« (Sie kann nicht umhin, ein klein wenig stolz zu sein auf diese Ansprache.)

»Aber leben, mit dieser Barriere zwischen uns!« sagt er mit einer albernen Flüsterstimme. Er weint jetzt. Weint und schnieft.

»Es tut mir leid, ich bin auf einmal schrecklich müde. Die Tabletten, die sie mir hier geben.«

»Zu Ihrer Zeit war das anders. Die Leute hatten Angst, sich offen zu bekennen. Sie lebten ihr ganzes Leben, als wäre es ein Märchen.«

»Schrecklich, schrecklich müde.« Ihr Hals kribbelt, das tut er wirklich. »Entschuldigen Sie.«

»Gott segne Sie, Mrs. Flett.«

Was antwortet man auf Gottes Segen? »Auf Wiedersehen«, sagt Mrs. Flett bestimmt; sie schließt die Augen, drückt den Kopf fest aufs Kissen und fügt dann einen mütterlich, großmütterlich, fraulich, feminin geprägten Segenswunsch an: »Fahren Sie vorsichtig.«

Mitten beim Ausstellen eines Schecks vergißt sie den Monat, dann das Jahr. Sie ist gaga, eine Irre, sie hat einen Sprung in der Schüssel, ihre Gehirnmasse fällt heraus wie die grauen Flocken von gefütterten Umschlägen, verteilt sich überall auf den Möbeln. Was sie braucht, sagt sie zu ihrer Tochter, ist eine Offenherzoperation am Kopf.
  »Ha«, sagt Alice verbindlich.
  Alles macht sie mürrisch, die Schlamperei von verwelkten Blumen in einer Vase, der Geruch von Urin, ihrem eigenen Urin. Sie ist ein verbittertes altes Weib geworden, aber, nun ja, nicht ganz. Im Innern ist sie noch immer eine Schüssel voll glibberndem Aspik, die kluge alte Mrs. Green Thumb, erinnern Sie sich? Jemand, auf den man sich immer verlassen, auf den man zählen, den man im Notfall anrufen kann etc.

Es erstaunt Großmama Flett, daß in den Erdritzen soviel Humor verborgen ist; er ist überall, wie tausend Moossorten. Fast jeden Tag sieht sie ein, zwei Dinge in der Zeitung oder in der Sendung *Good Morning America*, die ein Lächeln auf ihre Lippen bringen. Oder es geschieht etwas Amüsantes auf der Station, die Schwestern, die sich die Bälle zuwerfen, eine fortlaufende Witzelei. Wer hätte gedacht, daß der Sinn für Komik sich bis ins gebrechliche hohe Alter erhält?
  Und die Eitelkeit auch. Die Eitelkeit weigert sich zu sterben, sie stopft die Fadheit des Alltagslebens in kleine Falten, Taschen, knallbunte Zuckerstückchen. Mrs. Flett sieht in ihren Nachttischspiegel, der so geschickt an der Rückseite des Bettabletts verborgen ist, und sagt: »Da ist

sie, meine Lebensgefährtin. Einst saß ich in ihrem Herzen. Jetzt kauere ich in ihrem Augenwinkel.« Trotzdem, sie legt am Morgen etwas Lippenstift auf, bevor Dr. Riccia kommt, und bestäubt die Nase mit Puder (ihre Lieblingsmarke Woodbury mußte sie aufgeben). Woher nimmt sie nur die Kraft, ihre Puderquaste zu heben, wissend, was sie weiß?

Und sie betrachtet ihre Nägel. Alice hat dafür gesorgt, daß die Maniküre letzte Woche vorbeikam. Natürlich hat sich Mrs. Flett zuerst geweigert – sie hat sich nie im Leben eine professionelle Maniküre geleistet, so ein Luxus! –, aber Alice bestand darauf; eine kleine Wohltat hat sie es genannt. Und so wurden Mrs. Fletts Hände in verschiedene Seifenlösungen getaucht, dann in den Schoß der jungen Frau genommen und sanft mit einem Handtuch abgetrocknet. Ihre Nagelhäutchen wurden geschnitten und die Nägel zu vollkommenen Ovalen gefeilt. »Monde mitlackieren?« wurde sie gefragt. »Was schlagen Sie vor?« sagte Mrs. Flett. »Nun ja«, begann die Maniküre, und es war klar, daß diese Entscheidung ernsthaftes Erwägen erforderte, eine Besprechung. Schließlich einigte man sich darauf, die Monde frei zu lassen, »das sieht hübsch und sauber aus, das richtige für den Sommer.« Als ob Mrs. Flett demnächst an einer Reihe Gartenfeste teilnehmen oder eines der feinsten Speiselokale von Sarasota besuchen wollte.

Sie hält ihre zehn lackierten Schönheiten sorgfältig unter der Bettdecke, zieht sie aber etwa jede halbe Stunde hervor, um sie zu begutachten, und spreizt sie im Sonnenschein. Sie betrachtet sie als erstes am Morgen und als letztes am Abend, tatsächlich sind sie fast immer in ihrem Bewußtsein. Sie flattern leicht an ihrer Seite, und ihre Leichtigkeit wandert hinauf zu ihren Handgelenken und fließt in ihre Arme und in ihren Körper. Sie sehen elegant aus, wirklich! Sie sehen nagelneu aus. Wenn man bedenkt, welchem Verschleiß ihr Körper ausgesetzt war, welcher Verderbnis, dann kann man ihre neueste Verrücktheit vielleicht verstehen. Aber diese Konzentration auf Fingernägel grenzt an Besessenheit, es ist eine Verzerrung der normalen Puder-und-Lippenstift-Eitelkeit. Sie schämt sich, wenn sie sich überlegt, was das bedeutet. Wie dürftig und unrentabel muß ihr Leben gewesen sein, daß so eine Kleinigkeit ihr ein so großes Vergnügen bereiten kann. Wenn sie nicht aufpaßt, wird sie noch eine von diesen jämmerlichen alten Verrückten, die unaufhörlich davon plappern, was ihnen Gutes beschert wurde.

»Hast du schon mal an eine Pediküre gedacht?« fragt Alice.

Bilder flattern ihr in den Kopf, weitaus heller als jene, die sie auf dem großen Fernsehschirm im Patientenaufenthaltsraum sieht. Ein funkelnder Umsturz. Gemurmel in ihren Ohren. Sie kann sich jederzeit einschalten, wann es ihr beliebt.

Sie ist sieben Jahre alt, steht im Garten ihrer Tante Clarentine, beugt sich über die Löwenmäulchen, zwickt sie mit den Fingern, so daß sich die Mäuler öffnen und schließen. Sie haben Zähne und winzige Zungen. Wissen andere Leute davon? Sie pflückt einen Schnittlauchhalm und lutscht daran. »Daisy«, hört sie. Sie ist zum Abendessen gerufen worden. Tante Clarentine hat versprochen, Pfannkuchen zu backen. Dies alles: der Gedanke an Pfannkuchen, der scharfe Schnittlauchgeschmack, die verborgenen Schlünder von Blumen, die Sonne, der Klang ihres eigenen Namens – ihr ist plötzlich schwindlig vom Druck der Empfindungen, sie fürchtet, daran zu sterben.

Schnee fiel auf die Häuser in der Nachbarschaft, und

sogleich bekamen sie und die kleinen umzäunten Gärten einen weißen weichen Pelz übergezogen, Frühlingsgestöber sagte man seinerzeit dazu. Sie schaufelte eine Handvoll Schnee vom Fensterbrett ihres Schlafzimmers, preßte ihn sich an die Stirn, bis sie es nicht mehr aushalten konnte. Eine Art Probe. Eine Mutprobe. Das Mondlicht war kalt und klar.

Sie fand etwas Schönes. Ein blendendes Schillern auf der Straße. Ein ins Pflaster gedrückter Regenbogen. Niemand sonst wußte, daß es da war, dieses Wunderding, das sie entdeckt hatte. Aber sie beging den Fehler, es einem der älteren Mädchen aus der Nachbarschaft zu zeigen, das seelenruhig sagte: »Das ist doch bloß Öl, bloß ein bißchen verspritztes Öl auf der Fahrbahn, nicht der Rede wert.«

Wieder Sommer. Sie pflückte einen Grashalm, spaltete ihn mit dem Fingernagel, nahm ihn zwischen beide Daumen und blies. Jemand hatte ihr gezeigt, wie es gemacht wurde, sie kann sich nicht erinnern, wer. Es war leicht — dieses Wimmern zu erzeugen, wie das Kreischen eines Seetauchers. Sie beherrschte es immer besser. Sie lernte es und vergaß es nie wieder. Sie war wie andere Leute, konnte dasselbe machen wie andere Leute.

Die braunen Blätter sind zu einem Haufen zusammengerecht worden, fertig zum Verbrennen, und sie fand es unwiderstehlich, sich darauf zu legen, nur für eine Minute, flach auf dem Rücken in die raschelnden Blätter und in die Höhe zu schauen. Sie ließ sich rückwärts fallen, die Arme ausgestreckt, vertrauensvoll, und sogleich barst das Gewirr aus Ästen, Zäunen, Schuppen und Häusern mit einem Trickfilmplop in die einmalige Unendlichkeit des Himmels, in das urtümlich knallige Blau. Das war alles, was es gab. Sie selbst schwebte in einer Glaskugel. Man konnte immer wieder zurückkehren zu diesem wahren, unabänderlichen Bild, konnte es für den Rest des Lebens im Kopf behalten.

Wie heißt du?

Daisy.

Daisy, und weiter?

Daisy Goodwill.

Weißt du, was »Daisy« bedeutet? Es heißt »Day's Eye«, Tagesauge. Wir nennen es Gänseblümchen.

Richtig. Das hab ich mal gewußt. Ich hatte es vergessen.

Ein Gänseblümchen ist wirklich ein bißchen wie ein Auge, wenn man es recht bedenkt, rund, von Wimpern umrandet, blickt es in die Höhe.

Geht auf, zu.

Das Merkwürdige an den Bildern, die Daisy Goodwill in den Kopf flattern, ist, daß sie immer allein ist. Es gibt Stimmen, die aus der Ferne zu ihr dringen; es gibt Schatten und Andeutungen – dennoch ist sie allein. Und wir brauchen, so scheint es, in unseren Augenblicken der Courage oder der Scham wenigstens einen Zeugen; Mrs. Flett aber ist dieses Privileg nicht vergönnt. Das ist es, was ihr das Herz bricht. Was sie nicht ertragen kann. Auch jetzt, mit achtzig Jahren.

Großmama Flett weiß, daß sie abschweift, sie weiß, daß sie sich wiederholt, und es ist ein Segen, daß Alice sie nie unterbricht, nie sagt: »Das hast du uns schon erzählt, Mutter.«

Sie versucht lediglich, die Dinge in der richtigen Reihenfolge im Kopf zu bewahren. Das Gewicht ihrer Erinnerungen gleichmäßig verteilt zu halten. Ordnung zu halten in den Kapiteln ihres Lebens. Sie fühlt in bestimmten Momenten eine neue Zärtlichkeit wachsen; diese Momente sind wie Perlen an einer Schnur, und die Schnur nutzt sich allmählich ab. Gleichzeitig weiß sie, daß das, was vor ihr liegt, durch die Anstrengungen ihrer Phantasie zu Ende geführt werden muß und nicht durch das starre Aufsagen einer gedrosselten, unerhellten Geschichte. Mehr und mehr Worte sind erforderlich. Und es erhebt sich die Frage: Was ist die Geschichte eines Lebens? Eine Chronik von Fakten oder ein gekonnt gestalteter Eindruck? Das Zusammenbringen dessen, was sie fürchtet? Oder die Addition dessen, was leichthin aufgedeckt wurde, diese zugeteilten Bröckchen wachsender Erkenntnis? Sie braucht einen ruhigen Ort, um über diese Ungeheuerlichkeit nachzudenken. Und sie braucht jemanden – irgendwen – zum Zuhören.

Es ist allerdings eine Nachgiebigkeit sich selbst gegenüber, dieses Verlangen, alles wieder in Fluß zu bringen, was gesammelt und verwahrt und erträumt wurde. Sie sollte nicht so weitermachen, unentwegt auf Alice einreden, den armen Dr. Riccia zu Tode langweilen. Sie macht sich Vorhaltungen; sie wird schon so schlimm wie Marian McHenry, die pausenlos nur über ihre eigenen Angelegenheiten spricht. Statt an andere zu denken. Andere an die erste Stelle zu setzen.

Die kleine Emma ist tot. Oder vielleicht hat man sie zu anderen Down's-Syndrom-Kindern in eine Anstalt gesteckt. Mongoloid hat man sie in früheren, grausameren Zeiten genannt.

Niemand sagt ein Wort zu Großmama Flett über Emma, aus Angst, sie aufzuregen, aber sie weiß es auch so: Hier, an ihrem Bett, kommt ihr Sohn Warren ins Blickfeld, mit seiner neuen Frau – auf deren Namen sich Großmama Flett im Moment nicht besinnen kann. Das Zimmer ist zur Seite gerutscht. Das Fenster liegt schief. Ihre eigene Zunge hat sich um sich selbst gerollt. Sie bittet um ein Glas Wasser, eine einfache Bitte, ein einfacher Satz, aber sie bekommt es nicht richtig heraus. »Mongoloid«, sagt sie statt dessen. Schrecken überzieht Warrens Gesicht und verbreitet sich abwärts durch die aufrechte, elastische Säule seines Nackens. Sie möchte ihn gerne trösten mit einem Blick oder einem zärtlichen Wort, aber ihr Körper ist niedergedrückt durch seine eigene Verwirrung. Sie möchte nicht unfreundlich sein. Sie schließt die Augen, konzentriert sich, schließt ihren Sohn und seine junge Frau aus, betrachtet etwas unendlich Kompliziertes, das in die dünne Haut ihrer Augenlider eingeprägt ist, ein Geheimnis, ein Traum. Eine Art Film.

Alice heiratet kurz entschlossen Dr. Riccia. Sie zieht mit ihm nach Jamaika, wo sie in einem schönen Bungalow am Meer wohnen. Sie haben ein Kind, einen kleinen Jungen mit langen, gebogenen Wimpern und höflichen Manieren.

Nein, nichts davon ist wahr. Die alte Mrs. Flett träumt wieder.

Wie entstehen diese Gaukelbilder?

Denk nach, denk nach, sagt sie sich. Sei vernünftig.

Dr. Riccia ist bereits verheiratet und Vater von zwei Kindern; Großmama Flett hat Schnappschüsse von der Familie Riccia vor ihrem im Kolonialstil erbauten Haus in Kensington Park zu sehen bekommen.

Alice kehrt nach England zurück. Der Sommer ist vorbei. Ihr Vorlesungssemester beginnt nächste Woche, und sie plant schon eine Wochenendparty für etwa ein Dutzend Freunde: marokkanische Musik, ein Currygericht, kaltes Bier, sie selbst laut und ironisch mit baumelnden Ohrringen. Sie hat einen Käufer für die Eigentumswohnung in Bayside Towers gefunden und eine Reihe kleinerer Rechtsangelegenheiten erledigt für ihre Mutter, von der sie sich eine Vollmacht geben ließ. Papiere sind unterzeichnet worden, Vorkehrungen für die Zukunft getroffen. Alice nimmt eine herrliche Floridabräune mit ins verregnete Hampstead, auch wenn alle, selbst ihre Mutter, sie warnen, daß Floridabräune nicht hält. Macht nichts, Weihnachten wird sie wieder hiersein. Ihr Lebensmuster entfaltet sich, ein langer Weg aus Revision und Anpassung. Sie legt ihn sich im Gehen zurecht. So hat sie sich ihre mittleren Jahre nicht vorgestellt, aber so wird es sein.

Etwas ist ihr in den Sinn gekommen – etwas durchscheinend Einfaches, etwas, was sie offenbar immer gewußt, aber nie in Worte gefaßt hat. Nämlich daß der Augenblick des Todes eintritt, während wir noch leben. Das Leben marschiert schnurstracks bis an die Mauer jener endgültigen Dunkelheit, ein extremer Zustand stößt an den anderen. Nicht einmal ein Atemzug trennt sie. Nicht einmal ein Blinzeln. Ein Mensch kann weiter- und weitergehen zur täglichen Melodie von Essen und Arbeit und Wetter und Reden, bis zur allerletzten Minute, so daß nicht ein einziges Ding verlorengeht.

Dieser Gedanke erheitert sie erstaunlicherweise, und sie kann nicht umhin, ihrer Mutter zu sagen, wie ihr zumute ist.

Ihre Mutter, Daisy Goodwill, ist noch lebendig in ihrem versagenden Körper. Auf und ab, gute Tage, schlechte Tage. Es geht ihr den Umständen entsprechend gut, das sagen alle. Sie könnte noch Jahre so weitermachen.

Tod

*D*aisy (Goodwill) Flett verstarb friedlich nach langer, geduldig ertragener Krankheit am – des Monats – im Jahre 199- im Pflegeheim Canary Palms, Sarasota, Florida.

»Großmama« Flett vorausgegangen war ihr Ehemann Barker Flett, eine anerkannte kanadische Kapazität auf dem Gebiet der Getreidekreuzungen. Als um sie Trauernde hinterläßt sie ihre Tochter Alice Goodwill-Spanner aus Hampstead, England, Tochter Joan und Ehemann Ross Taylor aus Portland, Oregon, Sohn Warren und Ehefrau Peggy aus New York City sowie ihre Großnichte Victoria mit Ehemann Lewis Roy aus Toronto. Sie war die geliebte Großmutter von Benjamin, Judith, Rachel, Rain, Teller, Beth, Lissa, Jilly und Emma (?), die liebevolle Urgroßmutter von Madeleine, Andrew und Mordicai und die Großtante der Zwillinge Sophie und Hugh.

Der Gedenkgottesdienst findet um 10 Uhr in der Kapelle von Canary Palms statt. Es wird gebeten, keine Blumen zu bringen. Die Beisetzung erfolgt anschließend auf dem Long-Key-Friedhof.

Blumen wurden dankend entgegengenommen
zum Gedenken an
DAISY GOODWILL FLETT
die sich liebevoll und tüchtig alles
Wachsenden annahm
Gärten Kinder praller Erinnerungen

wenngleich sie fürchtete den umkreisenden Schatten
von Einsamkeit und Schweigen
den sie gleichsetzte
mit ihrem Leben

Daisy Daisy
Give me your answer true

Day's eye, day's eye
The face in the mirror is you

»Es war in ihrer Nachttischschublade. Dieses kleine Samt-
kästchen.«
    »Was ist das? Sieht aus wie...«
    »Ist es auch. Abgeschnittene Fingernägel. Ihre, nehme
ich an.«
    »Ach du meine Güte.«

Flett, Daisy (geborene Goodwill), die aufgrund historischer
Umstände, aufgrund von Sorglosigkeit, Unwissenheit und
des Mangels an Gelegenheit und Courage in ihren vielen
Lebensjahren nie die Aufregungen und Herausforderun-
gen kennengelernt hat von Ölmalerei, Skilaufen, Segeln,
Nacktbaden, Smaragdschmuck, Zigaretten, Oralsex, Ohr-
löchern, Clogs, Wasserbetten, Science-fiction, Pornofil-
men, religiöser Ekstase, Trüffeln, Kirschwasser, scharfen
grünen Pfefferschoten, Pekingente, Wien, Moskau, Ma-
drid, Gruppentherapie, Körpermassage, Hunger, Aus-
zeichnungen, wütenden Beschimpfungen, die nie ein Auto
fuhr, nie ein Lotterielos kaufte, nie, niemals (andererseits)
von einem anderen Menschen ins Gesicht oder auf den
Körper geschlagen wurde, niemals ihre Lesebrille (mit
einem Seufzer) auf den Scheitel schob, sich (aus Angst, sich
lächerlich zu machen) nie nach den Möglichkeiten von

plastischer Chirurgie oder Yoga erkundigte, sich nie in Illustriertenartikel vertiefte, die einen auffordern, gut zu sich selbst zu sein, an sich zu glauben und etwas für sich zu tun. Auch hat sie nie, obwohl sie wußte, daß sie im Leben geliebt wurde, die Worte: »Ich liebe dich, Daisy« laut ausgesprochen gehört (so ein einfacher Satz), und erst während des langen, leichten, ereignislosen Schlafes, der ihrem Tod vorausging, fand sie die geistige Kraft (und die Muße), über diese Ungerechtigkeit nachzusinnen.

»Ein Segen«, ruft die bekannte Tschechowspezialistin Alice Goodwill-Spanner aus, als man sie vom Tod ihrer Mutter in Kenntnis setzt.

»Die Lebensqualität meiner Mutter lag seit einer Weile unter Null«, bemerkt Warren Flett, Musiklehrer an den staatlichen Schulen in Lower Manhattan.

»Sie war ausgelaugt«, verkündet Joan Taylor, die arbeitslose, fast fünfzigjährige jüngste Flett-Tochter. »Ihr Leben hat sie ausgelaugt, und dann hat ihr Sterben sie ausgelaugt.«

»Sie hat mir gesagt, sie sei jederzeit bereit abzutreten«, murmelt die preisgekrönte Paläobotanikerin Victoria Louise Flett-Roy. »Aber ist man jemals wirklich bereit?«

»Sie hatte diese irrsinnige anpassungsfähige Intelligenz. Sie konnte sie ins Blickfeld rücken, wann sie wollte.«

»Exorbitant. Ich habe sie dieses Wort einmal sagen hören, exorbitant! Es rollte ihr einfach von der Zunge.«

»Und heiliger Bimbam. Sie hat gerne heiliger Bimbam gesagt.«

»Tatsächlich?«

»Und manchmal war sie nicht richtig bei sich. Klopf, klopf, jemand zu Hause?«

»Diese Kleider! Sie hat sich immer so angezogen, daß

nicht zu erkennen war, ob sie zuwenig Geld dafür ausgab oder zuviel. Oder ob sie der Mode vier Jahre hinterherhinkte oder vierundzwanzig.«

»Ha.«

»Sie war verschlossen.«

»Ja, aber Verschlossenheit kann eine Form von Aggression sein.«

»Wie bitte?«

»Du hast schon richtig verstanden.«

Bluebirds-Lagerfeuerclub, Pioniermädchen, Pfadfinderinnen, historischer Zirkel, christliche Wohltäter, Alpha Zeta, Quarry Club, kirchliche Frauenvereinigung, Mütterunion, die Pfeilwurzeln, Mutchmor-Heim- und Schulverband, Ottawa-Gartenbaugesellschaft, Beautiful-Glebe-Komitee, Carleton-County-Herzfonds, Rideau-Imbißsamariterdienst, Ontario-Samenkollektiv, Bay-Frauenhandwerksgruppe, die Flowers.

»Nein und nochmals nein, ich möchte nicht, daß Körperteile von ihr gespendet werden.«

»Es war nur so ein Gedanke.«

»Sie war sowieso vollkommen ausgelaugt.«

»Ich dachte nur...«

Zum liebenden Gedenken an
Daisy Goodwill Flett
1905–199-

Zum liebenden Gedenken an
Daisy Goodwill
Die bei klarem Verstand
Und ohne Arg
Und gegen die Einwände ihrer Familie

Nach reiflichem Überlegen
Nach Qualen
Mit Zweifeln Mit Mühe Mit Rechtfertigungen Mit
Bestimmtheit
Den Entschluß faßte
Allein zu liegen im Tode

»*Was* hat sie dir vererbt?« rief Joan am Telefon. (Eine schlechte Transatlantikverbindung.)

»Ihr Körbchen.«

»Um Gottes willen, was für ein Körbchen?«

»Ihren alten Gartenkorb. Weißt du noch, das alte verschimmelte Ding mit dem großen Bügelhenkel?«

»Ich glaube, ich erinnere mich. Vage. Aber warum?«

»Ich weiß nicht. Aus demselben Grund, aus dem du den silbernen Spargelheber gekriegt hast, nehme ich an.«

»Meine Güte.«

»Und weißt du, was Warren gekriegt hat?«

»Nein. Was?«

»Ihre alten Collegeaufzeichnungen. Und ihre Aufsätze. Alles handgeschrieben. Seiten über Seiten. Ein großer Pappkarton voll.«

»Sie hat's am Ende wirklich nicht mehr gerafft, nicht?«

»Vielleicht bloß ein Witz?«

»Sie hat eigentlich nie Witze gemacht.«

»Weiß ich nicht so genau.«

»Victoria hat die Frauenschuhe.«

»Großer Gott, was soll sie mit den alten Dingern anfangen?«

»Sie wollte sie. Hat sie zumindest gesagt.«

»Na schön, alles andere ist in Ordnung. Ihre Finanzen und so weiter.«

»Dafür können wir uns bei ihrem Steuerberater bedanken.«

»Und bei ihrem Anwalt. Obwohl er anscheinend selbst einen ganz schönen Reibach dabei gemacht hat.«

»Und Canary Palms erst!«

»O Mann!«

»Ich kriege schon ein schlechtes Gewissen, wenn ich bloß darüber spreche. Bloß daran denke.«

»Ich auch.«

»Aber ich nehme an, so empfinden alle.«

»Natürlich.«

»Was können wir machen?«

»Nichts, gar nichts.«

Vierundsiebzig Prozent der amerikanischen Haushalte haben dieses Jahr mindestens tausend Dollar für die Instandsetzung oder Erhaltung ihrer Wohnung ausgegeben. Es kam im Radio, in den Nachrichten – oder ich habe es geträumt. Sagen Sie mir, warum muß ich so etwas wissen? Wird das Gemüt durch dieses sinnlose Körnchen Wissen beschwichtigt? Nein. Nicht, wenn man bereits am vollgestopften, abgestumpften Ende des Lebens steht.

Gibt es sonst nichts, was Sie mir erzählen können?

Die Wäscheaussteuer von Daisy Goodwill Hoad, 1927
   2 dreiteilige Brautgarnituren aus Crêpe de Chine und Valenciennespitze mit feiner Handstickerei und Smokarbeit, muschelrosa, elfenbeinfarben
 12 Unterröcke
 12 zweiteilige französische Garnituren, Hemd und Schlüpfer, in Pfirsich, Creme, Blau, Teebraun
   6 Nachthemden
   6 Negligées, Crêpe Georgette und Chantillyspitze
   2 Morgenmäntel, 1 karierte Wolle, 1 gerippte Baumwolle
   6 Büstenhalter »Flaming Youth«

6 Büstenhalter »Pansy« aus Seidenjersey und merzeri-
   sierter Baumwolle
3 Kamisole aus rosa Japanseide
2 Hüftgürtel Gossard Dancelette aus Seidenjersey mit
   elastischen seitlichen Einsätzen
12 Paar Seidenstrümpfe
12 Paar Baumwollstrümpfe
3 Strandanzüge, Satin, orange, graublau, ocker
6 Kimonos, schwarz, blau, rot gesprenkelt, rosa, pfir-
   sich- und malvenfarben
2 Badeanzüge Kellerman (reine Wolle), schwarz, graublau
1 gestricke Strandhaube
1 Badekappe
6 Schürzen, verschiedene Macharten

»Ich habe nie gewußt, daß sie sticken konnte.«
  »Es ist hübsch.«
  »Bist du sicher, daß sie es selbst gemacht hat?«
  »Da ist so ein winziges Gänseblümchen in der rechten
Ecke.«
  »Du hast recht, da ist es.«
  »Eine Art Signatur.«
  »He!«

»Die Krankenschwestern haben immer gesagt, wie
freundlich sie war, für jeden ein Lächeln.«
  »Außer das eine Mal, als sie ihr Radio zerstört hat. Auf
den Fußboden geschmissen.«
  »Es könnte ein Versehen gewesen sein.«
  »Stimmt.«

»Ich komm einfach nicht dahinter, warum sie uns nie von
ihrer ersten Ehe erzählt hat.«

»Sie muß gewußt haben, daß wir es nach ihrem Tod erfahren würden. Ich meine, die Papiere sind alle da. Die Heiratserlaubnis und die Anzeige und alles.«

»Hoad! Sein Name war Hoad.«

»Harold Hoad.«

»Reimt sich auf toad, Kröte. Nicht zu fassen!«

»Aber sieh dir das Bild an. Er war – er sieht aus wie ein Filmstar, ich meine, aus der Stummfilmzeit. Sagenhaft.«

»Aber warum hat sie uns nichts gesagt?«

»Überleg doch mal. Wie konnte sie über so was reden – so was absolut Gräßliches.«

»So ein Schock.«

»Ich faß es nicht. War ihr das peinlich, oder was?«

»Dieser schöne Mann ist aus dem Fenster gefallen. Ihr Liebster. Ihr frischgebackener Ehemann. Stell dir vor, das wäre dir passiert. Wolltest du darüber sprechen?«

»Vermutlich war sie einfach so, du weißt schon, so er-schüttert, daß sie es nicht ertragen konnte, daran zu denken, geschweige denn darüber zu reden. Stell dir vor, du bist auf Hochzeitsreise und...«

»Und in ihrem Alter.«

»Verdrängung. Manchmal ist Verdrängung gut. Wie hätte sie sonst weitermachen sollen mit ihrem...?«

»Er sieht besser aus als Dad.«

»Und jünger.«

»Bei weitem.«

»Dad hat doch bestimmt davon gewußt – von ihm.«

»Muß er wohl. Ich meine, sie mag ja verschwiegen gewe-sen sein, aber...«

»Ich kriege...«

»Was?«

»Eine Gänsehaut.«

»Wovon? Wenn du dran denkst, daß Mr. Hoad auf den Kopf gefallen ist?«

»Nein. Wenn ich an sie denke. Sie. All die Jahre.«

»All die Jahre – und hat nichts gesagt.«

»Sie muß jedes Jahr daran erinnert worden sein, am Jahrestag seines...«

»Du weißt doch, wie sie manchmal mitten am Tag einfach auf dem Bett liegen wollte. Nicht schlafen, bloß daliegen und an die Decke starren.«

»Alles hat sie im Kopf verwahrt. Sich erinnert.«

»Ich weiß.«

»O Gott.«

Mittagsimbiß im Gartenclub, 1951
Schinkenröllchen / Käserädchen
Mixed Pickles
Salat aus Melonenbällchen und kernlosen Weinbeeren
Geleetörtchen
Verschiedenes Gebäck
Kaffee   Tee

Ich bin noch da, in den (pulvrigen, splittrigen) Knochen, Fußgelenken, meinen Augenhöhlen, in Schultern, Hüften und Zähnen, ich bin noch da, oh, oh.

»Hätte sie in einer anderen Zeit gelebt, hätte sie als Mrs. Green Thumb vielleicht ihre eigene Fernsehsendung gehabt.«

»Hauptsendezeit.«

»Ich kann's mir eigentlich nicht vorstellen.«

»Dieses gemeine alte sentimentale Jahrhundert. Es hat sie verdunkelt. Wie ein Vorhang. Einer, durch den man nicht hindurchsehen kann.«

»Sie hätte sich von Dad scheiden lassen können.«

»Ausgerechnet.«

»Was? Wovon redest du?«

»Wie kommst du darauf? Ich meine, die zwei waren einigermaßen glücklich zusammen, im großen und ganzen.«

»Findest du wirklich?«

»Na ja, so glücklich wie die meisten Leute.«

»Was immer glücklich bedeutet.«

»Erklär mir das.«

»Ich weiß bloß, die Vergangenheit ist nie vergangen.«

»Soll das tiefsinnig sein?«

»Hmmmmm.«

Tante Daisys Zitronenpudding

4 Eßl. Butter	1 Tasse Milch
½ Tasse weißer Zucker	2 Eßl. Mehl
2 Eier, getrennt	Saft und Schale von 1 Zitrone

Butter und Zucker schaumig rühren, verquirltes Eigelb zufügen, rühren, bis die Masse dick und zitronengelb ist, Mehl und Milch, Zitronensaft und geriebene Zitronenschale unterrühren. Eiweiß schlagen, bis es steif, aber nicht trocken ist. Unter die Mischung heben. In gebutterte Auflaufform geben und zwanzig Minuten im Wasserbad backen. Mittlere Hitze, 175°.

»Glaubst du, ihr Leben wäre anders gewesen, wenn sie ein Mann gewesen wäre?«

»Du machst Witze!«

»Jetzt sieh dir bloß dieses Bettjäckchen an.«

»Sieht nagelneu aus. Nie getragen, schätze ich.«

Für Dienstag:
  1 Dose Kondensmilch
  1 Bund Stangensellerie

Möhren
Zwiebeln
1 Pfund Butter
1 Pfund Schweineschmalz
Streichhölzer
Seifenflocken
2 Dosen Corned beef
Schweineschnitzel
Mr. M. anrufen
neuer Schneebesen für Mixmaster
Warrens Zähne
Post
Apotheke, Hustensirup, Schachtel Binden
Wacholder

Da ist also eine Frau, die einen hervorragenden Hackbra-
ten machte, die einen erschlafften Gummibaum umtop-
fen konnte, die ein gerissenes Ohne-Trumpf-Spiel bot,
die einen Hut zu tragen verstand, die auf ihre persönliche
Hygiene achtete, die umgehend ihre Dankesbriefe
schrieb, die durchhielt, zusammensank, sank, sank und
sank, die den Sinn nicht begriff, den Sinn von allem, aber
trotzdem fast untadelig höflich zu anderen war.

»Erinnerst du dich an Jay Dudley?«

»Wen?«

»Du weißt doch, der Trottel, der beim *Ottawa Recorder*
gearbeitet hat. Jay Dudley war sein Name.«

»Ja richtig, ich erinnere mich. Handgewebte Krawatten? Keramikmanschettenknöpfe?«

»Glaubst du, die zwei haben jemals, glaubst du, sie waren jemals – zusammen?«

»Nie.«

»Schade.«

Black Beauty, Anne of Green Gables, Freckles, Twice Told Ba-
bies, Unser gemeinsamer Freund, Hellie's Memories, Elizabeth
and Her German Garden, Jane Eyre, Die Vereinigung Italiens,
Beowulf, Die romantischen Dichter, In His Steps, Die Wildgänse,
Vom Winde verweht, Claudia, Die ersten sechs Jahre, Früchte des
Zorns, Amber, Das Ei und ich, Im Dutzend billiger, Lebenslust,
Geweb und Fels, Die Skutari-Erzählungen, Beautiful Joe, Die
Mühle am Fluß, Pocahontas, Helenes Kinderchen, Eine kurze
Geschichte der Orkneyinseln, Tschechows Tochter, Die eßbare
Frau, Die gute Erde (Großdruckausgabe), Murder in the Mean-
time (Großdruckausgabe, halb ausgelesen).

»Wie meinst du das, du glaubst nicht, daß man je bereit
ist?«

»Herrgott, ich bin auf der Stelle bereit.«

»Du bist nur deprimiert, weil du keine Arbeit hast. Du
bist überhaupt nicht bereit. Und ich wette, sie war es auch
nicht.«

»Ich weiß nicht.«

»Hattest du jemals die Möglichkeit, mit ihr darüber zu
sprechen, du weißt schon...«

»Über den Tod? Über so etwas konnte man mit ihr nicht
sprechen.«

»Sie hätte das Thema gewechselt.«

»Sie hätte dieses erstaunte Schulmädchengesicht gemacht.«

»Mit den Augen geklimpert.«

»Ihr Mund, ein kleiner Kreis.«

»Ihre Augenbrauen.«

»Wenn ich's richtig bedenke, überläuft's mich auch kalt
beim Gedanken ans Sterben.«

»Liegt in der Familie.«

»Unsere Gene sind reinster Granit.«

»Kleine Kügelchen.«

»Hagelkörner.«

»Ich erinnere mich, daß sie einmal gesagt hat, sie liebe Stiefmütterchen bei Begräbnissen. Nicht diese dummen Stiefmütterchen mit Gesichtern. Ihr gefielen sie durch und durch lila, die dunklen samtigen Blütenblätter. Das ist, soweit ich mich erinnere, das einzige, was ich sie im Zusammenhang mit dem Tod habe sagen hören.«

»Sie ließ ihr Leben einfach geschehen.«

»Verdammt, warum auch nicht?«

»Es war wie...«

»Wie?«

»Wie wenn sie immer mit Nadel und Faden hinter einem verirrten kleinen Gedanken her wäre.«

»Angst, in sich hineinzusehen. Falls nichts da wäre.«

»Ist es nicht das, worum sich die Buddhisten so eifrig bemühen?«

»Die Buddhisten?«

»Wollen die nicht in einen Zustand des Nichts gelangen?«

»Tatsächlich?«

»Ein entsetzlicher Gedanke.«

»Wieso?«

»Ich weiß nicht. Ich meine, nichts ist, na ja, nicht viel.«

»Nichts ist nichts.«

»Eben.«

Was erledigt werden muß – langfristig
    Sommergardinen
    Pelze zur Aufbewahrung
    Hintertreppe, Zaun ausbessern
    Winterhüte umarbeiten
    Lavendel – ergänzen
    Verandamöbel abspritzen
    Spannen?

Hinter dem Herd, unter dem Eisschrank
Scheck für Mr. M.
Gas
Mottenkugeln
Illustrierte zum Altpapier
Heizung
Klavier
Gift
Lampenfassungen

Kolik, Windpocken, Masern, Bronchopneumonie, Allergien, Grippe, Menstruationskrämpfe, Ekzeme, Blasenkatarrh, Geburten, Blutdruck, Wechseljahre, Depression, Angina, Arterienverkalkung, Knochenbrüche, Koronarbypass, Nierenversagen, Krebs, Blaseninfektion, Schlaganfall, Wundliegen, vereitertes Bein, Inkontinenz, Schlaganfall, Gedächtnisverlust, nachlassende Sehkraft, Fehlreaktionen, Sprechversagen, Depression, Schlaganfall, Schlaganfall.

Daisy Goodwill blieb während ihrer letzten Krankheit, der Krankheit, die sie angeblich mit solcher Geduld ertrug, allein noch der Tod zu bedenken – und sie näherte sich ihm mit den versammelten Schwächen ihres versagenden Körpers. Irgendwann im Verlauf dieser letzten verträumten Wochen fand ein Gezeitenwechsel statt. Er trat plötzlich ein, während einer ihrer häufigen komatösen Perioden. Sie glitt in den Schlaf wie durch einen Tunnel, noch in der Vergangenheit tappend, und atmete die realen und eingebildeten Perioden ihres Lebens ein wie eine minderwertige Form des Sauerstoffs, und dann überkam sie eine Art Erschöpfung oder vielleicht Langeweile – jedenfalls ein rapides Schwinden von Farbe und Kontur und ein Versagen jenes Mechanismus, der zuvor die zurückliegenden Szenen heraufbeschworen hatte. Was statt dessen auf ihre Lider drückte, war eine Reihe von beweglichen Leuchtbildern, die nicht zurück deuteten in der Zeit, sondern vorwärts – vorwärts auf ihren eigenen Tod. Man könnte sagen, daß sie seine Existenz herbeigeatmet, sich dann in ihn verliebt hat.

Ihre erste Vision war theatralisch, der übliche pastellfarbene Sarg, heruntergeleierte Bibelzitate, brausende Orgel – das ganze aufgewühlte Konfetti der Trauer flog in einem äußerst belebten Raum umher, der von Geflenne und Lobhudeleien tönte. Aber das war absurd.

Der strahlende Raum fällt zusammen und läßt einen massiven Block aus Dunkelheit zurück. Nur ihr Körper überlebt und das Problem, was mit ihm anzufangen ist. Er ist nicht zu Staub geworden. Eine klare, spaßige, aufhellende Erkenntnis überkommt sie bei dem Gedanken, daß ihre Gliedmaßen und Organe zu biblischem Staub oder gar zu Beisetzungsasche werden. Lächerlich.

Als Stein sieht sie sich am Ende, ihre lebenden Zellen ersetzt durch leblose mineralische Ablagerungen. Es ist ganz leicht, sich davon in Besitz nehmen zu lassen. Sie liegt in ihren letzten Träumen flach auf dem Rücken, auf einer dicken Steinplatte, so imposant wie die Bischöfe und Heiligen, die sie vor Jahren in der großen rosafarbenen Kathedrale von Kirkwall gesehen hat. Es war ihnen nicht gerecht geworden, und es wird ihr nicht gerecht, aber das Bild ist wenigstens umgrenzt; sie liebt es geradezu, und sie fühlt sich mit dem stummen Körper ihrer toten Mutter verschmelzen und schließlich in ihn verwandeln.

Sie ist jetzt meilenweit fort von ihrem Schlüsselbein, ihren Fettzellen, dem Fleisch ihres Geschlechts, von ihren Zehennägeln und ihrem Zahnfleisch, von ihren Nasenlöchern und Augenbrauen und der knochigen namenlosen Stelle hinter ihren Ohren. Ihr Gehirn ist reinster Glimmer; man kann es ans Fenster halten, und das Licht schimmert durch. Aber leer, das ist der Haken.

Mit höflichem Staunen verweilt sie bei jedem Detail ihres Erstarrungszustandes, fügt hinzu und nimmt weg, veredelt, poliert. Die Falten ihres Kleides, so primitiv und steif, werden von einer dekorativen Einfassung gemildert, einer Kalziumborte aus Muscheln, wie man sie manchmal auf dem Rand einer Geburtstagstorte sieht. Eine steinerne Schriftrolle schlingt sich zierlich über ihre beschuhten Füße, das Datum ist verwittert, unlesbar, und ein Steinkissen stützt ihren Kopf, das widerspenstige Kraushaar ist endlich glattgekämmt. Ihre Hände mit den abgeflachten Knöcheln liegen an ihren Seiten, einwärts gebogen, stark vereinfacht, die Finger eng zusammen, unberingt, ungezeichnet vom Alter, aber sie deuten (dieser ganz wenig abgewinkelte Daumen) auf den großen, verschwiegenen, unveränderlichen Bereich, der sich außerhalb ihrer Hörweite befindet. Aus ihrem teilnahmslosen Gesicht starren die Augen eiskalt wie Murmeln, weit offen, aber sie sehen nichts, will sagen, nichts als die tiefe, geteilte gemeinsame Betrübnis von Männern und Frauen; und wie wenig ist ihnen am Ende zu sagen gestattet.

Ihre endgültige Positur ist demnach griechisch. Ruhig. Zeitlos. Klassisch. Sie hatte immer gemutmaßt, daß sie dieses Potential besaß.

Nur ein Minimum an Energie ist vonnöten, um ihr steinernes Ich heraufzubeschwören und festzuhalten. Taub für alles außer dem lautesten Widerhall, erblüht es auf seiner eigenen verfallenden Krümmung – der Weiße, der undurchdringlichen Oberfläche – und füllt die Hemisphäre ihres Gesichtsfeldes so vollkommen aus, daß vorherige Strategien und Vorkehrungen verworfen werden. Die makellosen Zähne, Haare und Knochen der Daisy Goodwill umschließen diese endgültige Gestalt, oder vielmehr, diese umschließt sie, läßt sie endlich in einen einsamen Trancezustand fallen, hängt ihr Gewicht an ihr zögerndes Pendelherz, ihre steifgewordenen korallenroten Lungen. Sie wird härter und kälter und wird sie, Daisy, bald ganz ablösen. Nächste Woche. Morgen. Heute nacht.

14 Grange Road, Tyndall, Manitoba (1922 abgerissen)

166 Simcoe Street, Winnipeg, Manitoba (1947 abgerissen)

Apt. 12, 144 East Avenue, Bloomington, Indiana

6 Hawthorne Drive, Vinegar Hill, Bloomington, Indiana (unter Denkmalschutz seit 1975)

Alpha-Zeta-Haus, Long College für Frauen, Hanover, Indiana (1957 in Büros der Ehemaligenvereinigung umgewandelt)

583 The Driveway, Ottawa, Ontario (1981 in Eigentumswohnungen aufgeteilt)

419 East Bayside Towers, Tamiami Trail, Sarasota, Florida (1986 wegen Nichtbeachtung der Feuerschutzbestimmungen für unbewohnbar erklärt)

Canary-Palms-Genesungsheim, Marine Drive, Colmann, Florida (1990 vom internationalen Frauenzentrum für Meditations- und Wahrnehmungsstudien gekauft)

Canary-Palms-Pflegeheim, 1267 Fauna Avenue, Colmann, Florida

»Ich ruhe nicht in Frieden.«
Daisy Goodwills letzte (unausgesprochene) Worte

»Daisy Goodwill Flett, Ehefrau, Mutter, Bürgerin unseres Jahrhunderts: Sie ruhe in Frieden.«

Schlußsegen, gelesen von Warren M. Flett,
Gedenkgottesdienst, Canary Palms

»Die Stiefmütterchen, hast du schon mal so prächtige Stiefmütterchen gesehen?«

»Sie hätte sie geliebt.«

»Irgendwie hatte ich erwartet, eine Unmenge Gänseblümchen zu sehen.«

»Gänseblümchen, ja.«

»Jemand hätte an Gänseblümchen denken sollen.«

»Ja.«

»Na ja, es ist nicht zu ändern.«

Inhalt

Das Drama einer Leidenschaft am Ende der Welt

235 Seiten. Geb.

Nun endlich liegt diese ungewöhnliche, poetisch-sinnliche Liebesgeschichte, die ein Millionenpublikum im Kino begeisterte, als Roman vor. Sie spielt in der neuseeländischen Wildnis und erzählt die leidenschaftliche Affäre der stummen jungen viktorianischen Frau Ada McGrath mit dem Einwanderer Baines, die zugleich eine Reise in die Untiefen der Zivilisation ist, wo keine moralischen Gesetze mehr gelten und die Macht der Sexualität alles ist.
Über die Filmhandlung hinaus verrät der Roman auch die spannende Vorgeschichte seiner Heldin. Welches Trauma hat Adas Stummheit verursacht, und wer war der Vater ihrer Tochter Flora? Ein literarisches Meisterwerk, mit dem Jane Campion ihre große Arbeit an diesem Stoff vollendet hat.

P<small>IPER</small>